LES SIRÈNES D'ES VEDRÁ

Du même auteur

Les Harkis
La Découverte, 2006

TOM CHARBIT

LES SIRÈNES D'ES VEDRÁ

roman

ÉDITIONS DU SEUIL
*57, rue Gaston-Tessier, Paris XIXe*

ISBN 978-2-02-148338-3

www.seuil.com

I've roamed and rambled and I followed my footsteps
To the sparkling sands of her diamond deserts
And all around me a voice was sounding
This land was made for you and me.

J'ai erré et divagué et j'ai suivi mes pas
Vers les sables étincelants de ses déserts de diamants
Et tout autour de moi une voix résonnait
Cette terre a été faite pour toi et moi.

Woody Guthrie, *This Land Is Your Land*

Car les Sirènes l'ensorcellent d'un chant clair, assises dans un pré, et l'on voit s'entasser près d'elles les os des corps décomposés.

Homère, *L'Odyssée*

C'est une soirée très douce, avec un ciel dégagé et un air frais, très pur, bien plus pur que l'air de la gare de Lyon que j'ai quittée quelques heures plus tôt. Il n'y a pas d'eau, pas la moindre goutte depuis des mois. Des arbres centenaires sont morts sur pied, secs, craquants comme des allumettes. D'après les anciens du village, c'est une des années les plus chaudes jamais enregistrées ici, sur cette terre aride, préservée du vacarme, préservée des cataclysmes, préservée d'à peu près tout en réalité depuis que les volcans se sont éteints. À Paris, puis partout en France, et plus loin ailleurs, le cours tranquille des fleuves et des rivières tournera bientôt aux torrents de larmes, mais pour l'heure c'est le temps de la sidération. Un temps qui s'est accéléré au point de se suspendre, comme si le battement tranquille des secondes ne formait plus qu'un seul et long signal, une note continue.

Je suis parti de cette maison ce matin même à la lueur d'une aube pleine de promesses. Un café à la main, j'ai regardé le soleil se lever sur les oliviers et ces arbres aux couleurs d'automne dont j'ignorais les noms quand je suis arrivé ici. Me revoilà maintenant dans le salon, planté devant la télévision, un poing serré sur mon téléphone, le second sur la télécommande, passant d'une chaîne à l'autre, incapable de me poser. Je n'écoute pas, ou je n'entends pas, mais à ce stade cela n'a plus la moindre importance.

– Ana, c'est encore moi. Rappelle-moi vite s'il te plaît, dis-moi que tout va bien.

Toi, tu dors dans la chambre, sereine. Tu ne sais rien de ce qui t'attend, rien de ce monde hurlant, rien de l'absurdité et de la brutalité de l'existence. Prends ton temps. Rien ne presse.

I

Vers quatre ou cinq heures du matin, un coup de vent aussi soudain que brutal a ouvert la fenêtre de la chambre dans un claquement qui m'a fait bondir hors du lit. J'ai tâtonné dans la pénombre pour aller la refermer et sursauté en sentant sous mes pieds le craquement glacé des feuilles mortes qui avaient inondé la pièce. « Évite de marcher sur les scorpions » m'a prévenu Julian. D'après lui ils se baladent surtout la nuit, si bien qu'il vaut mieux laisser ses pompes au pied du lit et les secouer avant de les enfiler car ces bestioles adorent se planquer dedans. Il dit que les petits bruns ne sont pas vraiment dangereux, à la différence des jaunes, translucides et beaucoup plus rares, qu'il s'amusait à capturer quand il était gamin sur le plateau des Gras, de l'autre côté de la rivière. Une fois le calme revenu dans la chambre, j'ai tenté de me rendormir mais la maison s'est mise à siffler et les volets à battre avec une irrégularité exaspérante. Qui pourrait croire qu'une bâtisse en pierre si ancienne, aux murs aussi épais, puisse trembler comme une baraque de chantier ?

Je me suis extrait du lit avec la sensation familière de m'être à peine assoupi et de me réveiller encore plus fatigué que la veille. J'ai allumé la radio et me suis fait couler un café en observant les arbres secoués par le mistral. C'est un spectacle désolant, mais je dois admettre que ces lâchers de feuilles dorées, rouges et orangées, explosant à chaque bourrasque comme des feux d'artifice, ont tout de même plus de panache que le nettoyage de leurs congénères à la balayeuse par les éboueurs que je croisais dans mon quartier en rentrant de soirée au petit matin.

« *Il est onze heures dix, vous écoutez Sept Ici avec Marie Delors et nous avons le plaisir de recevoir Nicolas Keller qui publie un nouveau livre intitulé* Le Moi quantique *avec pour sous-titre, vous allez nous éclairer au cours de cet entretien, "Trouver le bonheur dans les états d'incertitude situationnelle". Bienvenue dans* Des livres et vous, *Nicolas Keller !* »

Je n'ai jamais aimé la radio, et encore moins les radios locales, leurs jeux de mots éculés et leurs pubs indigentes annonçant les promotions sur le merlan ou la bavette au supermarché du coin. Mais Sept Ici c'est pas si mal, et ça me permet de me sentir un peu moins seul dans cette grande maison où je n'ai pas encore pris mes marques. Le bon côté de l'associatif et du bénévolat c'est qu'on n'est pas obligé de courir en permanence après les audiences, ce qui donne des émissions parfois assez obscures, à la manière de ce type à la voix fluette et étonnamment haut perchée qui ne programme que du grindcore, un genre à mi-chemin entre le death metal et le crust punk si j'ai bien compris, et qui prend un malin plaisir à traduire pour les petites vieilles qui auraient oublié d'éteindre leur poste les noms des groupes qu'il passe, comme Pig Destroyer ou Anal Cunt. Au fond, ces radios associatives sont dans la droite ligne des radios libres du début des années quatre-vingt. C'est peut-être un des seuls endroits où les musiques de niche ont encore une place. Aujourd'hui, les grandes stations se contentent de vomir à longueur de journée de la trap, le dernier rejeton en date dans la grande famille du rap, ou de l'electronic dance music, les jeunes disent EDM, une invention marketing des majors pour mettre en tête de gondole tous les vendus qui ont cédé aux sirènes de la gloire et du fric et qui remplissent les stades avec des morceaux qui sont à la vraie musique électronique ce que les plats surgelés bourrés de merdes chimiques sont à la gastronomie.

« *Rappelons que vous êtes l'auteur d'une dizaine d'ouvrages pour lesquels nous vous avons souvent reçu, dont* L'Intrication des possibles *et* Les Sept Frontières de la conscience, *parus aux Éditions Magnétiques. Alors, si vous le voulez bien, venons-en directement au sujet qui nous intéresse aujourd'hui : le bonheur. Vous affirmez qu'il est à la portée de chacun de nous. Nicolas Keller, n'est-ce pas un peu utopique ?*

– *Non, c'est justement ce que je m'efforce de démontrer dans ce livre. Vous savez, on a coutume de dire que la vie est un parcours semé d'embûches. Au fond, ce livre dresse une sorte de cartographie de ces obstacles, pour permettre à chacun de nous de mieux les anticiper, et donc les éviter.*

– *Expliquez-nous ça, Nicolas Keller.* »

J'ai ouvert le frigo et soupiré en contemplant ses clayettes vides, aussi propres et brillantes que s'il venait d'être déballé. Il y a bien quelques bières dans le bac à légumes, trois bouteilles de viognier achetées avant-hier à la cave coopérative et un pot de confiture sans doute à moitié moisi que je n'ai pas osé ouvrir depuis que je suis arrivé, mais rien d'autre. Pas même une plaquette de beurre pour se faire une tournée de pâtes. Par ici, mieux vaut être un peu organisé. Pas de supérette ouverte la nuit, pas de mobylette sillonnant la ville chargée de pizzas aux anchois ou de sushis en barquette, et pas de restaurant qui accepte de servir passé vingt et une heures, vingt et une heures trente pour les plus aventureux. Neuf heures trente. L'heure de l'apéro. Julian m'a conseillé quelques adresses mais la plupart ne rouvrent qu'au début de la saison estivale, et quoi qu'il en soit je n'ai aucune intention de me retrouver comme un pauvre type, seul à table dans un restau miteux, à me sentir obligé de faire la causette au patron, comme à ces cadres aux côtés de qui j'ai sillonné le monde, qui me prenaient la tête alors que j'avais juste envie de dormir, se jetaient sur leurs plateaux-repas avec un enthousiasme puéril quand moi-même j'étais incapable d'avaler quoi que ce soit, rien, *nada*, et portaient sur leur visage la solitude pathétique des petits soldats du capitalisme.

J'ai regretté mon escapade au supermarché dès les premiers kilomètres. À peine sorti du village, mes doigts commencèrent à coller au volant en raison du vent glacial qui s'engouffrait dans l'habitacle et, une fois arrivé au sommet de la colline, là où la vue se dégage sur les montagnes, le châssis bascula sur le flanc gauche sous l'effet de bourrasques si violentes qu'elles gonflèrent les toiles de la capote comme les voiles d'un bateau, m'offrant au passage une vue vertigineuse sur le ravin et les vignes situées en contrebas, avant que la bagnole ne retombe sur ses roues dans un atroce couinement de ressorts. J'ai donné un coup de volant à gauche, un deuxième à droite puis un troisième à nouveau à gauche pour remettre la voiture dans l'axe de la route, et lorsqu'elle cessa de tanguer comme un rafiot et que j'eus enfin le sentiment de reprendre la barre, une bouffée de chaleur typique des poussées d'adrénaline m'irradia la poitrine et la tête.

La route étroite serpentait devant moi jusqu'à la départementale, déserte. Personne non plus dans le rétroviseur. Personne. Nulle part. Pas une voiture, pas une âme, pas même un oiseau. Toute forme de vie semblait avoir été balayée de la surface du pays. J'ai roulé au pas jusqu'au stop où j'ai enfin osé desserrer mes doigts du volant et tendre le bras vers le bouton de l'autoradio.

« *La vie est une exploration, nous sommes des explorateurs de nos potentialités existentielles. La question est donc de savoir si nous pouvons être ici et là simultanément, telle une particule dans un champ quantique, ou s'il existe une vérité expérientielle qui transcende la superposition de ces potentialités.*

– *C'est ce que j'allais vous demander, Nicolas Keller.* »

La campagne était baignée d'une lumière froide. Des deux côtés de la route, par-delà les murets de pierres et les rambardes de sécurité, s'étendaient des champs vides, des forêts grisâtres et des pentes lépreuses, grignotées par l'érosion, où survivaient quelques arbres souffreteux, racines nues, encore étrangement arrimés au talus. Au détour d'un virage, j'ai cru apercevoir un paysan accroupi dans des vignes, mais une bourrasque déporta si soudainement la voiture au milieu de la chaussée qu'il me passa toute envie de contempler le paysage.

J'ai poursuivi ma route jusqu'aux petits pavillons sans charme, aux teintes roses et orangées, qui marquent l'entrée du bourg. C'est ici que commence la civilisation, ou ce qui s'en approche. Une caserne de pompiers, un garage automobile, un cabinet de vétérinaire, et l'armature métallique d'un barnum dépouillé de ses toiles, gisant tel le squelette d'un animal préhistorique en compagnie de réfrigérateurs cabossés et gangrenés par la rouille, enchaînés les uns aux autres comme des bagnards, qui se transformera sans doute, l'été venu, en attrape-touristes quelconque. Je me suis dit que ça devait être ça, un village fantôme, ou ce qu'il reste d'un décor de cinéma quand les équipes ont déserté le plateau. Des traces de vie partout mais de la vie nulle part. Des terrasses de café immenses, des publicités pour des restaurants, des campings ou des locations de canoës, des enfilades de magasins aux stores descendus, des parkings à n'en plus finir et des panneaux aux couleurs criardes signalant mille choses à voir et à faire à ces gens qui ne sont plus là, le tout découpé sur un ciel d'un bleu irréel, trop pur, trop saturé, comme une carte postale grossièrement retouchée. Où sont-ils donc passés ? Qu'aucun touriste n'ait l'idée saugrenue de venir se perdre ici en plein mois de novembre un jour de grand vent, je le conçois très bien, mais les autres, ceux qui tiennent ces restaurants, ces campings, ces commerces, il y en a forcément qui vivent là à l'année, non ?

En direction du supermarché, la route passe devant la gendarmerie et longe les gigantesques entrepôts de la cave coopérative, parfaitement semblables aux bâtiments industriels que j'observais par le hublot autour de Roissy, juste après le décollage, lorsque l'appareil virait sur son aile, immenses, uniformes, rectilignes, aussi fonctionnels qu'inhumains, largués comme des éclaireurs au milieu des champs de céréales, aux avant-postes de la guerre de terrain que la ville livre aujourd'hui à la campagne. Derrière les grilles, des piles de palettes rouges et bleues hautes de plusieurs étages dessinent le plan d'une petite ville.

« *Notre conscience est emprisonnée dans une internalité de la réalité ou, pour le dire plus simplement, dans notre propre réalité perceptuelle. C'est donc en se libérant de cette internalité, et à cette condition seulement, permettez-moi d'insister là-dessus, qu'on peut échapper aux états d'incertitude situationnelle.*

– *D'où le sous-titre de votre livre.*

– *Oui, voilà, c'est le cœur du livre. Nous ne pouvons pas vivre durablement en dehors de nous-même. Nous devons donc réduire cette superposition d'états et ainsi nous reconnecter à notre essence existentielle qui n'est, au fond, que l'autre nom du bonheur.*

– *Et c'est pourquoi c'est à la portée de chacun de nous.*

– *Précisément.* »

Je me suis garé aussi près que possible de l'entrée du supermarché et j'ai coupé la radio. Cette gourde a-t-elle compris un seul mot de ce qu'il raconte ou fait-elle juste semblant ? Julian m'a un peu briefé sur ce folklore local. Communautés de néo-hippies, stages de chamanisme cybernétique, de méditation transcendantale, d'hypnose spirituelle ou de retraite de pleine conscience : ce coin est un véritable repaire d'illuminés qui espèrent échapper au rouleau compresseur de la société de consommation, du spectacle et de la course au fric, cette société dont j'incarne la dérive pathologique, celle des excès en cascade, du plaisir immédiat et des lendemains qui déchantent. Je ne crois pas qu'ils soient vraiment plus dingues que les zombies camés que j'ai côtoyés durant ces vingt dernières années, mais ils m'ont l'air un peu plus drôles.

En sortant de la voiture, une rafale de mistral m'a mis une telle claque que les clés m'ont glissé des mains et sont allées se perdre sous le châssis. J'ai dû me contorsionner pour les récupérer et, alors que les bourrasques glaciales me léchaient les reins, une seconde rafale a rabattu la portière dans un bruit de tôle si effroyable que la bagnole m'a semblé voler en morceaux.

– Putain de pays de cons !

Allongé face contre terre sur le bitume gelé, j'ai hurlé en protégeant ma tête d'une main et en serrant si fort la clé de l'autre qu'on aurait pu tirer un double de l'empreinte imprimée dans ma paume. Une poussée de sueur m'inonda le dos, et se figea aussitôt en glace. Pour un peu je faisais les gros titres de la presse locale : « Ardèche : un célèbre DJ décapité par la portière d'une Méhari ». Je me suis prudemment relevé, de peur de me prendre un pan de la façade du supermarché ou un Caddie à la dérive. Sur ma gauche, une petite vieille coiffée d'un bonnet et emmitouflée dans un long manteau transvasait ses courses dans son coffre avec une lenteur stupéfiante. Imperturbable. J'ai fermé la voiture, rajusté mes fringues en grelottant et, les oreilles encore bourdonnantes, traversé le parking battu par les vents jusqu'aux chariots enchaînés devant lesquels j'ai réalisé, après avoir longuement fouillé mes poches et mon portefeuille, que je n'avais ni jeton ni aucune des pièces enfilables dans leur foutue fente. J'ai serré les dents. J'étais bon pour un aller-retour à l'accueil.

Lorsque les portes de la galerie marchande se sont ouvertes, le souffle d'air chaud et le calme soudain m'ont rappelé l'époque bénie de mes all night long à la Fabric. Avec Ben, on quittait le club le dimanche en milieu d'après-midi, il chargeait mes sacs de vinyles et ma valise dans le taxi, on traversait la ville grise et suintante jusqu'à Heathrow et on embarquait dans un brouillard à couper au couteau. Deux heures et quelques mignonnettes de vodka plus tard, les mâchoires toujours serrées, les portes de l'appareil s'ouvraient sur le tarmac de l'aéroport d'Ibiza, propulsant dans la carlingue un vent chaud venu tout droit du Sahara. Bon Dieu que j'aimais ça. *Welcome home, guys.* Chauffeur, stop à la villa, les filles à poil dans la piscine, une petite douche pour se décrasser, deux trois traces pour se remettre d'aplomb, et direction Cala Llonga, assiettes de bellota à quarante balles, *vale*, paella de homard à cent balles, *vale*, non la *cuenta* c'est pas pour moi, deux douzaines de *beautiful people* dont la moitié de mannequins, *vale vale*, les pieds dans le sable, la nuit qui tombe, un mojito *sí gracias*, une trace *sí claro*, *vale vale vale*, *y entonces* l'Amnesia où Ben mon sherpa avait déjà tout mis en place, et c'était reparti pour un tour, cent vingt décibels, cent vingt-huit bpm, jusqu'au lever du jour.

Autour de moi, je ne vois que des vieux. Le salon de coiffure, la queue au bureau de poste, la cafétéria : des vieux. À l'accueil, sans surprise, un couple de vieux, accoudés au comptoir. Lui n'a pas l'air commode avec sa mâchoire carrée, sa barbe foisonnante, sa peau burinée par le soleil et sa longue tignasse cendrée. C'est pas croyable à quel point les gens d'ici sont trapus. Les origines paysannes, sans doute. Ils devaient encore, il n'y a pas si longtemps, passer leurs journées dans les champs à soulever des bottes de foin ou porter des caisses de raisin. À moins qu'il ait eu, lui aussi, un élevage de chèvres. Rester des heures assis sur un tabouret à traire des bêtes depuis le plus jeune âge ça ne doit pas favoriser la croissance des gamins. Surtout quand on se tient plié en deux, à se gratter les mollets parce qu'on se fait bouffer par des puces. Pauvre homme. Et sa femme. Mon Dieu. Plongée comme elle est à loucher sur son ticket de caisse derrière ses culs-de-bouteille je ne la vois pas bien. Tant mieux car à vrai dire je ne suis pas particulièrement pressé de découvrir le recto. Son manteau mauve et vert olive paraît tout droit sorti des années soixante-dix. Une vraie tapisserie. C'est l'Allemagne de l'Est ici. Ou la Roumanie de Ceauşescu. Bon, quelqu'un pourrait m'expliquer pourquoi c'est si long ? Ils vont pinailler combien de temps pour se faire rembourser un euro cinquante ? Trente pour cent de remise sur la lessive liquide ? Huit cents points contre un appareil à raclette ? Une erreur sur le prix de la pâtée pour chiens ? Sérieusement, ils n'ont rien d'autre à foutre de leur matinée ? Putain de vieux. Et pourquoi elle me regarde comme ça, celle-là, derrière son comptoir ? Tu veux ma photo ? Un autographe, peut-être ? C'est marrant elle me fait penser à Sven, le physio du Berghain, un type à la voix douce et plutôt sympa au fond, quand on le connaît, mais qu'on n'ose toujours pas regarder dans les yeux même après des années. J'ai appris qu'il fait de la photo maintenant. C'est le nouveau truc en vogue à Berlin actuellement, tout le monde est artiste. Il a refoulé tellement de gens à l'entrée qu'il est devenu plus célèbre que la plupart des DJ qui ont joué là-bas. Les refusés de la nuit vont se bousculer dans sa galerie, j'en suis certain. La même faune, mais diurne. Voilà bien quelque chose qui m'échappe dans le monde d'aujourd'hui. Plus on se fait maltraiter, plus on en redemande. La dernière fois que je suis entré dans une boutique branchée du Marais, la mannequin qui faisait office de vendeuse a été si désagréable et semblait en avoir tellement rien à foutre qu'arrivé à la caisse j'ai eu le sentiment d'être un privilégié parce qu'on m'avait laissé acheter un T-shirt à cent trente balles. Refourgue tes images aux bobos berlinois, Sven, tu seras mieux là qu'à te les peler toute la nuit dans un froid polaire et passer au tamis des files d'attente interminables. Toi, tu rentres. Toi, *nein. Nein nein nein.* Ta gueule me revient pas, c'est comme ça. Non, on discute pas, *guten Abend*. Et l'autre, derrière son comptoir, elle n'a pas l'air de vouloir accélérer le mouvement. Qu'est-ce qu'elle a à me regarder de travers ? T'es pas bien avec ton petit chauffage dans le dos ? Pas sûr que t'échangerais ta place au soleil contre celle de Sven dans les courants d'air, même si tu gagnerais dix fois plus de blé, ça je peux te le garantir. C'est quoi le souci, j'ai pas le bon dress code ? C'est ma veste en jean, on porte pas ça par ici ? T'as un problème avec mes baskets ?

– Elles sont très bien tes baskets, c'est pas le problème.

Bon Dieu ! Le vieux s'est retourné et me parle. Il me paraît plus grand que tout à l'heure, c'est curieux. Lui aussi a un petit air de Sven en fait, le même regard. Il ne lui manque que les piercings et les tatouages sur les tempes.

– Par contre, si je t'entends dire un mot de plus sur mon épouse, je t'en colle une. Compris, fiston ?

« J'ai juste besoin d'un jeton », voilà la seule chose que j'ai trouvé à dire. J'ai entendu ces mots sortir de ma bouche et venir se placer très distinctement entre le couinement des chariots, les articles bipés en caisse, une salsa de Lavilliers diffusée en sourdine par les haut-parleurs suspendus au plafond et le sifflement incessant du mistral dans les conduits d'aération. C'est fou ce que c'est bruyant un supermarché. Le vieux, qui ressemblait plus que jamais à Sven, continuait de me fixer en fronçant ses sourcils aussi broussailleux que ceux de mon pote Gustavo.

– Je pourrais avoir un jeton s'il vous plaît ?

Sans me quitter du regard, l'hôtesse le claqua du plat de la main si fort sur le bois du comptoir que les trombones posés dans la coupelle en verre dansèrent en l'air un bref instant. J'ai pris le jeton, baissé les yeux, dit merci en contournant Sven le vieux et suis ressorti aussi vite que possible. Si maintenant je ne m'entends même plus parler, il va falloir que je fasse attention à ce qui me passe par la tête. Le spécialiste que je suis allé consulter l'été dernier a diagnostiqué une perte sévère de l'audition, ça je l'avais senti venir, mais il n'a pas su expliquer le caractère intermittent de mes troubles. Je conçois très bien que je puisse mal entendre, je ne serais ni le premier ni le dernier dans cette situation, et je suis presque parvenu à accepter l'idée de ne plus rien entendre par moments. Mais ne pas s'entendre, c'est une tout autre histoire.

Dehors, le vent avait redoublé de force. Dressées comme une muraille, les façades tôlées du magasin de bricolage, de la jardinerie, du garage et de la boulangerie émettaient des sifflements lugubres. De l'autre côté du rond-point, les fanions d'une concession automobile claquaient au bout de leur mât en lambeaux déchiquetés. J'ai traversé le parking aussi vite que j'ai pu en surveillant d'un œil les enseignes secouées par les rafales et l'oscillation très exagérée des lampadaires, et lorsque je me suis enfin engouffré dans le hall en poussant mon chariot je me suis tordu le cou pour éviter de croiser le regard de l'hôtesse d'accueil. En ville, on peut se payer le luxe de se contrefoutre des autres parce qu'on a le choix. Il y a des bars où je n'ai jamais remis les pieds simplement parce que le serveur avait une sale gueule, ou parce qu'on m'avait traité comme un chien. Un matin, j'ai foutu sans ménagement une fille à la porte, après une nuit pourtant mémorable, parce qu'elle me prenait la tête avec son thé vert et son yoga dès le réveil. Rien à foutre. Mais ici, c'est différent, je le sens bien. Sven de l'accueil, je vais la recroiser au tabac, à la poste, ou au marché si je me décide à y aller un jour. Et je vais bien être obligé de revenir ici de temps à autre. On est condamnés à se revoir.

J'ai parcouru les rayons au pas de course et, arrivé à la caisse, je me suis efforcé de sourire à la jeune nana qui scannait les articles de la petite vieille devant moi. Elle me salua d'un geste discret et replongea aussitôt la tête. Elle devait avoir vingt-cinq ans, peut-être trente, assez mignonne avec ses yeux clairs, ses boucles brunes, son maquillage parfaitement dosé et cette façon charmante de rabattre de la main droite sa mèche derrière son oreille tout en restant concentrée sur son travail. Cette fille sait s'arranger, ça se voit, si bien sûr on arrive à faire abstraction du gilet rouge dégueulasse que portent les employés.

La vieille lui tient la jambe. Des histoires de chats, d'escarres et de vacances de Noël avec ses enfants. Comment fait-elle pour supporter ces petits vieux et leurs petits problèmes toute la journée ? De temps à autre, elle relève la tête et esquisse un léger sourire tandis que la vieille l'abreuve des nouvelles de sa famille. Allez mamie, chéquier, pièce d'identité, ticket de caisse, on range ça dans son sac, on y est presque. Elle dit au revoir et je remarque que la caissière lui sourit toujours. Sa gentillesse est désarmante.

Le tapis roulant se remet en marche et la brune me salue à nouveau d'un discret hochement de tête. Alors qu'elle scanne un pack de bières, je pointe du doigt les cinq suivants empilés au fond du chariot :

– Vous voulez que je vous les sorte ?

Pas de réponse, mais une vue plongeante sur l'échancrure de sa chemise alors qu'elle penche le buste vers mon Caddie. Lorsqu'elle se redresse, son petit pendentif doré effectue quelques rebonds d'un versant à l'autre de la vallée, avant de se replacer tout naturellement là où les eaux ruissellent.

– Dites, les automnes sont toujours aussi secs par ici ? Ça fait trois semaines que je suis arrivé et il n'est pas tombé une seule goutte.

Pas de réponse. Elle n'a même pas relevé la tête, occupée qu'elle est à biper mes pizzas et mes surgelés, ce qui me fait réaliser que j'ai complètement oublié de prendre les sacs isothermes suspendus derrière la porte du cellier.

– Vous auriez un sac isotherme s'il vous plaît ?

Toujours pas de réponse. Mais merde enfin, qu'est-ce que je lui ai fait ? Je suis si lourd que ça ? J'ai pas non plus passé des heures à mater ses seins il me semble. Peut-être que j'ai à nouveau pensé à voix haute. Je touche mes lèvres pour vérifier qu'elles ne sont pas en train de remuer mais non, ça va, je n'ai pas encore complètement perdu la boule. Les villes sont pleines de mecs cinglés qui errent dans les rues en parlant tout seuls, hurlent des insanités et menacent de dézinguer la terre entière ou de se faire sauter la cervelle. Et globalement, personne n'en a rien à foutre. Ça fait désormais partie du décor, au même titre que les pannes de métro, les merdes de pigeons, les gamins qui dorment sur les trottoirs, les pipes à crack oubliées sur les bancs publics ou les petits vieux qu'on découvre à moitié décomposés dans leur lit trois mois après leur mort parce que la cage d'escalier empeste le macchabée.

– Pardon mademoiselle mais je pourrais avoir un sac isotherme, s'il vous plaît ?

Pas de réponse. Bon Dieu de merde.

– Oh mais vous êtes sourde ou quoi ? Je suis tombé sur le quota Cotorep du magasin, c'est ça ?

Il y eut comme un flottement dans l'air. La caissière située juste derrière la brune à la vallée profonde pivota d'un coup sur son siège et me lança un regard assassin. Sven le retour. La *Sven family* au grand complet. Voilà, je demande un sac isotherme gentiment, deux fois de suite en plus, je dis pardon, je dis s'il vous plaît, je dis mademoiselle, et je me fais fusiller sur place. Sven tapota sur l'épaule de sa collègue en me pointant du doigt. La brune sursauta et se retourna vers moi. Elle avait la même expression douce et discrète, mais ses yeux, d'un bleu aussi délavé que sa chemise en jean, me parurent soudain très tristes. Un sourire embarrassé se fixa sur son visage. De sa main droite, elle repoussa la mèche qui recouvrait sa tempe. Deux doigts glissèrent derrière son oreille.

– Excusez-moi, je suis désolée.

Sa voix était un peu nasale, sa diction hachée et légèrement pâteuse.

– C'est à cause de la dame avant vous. Elle vient chaque matin, ça lui fait quelqu'un à qui parler, mais avec ce mistral… mon appareil, c'est très pénible. C'est de ma faute, je l'ai coupé et j'ai oublié de le rallumer.

– Non, c'est moi… Je n'avais pas remarqué, enfin, je ne savais pas que vous…

– Je suis malentendante.

– Je suis vraiment désolé.

J'ai dit ça sur le même ton que si elle m'avait annoncé qu'elle allait mourir d'un cancer dans un mois et je me suis trouvé complètement con.

Je m'en veux un peu d'avoir réagi comme ça avec cette pauvre fille. Les gens qui prennent en pitié les handicapés, je trouve ça obscène. À Ibiza, il y a un nain, Paco, qui est une célébrité locale. Ce type connaît tout le monde, les patrons des clubs, les promoteurs et les managers, discute le bout de gras avec les videurs, prend des nouvelles de leur famille, claque la bise aux danseuses. Comme à la maison. Les guest lists et les espaces VIP c'est bon pour les milliardaires russes, les petits princes saoudiens, les jet-setters libanais et leurs escortes de putes ukrainiennes ou marocaines. Lui traîne dans les loges ou sur scène avec les DJ et dans les quelques afters privées qui perdurent en secret depuis qu'elles ont été interdites sur l'île en 2008. Avant cette date on pouvait encore commencer la soirée par une pre-party au Bora-Bora ou à l'Ushuaïa, passer aux choses sérieuses à l'Amnesia vers deux heures avant d'enchaîner à six avec l'after du Space ou du DC-10, et poursuivre à seize avec l'after de l'after dans un bar de plage, qui n'était rien d'autre que la pre-party de la nuit suivante. C'était la belle vie. Aujourd'hui, la fête en continu est un privilège réservé à ceux qui ont assez de fric pour se payer d'immenses villas perdues dans la pampa, à l'abri des plaintes des voisins et des descentes de police. Les temps ont bien changé, mais Paquito est toujours fidèle au poste. Lors d'une soirée à l'Amnesia où je mixais, Ben l'a fait monter sur une enceinte de retour en haut de laquelle il a dansé durant trois bonnes heures uniquement vêtu d'un slip à lamelles argentées, exhibant aux milliers de danseurs aussi perchés que lui les trois P tatoués en lettres gothiques sur son torse. Au petit matin, quand la lumière du jour a commencé à baigner la grande salle, je l'ai retrouvé dans les loges affalé sur un sofa en compagnie de deux avions de chasse aux jambes si interminables qu'il aurait pu tenir debout entre leurs cuisses. *Pequeño Pero Peligroso.* Paquito n'est donc pas vraiment à plaindre, pas plus que cette jolie brune qui, somme toute, n'a qu'à actionner son filtre à connerie lorsque des petits vieux pénibles lui tiennent la jambe.

Je ne m'inquiétais pas trop de mes problèmes d'audition à cette période. Les oreilles qui sifflent et bourdonnent, les tympans douloureux, les pertes plus ou moins durables dans les hautes fréquences, c'est le lot commun de ceux qui habitent le monde de la nuit, au même titre que le mal de pied, la gueule de bois, les crampes dans les mâchoires et les odeurs de tabac froid, bien que sur ce dernier point les choses se soient nettement améliorées. On finit par s'habituer, comme mon père qui, de ses trente ans à sa mort trente ans plus tard, a vécu avec un mal de dos permanent.

Il était maçon. Son frère, son père et ses oncles étaient maçons. Son grand-père aussi, j'imagine. Le bâtiment, la construction, la pierre, ça devait être dans les gènes de la famille, jusqu'à ce qu'une mutation advienne, sans doute un peu avant ma naissance. J'ai peu connu mon grand-père Juan, pas plus que ses trois frères, mais je suis presque sûr qu'ils n'allaient jamais chez le médecin. À la fin de leur vie, même affaiblis par la maladie, ils avaient conservé une carrure solide, avec une tête sans cou, directement fichée dans les épaules, et des bras épais trop à l'étroit dans leurs chemisettes à carreaux. On aurait dit quatre vieux taureaux à la peau tannée par le soleil, usés mais toujours nerveux, encore capables de se hurler dessus la clope au bec le dimanche midi à l'heure du café, les coudes appuyés sur la grande table en formica de la cuisine, leurs paluches immenses prêtes à décocher la première gifle. Certains d'entre eux étaient probablement déjà à la retraite mais ça n'a pas dû bouleverser beaucoup leur quotidien car en réalité ils n'ont jamais arrêté de travailler.

Mon père, le pauvre, n'a pas hérité de cette constitution à toute épreuve. Peut-être avait-il déjà muté. Aussi loin que je me souvienne, je l'ai toujours vu s'appuyer comme un petit vieux sur ses genoux pour ramasser un objet ou sur le dossier d'une chaise en se levant de table. À trente ans, il avait déjà quinze années de maçonnerie derrière lui, une moitié de vie à charger des sacs de ciment, pelleter du sable, creuser des tranchées à la pioche et soulever des pierres. À quarante, les problèmes sérieux ont commencé. À cinquante, il passait plusieurs semaines par an sur un lit à la Pitié, gavé de morphine, paralysé par des hernies discales qu'aucun chirurgien n'a jamais voulu opérer. Il n'avait pas soixante ans quand un cancer des poumons l'a emporté en quelques semaines. On a soupçonné un empoisonnement à l'amiante car c'était l'époque où on en trouvait partout, des plaques de toit aux canalisations. Voilà le souvenir que j'ai gardé de lui, celui d'un homme alité et grimaçant de douleur, qui aura trimé sa vie entière et n'aura même pas eu la chance de profiter d'une retraite misérable. Une bonne vie de merde.

Je n'étais de toute manière pas fait pour ce métier, pas plus que mon père, mais dans sa génération on ne se posait pas encore ce genre de question. Quand j'étais gamin, il a essayé de me traîner sur des chantiers car c'était une sorte de tradition familiale, une initiation, mais je n'avais ni le goût de l'effort ni le physique adapté pour supporter ce bagne. Il a dû le sentir parce qu'il n'a pas insisté. Il se rendait déjà compte que sa santé foutait le camp au grand galop, alors au nom de quoi bousiller celle de son gamin ?

Mes sacs de courses posés dans la cuisine, j'ai fait couler un autre café que j'ai dégusté lentement, face à la grande baie vitrée du salon. Je plains ces arbres rachitiques, chevillés dans la roche, qui manquent de s'arracher à chaque bourrasque. Ils semblent pourtant tenir bon. Ils ont été élevés à la dure au milieu de cette mer de calcaire, comme la vieille au bonnet, ou ce chat que je vois rôder depuis plusieurs jours autour de la maison et qui cherche probablement une planque pour l'hiver. Pas vraiment des petites natures, eux non plus. En contrebas, entre les falaises, on peut suivre de l'œil les rafales qui frisent la surface de la rivière et provoquent un scintillement presque éblouissant. Il y a une drôle de lumière par ici, si blanche et si pure que le moindre détail du paysage se détache distinctement. Ça me change du noir dans lequel j'ai vécu ces deux dernières décennies : le noir des clubs, le noir de mon studio d'enregistrement, le noir des chambres d'hôtel où je tentais de trouver le sommeil à quatorze heures après une ou deux nuits blanches d'affilée. En fin de compte, durant toutes ces années, je n'ai vu le ciel qu'à travers les hublots des avions. C'est d'ailleurs peut-être le seul endroit où il fait toujours beau. Pour le reste, je vivais surtout la nuit, et mon expérience du jour se résumait au brouillard suffocant de la pollution de Paris, Londres ou Berlin.

« Le mistral c'est pas trop un problème » m'a écrit Julian peu de temps avant que je débarque ici. « Méfie-toi plutôt des vents du sud. Ils arrivent d'Afrique, se chargent de flotte au-dessus de la Méditerranée et font des dégâts considérables. C'est le calme plat, et soudain ça explose. Je te jure, plusieurs fois j'ai eu l'impression que ça allait emporter la baraque. J'ai fait couper les quelques pins qui menaçaient de tomber sur la toiture, mais si tu vois que ça se couvre de noir au-dessus des falaises, pense quand même à fermer les fenêtres et rabattre les volets, sans quoi tu vas le sentir passer, amigo. »

Bon Dieu, ce que je vois dehors n'est donc qu'une petite tempête pépère. Ça promet. Je n'imaginais pas cet environnement si inhospitalier. Julian me l'avait décrit comme une sorte de pays de cocagne, un coin paisible et accueillant : « Tu vas voir, tu vas t'y plaire. Le studio est entièrement opérationnel, à part mon Moog qui est en révision. Toute la connectique est dans le grand meuble à tiroirs, farfouille dedans s'il te manque quelque chose. Par contre, côté musique, par ici, c'est la misère. Si tu veux te coller l'intégrale de Ferrat, tu auras l'embarras du choix. Le reste, oublie. Le bar du village est le point de rendez-vous des locaux, je les ai prévenus de ton arrivée, tu vas vite y rencontrer du monde. Certains sont assez lourdingues mais te formalise pas, au fond ce sont des gens bien. Autrement, s'il y a un souci avec la baraque ou que tu as besoin de quoi que ce soit, demande à Fabrice et Isabelle, ils ont le cœur sur la main et se feront un plaisir de t'aider. Faudrait aussi que tu rencontres les Granger, Jean-Pierre et Martine, ils font un super vin bio, c'est autre chose que la piquette de la cave coopérative. Leur fille Marion est ostéo. On était ensemble au lycée. Elle est super douée, je sais que ça pourrait t'être utile. J'espère pouvoir venir d'ici peu mais bon je croule sous les engagements et puis tu connais Marco, il me pousse à tout accepter. Et encore merci de me laisser ton appart, ça me sauve, j'en peux plus des hôtels et ça va me faire du bien de poser enfin mes affaires quelque part. Une dernière chose : j'ai pensé à toi et fait deux trois petites courses. Dernier tiroir en bas à gauche du grand meuble, sous les câbles. Ne me remercie pas, c'est cadeau. » C'est comme ça que se terminait le mail qu'il m'avait envoyé juste avant que je m'installe ici. Depuis, je n'ai pas osé pousser la porte du studio.

J'ai rangé mes surgelés en repensant à la jolie brune du supermarché, son air bienveillant, sa gentillesse sincère, ses doigts délicats et son regard triste lorsqu'elle a relevé la tête vers moi. Au fond, je crois que j'aimerais bien pouvoir aussi, de temps en temps, appuyer sur un bouton et profiter du silence. Je n'ai pas de mal à imaginer le soulagement qu'elle doit ressentir quand, d'un simple geste, elle se déconnecte du vacarme ambiant dans lequel elle baigne du matin au soir. À moins que la lassitude finisse par la gagner, elle aussi. Passer son temps à batailler pour entendre et se faire entendre. Je comprendrais très bien qu'on puisse avoir envie de jeter l'éponge.

Pour ma part, je paierais très cher un remède efficace contre les acouphènes. Ces dernières années, leur fréquence et leur intensité n'ont cessé d'augmenter. Ils ne sont jamais aussi douloureux que le lendemain matin, quand vous vous réveillez avec une saloperie de sirène suraiguë qui vous hurle dans les tympans. Évidemment, c'est toujours au plus mauvais moment que ça arrive, lorsqu'on rêve de pouvoir enfin se reposer un peu, juste deux ou trois heures de sommeil s'il vous plaît, une courte trêve, un bref répit avant de remettre le couvert, c'est là, pile à cet instant, que les sifflets du carnaval de Rio se filent rendez-vous pour la grande parade à l'intérieur de votre crâne. Je peux bien me plaindre de ce vent incessant qui s'infiltre par tous les pores de cette maison, fait claquer les volets et vibrer les carreaux des fenêtres comme un caisson de basses, de cette impression de vivre dans une gigantesque soufflerie capable de rendre le plus stoïque des moines bouddhistes aussitôt nerveux et agressif, mais la vérité c'est que cette tempête n'est qu'un doux soupir en comparaison des acouphènes qui me vrillent régulièrement le cerveau.

La situation a vraiment empiré quand le rythme de mes dates s'est accéléré. De deux à trois par semaine je suis passé à cinq et parfois six lorsque j'enchaînais deux clubs dans la même nuit. Je ne vais pas cracher dans la soupe, j'ai toujours adoré ces marathons, mais il est certain que se produire trois fois en deux jours dans trois pays différents n'est pas le meilleur moyen de prendre soin de sa petite santé. Sauter d'un club à l'autre, d'une fête à l'autre, descendre d'un avion et en reprendre un aussitôt, changer d'hôtel chaque jour, traverser le monde dans un sens puis en sens inverse, perdre quelques heures de vie ici, en regagner là.

Il m'arrivait de me poser, de temps à autre, mais quand on mène ce genre d'existence, ces brefs interludes de lucidité s'apparentent plutôt à des incidents de parcours. Combien de fois me suis-je réveillé en ignorant dans quel pays je me trouvais ?

Le problème de ce métier, c'est que lorsqu'on est au sommet de la vague, il faut tout faire pour y rester, car personne ne peut prédire quand elle s'écrasera. C'est ainsi que j'ai vécu, durant près de vingt ans, sans toucher terre, tenant à distance respectable les siffleurs de Rio grâce à un savant cocktail d'alcool et de came. J'aurais dû consulter un spécialiste dès les premiers signes, mais j'ai préféré le confort cotonneux de ma petite fuite en avant.

« Vous savez qu'il existe des protections auditives qui atténuent le volume sans modifier l'équilibre des fréquences ? » m'a suggéré l'ORL avec qui j'ai fini par prendre rendez-vous.

– Autant demander à un peintre de travailler avec des lunettes de soudeur.

Ou caresser le sexe d'une femme avec des moufles.

– Ça n'a pas de sens, vous comprenez ?

Il fit une moue dubitative et reposa ses lunettes sur son bureau. En ce temps-là, je ne parlais pas à voix haute sans m'en rendre compte, fort heureusement. Je me suis bien gardé de le lui dire, mais en réalité j'arrivais à supporter ces bouchons d'oreille en début de soirée, quand j'étais encore à peu près sobre. C'est toujours sur la fin que je les enlevais, au pire moment, lorsque le son était poussé au maximum, que mes tympans accusaient la fatigue et que je n'éprouvais plus qu'un très vague intérêt pour ma propre survie. La détérioration de l'ouïe dépend directement du volume et du temps d'exposition, chacun sait ça aujourd'hui. On le rabâche assez aux gamins qui partent à l'école un casque vissé sur la tête, moins aux Sénégalais à qui on refile le marteau-piqueur sur les chantiers du BTP. Vous pouvez supporter un bruit intense un court instant ou une longue exposition à un volume modéré, mais si vous combinez les deux un certain temps préparez-vous pour le grand carnaval, avant de dire adieu une bonne fois pour toutes à vos tympans.

À quoi bon faire ce métier si c'est pour se mettre hors du son ? Les racines les plus anciennes de la musique électronique remontent aux premières transes africaines, bien avant qu'on invente la notion même de musique. Depuis cet âge lointain, et jusqu'à aujourd'hui dans les clubs où on se soucie de servir aux clients autre chose que la soupe indigeste crachée par les radios commerciales, il ne s'agit pas d'écouter de la musique, mais bien d'être la musique elle-même, à l'aide de quelques substances au besoin. Les Ibicencos prétendent que les Sirènes auxquelles Ulysse a échappé à son retour de Troie se planquaient à Es Vedrá, une île rocheuse en forme de pyramide aux pentes abruptes et à la beauté magnétique qui plonge dans la Méditerranée à l'ouest d'Ibiza, un des endroits les plus magiques que je connaisse. Steve Ogden, un historien anglais qui habite depuis une trentaine d'années une minuscule maison nichée au cœur de la citadelle, m'a un jour raconté qu'en réalité Ulysse s'était plutôt paumé quelque part entre la Sicile et l'Italie mais il admit, en sirotant sa *hierbas* noyée dans les glaçons à la terrasse d'un petit café à deux pas de chez lui, qu'à Es Vedrá, avec le soleil disparaissant derrière l'île dans un ciel incandescent à la Turner, ça aurait quand même eu plus de gueule. Toujours est-il qu'Ulysse a collé d'office des bouchons de cire dans les oreilles de ses marins mais qu'il a préféré s'attacher au mât plutôt que de se priver du chant des Sirènes. Tout est dit il me semble.

Sur la fin, avant que j'enchaîne pain sur pain au point de me ridiculiser, j'avais fini par mixer les doigts posés sur le disque. Avec le métier, on peut ressentir la pulsation aussi nettement que lorsqu'on touche les veines de son poignet. C'est subtil mais c'est là, une onde, creusée dans les microsillons. La dégénérescence d'un sens entraîne paraît-il le développement des autres. Les aveugles ont l'ouïe fine, dit-on. Il faut croire qu'en ce qui me concerne mon toucher s'est affiné à mesure que mes tympans rendaient l'âme. La musique me parvenait comme un son sourd et étouffé par l'épaisseur de ma boîte crânienne et les basses me brassaient les tripes, mais dès que je posais mes doigts sur le vinyle en rotation mon corps entier se transformait en bras articulé terminé d'un petit diamant, j'émergeais miraculeusement de ma baignoire, et tout redevenait clair et limpide. On touche, on entend, n'est-ce pas merveilleux ? On dit que les instrumentistes, les bons du moins, font corps avec leur instrument. Moi je faisais corps avec la musique elle-même.

Malheureusement, ça n'a pas duré. Les pains, c'est la honte du DJ. Le métier, d'un point de vue purement technique, consiste à caler deux disques au même tempo, c'est à peine plus compliqué que ça. Alors quand cette petite mécanique se détraque, les gens vous regardent en grimaçant, sidérés, comme si vous les aviez offensés. Une nuit, un type bien perché qui dansait la tête baissée et les yeux clos juste devant le booth, un bras figé en l'air, l'index pointé vers le ciel, est subitement sorti de sa solitude extatique au moment où je lançais un disque totalement à contretemps. Il a relevé la tête et j'ai juste eu le temps de voir son regard horrifié avant de recevoir en pleine tronche la fin du verre de bière qu'il tenait dans l'autre main. Les videurs l'ont dégagé illico mais je dois dire que je ne lui en ai pas voulu. Un pain, ça ne se fait pas, point final. C'est aussi inconcevable que de cracher dans le verre de son voisin. À la première plantade, priez pour que le public fasse preuve de mansuétude. À la seconde, soyez certain que c'est la seule chose qu'il retiendra. Pour parfaire le tableau, attendez-vous à ce qu'un connard, qui comme par hasard filmait à cet instant précis, balance dans la minute sa vidéo sur internet et que votre petite prouesse finisse par tourner en boucle sur les réseaux sociaux assortie de l'habituel cortège de commentaires sarcastiques. Le pire, c'est qu'à leur place je ferais pareil. Pas d'impunité pour ceux qui massacrent la musique. Ils sont aussi coupables que ces abrutis qui se mettent à applaudir dans les concerts alors qu'ils sont infoutus de tenir le rythme plus de cinq secondes et transforment un moment de grâce en bouillie immonde. Combien d'enregistrements de concerts saccagés par les applaudissements du public ?

J'en étais arrivé là, doucement mais sûrement. Ceux qui me décrivaient à longueur de colonnes comme un esthète du mix, un virtuose des platines, qui louaient ma nonchalance et ma facilité, ceux-là me regardaient maintenant avec un mélange de pitié et de colère. Le problème, c'est que la plupart du temps je ne me souvenais de presque rien le lendemain matin. J'avais même plutôt l'impression d'avoir passé une bonne soirée. Dans ce monde-là, quand vous avez atteint une certaine notoriété, plus personne dans votre entourage n'ose émettre la moindre critique. Et si vous êtes sympa avec les promoteurs, les patrons des clubs et le petit personnel, que vous remplissez les salles et que vous ne vous prenez pas trop au sérieux, alors on vous pardonne à peu près tout. Les artistes ont des hauts et des bas, ils sont exubérants, on aime leur folie douce, leurs excès, leur caractère imprévisible, les mêmes clichés éculés depuis des siècles. Rien n'est bien grave, tant que le fric continue de rentrer.

J'aurais sans doute pu tenir encore des années ainsi, à noyer mes acouphènes dans la vodka et consciencieusement effacer les traces de la veille. J'aurais pu, ça aurait d'ailleurs été très confortable, mais j'étais en réalité loin d'avoir touché le fond.

Le premier avertissement m'est tombé dessus en février dernier, alors que j'entamais assez tranquillement la troisième heure d'un set house plutôt old school dans la main room de la Fabric. Eddie, *le* grand Eddie, était resté à boire pinte sur pinte avec Ben depuis que je l'avais remplacé à deux heures. On était en famille, j'avais la situation en main, je gérais. Mieux en tout cas que les deux filles qui s'étaient incrustées dans le booth et dont le niveau d'excitation, mesurable à la distance séparant le bas de leur jupe du pli de leur aine, atteignait désormais la cote d'alerte.

Put your hand in my flame

I won't burn you I promise

Morning Factory tournait sur la platine de gauche, le club entier n'était plus que vibration et les murs suintaient le sexe quand je me suis demandé ce que j'allais bien pouvoir passer après ça. Il y a des morceaux qui n'ont d'intérêt que mixés à d'autres, lorsque leur superposition fait naître le parfait mélange. Certains se suffisent à eux-mêmes, mais ne seront jamais plus qu'un bref tronçon du voyage. Et puis il y a ces morceaux, rarissimes, avec lesquels on pourrait tenir une soirée entière. Une voix féminine et suave qui susurre, une ligne de basse entêtante, un groove lascif : Ron et Chez au sommet de leur art.

Boum-boum boum boum

Quand on en est là, l'étape d'après, logiquement, c'est le climax. Je suis donc reparti en quête du prochain disque en surveillant d'un œil la montée des eaux du côté des deux pépettes qui se frottaient l'une contre l'autre. Débordement imminent. Je me suis relevé, un disque à la main, j'ai vu Eddie, hilare, qui ne perdait pas une miette du spectacle, et je l'ai vu vider son verre en levant un pouce complice dans ma direction.

Et puis plus rien. La chemisette à fleurs assortie à ses yeux bleu clair, les deux sirènes, lèvres entremêlées et jupes au-dessus des fesses, mon sherpa, les bras en l'air, les yeux au ciel, en pleine ascension solitaire de l'Everest, et partout devant moi des gens qui hurlent, sifflent et claquent des mains. Plus un son et pourtant je l'entends, cette basse. *Boum-boum boum boum.* Elle est là, c'est bien elle, aucun doute. *Boum-boum boum boum*, mais rien d'autre. Pas un charley, pas une nappe, pas un clap. *Boum-boum boum boum.* Le silence. Un silence habité par le souvenir d'une ligne de basse, comme une ritournelle. *Boum-boum boum boum.* Je vois Eddie qui me parle, je vois Ben applaudir, probablement pour célébrer son arrivée au sommet, et je vois l'une des deux filles crier, les yeux clos, tandis que les doigts de la seconde lui fouillent ostensiblement la chatte. Je vois les vumètres de la table de mixage qui clignotent en rythme et, devant moi, une foule entière qui rebondit, dans un silence de mort.

J'ai juste eu le temps de sentir la pochette blanche absorber la transpiration de mes mains soudain moites et une rivière d'eau glacée m'inonder le dos.

Boum-boum boum boum

Je me suis réveillé dans les loges allongé sur un canapé, entouré de deux types en blouse blanche, avec un acouphène de première classe et la sensation d'avoir la tête prise dans un étau.

– *Damn mate*, tu as me foutu le trouille ! me dit Ben, dans un français presque impeccable.

En sueur, fébrile et encore plus pâle que d'habitude, il subissait sa descente précipitée de l'Everest.

– Qui est-ce qui… ?

– Eddie prit ton place, *no worries, it's all good.*

– Tu peux dire à ces types de dégager ? J'ai besoin d'air là, tout va bien.

Ben fit vider la loge. Ça pouvait aller, oui. Enfin ça irait mieux bientôt avec deux ou trois cachetons. Ce n'était pas mon premier black-out, j'en avais vu d'autres.

– *I'm so high, mate. Fucking good shit !* Tu pris quoi ?

Rien, justement, et c'était bien ça le problème. Je me suis si souvent foutu dans des états misérables que j'ai fini par bien les connaître, ces lieux désagréables mais familiers, comme la petite impasse qui pue la pisse en bas de chez moi. Mais ce soir-là, j'avais peu picolé et, pour une fois, été beaucoup moins gourmand que Ben, qui a la croquette facile et qui, avec le temps, est aussi devenu mon goûteur. J'étais donc raisonnablement chargé, la petite dose pépère, la dosette des soirées tranquilles, loin en deçà de la limite de vitesse, celle des écarts de conduite et des sorties de route, rien qui puisse par conséquent expliquer la commutation brutale de mes tympans, la douche glacée et ce bye bye improvisé en plein peak time.

Le lendemain en fin d'après-midi je suis allé voir Keith, le patron du club, et Terry, le promoteur de la soirée, puis j'ai appelé mon agent pour lui donner des nouvelles. À vrai dire, personne ne s'était vraiment inquiété, ce qui m'a à moitié contrarié. J'ai plaidé l'intoxication alimentaire en mettant ça sur le compte du balti pakistanais, excellent au demeurant, où j'avais dîné en début de soirée, mais je l'ai fait si maladroitement qu'ils ont tous pensé que je m'en étais encore collé une bonne. L'explication était beaucoup plus vraisemblable et je n'ai pas voulu la démentir. Elle dissuadait les uns et les autres d'aller chercher plus loin. Pourtant, ça commençait à puer sérieusement. J'avais pris l'habitude de mixer en sourdine et je m'en sortais plutôt pas mal, mais là ça changeait la donne. Du son et d'un coup, sans le moindre signe avant-coureur, plus rien, comme un bouton sur lequel on appuie. On/Off.

Et ce putain de mistral qui n'arrête pas de siffler. Techniquement, on appelle ça un bruit blanc. Les mauvais producteurs de musique électronique en collent des louches dans les breaks de leurs morceaux pour accentuer les montées avant la reprise du kick. Le vent qui se lève avant l'arrivée de la tempête, le grondement de l'orage, l'explosion des lumières et des fumées, le typhon, le tremblement de terre et l'éruption volcanique réunis, la petite routine pyrotechnique, la tarte à la crème de l'électro. Le pire c'est que ça marche, ça rend les gens hystériques. Quelle misère. Il faut que je m'occupe de fixer ces volets sinon ça va me rendre dingue.

En avril dernier, j'ai commencé à me poser de sérieuses questions sur ma santé mentale, au-delà de mes problèmes d'audition. Bien sûr, quand on fait le métier que je fais, la notion de normalité peut vite paraître assez fuyante. Comme une grenouille qu'on plongerait dans une casserole d'eau froide chauffée à petit feu, on a tendance à trouver notre environnement tout à fait normal jusqu'à ce qu'il nous grille définitivement le cerveau. En vingt ans de métier j'ai vu des types perdre des décibels à chaque oreille année après année avant de se bousiller les cordes vocales parce qu'ils ne s'entendaient quasiment plus. J'ai vu une des légendes de la house, Lil Louis, devenir sourd à cause d'un abruti qui a trouvé très malin, on se demande toujours ce qui est passé par la tête de ce décérébré, d'actionner une sirène à air comprimé à trente centimètres de ses tympans pendant les balances. Lil a hurlé de douleur, a été emmené d'urgence à l'hosto où on l'a bourré de calmants et depuis il n'arrive même plus à marcher droit, son oreille interne est flinguée. Mais des cas comme le mien, jamais. Pas un. Les pannes intermittentes, tous les réparateurs de bagnoles le disent, c'est la plaie. Avec une bonne grosse panne au moins on sait à quoi s'en tenir. Mais quand ça va ça vient, sans raison apparente, c'est évidemment tentant de se dire que le problème n'est peut-être pas là où on l'imagine.

– Je suis enceinte.

– Sans déconner.

Elle a balancé ça comme ça, en reposant sa tasse, assise en face de moi, sous les platanes, à la terrasse d'un café du haut Marais.

– On est tellement heureux, si tu savais.

C'était le moment de la féliciter, bravo c'est formidable, vraiment qu'est-ce que je suis content pour toi, c'est pour quand, c'est un garçon ou une fille, ah mais non je suis con tu le sais pas encore, des idées de prénoms peut-être, mais tout est resté bloqué sur le trajet de mon cerveau à mes cordes vocales, quelque part au niveau de l'estomac.

– Ça va mieux entre vous, alors ?

Cache ta joie, mon grand.

– On a traversé une période un peu difficile.

Elle marqua un temps. Ses doigts jouèrent un instant avec la cuillère qu'elle tentait de faire tenir en équilibre sur le bord de sa tasse. Elle ajouta d'une voix faible :

– Comme tous les couples je suppose.

La cuillère se figea une fraction de seconde, petit miracle fragile, parfaite métaphore de leur histoire, puis retomba dans la coupelle.

– C'était devenu invivable ce minuscule deux-pièces. Lui comme moi on avait besoin d'un peu d'espace, c'est normal non ?

Je me suis fait violence pour lui dire que j'étais très content pour eux, que c'était une heureuse surprise et encore deux ou trois banalités du même ordre, mais je suis certain qu'elle n'y a pas cru. Elle me connaît trop bien, et je ne suis pas très doué pour lui cacher ce que je pense. Elle a esquissé un sourire en me remerciant mais j'ai surtout lu de la compassion dans son regard.

Putain, je ne m'attendais vraiment pas à ça. J'avais l'impression que leur couple battait de l'aile depuis des mois. Non, pas depuis des mois. Depuis des années. Lui, je ne l'ai jamais senti. Il est plutôt sympa au premier abord, toujours souriant et rasé de près, mais il a ce côté faux cul des Américains qui surjouent en permanence tout ce qui leur arrive. *Amazing. Fantastic. Awesome, dude !* Je suis pas ton *dude*, mec. La vérité c'est que je n'ai jamais compris ce qu'elle pouvait bien lui trouver. Les blondinets du premier rang qui levaient le doigt en trépignant, c'était pas trop mes potes. Et puis merde, prof de golf, sérieusement. Ces couche-tôt qui débutent leur journée par un jogging avant d'aller déambuler sur des pelouses parfaitement tondues en polo et pantalon blanc. Un monde de gendres idéaux. Sauf que l'été dernier il l'a plantée dans une maison qu'ils avaient louée avec des amis près de Faro dans le sud du Portugal après avoir piqué une crise parce que la clim était en panne. La grande classe.

Il a fait ses valises et elle a terminé ses vacances sans lui. Et cet hiver encore il s'est cassé deux semaines quasiment sans la prévenir pour remplacer au pied levé le caddy d'un client sur un tournoi au Texas. Il est parti au boulot le matin et lui a laissé un message dans l'après-midi pour lui annoncer qu'il décollait deux heures plus tard pour Austin, oubliant au passage de lui souhaiter son anniversaire. Qui peut avaler un truc pareil ? Ana a débarqué chez moi en larmes, le soir même, avec la bouteille de champagne qu'elle avait achetée pour fêter ça avec lui. Elle me confia qu'elle n'en pouvait plus, qu'elle n'arrivait pas à le comprendre. On a passé une bonne partie de la soirée à discuter en vidant quille sur quille, je lui ai proposé de rester dormir à la maison parce que je ne voulais pas qu'elle rentre chez elle dans cet état et lorsqu'on s'est réveillés enlacés dans les bras l'un de l'autre, le lendemain matin, elle m'a semblé enfin décidée à le quitter. Mais elle est restée.

– Et vous déménagez quand ?

– Début mai, j'ai hâte. C'est magnifique je te jure, le salon donne sur les toits de Paris.

Avec deux chambres, dont une pour le bébé, c'est formidable. Au sixième, plein sud. Merveilleux. On voit la tuyauterie de Beaubourg, Notre-Dame et la tour Eiffel si on se penche un peu à droite. Sauf que dans trente mètres carrés ou trois cents, ça reste une bonne grosse connerie de s'entêter avec ce mec, et encore plus de lui pondre un gamin. Comment peut-elle ne pas voir ce qui lui pend au nez ? Elle croit vraiment que la présence d'un gamin va le stabiliser ? Elle mérite mieux que ce type, ça me tue.

On s'est rencontrés au Cœur Fou, un bar de la rue Montmartre, il y a près de vingt ans. Je devais avoir vingt et un ou vingt-deux ans, elle deux de moins. Elle était venue accompagnée d'une copine à la beauté sauvage dont j'ai oublié le nom, avec son immense crinière qui lui descendait jusqu'aux fesses, un visage oblong et une peau diaphane illuminée par des yeux déraisonnablement clairs. Olive s'est aussitôt jeté sur l'amazone, et je me suis retrouvé à discuter avec Ana. C'est toujours utile d'avoir un pote qui en fait des tonnes parce qu'on passe par comparaison pour un type subtil et délicat. Quelques minutes ont suffi. Elle était là. Je veux dire, alors que tout papillonnait autour d'elle dans ce bar blindé de monde, encerclée par ces gens qui se donnaient en spectacle, récitant leur partition pour la soirée, ces types si drôles et sympathiques, ces filles si belles et virevoltantes, ces conversations bruyantes et ces rires qui couvraient la musique, le bruit des verres entrechoqués et des glaçons éclatés au pilon dans les mains des barmans, au milieu de cette gentille hystérie, accoudée au zinc, tranquille et sereine, elle, était là. Vraiment là, avec son regard intense, sa voix grave un peu enrouée et sa diction délicieusement chantante. Je n'avais jamais entendu une voix pareille, aussi simple et sincère, et je n'en connais pas d'autre. En réalité, je n'entendais qu'elle, comme si le volume de tout le reste, par respect pour ce miracle, avait été baissé. Quelques jours plus tard on sortait ensemble. Ça n'a pas duré, mais on ne s'est jamais vraiment quittés. On se voit régulièrement, un peu moins ces dernières années car je n'ai pas arrêté de bouger, mais on est toujours là l'un pour l'autre, capables de reprendre en un claquement de doigts une conversation interrompue des mois plus tôt.

Je l'ai regardée dans la lumière tamisée de cette matinée de printemps. Les années l'ont encore embellie, même si je la trouve plus soucieuse. Elle a perdu du poids ces derniers temps et son visage s'est émacié. J'ai écrasé la rondelle de citron au fond de mon Perrier et réalisé en tournant la longue cuillère que je n'entendais ni le tintement des glaçons ni le bruit du métal au contact du verre. Bon Dieu non. J'ai évité le regard d'Ana et relevé la tête en direction du groupe de jeunes qui discutaient sous le store à l'entrée du café. Cette brune qui hurle de rire, je devrais l'entendre. Elle est là, à moins de dix mètres. Et ce couple à la table d'à côté, je les entendais distinctement il y a un instant, le type a une voix nasillarde insupportable. Non, non non, c'est pas possible, il est pas midi, je suis à la flotte et sobre depuis samedi dernier. J'ai tourné la tête vers Ana et vu ses lèvres bouger dans un silence complet. J'ai fermé les yeux, longuement. Quand je les ai rouverts, son visage avait changé d'expression. J'ai lu : « Ça va ? » sur ses lèvres. On peut tous lire ces deux mots sur les lèvres, particulièrement ceux qui travaillent dans le monde de la nuit. Les barmans, les videurs, les DJ, les danseuses, les régisseurs, chacun de nous sait lire sur les lèvres. C'est une question de survie. Elle se pencha vers moi. Sa main se referma sur mes doigts.

– Juan, ça va ?

Elle est revenue.

Elle est là.

Sa voix suave, je l'entends maintenant.

Je n'ai pas osé respirer tout de suite, de peur que cette connexion fragile se brise à nouveau. J'ai balayé du regard la terrasse, entendu les conversations aux tables voisines, le rire haut perché de la fille près de la porte et les ordres criés au bar. Le bruissement des platanes, les roucoulades du couple de pigeons, chaque chose était à sa place, jusqu'au ronronnement lointain des Grands Boulevards. J'ai pris une longue inspiration.

– Ça va, Juan ? Qu'est-ce qui se passe ? T'es livide, tu m'inquiètes.

J'ai hésité une demi-seconde et j'ai tout déballé, la voix chevrotante, dans le désordre et la précipitation : les acouphènes, les pertes partielles puis de plus en plus sévères de l'audition, mes stratagèmes pour le cacher aux uns et aux autres, les douleurs intenses dans les tympans, les pains, la bière tiède et les sueurs froides, mon évanouissement à Londres, la panique, la peur de la suite, des conséquences inévitables pour mon métier, mon avenir.

Elle a serré ma main dans la sienne.

– Faut que tu t'occupes de ça, Juan. Va voir quelqu'un, tu peux pas continuer comme ça.

À droite du porche, la plaque dorée annonçait : « Dr Krug, ORL, Diplômé de la Faculté de médecine de Colmar ». J'ai ignoré l'ascenseur guère plus large qu'un cercueil et pris les escaliers recouverts de moquette rouge. Au premier étage, un petit écriteau fixé sur la porte priait de sonner avant d'entrer mais j'ai préféré la pousser en silence afin de préserver mes capacités de battre discrètement en retraite.

Une lampe vieillotte posée sur une cheminée en marbre éclairait la salle d'attente d'une lumière blafarde. J'ai salué d'un « Messieurs dames » un couple de vieux et une femme ronde d'une quarantaine d'années qui n'a pas levé la tête de son téléphone. Je me suis assis entre eux, au fond de la pièce, dos à la seule fenêtre devant laquelle tombait un voilage grisâtre. Les murs peints d'un vert vaseux étaient décorés de natures mortes et d'aquarelles figurant des clochers de village, des champs de fleurs et des pâturages remplis de vaches.

– Madame Dumand ?

Le docteur Krug se tenait dans l'embrasure de la porte, voix grave et sourire bienveillant, une main tendue pour inviter la petite grosse à se lever, l'autre pointée en direction de son cabinet. La soixantaine dégarnie et bedonnante, petites lunettes et barbe respectable, il se fondait à merveille dans ce décor de province. La femme rangea son téléphone, se leva de sa chaise, sortit sans nous accorder un mot ou un regard, et Krug referma derrière elle.

J'ai adressé un sourire poli aux deux petits vieux et attrapé un magazine sur la table basse. Une page sur deux était consacrée à de la publicité pour des appareils auditifs, assez semblables aux écouteurs que je me suis fait faire sur mesure, il y a quelques années, avant de les abandonner pour revenir à mon bon vieux casque. Le casque du DJ, c'est un peu comme la toque du chef ou le stéthoscope du médecin, l'un ne va pas sans l'autre. Sans lui, pas moyen d'écouter, caler et lancer le morceau suivant. Certains de mes collègues qui font de la musique de stade pour post-ados hystériques l'ont bien compris et montent toujours sur scène avec un casque autour du cou, mais ils ne poussent cependant pas la comédie jusqu'à le remonter sur leurs oreilles, puisque leur show est déjà préenregistré. C'est comme les vinyles, cette histoire. La plupart les ont remisés chez eux après les avoir numérisés et sillonnent la planète entière sans se casser le dos, la totalité de leur collection réunie sur une poignée de clés USB. Celle de mon pote Laurent, qui est un acheteur compulsif et de très loin le collectionneur le plus obsessionnel que je connaisse, était devenue tellement envahissante qu'il ne pouvait même plus fermer la porte de ses chiottes. Sa femme lui a lancé un ultimatum, tes vinyles ou moi, mais finalement ils ont déménagé pour plus grand et continuent de filer le parfait amour entourés de soixante mille disques. Un ou deux disques durs auraient réglé le problème de façon plus économique mais lui n'y aurait probablement pas survécu. Désormais, certains jouent directement depuis un logiciel dans leur ordinateur et sont pour cette raison, à quelques exceptions près, chiants à mourir. Les gens aiment voir le DJ s'agiter, chercher ses disques, sélectionner ceux qui viendront plus tard en les sortant de leur bac, les glisser hors de leur pochette, les nettoyer avec une brosse antistatique pour les plus méticuleux ou le bas d'un T-shirt pour les autres, dont je fais partie, les poser sur les platines, chercher le morceau, décider finalement de jouer l'autre face, ajuster l'aiguille, régler le pitch et faire quelques allers-retours sur le charley ou sur le pied, selon les écoles, avant de les lancer. Malgré quarante ans de révolutions technologiques successives, ce folklore n'a pas pris une ride. Avec les vinyles, chacun sait que le DJ fait son taf. Les vieux de la vieille, Derrick, François, Kerri et les autres, transpirent sang et eau pendant leurs sets, au point de jouer avec une serviette-éponge autour du cou. Ces gars se sont toujours démenés pour défendre leur musique. Au prix où on nous paye il me semble qu'on peut bien se donner ce mal.

Le vieux s'adresse à sa femme pour lui demander l'heure et se plaint du retard. Le pauvre bougre hurle. Il doit être sourd comme un pot. Sa femme relève sa manche, oriente sa montre vers lui et, d'un geste de la main, le prie de baisser le ton. C'est peine perdue. Elle se tourne vers moi et s'excuse, gênée. Je tâche de lui rendre son sourire mais le cœur n'y est pas. Moi aussi je vais finir ainsi, à gueuler dans l'oreille de mes voisins, étaler sur la place publique, dans le métro, au restaurant, des conversations privées et des détails de ma vie intime, déclencher les railleries des adolescents et plonger dans l'embarras les témoins de mes déballages indécents.

– Monsieur Richet ?

La femme attrape le bras de son mari et lui fait signe de se lever.

– Ça va oui, j'ai entendu ! dit-il en beuglant, exaspéré.

Bon Dieu, voilà ce qui m'attend. Il est encore temps de me casser d'ici, appeler mon agent et lui dire d'accepter toutes les dates possibles pour les semaines, les mois et les années à venir, jusqu'à ce que mort s'ensuive. Tant pis pour la multiplication des pains, les regards consternés, les jets de bière tiède. Je vais continuer jusqu'à m'effondrer, une nuit derrière les platines, et on en restera là.

J'étais à deux doigts de me lever quand une jeune femme d'une trentaine d'années entra avec son fils âgé de six ou sept ans. Elle me salua d'un signe de tête en souriant et ils s'installèrent à ma droite. Elle sortit de son sac un roman, tendit au gamin une bande dessinée, et la salle d'attente retrouva aussitôt son atmosphère feutrée. Elle était d'une beauté assez spectaculaire avec ses longs cheveux d'un blond très clair, ses taches de rousseur sur le nez et les pommettes, et pour seul maquillage un rouge à lèvres rose pâle. Le blondinet, lui, semblait s'être échappé d'un catalogue de fringues pour enfants. J'ai croisé un nombre incalculable de belles filles dans ma vie, mais peu d'entre elles atteignent l'élégance naturelle et le charme sexy des Parisiennes. J'en étais à me demander ce qui pouvait bien les amener là, comme si une telle perfection constituait un vaccin contre les ennuis de toute sorte, lorsque le gamin posa son album, tapota le genou de sa mère et s'adressa à elle en langue des signes. Je n'ai rien compris à ce qu'elle lui répondit mais le blondinet pouffa de rire. Elle l'embrassa sur le front, visiblement heureuse de sa blague, et je ne pus m'empêcher de sourire à mon tour.

– Monsieur Llosa ?

Krug avait poussé la porte et repris sa pose d'agent de la circulation.

– Suivez-moi je vous prie.

Je me suis exécuté docilement, j'ai dit au revoir aux deux anges et suivi Krug jusqu'à son cabinet.

Un bureau en bois au plateau recouvert de cuir tournait le dos à deux grandes fenêtres occultées par des stores à lames verticales. J'ai balayé du regard les diplômes encadrés et les schémas anatomiques, la table d'examen, le tabouret à roulettes rescapé des années quatre-vingt et le lavabo sur pied sans doute posé avant-guerre, à une époque où on faisait encore sa toilette debout dans sa chambre. Dans un coin de la pièce, comme téléporté d'un futur proche, se dressait une immense cabine d'un blanc éclatant, percée sur le côté d'une vitre sablée qui lui donnait un air de confessionnal ultra-moderne.

Krug prit place dans un grand fauteuil et me fit signe de m'asseoir. Sur le bord du bureau, un crâne sectionné verticalement révélait l'intérieur du nez, de la gorge, de l'œsophage et d'autres organes peints dans des couleurs de chair plus ou moins sanguinolente. Une autre coupe, plus petite mais aussi dégueu, montrait l'intérieur d'une oreille.

– Qu'est-ce qui vous amène, monsieur Llosa ?

On y était. L'heure de vérité. Je lui ai expliqué que j'étais DJ depuis une vingtaine d'années, que j'avais joué trois à quatre fois par semaine en moyenne les dix dernières, que mes acouphènes s'étaient aggravés au point parfois de m'empêcher de dormir, que j'avais des douleurs dans les tympans de plus en plus sévères, qu'une bonne partie du haut du spectre avait déjà disparu et que cela commençait à me poser de sérieux problèmes pour exercer mon métier.

Il prenait des notes, consciencieusement, sur un petit bristol.

– Quel âge avez-vous, monsieur Llosa ?

– Trente-neuf ans.

Il toussota.

– Bien, je vois. Les symptômes que vous décrivez sont malheureusement assez fréquents chez les personnes qui travaillent dans des environnements très bruyants. La prévention est le meilleur des remèdes, vous le savez déjà je suppose ?

Oui, je sais, merci du conseil, mais quand on est booké pour jouer de deux à sept heures du matin, faire une pause pour aller reposer ses tympans n'est pas une option. Je sais aussi pour les protections auditives mais, à vrai dire, je me fous pas mal de votre patient barman dans une discothèque. Vous croyez qu'on se connaît, c'est ça ? Quant à votre chef de chantier qui construit des plateformes pétrolières, non, vraiment, j'en ai rien à foutre. Et oui, je sais pour le milliard de jeunes de moins de trente-cinq ans exposés au risque de déficience auditive à force d'écouter de la musique à plein tube dans leur casque. Je sais qu'il ne faudrait pas s'exposer à plus de quatre-vingt-cinq décibels pendant plus de huit heures par jour ou à plus de cent décibels pendant quinze minutes et oui, malheureusement, je sais que les lésions des cellules sensorielles de l'oreille sont définitives. Bon Dieu, si c'est pour entendre ça, j'aurais mieux fait de rester chez moi. Trois cent soixante millions de personnes dans le monde qui souffrent de déficience auditive, ah oui quand même ! Et la moitié serait évitable, ben tiens. Là où je joue, on pète très largement la barre des cent décibels, ça dure des nuits entières et, par définition, c'est pas demain la veille que les DJ porteront des bouchons anti-bruit comme les agents qui assurent la sécurité dans les tribunes des stades de foot.

– Je peux vous prescrire des calmants, cela atténuera la douleur provoquée par vos acouphènes. Pour le reste, vous devez trouver un moyen de ne pas aggraver les choses. Vous comprenez que c'est un processus irréversible, n'est-ce pas ?

Je sais déjà tout ça, bon sang. Et côté cachetons, j'ai ce qu'il faut, merci bien.

Allez, lâche le morceau, mon grand.

C'est maintenant ou jamais.

– Depuis quelque temps, j'ai aussi des pertes totales de l'audition. Ça m'est arrivé deux fois, une fois en club et une autre fois en pleine journée. Dans les deux cas je n'ai rien senti venir.

Il repoussa ses lunettes sur le haut de son nez et griffonna quelques mots sur son bristol en marmonnant. Son expression avait changé. C'était subtil mais perceptible. Eh ouais mon gars, on y est, je t'amène un truc un peu plus costaud et excitant que tes petits vieux durs de la feuille ou tes ados à qui tu rabâches inlassablement de penser à baisser le volume.

– Pourriez-vous me décrire exactement ce qui s'est passé ?

Je lui ai tout raconté, en détail. Le réveil migraineux en mode carnaval à Londres, le retour tranquille à la normale à Paris, les sueurs froides, l'absence de signes avant-coureurs.

– Surdité bilatérale dans les deux cas, c'est bien ça ?

– Absolument.

Il resta un long moment silencieux à jouer avec les poils de sa barbe, juste sous sa lèvre inférieure, puis il se redressa, posa son bristol et son stylo, et se racla la gorge.

– Bien. La plupart des surdités temporaires sont liées à ce qu'on appelle un bruit lésionnel, une explosion par exemple. Elles s'accompagnent généralement d'une douleur sévère au niveau de l'oreille interne. Ce que vous décrivez s'appelle une surdité brusque, parce que cela survient sans signe annonciateur. Ces cas sont très rares, cinq à vingt cas pour cent mille personnes, pour vous donner un ordre de grandeur.

Cinq pour cent mille, ça fait quoi ça ? Zéro virgule cinq pour dix mille, zéro virgule zéro cinq pour… Zéro virgule zéro zéro cinq pour cent. Putain de merde.

– Mais les surdités brusques sont presque toujours unilatérales et le plus souvent les patients ne retrouvent pas l'audition, ou seulement partiellement.

Il me regarda quelques secondes par-dessus ses lunettes.

– Vous prenez un traitement ?

– Non.

– Vous avez des antécédents ? Otites, oreillons, rubéole, méningite, syphilis…

– Pas que je sache.

– Vous fumez ?

– Non plus. Enfin, pas de cigarettes.

– Vous consommez des drogues ?

Alors là mon coco, si tu veux aller sur ce terrain, tu ne vas pas être déçu. Dans le milieu où je travaille, ça va plus vite de se demander qui n'en prend pas. C'est pas compliqué, tout le monde se came. Et vu le nombre de pochons qui finissent par terre dans les soirées, à mon avis même les femmes de ménage s'en mettent plein le nez. Il y a une dizaine d'années, je suis allé voir un addictologue à l'hôpital Paul-Brousse à Villejuif car c'était devenu n'importe quoi. Je me la collais le jeudi, j'étais tellement naze le vendredi que je me la recollais encore plus pour contrer la fatigue de la veille, et ainsi de suite jusqu'au dimanche midi. J'étais devenu un expert au jeu du petit chimiste. Je connaissais par cœur les effets des différentes drogues et leurs incalculables combinaisons. À vingt, vingt-cinq balais j'avais une endurance phénoménale. Je me sentais invulnérable. À cet âge, on se fout de la gueule de ceux qui, passé la trentaine, regrettent la résistance et les capacités de récupération de leurs vingt ans. On prend ça pour une forme de coquetterie, le genre de choses qu'on se dit à l'heure de l'apéro, quand les effets de la cuite précédente commencent à se dissiper et qu'on s'apprête à remettre le couvert, alors que chacun sait qu'il s'agit moins de déplorer sa petite forme du jour que de célébrer sa performance de la veille.

Au tournant de la trentaine, j'ai pourtant dû admettre que je n'étais ni plus malin ni plus singulier qu'un autre. Le médecin de Paul-Brousse, un type qui portait sur son visage les stigmates d'une consommation très excessive d'alcool, m'a fait passer un bilan de santé complet. Mon sang était un véritable conservatoire des drogues. Ils en avaient dénombré quatorze, et encore, en ne comptant que celles qu'ils étaient en mesure d'identifier. Le type a su trouver les mots, principalement en m'expliquant que ce ne serait pas une très bonne idée de tout arrêter d'un coup. Il m'a dit de lever un peu le pied, d'éviter les mélanges et surtout de faire des breaks, le plus possible. Il était passé par là, visiblement, et dans le cas de l'alcool les sevrages sont souvent bien plus difficiles car la tentation est plus grande, plus présente, plus diffuse. Il suffit de se pointer dans n'importe quel troquet de Paris pour voir des mecs enquiller ballon sur ballon à l'heure où ceux qui partent bosser avalent un café. Je me suis donc calmé, peu à peu, en arrêtant de me la coller non-stop comme un toxico. Avec le temps, je suis devenu une sorte de junkie mondain dont la consommation a fini par s'indexer sur l'intensité de la fête.

– Beaucoup moins qu'avant, j'ai répondu à Krug.

Beaucoup moins, c'était sans doute encore mille fois plus que la moyenne nationale, mais je n'allais pas entrer dans les détails.

– Ma consommation est purement contextuelle.

Je me suis rendu compte en prononçant ces mots à quel point ça ressemblait à une excuse bidon. La plupart des alcoolos jurent qu'ils ne boivent qu'au dîner, uniquement quand ils sortent ou seulement pour les grandes occasions, mais comme par hasard ils se démerdent pour être au bar trois fois dans la journée, sortir chaque soir de la semaine et avoir toujours un truc à fêter.

– Je vois.

Je l'ai observé un instant, avec sa blouse, ses petites lunettes et son air de type qui occupe ses week-ends à faire des mots croisés en écoutant de la musique classique et je me suis dit que non, il ne voyait rien du tout. C'est impossible d'avoir la moindre hygiène de vie dans ce métier. On passe son temps à voyager, vivre la nuit, changer de fuseau horaire quatre fois par semaine, dormir par tranches de deux ou trois heures, se la coller entre-temps et bouffer de la merde mal assis dans les aéroports. Le problème, d'ailleurs, n'est pas de trouver où bien manger. Le problème, c'est de manger tout court. Au-delà d'une certaine dose de came, on ne mange plus. Dans le meilleur des cas on peut profiter d'une brève descente, au bout d'un jour ou deux, pour tenter d'avaler un morceau. Voilà, on ne mange pas, on avale. Il n'y a pas le moindre plaisir là-dedans, c'est juste qu'on se rappelle soudainement qu'on a un estomac alors que le reste de notre corps est encore congelé. D'ailleurs, je ne crois pas avoir déjà utilisé le four de la cuisine qui m'a coûté un bras il y a dix ans. Si ça se trouve, le mode d'emploi est toujours dedans. Certains se vantent de faire du sport, du yoga, d'avoir leur propre préparateur physique comme les athlètes de haut niveau, de ne manger que du bio, quand ils ne sont pas végétariens ou végans. En réalité, ils continuent de se la coller avec autant d'application et ce qui les maintient à flot c'est de se racheter une virginité en se faisant transfuser une fois par an la totalité de leur sang dans une clinique privée en Suisse.

Krug posa ses lunettes et se pencha vers moi.

– Bon, écoutez, inutile de vous inquiéter outre mesure à ce stade. Pour aujourd'hui, je vais vous examiner et vous faire passer un test audiométrique. Je vais également vous prescrire quelques examens complémentaires. Essayez de prendre rendez-vous assez vite pour le scanner car les délais sont souvent longs.

Un scanner. Des examens complémentaires. Assez vite. Et surtout : ne pas s'inquiéter. Prends-moi pour un con. Comme si je ne savais pas ce que ça veut dire. Quand mon père a commencé à se plaindre de douleurs à la poitrine, lui aussi a dit que ce n'était pas la peine de s'inquiéter, qu'il allait juste devoir faire quelques analyses, que ça ne devait pas être bien grave, qu'il avait simplement pris de l'âge. Cela faisait pourtant déjà plusieurs mois qu'il respirait difficilement. Ils habitaient avec ma mère à Ivry dans un modeste appartement situé au troisième étage d'un immeuble des années soixante-dix. Lui qui, quand j'étais gamin, me jetait sur son épaule comme un sac de ciment et montait les escaliers quatre à quatre avait fini par faire une pause à chaque palier pour reprendre sa respiration. Lorsque les médecins diagnostiquèrent un mésothéliome, une sorte de cancer qui touche l'enveloppe des poumons, l'abdomen et le cœur, il était déjà trop tard. On lui promit six à huit mois. Deux suffirent à l'emporter. Je n'ai pas passé beaucoup de temps en France lors de cet automne 2009, quelques journées à peine, mais suffisamment pour garder le souvenir d'un homme aux joues creusées et au teint cireux, amaigri d'une vingtaine de kilos et crachant du sang entre deux quintes de toux qui le faisaient se tordre de douleur. Son état a empiré à une vitesse qui nous a tous pris de court.

Mi-décembre, je suis parti pour une tournée en Europe du Nord et en Asie. Quinze dates en dix-huit jours, un marathon de plus. Ben m'a abandonné juste avant le Japon pour rejoindre sa famille en Angleterre. C'était la première fois depuis une éternité que je voyageais sans lui. On s'est rencontrés au début des années deux mille, lorsque j'ai commencé à mixer régulièrement à Londres. Il grenouillait dans le petit milieu de la nuit et faisait preuve d'une résistance ahurissante aux effets de l'alcool et des drogues, une qualité très précieuse dans de nombreuses circonstances, bien au-delà de la moyenne de ses concitoyens, qui sont pourtant des experts en la matière. On a très vite sympathisé et je me suis retrouvé à pieuter dans son appart miteux en plein cœur de Camden dont je lui sous-louais une chambre deux nuits par semaine. Ça a démarré comme ça, notre histoire : je l'emmenais dans les clubs où je mixais et il me filait un coup de main pour porter mes sacs, installer mon matos, commander un taxi et bien d'autres choses car mon anglais était à l'époque plus que rudimentaire, et on terminait la fête chez lui avec une faune de clubbers qui pour la plupart lui étaient totalement inconnus. Deux ou trois ans plus tard, alors qu'il venait de se faire virer pour la énième fois d'un boulot alimentaire à la con à force d'arriver défoncé le matin, je me suis dit qu'il était temps de joindre l'utile à l'agréable. Je gagnais suffisamment bien ma vie, je n'en pouvais plus de traîner mes sacs de disques d'un aéroport à l'autre, et mes lombaires s'étaient déjà mises à piquer à force de piétiner durant des heures. Le deal fut vite trouvé, et j'ai arrêté de faire le tour du monde en solitaire.

J'ai donc débarqué seul à Tokyo le 31 au soir, déjà bien rincé par deux semaines de vadrouille ponctuées de quelques rares siestes. La ville était sous la neige et la circulation encore plus délirante que d'habitude. Peu de gens imaginent à quel point les Japonais sont des dingues de musique électronique. Les magasins de disques, comme Tower Records ou Lighthouse Records à Shibuya, sont parmi les meilleurs du globe. On peut y dégoter des raretés qu'on ne trouve nulle part ailleurs, mais mieux vaut ne pas être trop regardant sur l'addition. Collectionner les vinyles est là-bas une sorte de sport national. Lorsque la digitalisation faillit couler la totalité du marché de la musique, les magasins de disques fermèrent les uns après les autres, dans tous les pays. Au Japon, ils doublèrent leur surface. C'est un public de puristes, très portés sur la house old school, de Chicago à New York, et sur la techno de Detroit, ce qui n'est pas pour me déplaire, qui vouent à certains de mes collègues, comme Jeff ou Derrick, un culte quasi mystique. J'ai juste eu le temps de poser ma valise, prendre une douche, avaler une dizaine de sushis au bar de l'hôtel et taper quelques traces sur les fesses très blanches de la jeune nana du staff du club Contact, plutôt jolie avec sa frange et son rouge à lèvres écarlate, qui était venue me chercher à l'aéroport.

J'ai pris les platines à minuit, juste après le décompte des dix dernières secondes hurlées en japonais au micro par le DJ résident, Hiro je sais plus quoi, dans une atmosphère survoltée qu'on ne rencontre que là-bas. À sept heures du matin, Fesses Pâles m'a proposé de me raccompagner à l'hôtel mais j'ai décliné poliment. Je n'aurais sans doute pas fait mieux que m'endormir entre ses gros seins laiteux, ce qui n'aurait d'ailleurs pas été désagréable, mais j'avais un avion à prendre et je me réjouissais déjà de faire cap vers le sud pour retrouver des températures humainement supportables.

Arrivé à Bangkok, confortablement installé dans un canapé en attendant ma correspondance, les quinze jours de bringue et de déplacements incessants eurent raison de moi. Je me suis réveillé en panique trois heures plus tard, fébrile, pris de vertiges et furax de découvrir qu'on m'avait piqué ma valise de fringues dans laquelle, comme un con, j'avais glissé mon téléphone portable. C'est entre autres pour ça que je voyage avec Ben qui, en plus d'être mon sherpa, est aussi mon ange gardien. Dieu merci, mes deux sacs remplis de vinyles étaient restés bien calés sous mes jambes durant ma longue sieste, autrement j'étais bon pour un retour anticipé à Paris. J'ai attrapé de justesse mon avion pour Surat Thani, commandé illico à l'hôtesse une bière et deux mignonnettes de vodka pour me remettre en selle, et je me suis consolé en me disant que je n'aurais de toute façon plus besoin des fringues d'hiver que je m'étais trimballées d'Oslo à Tokyo en passant par Helsinki, Moscou, Copenhague, Séoul, Busan, Shanghai, Taipei et Hong Kong, et que je trouverais bien un portable prépayé ici ou là. Ça sentait déjà les vacances. Rien de tel que de terminer une tournée d'hiver par un festival sur une île paumée en Thaïlande, les pieds dans le sable, avec un air à trente degrés et une eau à peine moins chaude. Arrivé à l'aéroport j'ai sauté dans un taxi pour rejoindre l'embarcadère à une heure et demie de route. J'ai à nouveau poireauté une paire d'heures au bar en avalant une demi-douzaine de Chang Beer et j'ai enfin embarqué dans le petit ferry pour Koh Tao. Deux membres du staff, qui semblaient déjà accuser le coup d'une première nuit de fête, vinrent m'accueillir au port en début de soirée. Ils proposèrent de me déposer à l'hôtel mais j'avais passé la journée en transit et j'avais besoin de me changer les idées. Quelques traces et un phat thaï plus tard ils m'accompagnèrent jusqu'au festival où j'ai retrouvé Chris, un pote australien que je n'avais pas revu depuis des années, et un jeune DJ roumain qui m'avait impressionné en juin au Sonar à Barcelone. Tous deux tenaient le haut de l'affiche la soirée du vendredi alors que j'étais programmé pour la nuit de clôture le lendemain avec Delano, DJ de la première heure et légende vivante de Detroit. J'ai passé la nuit et la journée qui suivit à danser, boire des coups, discuter et gober des ecstas en compagnie de hippies tatoués en sandales, de Londoniennes en minijupe et talons hauts, d'une poignée de Français férus de plongée qui avaient atterri là un peu par hasard et d'une brochette de jeunes nanas délurées originaires d'Athènes dont le yacht mouillait dans une baie voisine plus profonde. Au cours de l'après-midi, le ciel s'était peu à peu couvert de nuages noirs au-dessus de la mer au point qu'à deux heures, lorsque je pris les platines après le set chaud-bouillant de Delano, l'atmosphère était devenue orageuse et presque irrespirable. Vers cinq heures du matin, un déluge de flotte s'abattit sur la plage et la foule se resserra à l'abri de l'immense paillote recouverte de feuilles de palmier, tandis que les plus perchés s'offraient un bain de nuit à poil sous l'orage. Juste avant le lever du soleil, en hommage à Delano, j'ai conclu mon set avec *Detox*, un de ses plus beaux morceaux, puis j'ai laissé les platines à un DJ local qui m'a longuement remercié en faisant des courbettes, les mains jointes en prière, comme si j'étais une divinité.

Je rangeais mes disques quand un membre du staff m'attrapa le bras :

– Juan, on a reçu un appel de ton agent, il faut que tu rappelles ta sœur au plus vite.

Je l'ai regardé, les yeux écarquillés, et j'ai secoué la tête dans l'espoir que mes neurones se reconnectent.

– Redis-moi ça ?

– Il faut que tu rappelles ta sœur.

Putain de merde. Pas là. Pas maintenant. Je dois même pas être capable de prononcer mon nom correctement.

– Je vais avoir besoin d'un bon remontant, tu peux me trouver ça ? Et un téléphone aussi, on m'a tiré le mien à Bangkok.

Je me suis isolé dans une des cahutes qui servaient de loges aux artistes et j'ai tenté un atterrissage en catastrophe en vidant un demi-pochon pour interrompre une fulgurante montée de MDMA, puis j'ai avalé une grande bière glacée pour faire descendre le tout. Mon cœur s'est emballé et j'ai refait surface en quelques secondes. J'ai pris une grande inspiration, je me suis raclé la gorge et j'ai composé le numéro de téléphone inscrit sur le petit bout de papier.

– Marie ? C'est Juan. Ça va ? Qu'est-ce qui se passe ?

Il y eut un long silence. Quelle heure peut-il bien être là-bas ? Je ne sais même pas quelle heure il est ici.

– Bon Dieu Jean, mais qu'est-ce que tu foutais ?

Elle avait la voix grave et confuse de quelqu'un qu'on réveille en pleine nuit et ce ton, plein de lassitude, avec lequel elle me parle depuis des années.

– Papa est mort.

Elle marqua un temps.

– Jeudi soir.

Quel jour on est, là ? J'ai fermé les yeux pour me concentrer mais, pris d'un vertige, je les ai rouverts aussitôt de peur de tomber dans les pommes. J'ai balayé du regard la loge minuscule. À droite de la porte, une feuille blanche scotchée au mur. « LINE-UP » écrit en gros au feutre noir. J'ai plissé les yeux pour essayer d'y voir plus clair mais la sueur ruisselait à grosses gouttes de mon front, inondant les cils de mes paupières qui clignotaient de façon incontrôlable. J'ai parcouru la feuille de haut en bas.

Samedi 2 (nuit 3)

23:00 – 01:00 Delano Smith

01:00 – 06:00 Juan Llosa

06:00 – 10:00 DJ Hongsuwan

Bon sang, aujourd'hui c'est dimanche. On est dimanche matin. Jeudi soir, j'étais où déjà ? Mon regard glissa vers le haut de la feuille.

Jeudi 31 (nuit 1)

31. Le réveillon. Tokyo. Ma parole, c'était il y a une éternité. Et vendredi matin…

– Je me suis fait voler mon téléphone à Bangkok.

– Tu fais chier, Jean. Ça fait deux jours que j'essaye de te joindre, deux jours. Il a fallu que j'appelle Olivier pour qu'il me file le numéro de ton agent, sauf qu'il était injoignable lui aussi. Depuis quand les agents ils répondent plus au téléphone ?

J'ai passé la journée à essayer, j'avais d'autres choses à faire crois-moi, et j'ai fini par l'avoir hier soir. Enfin bref.

Lassitude.

– L'enterrement aura lieu demain, à dix heures, au cimetière d'Ivry.

J'ai essayé de rassembler mes pensées mais j'avais le cerveau en bouillie. Quelle merde. Allez, c'est pas compliqué : une voiture jusqu'à l'embarcadère, le bateau puis un taxi pour rejoindre l'aéroport, un avion pour Bangkok, un autre pour Paris, le tout en vingt-quatre heures. Ça devrait le faire.

– Je serai là.

– Te fatigue pas, Jean.

Putain mais quelle salope, c'est dégueulasse.

– On se voit demain.

J'ai raccroché en essayant de ravaler ma colère, ouvert le frigo et vidé d'une traite une bouteille de bière. J'en ai enfilé une seconde dans ma poche et j'ai claqué la porte.

Je me suis rapproché de la paillote où Hongsumachin pilonnait une techno du plus mauvais goût et j'ai cherché un membre du staff à peu près sobre jusqu'à tomber sur une petite Thaïlandaise tatouée dans le cou qui m'a semblé moins perchée que les autres.

– Il faut que je parte d'ici. Je dois prendre un avion pour Paris dès que possible. C'est urgent.

Elle sortit son téléphone et regarda l'heure.

– Le prochain ferry part dans vingt minutes. On n'arrivera pas à l'avoir. Le suivant est cet après-midi, à dix-sept heures trente.

Reste calme, respire.

– Y a pas une navette ou un bateau de pêche ? Si c'est une question de thune c'est pas un problème.

– Le problème c'est l'orage. Les pêcheurs ne sortent jamais en mer par ce temps, mais je vais voir ce que je peux faire.

J'ai marché jusqu'à la plage. La mer était déchaînée. L'eau turquoise et étale de la veille formait désormais des rouleaux qui s'écrasaient bruyamment sur le rivage. Au loin, une mer bleu nuit, mouchetée par le blanc des embruns, se fondait dans un ciel lugubre zébré d'éclairs. J'ai tiré la bière de ma poche et gueulé comme un putois en découvrant que je n'avais rien sur moi pour l'ouvrir.

C'est vrai, au fond, pourquoi se fatiguer à rentrer ? Je pourrais aussi bien rester là. Demain, l'orage sera passé, la mer reprendra sa couleur lagon et le ciel son bleu monochrome. On ressortira les combis, les bouteilles et les canots de plongée. J'ai largement assez de thune pour finir ma vie ici, sur cette île perdue, à manger du poisson et me faire masser matin midi et soir. Je suis sûr que je pourrais même trouver un hôtel où tenir une résidence hebdomadaire. Une ou deux fois par an, des potes viendront passer ici une petite semaine et on se la collera comme au bon vieux temps en passant des disques. Qu'est-ce que ça changerait, hein, si je restais là ?

Cette pensée m'a réconforté un instant et j'ai réussi à me calmer à peu près. J'ai trouvé à mes pieds un galet suffisamment fin pour faire levier sur l'os de mon index et décapsuler ma bière. Elle était tiède mais je l'ai dégustée gorgée par gorgée, allongé sur le sable, en contemplant ce spectacle apocalyptique. Le vent frais poussait les nuages vers le large, laissant derrière lui un ciel lavé et clair, comme si cette terre où j'avais échoué était le seul endroit préservé du tumulte de l'Univers. J'ai pensé à mon père, qui n'a jamais voyagé. Pas le temps. Pas l'argent. Tout au plus est-il retourné à Taüll, un village perché de la vallée de Boí, dans les Pyrénées catalanes, situé à une vingtaine de kilomètres à vol d'oiseau de la frontière française, d'où sa famille est originaire. Il est né à Ivry. Mort à Ivry. Combien de fois a-t-il vu la mer dans sa vie ? A-t-il seulement eu une vie ?

Je ne crois pas avoir dormi plus de quelques minutes, mais elles me parurent durer une éternité. J'ai été réveillé par les cris stridents d'un groupe de filles qui dansaient au bord de l'eau, à une centaine de mètres. Je me suis levé en titubant, nauséeux et pris de vertiges. Un effluve âcre aux relents de vodka s'échappa de mon T-shirt que j'abandonnai en boule sur le sable. En me rapprochant, je reconnus la bande de Grecques que j'avais rencontrées la veille. Quatre d'entre elles se déhanchaient, presque nues, au son d'une petite enceinte portable. Leurs vêtements colorés, étendus sur la plage, séchaient sous les premiers rayons du soleil.

Elles hurlèrent de surprise lorsqu'elles me virent arriver à leur hauteur. De surprise, ou plus probablement de dégoût. J'étais collant de crasse, je portais les mêmes fringues depuis trois jours, je puais le phoque à m'en indisposer et je ne me serais sans doute pas reconnu dans une glace. L'une d'elles tenta de cacher sa très volumineuse poitrine, mais en pressant ses avant-bras contre ses seins elle ne réussit qu'à les faire déborder davantage.

– Juan ? Juan Llosa, n'est-ce pas ?

Une brune en tunique blanche s'approcha de moi.

– Nora.

Elle me tendit la main.

– Tout va bien ?

J'ai détourné le regard de la ribambelle de fesses et de seins émanant des quatre naïades. Sa peau mate, ses yeux très sombres et ses longues boucles lui donnaient un air de princesse orientale.

– Je suis dans une merde noire.

Elle écouta mon histoire jusqu'au bout, sortit tranquillement son téléphone du petit sac qu'elle portait en bandoulière, passa un bref appel en grec puis s'adressa aux filles qui se tenaient à l'écart. Elles discutèrent entre elles un instant et dodelinèrent de la tête en signe d'acquiescement, un mouvement équivoque mais charmant que les Grecs partagent avec les Indiens.

– Rassemble tes affaires, le bateau va venir nous chercher.

Elle prononça ces mots d'une voix douce, mais sur un ton sans appel, comme si la suite des événements ne faisait plus aucun doute pour elle. Là, sur cette île perdue, coupée du reste du monde par la colère des dieux de la mer et du vent, elle avait l'assurance sereine de ceux pour qui rien n'est jamais un problème.

Je n'ai même pas pris la peine de lui répondre et j'ai couru en direction de la paillote pour récupérer mes sacs de disques et ma veste. Quand je suis revenu sur la plage, Nora m'attendait avec deux gars à bord d'un Zodiac maintenu à quelques mètres du rivage dans une zone protégée des rouleaux par de gros rochers. Je me suis avancé dans l'eau, mes deux sacs en équilibre sur mes épaules, jusqu'à ce que je sois assez proche pour les leur jeter. L'un d'eux m'agrippa pour me faire basculer dans le bateau et l'autre mit les gaz.

Le yacht traversa le golfe de Thaïlande à pleine vitesse en martelant la houle. Je n'avais heureusement rien à vomir et j'ai fini par m'endormir dans une cabine, accablé de fatigue. Lorsque j'ai rouvert les yeux, on avait posé sur une chaise, à côté du lit, un pantalon bleu marine et un polo blanc sur lequel le nom du navire, *Phaiós*, était brodé en lettres d'or. J'ai pris ma première douche depuis trois jours, enfilé la tenue de l'équipage et rejoint Nora sur le pont supérieur.

Elle était allongée sur un immense sofa en cuir blanc, appuyée sur un bras, et feuilletait un magazine de mode.

– Ça va mieux, tu as pu dormir ?

J'ai hoché la tête.

– On devrait arriver à Bangkok dans une petite heure. Tu veux un café ?

Elle fit un geste discret à un membre de l'équipage et pointa deux doigts vers la tasse posée devant elle.

– Il reste des places sur un vol de la Thai qui atterrit à Paris un peu avant sept heures du matin. Un taxi t'attend déjà sur le port. Tu as le temps.

Je ne savais pas quoi dire alors je lui ai dit merci, plusieurs fois de suite, bien conscient que la vie ne me mettrait jamais en position de pouvoir lui rendre le centième de ce qu'elle venait de faire pour moi, mais elle balaya mes remerciements en souriant, comme s'ils étaient superflus. On posa devant nous deux cafés et une coupelle pleine de biscuits sur un plateau en bois. J'étais encore à moitié congelé et incapable d'avaler quoi que ce soit de solide, mais je me suis délecté du café brûlant et amer. Nora me parla de son périple dans le golfe de Thaïlande qu'elle sillonnait depuis dix jours avec ses amies sur le bateau prêté par son père armateur pour fêter son mariage à Naxos au printemps suivant, de sa vie à Athènes, de sa mère directrice d'une marque de prêt-à-porter, de ses propres projets professionnels et de son fiancé, un type qui travaillait dans la finance et qui s'était extraordinairement enrichi durant la crise. Objectivement, tout allait bien pour elle, si ce n'est l'effort qu'elle faisait pour s'en convaincre. Elle m'avait raconté son histoire d'une voix monocorde, comme s'il n'y avait pas vraiment de quoi se réjouir de cette vie de rêve et un instant j'ai cru entendre Ana, son incapacité à dissimuler ses doutes et sa propension à se persuader qu'il est toujours trop tard pour faire machine arrière.

Lorsque nous nous sommes dit au revoir sur le pont du bateau, dans l'atmosphère moite de Bangkok, nous nous sommes enlacés maladroitement, une ou deux secondes de trop, assez pour ressentir un léger malaise et nous détacher en évitant de nous regarder dans les yeux.

Le taxi m'amena jusqu'à l'aéroport où j'embarquai peu après. Une fois assis dans l'appareil, j'ai retrouvé l'atmosphère feutrée de la première classe, le ronronnement rassurant des turbines qui tournaient à bas régime, et enfin eu le sentiment d'être tiré d'affaire. Dans une quinzaine d'heures, après un bon gros tour du cadran, je serai devant le cercueil de mon père, lui qui n'a jamais pris l'avion, lui qui n'aura jamais tiré autre chose de son travail qu'une salve de hernies et un cancer carabiné, lui dont le seul passe-temps était de jouer aux dames le dimanche après-midi avec un voisin marocain dans le petit parc au bout de notre rue, lui que j'ai si peu connu et qui ne m'a jamais jugé. Une hôtesse me proposa un whisky. J'en avalai quatre et sombrai presque aussitôt.

Je me suis réveillé ahuri, tiré d'un sommeil profond par les grêlons qui mitraillaient le fuselage de l'avion. De violents trous d'air firent craquer la carlingue. Les masques tombèrent au-dessus des sièges et des signaux lumineux rouge et orange clignotèrent de toutes parts. Un vent de panique traversa la cabine. J'en avais vu d'autres, beaucoup d'autres même, au point d'avoir fini par m'y faire, mais là ce n'était vraiment pas le moment. Le calme revint au bout de quelques minutes mais quand le commandant prit la parole pour expliquer que la foudre avait frappé l'appareil et endommagé les capteurs de plusieurs instruments de navigation, je compris que ce n'était pas mon jour.

Je suis arrivé à Ivry en fin de soirée. J'ai retrouvé ma mère et ma sœur, seules dans l'appartement. Toute la famille était repartie. Ma mère, en larmes, me prit dans ses bras mais ma sœur, glaciale, refusa de m'embrasser. Je n'ai pas cherché à me justifier. Le vol de ma valise à Bangkok, le typhon à Koh Tao, l'atterrissage en urgence au Tadjikistan, c'était inutile. Ce n'était plus la peine. Ce n'était pas la première fois.

– C'est plus possible, Jean. T'es jamais là, t'es infoutu d'être là quand il faut. On peut pas compter sur toi. J'en ai ras le bol de tes histoires. Maman n'ose pas te le dire mais elle n'en peut plus elle aussi. On en a marre, tu m'entends ?

– Vous m'entendez, monsieur Llosa ?

Je me suis frotté les yeux et j'ai secoué la tête.

– Monsieur Llosa, vous m'entendez ?

Krug fronçait les sourcils derrière ses lunettes en écaille.

– Vous êtes avec moi, monsieur Llosa ? On va donc commencer par un bilan sanguin puis vous allez appeler l'unité d'otologie de la Pitié-Salpêtrière et prendre rendez-vous pour un scanner. Voici le numéro du secrétariat. Appelez de ma part et dites que c'est urgent.

Il me tendit une carte.

– Vous avez des dates prévues dans les semaines qui viennent ?

– Oui, plein.

– Vous pouvez les annuler ?

– Vous n'êtes pas sérieux, là ?

Je l'ai regardé longuement, croyant à une blague, mais il ne plaisantait pas le moins du monde.

– Écoutez, il n'y a pas de raison de s'inquiéter, mais vous devez comprendre que la priorité pour le moment c'est d'éviter que ça empire. Ensuite, je crois qu'il serait utile que vous consultiez un service d'addictologie. Essayez de faire un break. Prenez ça comme une chance, une occasion de vous ressourcer. Faites du sport, changez d'air, lisez des romans ou mettez-vous à la poterie, n'importe quoi mais prenez un peu de temps pour vous.

Le vent ne s'est pas calmé. Ça fait des jours que ça dure et j'ai l'impression que c'est de pire en pire. C'est à peu près aussi usant qu'un nouveau-né qui pleurerait jour et nuit et qui de temps à autre, pour changer de registre, hurlerait à tue-tête. Ou que ces abrutis de motards qui entre deux vrombissements font péter le moteur de leur Harley au feu rouge, prends-toi ça dans les tympans mec, tu dégustes, hein, la fenêtre ouverte, moi c'est bon j'ai mon casque et je t'emmerde. Voilà, c'est ça le mistral, un sifflement continu qui ne retombe jamais, ponctué de petits coups d'accélérateur bien pénibles et de grosses claques imprévisibles pour finir de vous mettre les nerfs à vif. On dit que le vent rend fou, que ça explique pourquoi la plupart des Bretons sont tarés et pourquoi les Catalans, ceux qui vivent côté français, dans l'entonnoir entre les Pyrénées et le sud du Massif central, sont à ce point irascibles. Réflexion faite, je pense que ce n'est pas exagéré. Comment rester calme et courtois quand on vit continuellement dans une zone de turbulences ?

Je n'ai donc pas foutu grand-chose ces derniers jours. Je suis retourné au supermarché où Sven m'a rendu un sourire crispé. J'y ai trouvé des gants et un bonnet pour conduire la Méhari en toute sécurité et je me suis un peu aventuré malgré la tempête dans deux trois villages du coin, très jolis mais totalement morts. Pour le reste, j'ai surtout maté des séries, écouté un peu de musique et évité autant que possible de passer devant la porte du studio. J'ai aussi pensé aux croquettes pour le chat. Depuis quelques jours, il poireaute en plein vent assis devant la porte-fenêtre et m'observe comme un poisson dans un aquarium. Je lui ai proposé d'entrer mais pris de panique il a aussitôt déguerpi.

La maison est immense mais incroyablement mal foutue. Il y a des rajouts ici et là, des toits en tuiles enchevêtrés, des petites pièces en enfilade qui ne servent à rien, des différences de niveau bien casse-gueule dans l'obscurité, des murs déraisonnablement épais et des portes taillées pour des nains qui obligent à se plier en deux pour ne pas s'assommer en passant d'une pièce à l'autre. Une pesanteur écrasante se dégage de cet entassement de pierres, malgré l'enduit blanc à la chaux qui recouvre certaines voûtes et rappelle les *fincas* d'Ibiza. Le salon où je me trouve maintenant, ouvert sur la cuisine, est la seule pièce vraiment spacieuse. Julian m'a dit qu'il avait déjà investi des sommes dingues dans la rénovation de cette maison. Ça ne m'étonne pas, mais à mon avis il va devoir encore y engloutir un paquet de blé pour qu'elle arrête de siffler au moindre coup de vent.

Si je faisais vraiment ce que je suis censé faire ici, je passerais mes journées et mes nuits enfermé dans le studio. Lorsque j'ai pris la décision de me barrer de Paris, je me suis bien gardé de crier sur les toits que j'étais en train de perdre l'ouïe, si ce n'est la tête tout entière. J'ai prétexté que j'avais besoin de faire une pause, me mettre au calme pour retrouver l'inspiration et sortir un nouvel album, un vrai album complet et cohérent, plutôt que ces morceaux bricolés et ces remix expédiés à la hâte que j'ai jetés en pâture à mon public ces quatre dernières années. Dans mon métier, si on n'est pas trop mauvais, on peut produire de la musique au kilomètre. Quand j'ai débuté, les logiciels disponibles étaient de vraies usines à gaz et il fallait se taper un manuel de six cents pages avant de pouvoir aligner seize mesures à peine potables. De nos jours, ils composent presque seuls. Les quelques essais de morceaux écrits de bout en bout par des machines ressemblent pour l'instant à de la musique d'ascenseur et reposent sur des accords tellement éculés qu'on prie pour que ça s'arrête dès les vingt premières secondes, mais je suis certain que d'ici peu les progrès stupéfiants de l'intelligence artificielle relégueront les producteurs au simple rang de contremaîtres dont le rôle consistera pour l'essentiel à s'assurer que la tuyauterie fonctionne correctement, serrer un boulon ici, déboucher une canalisation là, et vérifier que le produit fini correspond bien à la norme fixée par le marché. Voilà pourquoi des gamins de quinze ans sont aujourd'hui capables de fabriquer des tubes planétaires alors qu'ils n'ont même pas l'âge d'entrer dans les clubs où on joue leur musique.

Je me suis affalé dans le canapé et j'ai contemplé ce paysage majestueux mais austère. C'est beau, aucun doute là-dessus, on ne voit pas ça partout, et sauvage, mais pas franchement accueillant. Il n'y a aucune trace de vie humaine, pas de bagnoles, pas de maisons, pas de fils électriques, pas de panneaux lumineux ni de publicités pour vous dire à quoi penser et comment dépenser votre blé. Même la nature semble naturelle : pas de champs cultivés formant un patchwork de verts et de jaunes parfaitement entretenu et quadrillé, pas de prairies où broutent des vaches, de vergers ou de hangars agricoles, et pas non plus de vignes, alors qu'on ne voit que ça par ici. Il n'y a que des arbres, des cailloux, et ce vent que rien n'arrête. Foutez le camp, vous n'avez rien à faire là : c'est ça, le message envoyé. Pas seulement moi. L'espèce humaine tout entière. D'ailleurs, quand on aura fini de s'entretuer, qu'on crèvera de faim, de chaleur ou d'empoisonnement à cause de nos conneries, ce paysage n'aura pas changé d'un iota. Il fera sans doute encore un peu plus sec, mais personne ne sera là pour relever la température ou le niveau de flotte dans un tube.

Ce con de Krug a lourdement insinué que c'était peut-être le moment pour moi de songer à changer de métier. Il est gentil, lui. Changer de métier. Il ferait quoi, cet abruti, si on lui disait d'arrêter la médecine demain matin ? Je ne sais rien faire d'autre. J'ai bien essayé de monter mon propre label mais j'ai vite refilé le bébé à un pote plus carré que moi avant que ça vire au fiasco complet. Je sais parfaitement identifier un bon morceau, je suis d'ailleurs capable de prédire sans trop me tromper si ce sera un hit ou non, mais la paperasse, les factures, les contrats de cession de droits, les piles de courrier, c'est pas ma came. Rien que l'idée d'un rendez-vous avec un expert-comptable me donne des sueurs froides.

J'ai commencé à me la coller vers quinze ans dans les raves, mixer à dix-sept, produire à vingt, tourner à vingt-deux. Depuis, je parcours la planète de long en large, j'ai gagné et dépensé un pognon pas possible, mais à part un bel appart à Paris je n'ai rien construit ou presque : une réputation de fêtard invétéré, le respect de mes pairs, de nébuleux souvenirs pour des centaines de milliers de clubbers, une poignée de morceaux dont j'espère qu'on se souviendra encore dans dix ans et la capacité à expliquer dans n'importe quelle langue et à n'importe quel point du globe que j'ai besoin d'une bière fraîche et d'un gramme de cocaïne. Chacun peut comprendre qu'en dehors du petit milieu aussi sympathique que superficiel de la nuit, ma solide expérience de la fête est une compétence assez peu recherchée.

Le problème, pour ce qui me concerne aujourd'hui, c'est que le métier de producteur et celui de DJ sont désormais intimement liés. Il fut un temps pas si ancien où les DJ passaient des disques d'autres musiciens et ne produisaient rien eux-mêmes. Jouer d'un instrument, composer un morceau, l'arranger, c'est une chose. Comprendre dans l'instant ce que ressent le public, devancer ses désirs, l'amener à un endroit où il n'aurait jamais pensé aller, ça c'est le savoir-faire du DJ. Ça ne fait pas appel aux mêmes zones du cerveau, ça ne mobilise pas les mêmes qualités. Il existe des producteurs de génie qui peuvent vider un dancefloor en vingt minutes et des DJ fabuleux incapables de produire un morceau correct. Je discutais de ça il n'y a pas si longtemps avec un ancien pote de fac devenu professeur, qui m'a dit que c'était pareil dans son métier. Certains enseignants sont de vrais showmen, savent capter et conserver l'attention de leur public, parviennent à rendre palpitantes des questions dont le commun des mortels se fout royalement, mais n'auront jamais l'énergie et la patience de se consacrer à un travail de recherche minutieux et rébarbatif. Il se rangeait plutôt dans cette première catégorie tandis que certains de ses collègues, qu'il considérait comme des chercheurs de premier plan, étaient de l'avis de ses étudiants parfaitement soporifiques.

Après avoir été entretenues pendant des siècles par des rois, des princes ou des mécènes, les quatre ou cinq dernières générations de musiciens du monde entier ont affronté le public dans l'espoir de se faire repérer par une maison de disques, signer un contrat et sortir enfin de leur misère. Il n'y a encore pas si longtemps, certains pouvaient se contenter d'un album tous les trois ou quatre ans, d'une poignée de concerts pour en assurer la promo, et attendre ensuite tranquillement la retombée des royalties. Depuis une quinzaine d'années, la situation s'est inversée. À quelques exceptions près, un album ne rapporte plus grand-chose, mais c'est le ticket d'entrée pour la scène qui, elle, permet de gagner des thunes. C'est exactement comme ces starlettes et ces politiciens pour qui les éditeurs font écrire des livres qui ne se vendent pas mais qui ouvrent à leurs auteurs les portes des plateaux télé et offrent aux maisons d'édition une publicité considérable. Voilà ce que j'ai fait, durant toutes ces années : écrire des morceaux qui ne m'ont rien rapporté mais qui m'ont permis de continuer d'être programmé et de rester en haut de l'affiche. Alors à quoi bon pousser la porte de ce studio ? À quoi bon produire un nouvel album si je ne peux plus monter sur scène ?

« Je vais vous faire un arrêt de travail » m'a dit Krug, comme s'il s'adressait à une caissière au bras plâtré.

– Je crois que ce ne sera pas nécessaire.

Il a levé un sourcil.

– Vous avez une convention collective dans votre métier, non ? Dans votre situation, vous pourriez peut-être prétendre à l'allocation aux adultes handicapés.

Mais il est con ou il le fait exprès ? Ça fait vingt ans que je travaille dans la profession la plus individualiste que je connaisse, où chacun joue des coudes pour tirer son épingle du jeu, j'ai été payé en cash pendant des années dans des clubs de seconde zone où tout le monde bossait au black, maintenant je gagne des milliers d'euros pour une prestation de deux heures dont personne ne se souvient le lendemain matin, ni moi ni l'essentiel du public, et encore moins les organisateurs, et il y aurait une convention collective pour ça ? Mais oui, bien sûr, avec des arrêts maladie, des tickets-restau, des chèques-vacances, sans oublier la visite médicale annuelle. Qu'est-ce qu'il croit, ce demeuré ? Que si je deviens sourd les patrons des clubs et les promoteurs vont se soucier un seul instant de ma petite santé ? Ils n'en auront rien à foutre, c'est ça la vérité. Ils passeront à autre chose et personne ne se retournera. Le vrai moteur de cette industrie, c'est le fric. C'est pas la musique ou la fête, c'est juste le fric. Un DJ qui devient sourd comme un pot, c'est simple, ça ne fait plus recette. C'est pire que ça : c'est pas glamour. Une cure de désintox, passe encore, ça fera toujours marrer ceux qui sont juste un poil moins cramés, et comme on peut imaginer un come-back, ça pourra même alimenter la légende. Les rock stars nous ont déjà fait le coup mille fois. Dans les années soixante-dix c'était d'ailleurs devenu à la mode : tout musicien digne de ce nom se devait de monter sur scène totalement défoncé et faire sa petite overdose à un moment ou à un autre.

La folie aussi c'est acceptable, tant qu'elle est douce. La folie, le génie, les deux faces d'une même pièce, l'éternel baratin sur la créativité, l'inspiration, les artistes torturés par leur imaginaire de cinglés, oui, ça aussi ça peut passer. Remplir sa baignoire de champagne à six cents balles la bouteille ou balancer le mobilier d'une chambre d'hôtel par la fenêtre, c'est fou ce qu'on s'amuse, non ? Mais un type qui n'entend plus rien parce qu'il s'est juste fusillé les tympans à force de faire le con et qui crève dans son coin, loin de ce qui l'a fait vivre et de ce qu'il a passionnément aimé, non, vraiment, personne n'a envie de pourrir la fête avec une histoire si tristement débile. Tiens, reprends une ecsta plutôt.

Il y a deux ans, Shaun Joyce, un jeune DJ anglais vraiment brillant, une figure de la nouvelle scène dubstep qui avait sa résidence mensuelle dans la petite salle de la Fabric, a dû être hospitalisé en urgence au Nightingale Hospital, une clinique privée londonienne spécialisée dans le traitement des addictions. La police l'a arrêté alors qu'il chantait à tue-tête, allongé par terre à moitié nu en plein milieu d'un carrefour devant King's Cross Station. Il était devenu de plus en plus violent, et parano au point de s'isoler dans son grand appart presque désert. Il avait tout donné, ses fringues, ses bijoux, ses meubles, ses instruments, son fric, à des inconnus croisés dans la rue, en bas de chez lui. Vous auriez l'heure s'il vous plaît ? Tiens, prends ma montre à vingt mille balles. Complètement timbré. Trop de came, trop de tournées, trop de pression, résultat : bipolarité et schizophrénie. Qui lui est venu en aide ? Personne. Sa nana a été assez lucide pour prendre ses jambes à son cou avant que cette histoire tourne au vinaigre. Elle a dû sentir qu'elle risquait de finir à la une du *Sun* et dans les pages des faits divers des tabloïds du monde entier. Sa famille aussi avait jeté l'éponge. Les gens se sentent impuissants face à l'addiction et la maladie mentale. C'est difficile de leur en vouloir. Eux-mêmes sont des victimes et vivent un enfer. Quant à son manager, cet enculé, il l'a vu partir en vrille petit à petit, jour après jour, et il n'a rien dit, rien fait. Au lieu de le protéger, de le convaincre d'aller se faire soigner, il l'a poussé à enchaîner les dates et les festivals tant que c'était encore possible. *Go on go on, money money.* Et tout le monde a préféré regarder ailleurs. C'était si désagréable à observer, ce naufrage. Merde quoi, on est là pour faire la fête hein, on a des vies déjà assez compliquées comme ça, non ? Et puis les DJ sont censés être des héros, des types qui assurent seuls, face à quinze mille personnes, à n'importe quelle heure du jour ou de la nuit. On ne fait pas de pause entre les morceaux, nous. On ne se casse pas en coulisses une demi-heure pendant que le public en réclame une dernière. On n'est pas comme ces pop stars qui font leur show pépère, la petite routine de la soirée, une heure et demie deux heures grand max et hop, à minuit c'est plié. Vous avez déjà vu des rockers se produire à cinq heures du matin ? Jouer douze heures d'affilée ? Ou trois fois en l'espace de vingt-quatre heures ?

Et, bien évidemment, on est prié de ne pas se chier dessus, ce qui, durant les deux premières années de ma carrière, a littéralement failli m'arriver chaque fois que je suis monté sur scène. L'anxiété, le stress, les états d'âme, ça fait tache dans le décor. N'allez pas vous plaindre de la solitude ou de passer quatre-vingt-dix pour cent de votre temps en transit, mal assis dans la carlingue d'un avion ou la salle d'attente d'un aéroport, dormir seul dans des chambres d'hôtel qui finissent par ressembler à des cellules de prison et bouffer de la merde à n'importe quelle heure, d'ailleurs vous n'avez jamais la moindre idée de l'heure qu'il est. Vous avez trois fois plus de chances de souffrir de dépression que la moyenne mais, puisque vous faites un métier de rêve, vous serez gentil de ne pas pleurnicher sur votre sort. Deux sur trois font des crises de panique à répétition, deux sur trois, rien que ça, mais tout va bien, il n'y a vraiment pas de quoi s'inquiéter. *The show must go on.*

Aux dernières nouvelles, l'état de Shaun s'est stabilisé. Il avale de l'aripiprazole, un antipsychotique, par tablettes entières. Je ne pense pas qu'il remontera sur scène. Je ne sais même pas de quoi il vit aujourd'hui. J'ai appris récemment que les médecins appellent ça la dépression post-performance. C'est comme une dépression classique, avec de longues périodes de déprime entrecoupées de brefs interludes d'euphorie, mais puissance mille. Les pics sont si vertigineux et les descentes si terrifiantes qu'à la fin du manège vous finissez par terre, dans le vomi de ce que vous avez eu du mal à ingérer quelques heures plus tôt en raison du jetlag, du stress et des quantités d'alcool et de drogue avalées pour faire tomber un peu la pression. Alors, quand tout commence à se détraquer, vous vous dites, et vous dites autour de vous, que vous manquez juste de sommeil, que c'est le décalage horaire, que vous avez la gueule de bois ou que oui, c'est vrai, vous avez peut-être un peu abusé des croquettes de la veille. Vous pointez du doigt l'écume frisant au sommet de la vague, alors que la houle est infiniment plus profonde, puissante et dangereuse. La drogue n'est pas le problème dans cette histoire. C'est un symptôme. Je ne sais plus quelle chanteuse a dit un jour que les gens ne se droguent pas parce qu'ils veulent se tuer, mais parce qu'ils veulent rester en vie.

Voilà pourquoi je n'ai parlé à personne de mes petits problèmes d'oreille. Non, vraiment, ce n'était pas la peine. La nouvelle se serait répandue comme une traînée de poudre et ça n'aurait servi à rien, sauf à installer chez les uns et les autres l'idée qu'il était grand temps de miser sur un autre cheval. On est si vite remplacé. Il y en a tellement qui attendent leur moment de gloire. Je n'ai même pas mis Ben dans la confidence, alors qu'on partage tout depuis des années et qu'il était le premier concerné. J'ai tardé plusieurs semaines avant de lui annoncer que j'allais devoir me passer de ses services durant quelque temps. Je savais que ça allait le foutre dans la merde car pour l'essentiel il gagnait sa vie en portant mes bagages mais il a pris la nouvelle avec son flegme habituel, *no worries mate, ce pas une problème*. Il s'était plus ou moins maqué durant l'été avec une Anglaise, Dora, qui vit à l'année à Ibiza en gérant les locations de plusieurs villas de luxe que des types comme moi mais plus riches sont prêts à payer une véritable fortune. Ben a dit qu'il irait la rejoindre, profiter de l'hiver au soleil pour buller dans la vieille ville d'Eivissa et boire des coups en terrasse avec les locaux, et passer le reste du temps sous la couette en compagnie de Dora la rousse.

Heureusement que je ne supporte pas trop mal la solitude. Même si ça fait un moment maintenant que je voyage avec Ben, j'ai commencé comme tout le monde, en bas de l'échelle : des cachets de merde trop espacés pour vivre décemment, le sentiment que ça ne marchera jamais, qu'il y en a tellement d'autres, plus doués, plus installés et déjà si bien acclimatés à cette pression qui vous mine le cerveau quand vous vous retrouvez dans la chambre d'hôtel impersonnelle d'un pays que vous auriez du mal à situer sur une carte, les plans foireux lorsque vous débarquez en pleine nuit et qu'il n'y a personne pour venir vous chercher ou quand on vous promet un cachet dont vous ne verrez jamais la couleur, gagner trois fois moins en dix dates que ce que je touche aujourd'hui en deux heures, se geler les couilles et attraper la crève dans des aéroports déserts et trop climatisés ou choper le dernier virus qui traîne parce que le manque chronique de sommeil a détraqué votre système immunitaire. La routine solitaire des débuts, on passe tous par là. Ensuite ça s'améliore un peu, à condition que vous ayez du talent et un minimum de chance. Vous voyagez autant, vous poireautez toujours des plombes, mais vous gagnez mille fois mieux votre vie et vous êtes constamment pris en charge. Vous avez un agent et une équipe aux petits soins pour vous tenir la main. On vous accueille avec voiture, chauffeur, champagne, et parfois on sort l'hélico pour vous éviter les embouteillages. L'hélico au-dessus de Miami, je conseille.

Certains ont d'ailleurs leur propre jet. On gagne du temps et le temps, chacun sait ça, c'est du fric. Un sacré paquet de fric. Vous finissez par connaître les moindres recoins des aéroports, où vous avez vos petites habitudes. Vous savez dans quel bar la bière est la plus fraîche, si les chiottes sont propres et où roupiller au calme. Vous coupez les files, vous avez la meilleure place de la cabine, vous pourriez certainement devenir steward à force d'avoir observé leur cirque et vous cumulez des Miles à ne plus savoir quoi en faire car s'il y a une chose dont vous crevez d'envie quand vous vous accordez un peu de vacances, c'est bien d'arrêter de prendre l'avion.

Mais la pression, elle, ne redescend jamais.

Tiens, voilà le chat. Je ne comprends pas ce qu'il veut, cet imbécile. Il reste assis sur son cul à me dévisager, immobile sur le seuil gelé. Manifestement, il cherche une planque au chaud, sinon il ne ferait pas le pied de grue devant la maison, mais je suis certain que si je me lève pour lui ouvrir ce con va à nouveau détaler. À part lui, il n'y a plus personne dehors. Même les oiseaux se sont barrés. Ils doivent être de retour en Afrique, désormais. J'imagine que c'est là qu'ils passent l'hiver. Lorsque je me suis installé ici je les entendais chanter au lever du jour, perchés dans les grands arbres qui bordent le mur du jardin. Il faisait encore assez bon pour ouvrir les fenêtres et laisser entrer la lumière de l'automne. Puis je les ai vus filer en formation vers le sud en suivant la rivière.

Depuis quelque temps les matins sont lugubres, le poêle tourne presque en continu et je réalise que ce trou est quand même sacrément paumé, au point que je me demande si je vais tenir très longtemps ici. J'étais pourtant plutôt confiant, mi-octobre. À force de rabâcher mon histoire de nouvel album, j'avais presque fini par y croire. Le problème c'est que je n'ai jamais vécu à la campagne. Je suis un citadin pure souche. Je suis né, j'ai grandi et j'ai passé mes vacances à Ivry à jouer au foot avec les autres gamins du quartier au parc Maurice-Thorez ou au stade Lénine. Mes parents nous ont envoyés un été en colo du côté de Banyuls, ma sœur et moi, et peu de temps après on s'est rendus jusqu'à Taüll pour l'enterrement d'un oncle que je n'avais jamais vu. Et voilà, c'est à peu près tout. Au lycée, notre prof d'anglais, Mme Bennet, une nana d'une cinquantaine d'années complètement brindezingue, nous a emmenés en Angleterre. On n'avait pas encore mis un mot sur cette maladie mais elle était à mon avis à deux doigts du burn-out et parvenait à garder la tête hors de l'eau en nous imposant à chaque début de cours une séance de méditation. Nous étions des oiseaux s'élevant au-dessus de la forêt au gré des courants ascensionnels puis nous finissions par nous poser sur une branche pour retrouver la terre ferme et devenir un ver ou une fourmi ou l'arbre lui-même en plantant nos racines dans le plancher de la salle douze. Une dingue de plus. C'est pendant ce voyage que j'ai rencontré Dora, la grande sœur de Peter, mon correspondant de classe, une rousse qui devait avoir deux ans de plus que moi. Quand Ben m'a parlé de Dora, je me suis demandé si c'était la même car sa description collait pas mal, mais la sienne avait passé son enfance à Londres. Je me souviens qu'on s'est roulé des pelles absolument torrides à deux pas de la maison de ses parents qui habitaient un quartier résidentiel de la banlieue de Manchester, planqués dans un jardin à l'ombre des lampadaires de la rue. Je ne sais pas si c'était l'effet de l'excitation, son accent imbitable ou la différence d'âge, mais quand elle m'a dit en anglais qu'elle « voulait le faire », je n'ai strictement rien compris. Le temps que le message se fraye un chemin jusqu'à mon cerveau et que la brume se dissipe, il était déjà trop tard. Je crois que j'ai dit *what ?*, qu'elle a répondu quelque chose comme *never mind*, et que je suis passé pour un petit puceau de Frenchie mal dégrossi. C'est quand même fou de se dire que des moments cruciaux de nos vies se jouent à un léger décalage entre le son et les sous-titres.

Après je suis allé à la fac, j'ai commencé à bosser et depuis, à l'exception d'une beach party par-ci et d'une fête dans la jungle mexicaine par-là, je n'ai jamais quitté les villes. Je les connais toutes, du moins celles où on trouve des clubs aux reins assez solides pour se payer mes services. Comme les autres citadins, je me suis toujours dit que la campagne c'est la mort, qu'il ne s'y passe jamais rien. Julian m'a affirmé le contraire mais merde, il suffit de jeter un œil dehors pour voir qui avait raison. Le bar du village organise bientôt le Téléthon. Il m'a conseillé d'y aller pour faire connaissance avec les locaux. Je vais peut-être y faire un saut, on verra, ou programmer un aller-retour à Paris histoire de prendre un petit bain de foule et serrer deux trois vrais culs, ça me changera des films de boules.

Julian aussi a gobé mon histoire d'album sans sourciller. Il faut dire qu'il avait d'autres choses plus importantes sur le feu. Il s'est retrouvé à la rue du jour au lendemain quand sa meuf, Audrey, l'a foutu dehors après avoir demandé le divorce et la garde de leurs deux gamins. Elle est originaire d'ici, d'un village voisin je crois. Ils sont montés ensemble à Paris pour leurs études et lorsqu'ils se sont mariés cinq ou six ans plus tard Julian m'a demandé d'être son témoin. On s'est rencontrés en 2004, alors qu'il venait d'arriver à Paris. Il n'était pas comme ces gamins qui rêvent de devenir DJ parce que c'est tendance, qui se voient déjà célèbres et roulant sur l'or, à consommer les meufs par lots de deux ou trois et poursuivre leur vie de bringue mais en étant payés pour le faire. J'exagère à peine. Julian est venu me remercier à la fin d'un de mes sets au Rex. Il s'est présenté, très intimidé, en me vouvoyant. C'était la quatrième ou cinquième fois qu'il me voyait jouer, mais il n'avait encore jamais osé venir me parler. Il devait avoir dix-neuf ou vingt ans et ce qui m'a le plus frappé c'est qu'il n'avait rien du clubber moyen. Pas de T-shirt échancré, de tatouage sur l'épaule, de bijou autour du cou ou de lunettes de soleil fichées sur le visage même dans l'obscurité la plus totale. Il ressemblait plutôt à un lycéen, avec son polo et sa coupe de premier de la classe. On s'est mis à discuter musique et on s'est arrêtés au petit matin. À l'exception de deux ou trois choses, il avait identifié la totalité des morceaux, y compris des raretés quasi introuvables, et se souvenait mieux que moi de l'ordre dans lequel je les avais joués, commentant certains enchaînements avec la même excitation que s'il avait déterré un trésor.

Il composait déjà, à l'époque, et il avait un talent assez dingue. Il a produit ses premiers morceaux sur un PC pourri avec pour seul matos une carte son à deux cents balles et un clavier MIDI à cinquante, mais il avait digéré une telle culture musicale pour son âge qu'il tombait toujours juste. Sa musique rendait hommage à ceux qui l'avaient précédé sans jamais céder à la facilité des resucées prévisibles. Je l'ai présenté aux programmateurs du Rex, du Nouveau Casino, du Triptyque et des autres clubs à Berlin et à Londres où j'avais mes entrées, et j'ai fait écouter ses morceaux à plusieurs potes directeurs de label. Il a très vite décollé. Très très vite, c'était spectaculaire. En à peine trois ans il a sorti une dizaine de titres dont certains ont atterri dans les playlists des plus grands DJ de la planète. Il a commencé à tourner et jouer dans des clubs de plus en plus importants, aux heures les meilleures. Alors qu'au début je le faisais jouer avant moi pour qu'il chauffe le public, ce qu'il faisait d'ailleurs admirablement, il a fini par être programmé après moi dans plusieurs festivals, ce qui m'a un peu foutu les boules, je dois l'admettre, car j'ai eu le sentiment de prendre un gros coup de vieux. Bref, je l'ai pris sous mon aile et on est devenus super potes malgré nos dix ans d'écart, au point que lorsqu'il me confia qu'il allait se marier et me demanda si j'accepterais d'être son témoin je n'ai pas pu refuser.

J'aurais dû. J'avais joué l'avant-veille en Allemagne dans un entrepôt tellement immense que je n'arrivais pas à en voir le fond puis j'avais enchaîné avec un festival en Crimée organisé durant un mois sur les bords de la mer Noire dans un territoire autoproclamé « République orange autonome du KaZantip », avec son hymne, sa devise, sa constitution et son président élu à vie par lui-même, où on ne peut entrer qu'avec un viZa ou, à défaut, une vieille valise orange à coins métalliques zébrée de la lettre Z. Piotr, le type qui était venu nous chercher, moi et Ben, à l'aéroport, nous avait expliqué sur la route que cette histoire avait pour origine un conte de fées russe dans lequel un vieux type barbu se baladait aux quatre coins de l'Empire avec une valise remplie de bonbons qu'il offrait aux gamins pour les rendre heureux, le genre d'idée qui par les temps qui courent vous amènerait au poste en moins de deux, puis il nous avait installés dans notre hôtel où une petite boîte orange remplie de pilules aux couleurs acidulées nous attendait en guise de bienvenue. Quand une des devises de votre pays c'est « Vive la vie sans slip, vive l'été dans le monde entier » ou encore « Cette terre est à nous et que tout le monde aille se faire foutre », et qu'on vous explique que le naturisme, l'amour partagé et les mariages rapides sont fortement encouragés, vous devez savoir à peu près à quoi vous attendre. Mais, en l'occurrence, personne ne m'avait prévenu. Piotr nous avait ensuite accompagnés sur la plage où je devais jouer un peu plus tard sous un chapiteau en forme de grande corolle blanche et c'est à ce moment précis, devant la plus extraordinaire concentration de gros seins et de petits culs dénudés moscovites de la planète, que je me suis juré de me convertir à la religion de KaZantip qui professe la « Foi en les miracles » face aux « Réalistes Cyniques de l'Univers » pour lesquels tout espoir est perdu.

Douze heures plus tard j'étais dans la salle des mariages de la mairie du dix-neuvième, tenant péniblement debout derrière Julian et transpirant des litres de flotte dans un costume cintré parfaitement incompatible avec les températures caniculaires du mois d'août. Il a bien vu que j'étais très pâle et s'est discrètement retourné pour me demander si ça allait. J'ai été incapable de répondre quoi que ce soit mais j'ai quand même réussi à lever un pouce pour lui assurer que je n'allais pas tomber dans les pommes au pied de l'adjointe au maire en vomissant sur la moquette rouge le plateau-repas de mon vol Air France. J'ai signé le registre, je les ai applaudis et embrassés, puis on a pris des tas de photos. C'est après que ça s'est gâté. Le soir même, à l'apéritif, j'ai saisi le micro et demandé quelques minutes d'attention. Les invités se sont retournés dans ma direction et là j'ai eu comme une remontée de je ne sais quel bonbon russe qui m'a littéralement pétrifié, le sourire figé, les yeux écarquillés et les sourcils levés au ciel. J'étais parfaitement lucide mais plus rien ne répondait. Les trente premières secondes, les mariés, leurs familles, les potes, chacun guettait poliment le démarrage de mon speech, mais je suis resté bloqué en attendant qu'une force intérieure, désespérément hors de portée, se décide enfin à presser le bouton play. Laurent m'a raconté peu après que pendant la très longue minute où j'étais resté silencieux j'avais gardé le bras soudé à la poitrine et le micro collé aux lèvres, mon index tapant la mesure sur le manche à cent vingt battements par minute avec une régularité de métronome. Comme la pulsation résonnait sur les enceintes réparties aux quatre coins de la salle, certains ont cru que j'allais me mettre à chanter, ce qui explique que personne ne soit venu me décrocher plus tôt. Au bout du compte, c'est Julian qui m'a sauvé en faisant une blague assez drôle paraît-il sur mon sens du rythme et mon statut de légende de la techno minimale. Audrey, qui trouvait déjà que j'avais une influence néfaste sur lui, ne me l'a jamais pardonné. Je ne m'en suis pas si mal tiré finalement, mais je me suis toujours demandé comment c'était possible, à quelques heures d'intervalle, d'assurer seul un show de trois heures devant vingt mille personnes et d'être infoutu de faire un speech de trois minutes au mariage de son pote.

Julian et Audrey ont eu deux gamins dans les années qui suivirent. Il gagnait déjà très bien sa vie, si bien qu'à la naissance du premier ils purent quitter leur appart sans âme rue de la Villette et acheter une petite maison de trois étages sur la butte Bergeyre, de l'autre côté des Buttes-Chaumont. À cette époque ils me donnaient l'impression d'un couple capable de tout surmonter. Elle était graphiste en free-lance et semblait épanouie dans son métier autant que dans sa vie de famille. Lui voyageait déjà beaucoup mais parvenait à conserver un équilibre, choisissant soigneusement ses dates et s'imposant de consacrer le plus de temps possible à sa femme et ses deux gosses. Moi qui n'ai jamais su compartimenter quoi que ce soit, ça m'impressionnait beaucoup, à son âge, cette capacité à faire la part des choses, être ambitieux sans chercher à écraser les autres, surfer sur la vague tant qu'elle est là mais ne pas se dire que sa vie en dépend, profiter de son heure de gloire sans prendre le melon. On croise dans ce métier beaucoup trop de cons imbus de leur personne, qui jouent les divas et ne mesurent pas la chance qu'ils ont d'être payés une fortune pour passer des disques. Julian, lui, a réussi à garder la tête froide tout en sachant lâcher la bride chaque fois que c'était nécessaire. C'est une qualité rare car en règle générale les gens raisonnables sont d'un ennui mortel.

Je me suis décidé à me tirer du canapé pour me diriger vers la cuisine, verser des croquettes dans une gamelle et la poser devant ce pauvre chat qui, si ça continue, va geler sur place, mais cet abruti s'est barré dès que j'ai approché la porte. C'est pas gagné notre affaire, mon coco. Si tu n'y mets pas un peu du tien, on va finir comme deux âmes esseulées, mais la différence entre toi et moi c'est que je vais rester bien au chaud près du poêle tandis que tes petites couilles vont se transformer en grêlons. J'ai observé la cuisine aseptisée, les murs nus et la décoration monacale. Il n'y a rien qui traîne. Rien dans les placards. Pas de rideaux aux fenêtres ni de tapis au sol. Pas de coussins sur les canapés, de chapeau de paille, de parapluie ou d'imper élimé accroché à une patère dans l'entrée. Pas même un magazine défraîchi traînant dans les chiottes. Ce n'est pas que cette maison pue la mort, c'est plutôt qu'elle semble n'avoir jamais été en vie. Julian a dû rêver de cette baraque comme d'un lieu où se poser, profiter de ses vacances en famille, saluer ses amis d'enfance et prendre des nouvelles des vieux du village, aller déposer sur les tombes de ses aïeux des bouquets de fleurs coupées dans le jardin par sa femme et ses gamins et passer des heures à ne rien foutre en regardant la vue, devant un verre de rosé glacé, à l'ombre des arbres ou de la pergola. Il a dû se dire qu'il trouverait le temps de les emmener à la rivière là où il se baquait quand il était gamin, les voir plonger depuis des rochers de plus en plus hauts et faire longuement l'amour à Audrey, à l'heure de la sieste des enfants, la fenêtre grande ouverte, au son des cigales, dans la chambre où je me suis installé. Tout ça paraît tellement simple, tellement à portée de main. C'était pas demander la lune il me semble.

Il aura pourtant fini par se retrouver seul, lui aussi. Ça n'aura pris que quelques années, cinq exactement après son mariage. Je l'avais prévenu de ne pas prendre Marco comme manager, mais sur ce coup-là il n'a pas voulu m'écouter. Ce type est un poison. Au moment précis où il aurait dû le protéger, lui dire de ralentir, prendre le temps de s'occuper de sa petite famille, il lui a foutu une pression de dingue en lui présentant chaque nouvelle date comme une offre qu'il ne pouvait pas refuser. C'est toujours le même mécanisme, la même rengaine, je la connais par cœur : on vous dit qu'on vous aime, qu'on vous admire, qu'on vous veut absolument, que rien ne sera pareil si vous n'êtes pas là, et dans la seconde suivante on vous glisse que c'est une chance en or, que les autres ont déjà accepté et que si vous ne prenez pas cette place, on sera très déçu c'est sûr mais on la filera à un autre. Vous êtes irremplaçable, mais mille autres attendent derrière votre épaule. Les gens les plus équilibrés se laissent prendre à ce piège. La suite était prévisible. Il a accepté de plus en plus de dates et passait de moins en moins de temps chez lui. Pour ne rien arranger, Audrey décrocha à cette période plusieurs gros contrats d'un coup et se retrouva sous l'eau. Et c'était parti pour les montagnes russes. Quatre à cinq jours par semaine cajolé au champagne, hôtel grand luxe et voyages en première classe. Les suivants noyé dans la paperasse, les courses, les couches et les rendez-vous chez le pédiatre, entre deux engueulades parce qu'il y a toujours un truc qu'on oublie ou qu'on fait à l'envers sous l'effet de la fatigue et du jetlag. Personne ne peut supporter ça très longtemps. On finit forcément par se demander ce qu'on a fait pour mériter ça, alors que le monde entier se plie en quatre pour vous avoir et vous hurle son amour.

Audrey lui a filé un premier ultimatum, puis un second. Il a fait des efforts, promis qu'il allait ralentir, mais rien n'a vraiment ralenti, ou pas assez vite, ou pas suffisamment. Julian a débarqué chez moi au milieu de l'été avec une grosse valise sans réaliser ce qui lui arrivait. J'avais vu Krug deux ou trois semaines plus tôt. L'idée de lui laisser mon appart le temps que ça se calme et de me poser ici en échange m'est venue alors qu'on terminait un premier pack de bières. Il a pris quelques jours pour déménager une partie de ses affaires et descendre avec un camion rempli de matos pour installer le studio. Je suis parti peu de temps après.

En fin de compte, à part Olive, il n'y a qu'à Ana que j'ai parlé de la véritable raison de mon départ, de ma visite chez Krug, de son petit ton doucereux et de sa manière très insistante de me répéter qu'il n'y avait aucune raison de paniquer. Je lui ai raconté qu'il m'avait fait passer un test auditif dans sa cabine de l'espace, qu'il en avait conclu qu'il me manquait un paquet de décibels à chaque oreille, ce qui n'était pas franchement une surprise, et que pour le reste il n'y avait rien d'autre à faire que de prendre du repos et retrouver un rythme de vie à peu près normal.

Elle a posé sa main sur la mienne.

– Ça me rassure que t'aies pris cette décision. Tu m'as vraiment foutu les jetons, la dernière fois, je te jure. Je suis sûre que ça va te faire du bien de te mettre au vert.

– Je sais pas. J'espère.

– Tu viendras nous voir cet hiver, quand même ?

Évidemment, oui. Je vois mal comment je pourrais y échapper. Trouver un cadeau, féliciter les géniteurs, faire des risettes à leur petit miracle. Moi qui déteste les situations convenues, je vais être servi. Deux parents et un couffin, la famille rêvée sous les toits de Paris, le bonheur au sixième avec ascenseur. Il est pas beau ce happy end tant attendu ? Leur histoire ressemble pourtant davantage à un mélo interminable qu'à une romance à l'eau de rose car, que je sache, ces deux-là n'auront pas vraiment vécu heureux avant de pondre leur mioche. L'autre jour, boulevard Voltaire, j'ai croisé un couple avec trois gamins en bas âge. La nana en avait deux en poussette et son mec portait le troisième, à peine plus âgé, dans son dos. À mon avis, ils avaient prévu d'en faire un second et ont décroché des jumeaux. Un bref aperçu de l'enfer sur terre. Le type avait semble-t-il pas mal d'humour car son T-shirt portait l'inscription : « Ils vécurent heureux, puis eurent beaucoup d'enfants », mais je ne suis pas sûr qu'il lui en restera suffisamment pour continuer de le porter quand ses gosses seront en âge de lire. Ana et son mec s'imaginent sans doute qu'ils ont plus à gagner qu'à perdre dans cette nouvelle aventure, mais j'ai du mal à croire que l'irruption d'un petit monstre égocentrique et hurlant puisse la tirer de cette impasse. Les gens font des choses tout à fait délirantes par désespoir.

Il faudra d'ailleurs qu'on m'explique un jour pourquoi les couples tiennent tant à faire des gamins. Si encore il s'agissait d'en sortir un de la merde je pourrais comprendre : on en prend pour vingt ans mais on a fait une bonne action. C'est comme apporter un chaton perdu à la SPA, c'est bon pour le karma, enfin, tant qu'ils ne le font pas piquer je suppose. Quel gamin multicarencé du Sud ne rêverait pas de devenir un enfant pourri-gâté du Nord ? Mais en faire un, je veux dire, en produire un, un de plus alors qu'on est déjà bien trop nombreux et que l'apocalypse, selon les scénarios les plus optimistes, est pour la fin du siècle, ça, je dois dire, ça m'échappe. À moins d'adorer faire l'autruche ou d'être totalement sadique, ça n'a aucun sens d'infliger ça volontairement à quelqu'un qui ne vous a rien demandé.

– Tu sais, c'est dingue, dès les premières semaines, à l'échographie, on peut entendre le cœur battre.

J'ai fait de mon mieux pour lui sourire.

– Figure-toi que je ne savais pas qu'il y avait un micro dans la sonde. Le médecin a ciblé un minuscule point blanc qui était encore invisible la fois d'avant, il a pressé un bouton et on a entendu une pulsation super rapide. Il faisait même pas cinq millimètres et on entendait déjà distinctement son cœur, c'est fou tu ne trouves pas ?

– Vous avez enregistré ça, au moins ?

– Mais non ! Ça m'a tellement surprise que je n'y ai pas pensé.

– Et il n'y a pas pensé non plus ?

J'ai posé la question alors que je connaissais déjà la réponse.

– Non, il n'a pas pu venir cette fois-là.

Qu'est-ce que je disais. J'aimerais bien savoir ce qu'il peut y avoir de plus important que d'assister à la première preuve de vie de son gosse. Il devait avoir une bonne raison ce jour-là, un empêchement de dernière minute j'imagine, une putain de méga-tuile oui, parce que la clinique est à même pas un quart d'heure de son taf. J'aurais pu lui balancer ça, mais je me suis abstenu. Il fut un temps où je ne loupais pas une occasion de le dézinguer. Je voulais qu'elle ouvre les yeux. J'ai essayé de toutes les manières possibles, des plus subtiles aux plus frontales. Toutes. Au bout d'un moment, j'ai réalisé que ça la faisait rire, et que ça ne servait à rien. Aujourd'hui, ce n'est plus la peine, c'est trop tard. Elle est assise en face de moi à la terrasse déserte de ce café situé en haut des jardins de Belleville. On a choisi une table à l'ombre de l'immeuble car la chaleur est suffocante. À part les cris des gamins qui jouent au ballon au bout de la rue et le ronronnement lointain des voitures, tout est calme. Elle sirote un jus d'oranges pressées dans un grand verre rempli de glaçons et moi un demi déjà plus très frais. Chaque fois qu'elle incline son verre pour le porter à ses lèvres, quelques gouttes de condensation glissent sur le pourtour du pied, échouent dans son décolleté et terminent leur course dans la sueur qui perle entre ses seins. Elle a pris beaucoup de poitrine et bien sûr du ventre, qu'elle ne peut plus dissimuler. Ça lui va tellement mieux. Elle était si maigre et si soucieuse au printemps dernier. Elle semble épanouie et heureuse maintenant.

Elle était comme ça lorsqu'on s'est rencontrés, il y a dix-huit ans, belle et insouciante. Je me souviens qu'on s'est embrassés pour la première fois sur le pont des Arts avant de choisir un coin plus discret sous les arches de la grande cour du Louvre pour se peloter à l'ombre de la lumière de la pyramide. Quand j'y repense je me dis qu'on n'aurait pas pu trouver de cliché plus tarte, mais à l'époque elle vivait encore chez ses parents et moi en coloc avec Olive et je n'avais pas la moindre envie de la ramener dans notre minuscule trois-pièces à Stalingrad qui puait le renfermé et la beuh. Le lendemain j'ai acheté deux billets pour Reykjavik, je ne sais pas vraiment pourquoi d'ailleurs car je n'y étais jamais allé. J'ai dû penser que c'était plus original que Rome, Barcelone, Lisbonne ou Essaouira pour une première escapade estivale en amoureux, moins étouffant, et sans doute moins blindé de touristes. Nous n'avons finalement presque rien vu des paysages lunaires et volcaniques que vantaient les magazines posés sur la table basse de notre immense chambre d'hôtel. Une pluie entrecoupée de rares éclaircies a battu l'île tout le temps que nous avons passé sur place, si bien que nous sommes restés durant quatre jours sous la couette à explorer méticuleusement chaque vallée, chaque mont, chaque gouffre et chaque geyser que nous avons trouvé sur notre chemin.

Je n'ai pas mesuré à quel point j'étais fou d'elle, de sa voix enrouée, de son sourire en coin et de la pulpe de ses lèvres. Je n'ai rien vu. Si j'avais été un peu moins con, un peu moins jeune, un peu moins dispersé, j'aurais compris que ce n'était pas la peine d'aller chercher plus loin. Qu'il me suffisait de la regarder déboutonner sa chemise pour libérer ses seins lourds et un peu tombants. Attacher ses cheveux en chignon avec une baguette piquée dans un restaurant chinois de la rue au Maire. Ou enfiler, au bout de ses jambes interminables, une des paires de sa collection d'escarpins vintage chinés je ne sais où. J'aurais pu me contenter de respirer son parfum, lové dans son cou, le nez fourré derrière le lobe de son oreille, là où la peau est aussi douce qu'entre ses cuisses, ou laper lentement le jus salé s'écoulant de sa chatte. À vingt ans on croit qu'on a la vie devant soi, qu'on peut plier et déplier le temps et l'espace, que tout restera toujours possible. Vingt ans plus tard on réalise que cet alignement miraculeux des astres ne s'est jamais reproduit, qu'on a laissé filer sa chance et qu'il ne demeure désormais que quelques souvenirs, quelques images délavées, comme une carte postale envoyée d'un endroit qui n'existerait plus.

J'ai bien fait le con, ça c'est sûr. C'est à ce moment que j'ai pris la décision d'abandonner mes études de lettres. Je ne me voyais pas devenir prof et je n'avais aucune vocation ni talent particulier, au-delà d'aimer la bonne musique et faire la fête avec mes potes, à la différence d'Olive qui, lui, s'imaginait déjà diriger sa propre maison d'édition. Mon père m'avait poussé à m'inscrire à la fac pour que je ne finisse pas maçon, mais entre ses problèmes de dos et les trois sous que gagnait ma mère en faisant des ménages, j'ai vite été obligé de bosser. C'est comme ça que j'ai commencé à mixer : ça payait les factures, et de quoi sortir tous les week-ends. J'ai réussi pendant quelque temps à travailler la nuit et poursuivre mes études le jour, jusqu'à ce que je me rende compte que je dormais mieux dans mon lit que sur les bancs de Censier. Je ne sais même pas comment j'ai réussi à valider ma licence. L'été suivant, j'ai compris que jouer des disques pouvait devenir un vrai métier. J'ai juste eu à accepter davantage les propositions qui m'arrivaient. Je me suis mis à tourner, de plus en plus loin. Je gagnais du blé. Je croisais un nombre incalculable de meufs. J'étais jeune. J'étais loin de Paris.

Je sais pourtant, aujourd'hui, qu'elle était amoureuse. Mais elle n'a rien dit. Elle n'a pas cherché à s'interposer. Elle a dû penser que c'était peine perdue, que ce n'était pas le moment, que notre moment viendrait peut-être, plus tard, un jour. Elle était déjà si intelligente, si sensible. Elle abordait la vie avec une distance polie, comme s'il était vain de vouloir contrarier le cours des choses. Moi j'ai foncé sans réfléchir et chaque fois que j'ai relevé la tête, tel que je la relève maintenant pour la regarder à la terrasse de ce café, au milieu de ces tables en fer aux couleurs d'été, rayonnante dans son petit haut corail, les seins luisants de transpiration et la nuque dégagée de ses longs cheveux relevés en chignon, c'était pour m'apercevoir que j'étais toujours aussi dingue d'elle, comme si je revivais, en boucle, le même coup de foudre.

– Tu pars quand, alors ?

– Bientôt. Mi-octobre. J'ai encore quelques dates à assurer. Les autres je les ai annulées.

De même que j'ai annulé le scanner, les examens complémentaires et les analyses prescrites par Krug. Je n'en ai pas parlé à Ana car, je la connais, elle aurait été morte d'inquiétude. Je ne voulais pas qu'elle se fasse du mauvais sang avec ça. Une nouvelle vie allait bientôt commencer pour elle. Une nouvelle vie palpitait déjà en elle.

De façon générale, je n'aime pas emmerder les autres avec ma petite santé. Chacun sa merde. Krug peut bien aller se faire foutre, lui aussi. Son ordonnance, je l'ai consciencieusement découpée aux ciseaux en quatre bandes d'environ sept centimètres de hauteur que j'ai ensuite roulées en forme de paille pour m'envoyer un petit pochon avec Julian en attaquant un second pack de bières, le soir où on a conclu notre deal. Je n'allais quand même pas déranger la terre entière pour qu'on m'explique que je suis polytoxicomane. Les hôpitaux sont pleins de cas bien plus désespérés que le mien.

– Oh ! Voilà le petit nouveau ! Ouioui, c'est la mienne ! Sers-lui un verre, tu veux ? S'il te plaît, sers-les tous, là. Et ressers Bernard, tu vois bien qu'il a pied. Isa, tu veux quoi ? Isa ? Oh mais Isa putain, tu veux quoi ?

J'ai refermé la porte aux vitres embuées derrière moi. Le raclement du bois sur les carreaux de ciment et le tintement du chapelet de clochettes furent presque entièrement absorbés par le brouhaha qui régnait dans le bar du village. J'ai contourné deux petites vieilles qui veillaient sur une feuille avec une liste de noms écrits à la main, un grand carton de tombola et une boîte métallique remplie de pièces, de billets et de chèques, et je me suis glissé jusqu'au comptoir en traversant la salle surchauffée.

– Ouioui, sers Juan s'il te plaît. Juan, tu veux quoi ?

Autour de moi, tout le monde tournait au blanc.

– La même chose, merci.

– Sers-lui un blanc, tu veux ? Et dis voir, tu as réservé pour les huîtres ? Non ? Oh putain, attends deux secondes. Oh Monique ! Y resterait des huîtres pour le collègue à Erwan ?

La voix chantante et suraiguë d'une des deux petites vieilles s'éleva au-dessus des autres :

– Oui c'est bon !

– Mets deux douzaines de côté pour le collègue ! Deux douzaines ça ira ? Tu en veux trois ? Tu veux des crevettes aussi ?

Oh Monique, il en reste des crevettes ? Mets-lui des crevettes de côté aussi, tu veux ?

J'ai acquiescé sans savoir à quoi précisément et je me suis empressé de jeter ma veste sur une grosse pile de vêtements amoncelés sur une table dans un coin de la pièce. Il fait une chaleur là-dedans, c'est la jungle. J'ai tendu le bras vers le ballon, si rempli que le liquide gras et doré surnageait d'un petit millimètre sur le pourtour, et je m'en suis évidemment foutu plein les doigts en trinquant avec mes voisins.

– Alors, comment ça se passe, Juan ? Tu te fais à la vie de village ? Pas trop froid dans la maison ? Tu as assez de bois, dis ? Faut nous le dire s'il t'en manque, Erwan en a fait un peu rentrer cet été mais ça ne sera peut-être pas suffisant. Tu sais qu'il nous a dit : « Fabrice, Isabelle, je compte sur vous pour vous occuper de Juan », alors je te le dis, tu peux compter sur nous. Pas vrai Isa ? Isa ?

Bon Dieu, s'il attend des réponses à chacune de ses questions, à ce rythme je vais devoir prendre des notes. Et ça me fait tout drôle de l'entendre parler d'Erwan, j'avais presque oublié son vrai prénom depuis le temps. Quand il a commencé à percer, je lui ai conseillé de se trouver un nom de scène. Erwan Le Cléac'h ça aurait été parfait pour les fest-noz dans le Finistère, moins pour la scène club internationale. Sa mère, une Ardéchoise pure souche, était tombée amoureuse d'un Breton qu'elle avait suivi jusqu'à Douarnenez, ou Quimper, enfin quelque part au fin fond de la Bretagne. Erwan et sa sœur Gwenaëlle sont nés là-bas. Ces tarés de Bretons sont tellement fiers de leur pays qu'ils ne peuvent s'empêcher de labelliser leur progéniture. Franchement, je comprends pas qu'on puisse infliger ça à un gamin. Un prénom c'est aussi durable qu'un tatouage au fer rouge sur le cul d'une vache, ça me tue que les parents d'aujourd'hui ne comprennent pas ça. Quand c'est pas Brendon, Kevin ou Ryan, c'est Léandre, Philémon ou Isidore. C'est quoi l'idée ? Leur faire comprendre que la vie c'est pas facile tous les jours ? Qu'ils trouveront toujours des obstacles sur leur chemin ? Bref. Ce petit monde a vécu au bord de la mer jusqu'à ce que les parents se séparent et que les deux enfants retournent vivre en Ardèche avec leur mère dans la maison familiale. De ce que j'en sais, son père n'avait tellement rien à foutre de ses gosses qu'il n'a même pas demandé la garde. Il les avait baptisés pour l'éternité, ça devait lui suffire. Quand Erwan est arrivé à Paris et a commencé à produire des morceaux et décrocher ses premiers cachets, je lui ai donc conseillé de choisir un nom qui sonnait bien, à l'origine difficile à identifier et prononçable dans n'importe quelle langue. Julian Mayer. Ça n'a rien à voir mais c'est efficace. On n'est même pas obligé de se le faire épeler.

– Ça va, oui, enfin ça va mieux depuis que le vent s'est calmé.

– Tu sais ce qu'on dit sur le mistral ? Non ? Eh bien ça marche par multiples de trois : trois jours, six, neuf, et ainsi de suite. Si tu te réveilles le matin du quatrième jour et que ça souffle encore, tu en reprends pour trois jours, tu me suis ?

J'avais compris, merci, je suis pas complètement con non plus, mais j'ai fait la tête du mec vachement intéressé. J'ai pivoté pour commander un autre verre, constaté que le mien était déjà rempli, et interrogé du regard le patron.

– C'est celle de Bernard.

J'ai levé mon verre pour remercier Bernard à l'autre bout du comptoir et je me suis dépêché d'absorber le trop-plein.

– Attends, je t'explique. D'abord tu as l'anticyclone des Açores, tu vois où c'est ? Bon, les anticyclones ça tourne dans le sens des aiguilles d'une montre. Ensuite tu as une dépression sur le nord de l'Italie, vers le golfe de Venise, la dépression ligure on l'appelle, et les dépressions ça tourne dans le sens inverse des aiguilles d'une montre, c'est lié à la force de Coriolis. Dis, tu as entendu parler de la force de Coriolis ?

Fabrice posa son verre et se mit à faire des moulinets, la main droite mimant l'anticyclone des Açores et la gauche la dépression de je sais plus où, ses deux index se rejoignant à chaque tour pour pointer ses vieilles pompes de rando.

– Eh bé tu vois on est pile au milieu, dans l'entonnoir de la vallée du Rhône. Plus les pressions sont hautes sur les Açores et basses sur l'Italie, plus ça souffle, c'est pas compliqué. Nous encore c'est pas pire, on est un peu protégés par le massif du Coiron et la montagne ardéchoise, mais je te garantis qu'à Montélimar ou Orange, ils ramassent les pauvres. Le truc, tu vois, c'est que la vitesse du mistral dépend aussi de la largeur de la vallée du Rhône : plus elle est étroite, plus le vent s'accélère, c'est l'effet Venturi, tu vois ce que c'est l'effet Venturi quand même ? En novembre 67, on a mesuré trois cent vingt kilomètres/heure de vent au sommet du mont Ventoux, non mais tu imagines un peu ? Qu'est-ce que tu veux, c'est normal que ça les rende calus ! Figure-toi que dans le Vaucluse il existe un patelin où la moitié des habitants sont devenus fous parce que le mistral a soufflé pendant dix jours consécutifs. Fous à lier, la moitié du village, c'est pas une blague. Nous aussi on a quelques dingos mais c'est pas pour les mêmes raisons. Enfin, mieux vaut habiter par ici, je te le dis.

J'ai terminé mon verre en me disant qu'il en connaissait un sacré rayon en météorologie même si, jusqu'à preuve du contraire, dix n'est pas un multiple de trois. Au moins, si jamais je me fais décapiter sur un parking de supermarché, je saurai pourquoi.

– Les anciens ils disent qu'il y avait moins de vent par le passé. Je sais pas trop. Si ça se trouve c'est juste qu'ils sont devenus plus frileux, hein Roger ? Tu as pensé à prendre une petite veste, dis ? Faut dire que t'as l'habitude d'en prendre, des vestes ! Rappelle-moi, combien de fois tu t'es présenté à la mairie, déjà ? Roger ? Bon Dieu je crois qu'il ne m'entend pas, il est devenu sourd comme un pot le pauvre. Oh Roger ! Tu bois quoi ? Et Isa, putain où elle est celle-là ? Ouioui, refais les niveaux tu veux ?

– Attends, d'abord y a celle de René.

La porte s'ouvrit dans une explosion de clochettes et Isabelle entra accompagnée d'une femme du même âge, d'un type en veste de velours et d'un couple plus jeune. Fabrice leur fit signe de nous rejoindre au bar, opération qui prit plusieurs minutes, le temps de saluer et embrasser tout le monde. J'ai vidé mon verre en les observant cheminer dans la foule.

– Les amis, il faut que je vous présente. Bon, Juan, tu connais Isa. Jean-Pierre et Martine aussi. Quoi ? Tu connais pas Jipé et Martine ? Oh mais Juan, qu'est-ce t'as branlé depuis que tu es là ? Ils font le meilleur pinard du coin, bon Dieu ! Et bio en plus ! Mais si si, arrêtez, faites pas les modestes, vous savez très bien que c'est vrai. Et voilà leur fille Marion. Marion, fais la bise à Juan, c'est un collègue à Erwan. Et Cédric, ça va mon petit ? Oh Ouioui ! Les mouettes ont pied par ici ! Et celle-là, c'est la mienne !

– Ah non celle-là c'est la mienne, c'est la tournée du patron.

– Bon d'accord, alors la prochaine c'est la mienne.

– Ah non, y a d'abord celle de Jean-Paul et puis… attends voir… ensuite y a celle du Belge.

– Bon, on va peut-être se poser, non ? Ça vous dit qu'on attaque les huîtres ? Allez Juan, bascule, et Isa, pousse un peu les affaires là, tu veux ? Voilà, on sera pas mal. Ouioui, passe-nous les huîtres s'il te plaît. Oui, les crevettes aussi tant que tu y es.

On a dégagé trois petites tables dans un coin du bar et on s'est installés un peu les uns sur les autres, sous une longue étagère sur laquelle s'entassaient des piles de prospectus touristiques, quelques livres écornés, un trophée recouvert de poussière, une vieille photo jaunie d'un bœuf tirant une charrue et une autre que j'avais déjà remarquée du pont du village lors d'une crue. La rivière en furie rasait de si près le haut des arches qu'on aurait pu, allongé sur la chaussée, le bras glissé sous la rambarde métallique, plonger la main dans l'eau boueuse, à condition d'être fou à lier, naturellement. Le patron déposa sur le comptoir les assiettes d'huîtres, le vinaigre aux échalotes, des ramequins de mayo pour les crevettes et deux grands pichets de vin blanc.

– Goûtez-moi ça les amis, elles viennent de Bouzigues. Jean-Paul et René sont allés les chercher hier après-midi.

Je me suis jeté sur mon assiette. Il était temps d'éponger cette piquette qui me tournait la tête et me creusait l'estomac. Martine, assise à ma droite, se pencha vers moi.

– Alors Juan, bien installé dans la maison Lemaire ? Tu sais que j'y ai passé toute mon enfance ?

J'ai aspiré une huître en faisant non de la tête.

– Françoise, la mère d'Erwan, Isabelle et moi on se connaît depuis qu'on est gamines. On était tout le temps fourrées ensemble. Françoise a vécu dans la maison jusqu'à ce qu'elle parte rejoindre Jean-Jacques, son compagnon, sur la Côte d'Azur, il y a sept ou huit ans. Je ne sais même pas comment elle a fait pour vivre aussi longtemps dans cette maison qui prenait l'eau à chaque orage.

Elle s'arrêta un instant, le temps d'inonder de vinaigre aux échalotes l'huître qu'elle tenait dans sa main.

– C'était la maison de son père, qui avait été maire du village pendant pas loin de quarante ans. C'était un type plein d'humour, pince-sans-rire, qui ne se prenait jamais vraiment au sérieux. Tu te souviens, Isa, du sketch qu'il faisait à chaque fois qu'il se présentait ? Il prenait sa voix la plus grave et lançait d'un ton solennel : « M. Lemaire, le maire ! »

Elles pouffèrent de rire comme si la scène venait de se produire sous leurs yeux d'adolescentes.

– N'empêche que c'est lui qui a été le premier à prendre Erwan au sérieux. Il lui a confié l'animation du bal alors qu'il n'avait pas douze ou treize ans. On le voyait à peine, derrière la table, perché sur son estrade ! Il nous passait du disco et des tubes des années quatre-vingt juste pour nous faire plaisir alors que je suis sûre qu'il détestait ça. Même Marion avait le béguin pour lui à l'époque, c'est pas vrai ?

Marion se contenta d'un clin d'œil et d'un sourire en coin. Martine jeta son huître dans le saladier rempli de coquilles au milieu de la table. Son ton se fit plus grave :

– On ne le voit presque plus, maintenant. Je le sais bien qu'il est très occupé. Enfin, c'est super ce qui lui arrive, on devrait être heureuses pour lui, non ?

J'ai vidé la fin du pichet en resservant les uns et les autres et fait un signe au patron pour récupérer le suivant. Je n'avais pas la moindre idée de ce que Julian leur avait raconté de sa situation et, si c'était un appel du pied afin d'en savoir davantage, je n'allais pas tomber dans le panneau. J'étais vraiment le plus mal placé pour leur raconter l'histoire de ce triste fiasco.

– Oui, il tourne beaucoup depuis quelque temps, c'est la rançon du succès.

– Il nous a expliqué que c'est toi qui lui avais ouvert toutes les portes quand il est arrivé à Paris.

– Non, j'y suis pour rien. Il mérite d'être là où il est aujourd'hui. Il a énormément travaillé pour ça.

– C'est vrai qu'il y a de grandes affiches de lui à la sortie de l'aéroport à Ibiza ?

– Immenses. Vous n'imaginez même pas.

Fabrice, qui n'avait pas posé de questions depuis cinq bonnes minutes et qui devait sans doute ressentir les premiers symptômes du manque, profita de la poignée de secondes où chacun replongea sur son assiette pour changer de sujet. Ça tombait bien. L'atmosphère, un instant, était devenue lourde.

– Au fait, Juan Llosa c'est ton vrai nom ou c'est aussi un nom de scène ?

– Oui c'est mon vrai nom. Enfin, mon vrai prénom c'est Jean. Mon grand-père s'appelait Juan, il était catalan, du côté espagnol, mais mes parents ont préféré la version française. Au collège mes potes ont commencé à m'appeler Juan, et c'est resté.

– Llosa, ça vient de lauze, tu savais ça ? *Lausa*, en occitan. Il y a pas mal de maisons avec des toits en lauzes dans les Pyrénées, non ? On en trouve quelques-unes, par ici, quand on monte dans les Cévennes, à Thines par exemple…

Llosa, lausa, lauze. Une famille de maçons. Ça se tient. Je sais finalement peu de choses de mes origines. Mon père n'était pas très bavard à ce sujet, comme pour le reste d'ailleurs. Je sais juste qu'ils vivaient dans une telle misère qu'ils ont dû quitter leur patelin paumé dans la montagne pour trouver du travail à Barcelone. C'est là que mon arrière-grand-père a rencontré sa femme, Magdalena. Il a rejoint les républicains dès que la guerre civile a éclaté et il est mort fusillé à peine un an plus tard. Magdalena s'est retrouvée seule avec ses cinq gamins, mon grand-père, ses trois frères et sa sœur, à fuir vers la France en plein hiver lorsque Barcelone est tombée aux mains de Franco. Ils ont été pris dans un bombardement alors qu'ils s'étaient réfugiés dans une cave, quelque part sur le chemin, avant la frontière. Magdalena et Paula, la cadette, n'ont pas survécu. Les quatre frères s'en sont sortis miraculeusement, les tympans plus ou moins foutus pour la vie, mais entiers. Mon grand-père était l'aîné, il ne devait même pas avoir dix-huit ans. Le plus jeune en avait dix de moins. Ils ont fini par atteindre le camp d'Argelès où mon grand-père a rencontré ma grand-mère, María. Je l'adorais, cette femme. Elle était née dans une famille nationaliste de Barcelone qu'elle avait quittée à quinze ans pour entrer dans la résistance sous l'influence d'un oncle républicain de la première heure. Elle devait avoir une gueule d'ange à l'époque, polie et toujours bien habillée, la petite fille modèle de la bonne bourgeoisie barcelonaise que personne n'aurait pu suspecter de passer des armes en contrebande. Ils n'ont pas dû rester longtemps ensemble à Argelès, avec mon grand-père, car il a presque aussitôt rejoint le maquis. À la Libération, ils se sont retrouvés à Ivry où vivait une importante communauté espagnole communiste. Les quatre frangins ont monté leur boîte de maçonnerie et l'ont fait tourner jusqu'à leur mort. La guerre n'avait pas réussi à les tuer. En fait, elle les avait soudés de façon définitive. Ils ont passé leur vie ensemble à se gueuler dessus d'autant plus fort qu'ils n'entendaient rien et ils sont morts à quelques mois d'intervalle comme s'ils ne pouvaient survivre les uns aux autres. María est partie peu de temps après mon grand-père. Elle avait passé sa vie à se battre pour l'égalité des sexes, le droit à l'avortement ou à l'euthanasie, et mille autres causes dont elle nous parlait quand on était gamins, ma sœur et moi, allongés dans le canapé du salon, à l'écart des beuglements des taureaux venus de la cuisine. Je suis sûr qu'elle a décidé de partir avec lui.

– Juan ? Oh Juan ! Tu es avec nous, Juan ? Resservez-lui un verre, là, ça va le remettre d'aplomb. Un sac vide ne tient pas debout, pas vrai ? Je disais, tu es déjà monté à Thines ?

J'ai regardé Fabrice et tout est subitement revenu. Le tumulte de la salle, le bruit des verres et des coquilles d'huîtres jetées dans les assiettes, Marion qui discute à voix basse avec son mec, les rires de Martine et Isabelle, le craquement de la vieille porte d'entrée et le tintement des clochettes. Bon sang, combien de temps j'ai décroché cette fois-ci ? J'ai les tympans qui bourdonnent mais c'est encore supportable, j'ai connu pire. Par contre, cette chaleur, une vraie fournaise, j'ai l'impression d'étouffer. J'ai avalé mon verre d'un trait, m'en suis resservi un dans la foulée et j'ai secoué la tête.

Voilà, j'y suis.

Atterrissage en douceur.

– C'est qu'ils n'ont pas les mêmes sols par là-bas ! C'est beaucoup plus vert, par ici on n'a que de la caillasse. Tu sais ce qu'ils disent de nous, ces cons de Gardois ? « Les Ardéchois, le week-end, ils déplacent des cailloux. » Le pire c'est qu'ils n'ont pas tort, ces bourricots.

– Excusez-moi, je vais aller prendre l'air quelques minutes.

Isabelle posa sa main sur mon bras.

– Ça va, Juan ?

– Oui ça va, c'est juste un petit coup de chaud.

J'ai attrapé ma veste sur le tas de fringues et je me suis faufilé jusqu'à l'extérieur. Ce matin au réveil l'herbe était recouverte d'une fine pellicule de glace et craquait encore sous mes pas lorsque je suis sorti faire un tour dans le jardin vers dix heures. La lumière était blafarde et le paysage s'estompait derrière un voile grisâtre qui m'a rappelé les hivers en monochromie du Japon ou des Pays-Bas. Le ciel est maintenant d'un bleu incroyablement pur et le soleil a déjà réchauffé les pierres du petit muret où je me suis assis. Un jeune couple à côté de moi m'a proposé une cigarette que j'ai poliment refusée et je me suis levé pour descendre la rue déserte jusqu'à l'endroit où la vue s'ouvre sur la rivière et les falaises. Il n'y a guère que les fils électriques, le bitume qui recouvre la chaussée et quelques panneaux ici et là pour indiquer à quelle époque on se situe car, à part ça, rien n'a vraiment changé depuis le Moyen Âge. J'ai peine à croire que les rues seront dans quelques mois aussi noires de monde que l'intérieur du bar. Pour l'heure, les maisons sont fermées, les volets clos et il doit passer à tout casser une quinzaine de bagnoles par jour dans la rue principale. D'où sortent donc ces vivants ? J'ai marché encore un peu en direction du pont mais une fois passé à l'ombre le froid m'a saisi et j'ai rebroussé chemin. J'ai pris une dernière longue inspiration devant la porte embuée du bar et j'ai replongé dans la fournaise.

– Dites, Monique, il reste des cases pour la tombola ?

– Attends voir… Deux, quatre… six… sept. Sept cases.

– Allez, je les prends toutes.

J'ai sorti un billet de dix de ma poche, récupéré la monnaie, inscrit mon prénom dans les cases restantes et retrouvé la petite bande accoudée au comptoir.

– Oh Juan ! Un café ? Ouioui, un café pour Juan, tu veux ? Martine, Jipé et les tourtereaux nous abandonnent. Les vieux vont faire la sieste et les jeunes on préfère pas savoir. Il y a un concours de pétanque cet après-midi pour les courageux et un autre de belote pour les frileux, hein Roger ? Tu vas taper la belote cet après-midi, Roger ? Putain il a rien entendu c'est pas possible. Juan, tu restes un peu avec nous, hein ?

J'ai fait la bise aux Granger et promis de passer les voir bientôt.

– Qui veut un digeo ? C'est la tournée du patron !

– Oh Ouioui ! Sers une poire-chât à Juan, tu veux ? Juan, tu connais pas la poire-chât, je parie.

Le patron posa sur le zinc un petit ballon presque aussi plein que les verres de vin blanc précédents.

– Qu'est-ce que c'est ?

– C'est de l'eau-de-vie de poire avec de la liqueur de châtaigne.

La première est passée comme du petit-lait. Les suivantes encore mieux. Ensuite c'est assez confus. J'ai vite arrêté de compter les tournées. J'ai réussi à en poser quelques-unes, ça je m'en souviens parce que j'ai été très fier de moi. Les gens d'ici ne sont pas les derniers pour plaisanter et picoler. Quand je vois la santé des petits vieux et des petites vieilles qui à quatre-vingts balais sont aussi fringants qu'à soixante et que je repense à ces années de fiesta ininterrompue et au vieillissement accéléré qu'elle provoque, je me dis qu'il fait quand même bon vivre par ici. Je me souviens d'avoir tenté de deviner le poids d'un jambon et d'être tombé loin à côté. J'ai aussi gagné à la tombola un panier garni de saucissons, de pinard, de confiture de châtaignes, de biscuits à la châtaigne, de farine de châtaigne, de bonbons à la châtaigne et de liqueur de châtaigne, et je me suis fixé comme objectif pour le lendemain d'aller acheter une bouteille de poire au supermarché. J'ai croisé Sven d'ailleurs, quelle surprise ! Je ne savais pas qu'elle habitait le village. Il me semble que je suis allé la voir pour m'excuser et que j'ai voulu lui offrir un saucisson. À un moment je suis sorti faire une pétanque mais je suis rentré fissa car la température est redevenue glaciale dès que le soleil s'est éclipsé derrière les toits des maisons. Quelqu'un a fait le compte de la recette du Téléthon, il y en avait pour pas loin de mille deux cents balles, et comme ils avaient l'air très contents du résultat je me suis abstenu de dire que c'était ce que je prenais pour passer quatre disques. Je sais plus qui m'a demandé si je serais d'accord pour animer le bal du village l'été prochain, ça ferait faire des économies au comité des fêtes tu comprends, et je crois bien que j'ai dit oui. Pour être honnête, j'en ai plutôt rien à foutre du Téléthon et des myopathes, ça ne m'est jamais venu à l'esprit de donner quoi que ce soit depuis que ça existe, mais boire des coups un dimanche dès onze heures du mat en bouffant des huîtres pour la bonne cause, je souscris sans réserve. Je me souviens aussi que Fabrice et Isabelle ont parlé d'un souci avec le gaz de schiste, une histoire d'eau qui prend feu, de derricks plantés en pleine campagne et de pollution des nappes phréatiques. Je n'ai pas tout suivi, je dois dire, mais ce qui est sûr c'est qu'ils avaient l'air très inquiet. C'est là que Fabrice a dit qu'il fallait que chacun se mobilise et que selon un rabbin on devait être des colibris au milieu des autres animaux. J'ai trouvé ça mignon mais j'ai pas vraiment compris pourquoi il était question qu'on aille éteindre le feu dans la forêt et que chacun fasse une part. Isabelle a dit non non non, chacun doit faire sa part, Fabrice a soutenu mordicus que c'était une part, le ton est monté, Fabrice a dit oh mais Isa tu fais chier, qu'est-ce qu'on en a foutre que ce soit une part ou sa part du moment qu'on arrive à éteindre le feu, et j'ai bien été obligé de lui donner raison sur ce coup-là même si je ne voyais absolument pas de quoi ils parlaient.

Bref je trouvais que la soirée était bien emmanchée, Fabrice a dit oh Ouioui y a marée basse et là Ouioui a raconté l'histoire du type qui dit : « Patron, un autre avant que ça commence. » Le patron lui sert un petit ballon et dix minutes plus tard le mec gueule : « Patron ! Un autre avant que ça commence ! » Le patron le ressert et après quelques minutes le gars pointe son verre vide et hurle : « Oh patroooon ! Un autre avant que ça commeeeence ! » Le patron le regarde et lui dit gentiment : « Bon allez, il faut rentrer maintenant. » Et l'autre répond : « Ah ça y est, ça commence ! » Fabrice a dit oh Ouioui fais pas le con sers-nous-en une c'est la mienne et on s'est envoyé une dernière poire-chât avec Bernard et les autres puis chacun a réglé sa note, je me souviens plus précisément du total mais je me suis fait la réflexion que ça devait être le prix d'une bouteille d'eau dans un club à Ibiza et peu de temps après on était dehors à se faire la bise dans la rue déserte et glaciale moi j'étais chaud patate pour continuer mais les autres ont dit nous on bosse demain allez salut.

J'ai retrouvé mon chemin jusqu'au frigo dans le dédale des ruelles noires du village, rasant les murs et marchant à pas de loup pour ne pas réveiller les fantômes et les monstres endormis depuis le Moyen Âge, et pour fêter mon arrivée sain et sauf à la maison j'ai sorti une bouteille de vodka du congélo et je me suis dit que, tout compte fait, le temps était venu de pousser la porte du studio. J'ai tâtonné pour trouver l'interrupteur et au moment précis où je l'ai pressé une myriade de petites lumières se sont allumées comme une nuée de lucioles. Le sol était recouvert d'une moquette aussi moelleuse que les seins de Fesses Pâles et les murs de panneaux en mousse noire aux motifs géométriques. Aussi imposant et solennel qu'un autel, un immense bureau trônait au centre de la pièce, surmonté d'une longue étagère sur laquelle reposait un grand écran plat entouré dans une parfaite symétrie de deux lampes articulées et trois paires d'enceintes de proximité. Plus loin derrière, deux colonnes de haut-parleurs dressées sur des caissons de basses aux dimensions déraisonnables semblaient monter la garde dans la pénombre. Mon cœur s'est mis à palpiter quand j'ai découvert à droite d'une armoire remplie de compresseurs, de limiteurs, d'égaliseurs, de convertisseurs et de processeurs d'effets une immense console de mixage flanquée d'une bonne quarantaine de synthétiseurs modulaires reliés, telle une forêt de lianes, par des câbles multicolores. Bon Dieu, il est loin le temps où Julian composait sur un PC merdique. J'ai dévissé la capsule de la bouteille de vodka et je m'en suis envoyé une longue rasade. J'ai hésité avant de me retourner car je me doutais que le meilleur était à venir. À gauche, à gauche Seigneur, était érigée une cathédrale de claviers, d'orgues, de boîtes à rythme et de synthétiseurs. Juno-6. Juno-106. Prophet-5. Jupiter-8. Arp Odyssey, *oh Lord.* Korg MS-20. Microkorg. TB-303, TR-707, TR-808, TR-909, la famille Roland au grand complet. Yamaha RX5, CS-80 et DX7. Bon sang, un Fairlight CMI… Peter Gabriel, Kate Bush et Stevie Wonder ont joué là-dessus. Et… mais non… un Oberheim OB-X ! Oh putain, un Rhodes. Et un Wurlitzer ! *Oh Mercy !*

J'ai visité un paquet de studios dans ma vie. J'ai rencontré des dingues qui y engloutissaient la totalité de leurs cachets, des geeks accros aux magasins de synthés vintage, des types capables de parcourir des milliers de kilomètres pour aller chercher un compresseur à l'autre bout de l'Europe, et même un type assez fou pour reconstituer dans le salon de sa maison à Lille le son du Loft et du Paradise Garage, les deux clubs mythiques new-yorkais, en chinant des enceintes Klipschorn et des caissons de basses Bertha Levan jusqu'à Honolulu. Mais là, oh oh là, les amis, on était dans une autre dimension. On touchait au sublime. Ces camés du matos se seraient prosternés au pied de l'autel, chuchotant agenouillés devant leurs idoles, enchaînant prières et ablutions pour amadouer le dieu du son et la déesse de la musique. J'ai avalé une longue gorgée de vodka, je me suis affalé dans le grand fauteuil en cuir et j'ai donné un coup de pied pour lui faire faire un tour sur lui-même. Les lucioles prirent soudainement leur envol, semant dans leur sillage de longues traînées jaune d'or, et quelques-unes vinrent se poser sur le vieux meuble en bois tapi dans l'ombre au fond du studio. Oh, tu croyais que je t'avais oublié, amigo ? Je me souviens très bien de toi et de tes longs câbles lovés comme des serpents à sonnette dans tes profonds tiroirs. Tu imagines que je ne sais pas ce que tu caches, hein ? Tu veux qu'on joue à chaud ou froid ? Attends voir. À droite là, c'est froid ? Et si je remonte un peu… encore plus froid ? Oh oh, ça alors ! Ce serait donc plutôt à gauche ? Je chauffe ? Pas croyable. Et si je cherche un peu plus bas, ici par exemple… je brûle ? Non, me dis pas que… le dernier tiroir, là, au ras du sol ?

Je me suis réveillé allongé par terre dans le studio. Quand j'ai voulu me redresser, la tête lourde comme une enclume, j'ai été pris d'une nausée si fulgurante que j'ai dû me jeter dans le salon pour éviter d'imbiber l'épaisse moquette des huîtres de la veille. À quatre pattes par terre j'ai essayé de me mettre debout, sans doute un peu trop vite. Un acouphène atrocement strident m'a fait perdre l'équilibre, mon pied nu a glissé sur un morceau non identifié et je suis retombé à plat ventre si fort dans la grande flaque que le bas des murs et des meubles fut moucheté de vomi d'huîtres dans un rayon de trois mètres. J'ai rampé jusqu'au tabouret le plus proche afin de me relever tant bien que mal et, saisi d'une panique soudaine, j'ai arraché mes vêtements en hurlant de dégoût. Je me suis retrouvé à poil dans le salon baigné de soleil mais glacial, face à ce con de chat qui me regardait, impassible, derrière la baie vitrée, et j'ai couru jusqu'à la salle de bains pour me réfugier sous la douche.

Quatre heures. Quatre longues heures à attendre que mon acouphène se calme et que l'étau se desserre de mon crâne. L'enfer. J'ai vu il y a des années un film dans lequel un type souffre de migraines si atroces qu'à la fin il se perce la tempe à la chignole électrique. Ça m'a traversé l'esprit. Je n'aurais pas hésité, auparavant, à mettre cet épisode sur le compte d'une huître avariée. J'aurais tiré une petite binouze du frigo, tapé une trace ou deux, et zou, on serait reparti pour un tour. Ça aurait été un peu gênant, et pas très glorieux, je suis d'accord, mais enfin on ne se barre pas de la fête foraine au simple motif qu'on a vomi ses churros en descendant du grand huit, non ?

Le problème, c'est que la fête est finie depuis longtemps. Ça fait bientôt deux mois que je me suis retiré ici, deux mois que j'ai réussi à décrocher et rester à peu près sobre. Globalement, à l'exception des apéros au bar avec Fabrice, René et Raymond les cantonniers et Bernard l'ouvrier agricole au dos en compote, très sympathique malgré son côté vieux garçon misogyne un peu pénible, je l'ai jouée tranquille. Faire la fête non-stop en changeant de pays chaque jour je vois très bien où ça mène. Mais là, je vois pas. Tenir le bar entouré de poivrots en attendant d'être foutu dehors par le patron puis se mettre une mine en solo dans une maison glaciale, avant de se réveiller en vrac le lendemain après-midi, comme projet de nouvelle vie, je peux sans doute faire mieux.

J'ai regardé la lumière tomber sur le jardin et les gorges disparaître dans la brume. Dans une heure, une heure et demie tout au plus, il fera nuit. C'est pas possible de continuer comme ça. Il faut que je me reprenne. Je suis déjà passé par là en plus, je le connais très bien, cet endroit. Je sais que c'est juste une question d'état d'esprit. Transformer une énergie négative en quelque chose de positif, c'est ça, le secret. J'ai écrit certains de mes meilleurs morceaux à des périodes où c'était pas la grande forme, c'est le moins qu'on puisse dire, et mon plus beau set, je m'en souviens comme si c'était hier, je l'ai joué au Watergate à Berlin, au début de l'automne 2003, six ans après notre petite virée à Reykjavik avec Ana. On s'était revus à Paris alors qu'elle venait de se faire jeter comme une malpropre par un type avec qui elle était restée près de deux ans et qui avait fini par la tromper avec une de ses meilleures copines. De mon côté j'en avais ras le bol de papillonner avec des nanas dont je ne me souvenais même plus du prénom le lendemain et j'avais envie de me poser un peu. Mes cachets avaient atteint des sommes si faramineuses que j'avais pu me permettre d'embaucher Ben, réduire le nombre de mes dates et me recentrer sur Londres et Berlin l'hiver, Ibiza l'été. On s'est retrouvés un soir chez elle et on a repris notre chevauchée sauvage exactement là où on l'avait laissée six ans plus tôt au pays pluvieux des volcans. On a vécu quelques semaines en apesanteur, hors du temps, ne quittant son immense matelas posé à même le sol dans sa chambre mansardée que pour descendre avaler une soupe dans un restau chinois au pied de son immeuble du troisième arrondissement. Je me rends bien compte aujourd'hui, quand j'y repense, qu'elle avait surtout besoin d'être consolée et de se changer les idées, que ce n'était pas le bon moment. Mais j'y ai vraiment cru. Je me sentais prêt.

Un matin, elle m'a annoncé qu'elle avait pris la décision de partir à Seattle. Ça faisait cinq mois qu'elle était au chômage et qu'elle galérait pour retrouver du taf. On lui avait proposé un poste de lectrice de français pour un an dans une fac du coin, et elle l'avait accepté. Je me suis vraiment demandé si je n'allais pas partir avec elle mais j'ai eu beau retourner le problème dans tous les sens, je me serais enterré vivant si je l'avais suivie dans cette ville de rockeux, à quatorze heures de vol de Berlin où la scène électronique mondiale était en train de se déplacer. Je l'ai accompagnée à Roissy début septembre et on s'est embrassés devant la porte d'embarquement sans rien se dire. J'ai attendu d'être enfermé dans ma bagnole au dernier sous-sol d'un parking lugubre pour chialer toutes les larmes de mon corps. Dix jours plus tard j'étais de retour au Watergate qui avait ouvert ses portes l'année précédente. J'ai joué un set si intense et si mélancolique que j'ai vu des gens dans le public s'essuyer les yeux et se serrer dans leurs bras. Elle n'est revenue que trois ans plus tard.

Je devrais peut-être écrire un livre. C'est Olive qui m'a soufflé l'idée lorsque je lui ai dit que j'avais besoin de faire un break et partir quelque temps dans le sud de la France. Il a bossé une dizaine d'années chez je sais plus qui avant de monter sa propre maison d'édition. Aujourd'hui il publie des témoignages, de l'ex-starlette de la téléréalité au terroriste repenti en passant par la nana victime de tournantes. À la fac on rêvait quand même d'autre chose. Lui dévorait les livres de Talese, Capote ou Thompson, à la frontière du journalisme et de la littérature, mais rêvait d'éditer des romans. Le fantasme de la découverte d'un nouvel auteur, être celui par lequel le miracle arrive. De mon côté je lisais des thrillers, des polars, des livres d'espionnage ou d'épouvante, et les bouquins des junkies de la Beat Generation, mais je ne peux pas dire que ça me passionnait vraiment.

– Tu pourrais nous faire un petit bouquin bien cinglant sur le monde de la nuit, la came, le sexe, les cachets mirobolants des DJ, une sorte de chronique sous acide qui lèverait le voile sur les coulisses, la face cachée de la fête, tu vois l'idée ?

Je l'ai regardé en haussant les sourcils. J'étais pas emballé.

– Fais-nous un truc à la Martin Amis !

– Connais pas.

– Tu plaisantes ?

– De toute façon j'ai pas envie de passer pour le mec qui règle ses comptes. On crache pas dans la soupe quand on s'est gavé pendant des années.

– Mais qu'est-ce que t'en as à branler, franchement ? Si ça te dérange t'as qu'à l'écrire à la troisième personne. Et quand tu seras invité sur les plateaux télé t'auras qu'à disserter sur les relations ambivalentes entre la fiction et la réalité, ils font tous ça. Je peux même te faire une avance, si tu veux.

Je lui ai dit que j'en avais rien à foutre de son fric mais que j'allais quand même y réfléchir.

Ça fait bien trois quarts d'heure que je poireaute assis sur une chaise, face à un bureau vide, dans une pièce sans fenêtre. Le policier en uniforme planté devant la porte n'a pas dit un seul mot. Il ne m'a même pas regardé. À l'évidence, ce n'est pas lui qui est aux commandes. Il fait une chaleur à crever, mes fringues sont trempées de sang, on ne m'a même pas proposé un verre d'eau, mais je pourrais difficilement être mieux qu'ici, en sécurité. Je dois une fière chandelle au garde du corps qui s'est pris une rafale de balles en se mettant en bouclier devant moi. Ses cent vingt kilos de muscles sont lourdement retombés sur la table où je mixais et une fraction de seconde plus tard je me suis retrouvé écrasé sous le colosse, son flingue à dix centimètres de mon œil et son sang ruisselant dans mon cou. Ça a canardé encore quelques minutes avant que ça se calme. Les flics ont gueulé en espagnol que chacun reste calme et couché par terre mais les meufs, complètement hystériques, ont continué à piailler comme des oies. Ils m'ont passé les menottes, nous ont jetés dans leurs paniers à salade en direction du commissariat central de Mexico, puis nous ont isolés dans des petites pièces miteuses pour nous interroger. Tout compte fait, la situation n'est donc pas si désagréable, même si je ne dirais pas non à une margarita bien fraîche pour faire passer le goût du sang qui m'a coulé dans la gorge. Je ne vois pas ce qu'il peut m'arriver de pire que ce à quoi je viens d'échapper.

J'ai entendu un bruit de clé dans la serrure et j'ai remarqué que les diodes des caméras de surveillance fixées dans les coins de la pièce se sont éteintes. Deux types en costume sombre sont entrés. L'un d'eux a fait un signe au policier, qui s'est approché de moi pour m'enlever les menottes avant de s'éclipser. Le petit gros s'est assis sur la chaise vide de l'autre côté du bureau tandis que le second, un grand maigre au teint cadavérique, est resté debout dans la pénombre, appuyé contre le mur, un pied à plat sur la peinture jaunasse.

« Vous êtes dans une belle merde, permettez-moi de vous le dire », me lança le petit gros en déposant sur le bureau une chemise beige avec mon nom écrit dessus.

Un Français. Des Français. Je serai bientôt tiré d'affaire.

« Vous voyez arriver des Français, on vous enlève les menottes… Vous vous dites que vous serez bientôt tiré d'affaire, c'est ça ? »

Le petit gros me regarda droit dans les yeux.

« Vous ne pouvez pas vous tromper davantage. »

Le type adossé au mur fit un bruit étrange, un mélange de reniflement, de toux grasse et de raclure de gorge. J'ai compris : ils se la jouent bon flic mauvais flic. Je suis quand même pas né de la dernière pluie, il en faut un poil plus pour m'impressionner.

« J'aimerais surtout savoir pourquoi je suis retenu ici. Personne n'est venu me voir ou me demander qui je suis. Et vous, vous débarquez là sans même vous présenter. Vous êtes qui, pour commencer ?

– On est ceux qui détiennent ta carte de sortie de prison, ducon », a dit le type dans la pénombre.

Le petit gros fit un signe de la main à son collègue sans se retourner.

« Bon. Je vais vous faire le topo. Vous vous appelez Juan Llosa, né à Ivry, trente-huit ans, DJ de profession, et vous faisiez la fête dans la villa de votre ami Gustavo pour les vingt-cinq ans de sa fiancée… »

Il ouvrit le dossier posé devant lui et le parcourut quelques instants.

« Priscilla, voilà. Une vrai poupée Barbie, celle-là. C'est bien ça ? Oui c'est ça, ne vous donnez pas la peine de me répondre, on sait déjà tout. Vous saviez que les Stups étaient sur le dos de votre pote Gustavo depuis plus de deux ans ? Bien sûr que non. Pas de chance pour vous, vous étiez avec lui ce soir.

– C'est ballot, dit le cadavre.

– Ce qui est ballot, pardon, c'est que la police ait retrouvé dans votre valise deux kilos de cocaïne. Ça c'est vraiment ballot. »

J'ai bondi de ma chaise.

« Quoi ! Qu'est-ce que c'est que ces conneries ? Vous croyez que je serais assez con pour trimballer deux kilos de coke dans mes bagages ?

– Rasseyez-vous, monsieur Llosa. »

Il a dit ça d'un ton très sec mais sa voix était plutôt rassurante.

« Vous gagnez déjà très bien votre vie, n'est-ce pas ?

– Ben oui !

– Vous n'avez donc pas besoin de ça.

– Ben voilà !

– Ben voilà. »

Il referma le dossier et se cala dans sa chaise. Il resta un long moment silencieux, tapotant le bureau du bout des doigts.

« Le problème, monsieur Llosa, c'est que la police ne voit pas les choses de cette manière. Vous voulez que je vous dise ce qui va se passer maintenant ? Pour commencer ils vont vous interroger et ils sont beaucoup moins sympathiques et patients que nous, je vous préviens. Et puis ils vont enchaîner avec les autres. Dans le lot, il y en aura bien quelques-uns qui accepteront de vous balancer, pour ça on peut leur faire confiance, ils savent très bien s'y prendre. Puis ils vont vous faire passer des analyses et là bien sûr ils vont retrouver des traces de drogue dans votre sang. Ils vont en retrouver, n'est-ce pas ? Vous voyez le tableau ? »

Je commençais à voir le tableau, en effet.

« Je veux un avocat.

– Non, vous ne voulez pas un avocat.

– Mais qu'est-ce que vous me racontez ?

– Vous ne voulez pas un avocat parce que vous ne voulez pas de procès. Eux, ils veulent un procès. Un bon gros procès bien médiatisé, retransmis en direct à la télévision, le feuilleton de l'été, avec Juan Llosa en guest star internationale. Mais vous, vous ne voulez pas de procès, car qui dit procès dit détention préventive et, croyez-moi, vous ne voulez pas être détenu dans une prison mexicaine. »

Le petit gros s'essuya le front avec un mouchoir avant de le ranger dans la poche intérieure de sa veste.

« Le gouvernement actuel s'est fait élire sur un programme de lutte contre les narcotrafiquants et depuis la police fait du zèle. C'est drôle, non ?

– Très drôle, dit le cadavre.

– Je vois vraiment pas ce qui est drôle.

– Ce qui est drôle, monsieur Llosa, c'est qu'une grosse partie du trafic est contrôlée par la police elle-même et qu'elle est en train de se racheter une virginité à peu de frais, mais enfin passons. Un DJ international aux côtés d'un jeune baron de la drogue sur les bancs d'un tribunal, c'est du pain bénit, vous ne croyez pas ?

– Ils vont faire un exemple, et l'exemple c'est toi, ducon », dit le cadavre.

Le petit gros se retourna et lui fit signe de se taire.

« Bref, je vais vous faciliter les choses, il fait une chaleur à crever ici et on ne va pas s'éterniser. Soit vous faites confiance à la justice mexicaine, vous vous ruinez en avocats véreux, et avec les remises de peine vous sortez au mieux dans dix à quinze ans, si bien sûr vous êtes toujours vivant, soit vous écoutez ce qu'on a à vous dire. »

La sueur ruisselait sur mon visage ensanglanté et tombait sur le bureau en petites gouttes rougeâtres. J'ai baissé les yeux.

« C'est bien ce que je pensais. Écoutez-moi bien, monsieur Llosa : nous pouvons faire en sorte que les choses s'arrangent pour vous, à condition de ne pas traîner. Dans une heure la presse sera là, votre portrait tournera en boucle sur toutes les chaînes d'info et on ne pourra plus rien pour vous. On peut éviter ça, mais il va falloir nous rendre quelques services.

– Qu'est-ce que c'est que cette histoire ? Quels services ? De quoi vous parlez ? Pourquoi je vous ferais confiance, hein ? Et puis merde à la fin ! Vous êtes qui, bordel ?

– Ferme-la, ducon !

– Vous n'avez pas besoin de savoir qui nous sommes, vous n'avez pas besoin non plus de savoir comment ça marche et, si je puis me permettre, il me semble que vous n'avez pas vraiment le choix. Disons pour faire simple que vous voyagez beaucoup et que vous voyez des choses qui nous intéressent. Et il se trouve que nous savons des choses qui intéressent la police mexicaine. Il se pourrait donc bien qu'en lieu et place de ce beau merdier il existe une solution qui satisfasse tout le monde, vous ne croyez pas ? »

J'ai refermé le clapet de mon ordinateur et regardé la campagne givrée défiler derrière les vitres du train. Une pellicule blanche enveloppe le paysage, à perte de vue. On a passé Lyon il y a à peine une heure, on doit être au beau milieu de la Bourgogne désormais. Il n'y a que des champs, des prairies et des forêts par ici. Pas un caillou à l'horizon. Cette terre lourde et grasse repose là, sur ces collines, domestiquée depuis des millénaires. Les premières fois que je me suis baladé dans la garrigue autour de la maison, sur les petits sentiers pierreux parsemés de crottes de chèvres, j'ai eu l'impression que mes pas sonnaient creux, comme si je marchais sur un sol troué, aéré, percé de cavités, de grottes et de boyaux reliés les uns aux autres dans un immense réseau souterrain. Fabrice m'a expliqué des tas de choses sur les grottes et les avens, c'est la même chose en fait sauf qu'on y entre par le dessus, les karsts, la formation des gorges de l'Ardèche et des autres rivières, ou le creusement des dolines, ces cavités de calcaire labyrinthiques sculptées par l'érosion. Je n'ai pas tout retenu mais il m'a dit qu'au printemps il m'emmènerait visiter quelques grottes qui, selon lui, sont parmi les plus belles de France. C'est pas un mauvais début, mais je doute que cette histoire de DJ recruté par les services secrets soit vraiment crédible. La plupart de ceux que je connais ne sont pas très différents de moi et ont toujours beaucoup de mal à se souvenir en détail des événements de la veille.

Olive s'est calé dans son fauteuil, les jambes croisées sur son bureau encombré d'une montagne de manuscrits et de dossiers. J'ai parcouru du regard le vieux parquet, les plafonds moulurés et les murs tapissés de bibliothèques déformées par le poids des livres. Il ne pouvait pas rêver mieux qu'un immeuble haussmannien du boulevard Saint-Germain pour implanter sa maison d'édition. Il referma mon ordi et releva la tête.

– Ouais. C'est pas mal. Le petit gros et le grand maigre c'est quand même un peu cliché mais bon… T'as la suite ?

– Pas vraiment.

Il soupira.

– Et ça sort d'où cette idée ?

– Tu te souviens pas de mon pote Gustavo ? C'est lui qui a fait ses études aux États-Unis avant de rentrer au Mexique pour créer sa chaîne d'hôtels-restaurants. Il a acheté un club à Mexico il y a une dizaine d'années, j'ai beaucoup joué là-bas.

– Mouais, je sais plus trop.

– Ouais, bon, l'histoire de l'anniversaire de sa meuf et de la descente des flics c'est vraiment arrivé, à part qu'ils n'ont jamais tiré dans le tas. Le commissariat et les deux types de l'ambassade aussi c'est vrai, mais c'était pour me sortir de là vite fait. Tu te rappelles cette Française arrêtée pour enlèvement et séquestration qui a été libérée par la justice mexicaine après huit ans de prison ?

– Florence Cassez. Je vois très bien. Je lui ai proposé de publier son récit. Elle a préféré signer chez Lafon cette conne.

– Ben voilà, c'est elle. Eh bien ça s'est passé fin janvier, à peine une semaine après sa libération. Les types m'ont expliqué qu'après ce gigantesque fiasco judiciaire et le pataquès diplomatique que ça avait créé les autorités mexicaines tenaient à faire profil bas.

– Et ton pote ?

– Il a vite été libéré. Je connais pas trop les détails mais je sais qu'il a toujours eu des relations longues comme le bras dans la police et dans l'administration.

Il soupira à nouveau.

– Te fatigue pas, Olive. Je vois bien que tu penses que c'est une idée de merde.

– Allez viens, on va manger un morceau.

On s'est posés sous des lampes chauffantes, à la table de l'une des immenses terrasses qui jalonnent le boulevard. Je n'ai jamais aimé ce quartier, même avant qu'il devienne un repaire de mamies botoxées empestant le Guerlain et de touristes américains ou japonais en quête d'un Paris fantasmé dont chacun sait sauf eux qu'il a disparu depuis belle lurette. Sans nous concerter, on a repris notre occupation favorite de nos années étudiantes, qui consistait à mater les filles et leur distribuer des palmes dans un concours dont nous avions établi les règles et les différentes catégories. C'est naturellement un jeu beaucoup plus intéressant au début de l'été, lorsque les premières chaleurs amènent les unes et les autres à s'effeuiller jusqu'à la délicieuse limite de l'indécence. Mi-décembre, on voit plutôt des petites vieilles sortir des boutiques de luxe chargées de sacs. C'est bientôt Noël, elles vont claquer des milliers d'euros dans des fringues fabriquées par des enfants au Bangladesh tandis que les clodos du coin se contenteront d'une soupe chaude au Secours populaire, auquel elles font chaque année un chèque de cent balles, aux trois quarts défiscalisé. Je suis parti depuis à peine deux mois et j'ai déjà du mal à supporter ces gamins qui mendient et ces estropiés qui errent dans cet océan de fric. On s'habitue vite quand on vit ici. On finit même par ne plus voir.

Le serveur a posé nos burgers et deux bières sur notre petite table.

– L'essentiel c'est que tu te sois mis à écrire. Le plus difficile c'est de commencer. Ton histoire de DJ espion je t'avoue que j'y crois pas trop. Si tu veux partir là-dedans il va te falloir une intrigue bien ficelée dès le départ, c'est pas vraiment le genre de bouquin qui s'improvise. Repense à ma proposition, je te jure que ça pourrait donner un super livre.

J'ai avalé une longue gorgée de bière sans faire de commentaire.

– On peut t'aider à mettre ça en forme si tu veux, je sais très bien que c'est pas facile de parler de soi.

– Tu veux me coller un de tes nègres sur le dos, c'est ça ?

– Mais pas du tout, c'est juste que tu pourrais bénéficier des conseils de quelqu'un qui t'aide à rassembler et organiser tes idées.

– Appelle ça comme tu veux. J'ai passé ma vie à cracher sur ces mecs qui font écrire leurs merdes par d'autres et qui s'agitent ensuite sur scène en faisant semblant de toucher trois boutons alors que tout est déjà enregistré, et tu veux que je fasse la même chose ? J'ai bien compris que c'est ce qui te rapporterait le plus de blé mais tu peux te brosser.

Olive s'est marré. Il sait qu'il fait de la merde. Je crois qu'il en a pris son parti.

– Et sinon, c'est quoi ton programme ce week-end ?

– Je dois passer voir Ana.

– Oh putain, courage mon vieux.

On s'est quittés assez vite parce qu'il avait rendez-vous avec un ancien champion de boxe à moitié infirme en raison des commotions cérébrales encaissées à répétition durant sa courte carrière. Il m'a dit qu'il travaillait aussi sur la traduction du livre d'une jeune Américaine devenue une star malgré elle quand son ex a balancé sur des sites de cul les vidéos de leurs exploits. La nana, étudiante à l'époque, est par la suite devenue avocate, si bien qu'elle a traîné le mec devant les tribunaux et pris la tête de la lutte contre le *revenge porn*. J'ai été passablement déçu d'apprendre qu'elle avait réussi à faire disparaître ses vidéos, mais son histoire m'intéressait beaucoup plus que l'espèce de délire mystico-décroissant de ce mec qui, accro aux réseaux sociaux, a tenté une déconnexion complète en s'enfermant durant trois mois dans une grotte au fin fond des Pyrénées. D'après ce qu'Olive m'a raconté de leurs entretiens, ce pauvre type semble juste avoir troqué une folie contre une autre.

J'ai descendu la rue Bonaparte jusqu'au quai et tourné à droite pour traverser la Seine sur le pont des Arts. Il n'y avait pas tant de cadenas accrochés aux grilles lorsqu'on se roulait, Ana et moi, d'interminables palots. J'ai traversé la cour du Louvre et je n'ai pas pu m'empêcher de repasser sous les arches où, dans la pénombre moite d'une nuit de juin, j'ai glissé pour la première fois ma main dans sa culotte et deux doigts dans sa chatte brûlante et détrempée. J'ai traversé la rue de Rivoli, longé le chantier des Halles et pris derrière l'église Saint-Eustache la discrète rue du Jour. Arrivé rue au Maire, j'ai retrouvé notre petite cantine. Peu de gens savent que les premiers Chinois qui ont émigré à Paris venaient de la région de Wenzhou et se sont installés dans ce coin longtemps insalubre du Marais, bien avant de coloniser Belleville et les tours du treizième arrondissement le long des avenues d'Ivry et de Choisy. Place de la République, j'ai pris les petites rues jusqu'au canal Saint-Martin et je suis enfin arrivé au pied de son immeuble.

La lourde porte cochère s'est refermée derrière moi dans un claquement de coffre-fort. Je suis resté un moment à fixer le bouton du sixième, à gauche de l'ascenseur, incertain de pouvoir supporter une montée aussi rapide. La boule au ventre, j'ai fini par prendre les escaliers et, à chaque palier, j'ai entendu une petite voix me dire de faire demi-tour et de disparaître à jamais : Allô Ana ? Je suis bloqué à Mâcon. Une caténaire qui a gelé, je crois. Le trafic est totalement interrompu. On n'a aucune information, oui je sais, c'est vraiment incroyable. Je vais peut-être devoir passer la nuit ici. Ana ? Ma sœur a appelé, ma mère ne va pas bien. Je file d'urgence à l'hôpital. Je ne l'ai pas vue depuis des années, tu sais. Je te rappelle dès que possible, promis. Oui, je l'embrasserai de ta part, ma sœur aussi, bien sûr. Hey Ana ! Oui c'est moi. Ben non ça va pas fort en fait, je suis au fond du lit, malade comme un chien. Une huître avariée, je suppose. Je ne vais pas pouvoir venir finalement. J'ai une nausée pas possible, j'arrive à peine à me lever, je suis vraiment désolé. Ana ? Voilà, je dois partir à l'étranger. Oui, là, maintenant. Non, je ne peux pas te dire où, c'est classé secret-défense. Je serai prudent, ne t'inquiète pas ma chérie.

Sixième étage.

Un ruban blanc scotché sur la porte.

Daumas-Jones.
J'ai pris une grande inspiration.
Et j'ai frappé.

– Juan ! Ça me fait tellement plaisir que tu sois venu. Entre, viens te mettre au chaud.

J'ai embrassé Ana. Bon Dieu, elle porte toujours le même parfum. J'ai serré la main de Vincent et accroché mon blouson à une patère dans l'étroit couloir d'entrée.

– La petite termine sa sieste, tu veux un café ?

Je me suis assis dans un fauteuil en bois clair et j'ai observé autour de moi la grande pièce mansardée que trois fenêtres baignaient d'une lumière douce et froide. Sous une carte marine de la Méditerranée, une longue enfilade scandinave était surmontée d'un tourne-disque, d'un bac rempli de vinyles, d'un poste de radio qui devait dater des années soixante, d'une lampe articulée et d'une collection de bouteilles en verre coloré. Le mur d'en face était recouvert du sol au plafond d'étagères en chêne remplies de livres impeccablement rangés. Une table basse encombrée de magazines de déco semblait perdue au centre d'un vieux tapis oriental aux teintes rouge sombre. La blancheur des murs, le parquet et la vieille cheminée en marbre, les livres partout, la lumière, l'espace, l'attention aux détails. Je me suis dit que j'adorerais vivre là.

Ana posa trois cafés et une tarte aux pommes sur la table et s'enfonça à côté de Vincent dans un grand canapé en feutre gris foncé. Elle était radieuse malgré la fatigue qu'on devinait à ses traits tirés.

– Au fait, je vous ai rapporté quelque chose.

J'ai tiré de mon sac deux bouteilles de chez les Granger. J'étais bien conscient qu'il aurait fallu choisir un objet pour décorer la chambre de la gamine, un jouet ou une fringue, mais la vérité c'est qu'entrer dans un magasin pour enfants était simplement au-dessus de mes forces.

– C'est un vin bio qui vient d'un petit domaine du village, Jean-Pierre et Martine Granger, je les ai rencontrés il y a pas longtemps. Il paraît qu'ils font les meilleurs vins du coin.

J'étais si mal à l'aise que j'ai fait l'article avec une voix faussement enjouée et j'ai réalisé beaucoup trop tard que j'étais en train de passer, une fois de plus, pour l'alcoolo de service mais, à mon grand étonnement, Ana a trouvé ça formidable, elle qui n'avait pas bu une goutte durant sa grossesse et n'en pouvait plus des peluches et des doudous qu'on leur avait offerts par dizaines et qui s'empilaient désormais au pied du lit de la petite.

Je ne me souviens plus très bien de ce qu'on s'est dit ensuite parce que je crevais de les regarder lovés l'un contre l'autre, le couple parfait, beaux comme des dieux, elle sereine et épanouie, caressant machinalement son petit ventre, lui le bras passé autour de son cou, la main glissée dans le haut de son décolleté, effleurant du bout des doigts la peau de ses seins gonflés comme des ballons, alors que je me trouvais là, engoncé dans mon petit fauteuil, otage de ce bonheur dégoulinant, cherchant par tous les moyens à chasser de mon esprit les images et les sons échappés des coulisses : elle à cheval sur lui, les mains arrimées au dossier du canapé, ses seins lui fouettant le visage à chaque coup de reins, elle la tête enfouie dans les coussins moelleux et profonds, la croupe en l'air et les yeux clos, elle encore, épuisée et en sueur, la trame du grand tapis imprimée dans la peau de ses genoux et la paume de ses mains. J'aurais dû être content pour elle, me féliciter qu'elle soit enfin heureuse, arrêter de penser à moi et me satisfaire simplement de son bonheur, mais je n'y arrivais pas. Il y a des années de ça, quand on discutait de tout et de rien pendant des heures à la terrasse d'un café dans la chaleur étouffante de l'été parisien ou à l'ombre du figuier dans le jardin de sa grand-mère non loin de Vaison-la-Romaine, où on parlait de nos rêves avec la prudence et le détachement de ceux qui savent très bien qu'ils n'ont pas la moindre chance de se réaliser, du monde tel qu'il était alors et tel que nous imaginions qu'il deviendrait, de ces gens qui nous semblaient marcher sur la tête et de tous les indices qui attestaient que l'humanité entière était en train de partir en vrille, nous parlions de ce que nous vivions et de ce que nous ressentions, nous parlions de notre avenir et nous parlions des enfants, de l'étrangeté d'en faire dans un monde si ravagé par les guerres, les famines, les inégalités et les désastres en tout genre. Ça paraît bizarre à dire aujourd'hui mais je ne crois pas que nous étions alors particulièrement fatalistes ou pessimistes. Nous vivions dans une délicieuse immédiateté, refusant de nous projeter, espérant ne jamais avoir à quitter l'instant présent comme font ceux qui grandissent et finissent ensevelis sous les plans de carrière, les obligations familiales, financières ou professionnelles, les frustrations nourries par la somme de leurs désirs inassouvis et, pire encore, la petite pression insidieuse qui les pousse à faire le deuil ce qu'ils sont pour devenir ce qu'on attend d'eux. Je crois que je ne me suis jamais senti aussi libre qu'à cette période et je crois que je n'ai jamais eu avec qui que ce soit d'autre des discussions aussi sincères et débarrassées de tout théâtre. Elle était elle-même et j'étais moi-même et nous n'avions pas besoin de nous mentir, de nous mettre en scène ou de nous inventer des personnages. Ce n'est pas qu'on se connaissait parfaitement, je doute d'ailleurs que ce soit jamais possible. C'est juste que nous nous offrions, petits bouts par petits bouts, telles de précieuses reliques, des morceaux parfaitement purs de notre âme.

J'ai relevé la tête et j'ai observé ses lèvres pulpeuses, les plus électrisantes que j'aie jamais embrassées, et j'ai compris que j'avais décroché, sans savoir exactement à quel moment. Peut-être lorsqu'elle a parlé de sa grossesse, de son accouchement et des premières nuits en pointillé, ou de leur déménagement et leur découverte du quartier, des bars, des restaurants et des boutiques branchées le long du canal, du fabuleux bo-bun de leur nouvelle cantine cambodgienne en bas de chez eux ou des derniers bouquins qu'elle avait traduits. Je n'ai pas ressenti de vertige, d'acouphène ou de mal de crâne, juste une profonde lassitude : *Nous n'aurions jamais dû nous séparer, nous aurions dû rester en Islande. Je ne serais jamais parti en tournée parce que j'aurais continué de la chevaucher à travers les montagnes enneigées et les grandes plaines arides et rocailleuses, au milieu des fumerolles de soufre jaunes et vertes et des lacs en ébullition et elle n'aurait jamais songé à quitter la France parce qu'elle n'aurait jamais été abandonnée par un sombre connard incapable de mesurer sa chance immense. Nous serions restés seuls sur notre île sauvage et nous aurions fini par comprendre en devenant adultes que la folie des hommes ne pourrait jamais nous atteindre, qu'il n'y avait que des volcans, eux qui renferment la colère du monde, eux qui n'ont jamais été apaisés ni domestiqués par quiconque, et nous aurions alors décidé de faire un enfant qui se serait appelé Jónsi si ça avait été un garçon et Emilíana si ça avait été une fille. Elle n'aurait pas été là, aujourd'hui, assise en face de moi dans ce grand canapé, plongée dans les bras d'un autre, elle, l'amante électrique, la jeune mère rayonnante, et je n'aurais jamais ressenti cette sensation d'avoir été trahi, comme si elle m'avait fait un enfant dans le dos. Des pleurs nous parvinrent de la chambre lointaine, étouffés par les portes et le dédale des couloirs, elle a dit Juan, tu veux venir ? et je me suis levé de mon fauteuil comme un automate pour la suivre dans la pénombre, marchant dans ses pas et dans son ombre, comme si je voulais à tout prix éviter de faire craquer le vieux parquet en chêne. Elle a poussé la porte et d'un geste sûr, dans une obscurité presque totale, elle s'est penchée sur le berceau, a attrapé la petite, l'a ramenée sur sa poitrine pour la tourner vers moi et de sa voix grave et enrouée elle a dit Juan, je te présente Sascha et Sascha, voici mon ami Juan. Elle m'a dit Juan, est-ce que tu veux la prendre ? et machinalement j'ai dit oui bien sûr même si je n'avais pas la moindre idée de la façon dont on tient une enfant, alors elle m'a aidé en me l'installant sur le bras. Elle a dit tiens-lui bien la tête alors j'ai pris sa petite tête chevelue dans le creux de ma main et je me suis dit qu'elle était déjà incroyablement lourde pour une enfant de même pas trois semaines et là, dans le silence et l'obscurité de cette chambre, j'ai entendu pour la première fois la petite voix de Sascha, sa petite mélodie tranquille et gaie et j'ai ressenti la chaleur de son corps, une chaleur bien trop importante pour un petit corps comme le sien et Ana a dit alors ? et alors je lui ai dit que c'était merveilleux, qu'elle était merveilleuse, qu'elles étaient merveilleuses toutes les deux et ça m'a arraché le cœur mais je lui ai aussi dit félicitations, qu'ils avaient fait une enfant magnifique, que je leur souhaitais d'être les parents les plus heureux du monde et sans doute encore deux ou trois choses dans cette veine triste à pleurer. Elle l'a reprise dans ses bras et nous avons marché le long des couloirs tapissés de photos en noir et blanc de sa famille, de son grand-père Jacques qu'elle n'a jamais connu mais dont elle me parlait avec admiration parce qu'il était résistant et qu'il était mort fusillé après avoir fait sauter un entrepôt de munitions non loin de là où ils habitaient, de sa grand-mère Mireille qui est décédée il y a deux ans tout juste à l'âge de quatre-vingt-treize ans et à l'enterrement de laquelle j'ai assisté, accompagnant Ana parce que son mec s'était encore barré je ne sais où, des photos plus récentes en couleurs de ses parents Pierre et Nicole et de ses cousins et cousines réunis dans la grande cour de la maison de Séguret et je me suis dit que les prochaines seraient avec elle et Sascha et son père, allongés sur une natte en osier à l'ombre du figuier ou assis sur les marches des escaliers menant à la grande terrasse au premier étage, une génération de plus, un maillon de plus dans la longue histoire de la famille Daumas. Elle a dit Juan, tu veux bien qu'on fasse une photo tous les quatre ? et comme bien sûr je n'allais pas refuser elle m'a mis la petite dans les bras et on a posé debout dans le salon au pied de la Méditerranée, Vincent à ma gauche et Ana à ma droite, puis elle a passé un bras autour de ma taille et tendu son téléphone de l'autre pour immortaliser cet instant. Elle se réinstalla dans le grand canapé avec Sascha, déboutonna d'une main les trois derniers boutons de sa chemise blanche et, comme s'il s'agissait de la chose la plus naturelle au monde, tira doucement sur un pan, dévoilant un sein plein et lourd, et la petite aux cheveux bruns presque noirs plongea sur le téton. Elle a dit excuse-moi, j'espère que ça ne te dérange pas ? et moi j'ai dit non pas du tout alors que je crevais d'envie d'ouvrir une des fenêtres de cette grande pièce surchauffée pour m'offrir une dernière fois la vue sur les toits de Paris avant de me jeter dans l'air sec et glacé de décembre. Une fois de plus je n'ai pas dû être très convaincant car elle a senti ma gêne, s'est redressée et a refermé davantage le pan de sa chemise. L'espace d'un instant, j'ai lu une profonde tristesse sur son visage puis, bien que ce fût très bref et qu'elle ait cherché à le masquer, je crois que j'ai aussi lu de la pitié. Elle aurait pu m'ouvrir le ventre avec la pelle à tarte posée sur la table basse, la douleur aurait certainement été plus supportable. J'ai dit il fait pas super chaud, ici ? j'ai l'impression d'étouffer, Vincent s'est levé pour ouvrir une fenêtre et je me suis dit ça y est, c'est le moment ou jamais de le pousser dans le vide lui et ses clubs de golf, qu'on en termine avec cette farce et qu'on retourne là où on aurait dû rester, en Islande, où on élèvera Sascha avec Jónsi et Emilíana dans une petite maison au creux d'une plaine avec des volcans autour mais Ana a dit Juan, je voulais te demander quelque chose, c'est très important pour moi, je ne veux pas que tu te sentes obligé de quoi que ce soit je ne te demande même pas de répondre tout de suite tu peux prendre le temps d'y réfléchir si tu veux, voilà, j'aimerais bien que tu acceptes d'être le parrain de Sascha et alors j'ai fermé les yeux en crispant les paupières non parce que j'avais besoin de me concentrer ou d'y réfléchir mais parce qu'un acouphène me transperça le crâne de part en part. Je me suis à peine entendu dire oui bien sûr, naturellement, le parrain, mais comment, avec plaisir, je ne sais plus bien ce que j'ai dit d'ailleurs car j'ai dit aussitôt que je ne me sentais pas très bien et qu'il fallait que je sorte prendre l'air alors j'ai attrapé mon sac et mon blouson accroché à la patère, j'ai salué Vincent, embrassé Ana et Sascha dans ses bras et, le sabre toujours en travers des oreilles, j'ai saisi la poignée de la porte d'entrée à gauche de laquelle j'ai remarqué, au-dessus des trousseaux de clés suspendus aux petits crochets cuivrés, trois photos encadrées des paysages d'Islande. J'ai dévalé les marches quatre à quatre jusqu'à respirer l'air frais de la rue et j'ai hurlé sur le premier taxi venu pour qu'il me ramène d'urgence à mon appartement que j'ai retrouvé en vrac, puant le shit, parsemé de bouteilles et de pochons vides, mais j'avais autre chose à foutre et à penser que de blâmer Julian pour mes propres vices moi qui venais de repeindre son salon alors je me suis bourré d'antalgiques et de somnifères pour faire disparaître le hurlement qui ne m'avait pas lâché une seule seconde, j'ai éteint mon téléphone pour ne pas risquer de retomber sur la photo qu'Ana venait de m'envoyer et je me suis jeté sur le lit défait en espérant que ça se calme. Je ne pense pas avoir réussi à dormir car une odeur âcre de brûlé m'a littéralement tiré du lit. Je me suis rué sur le palier pour identifier la source de l'incendie, croyant que ça venait de l'intérieur de l'immeuble, mais la cage d'escalier était encore à peu près respirable malgré la chaleur suffocante. J'ai frappé aux portes de mes voisins en m'étonnant d'y trouver des numéros, sans doute une initiative du syndic depuis que je suis parti, et je leur ai gueulé de sortir, que la voie était libre et qu'il fallait se casser au plus vite mais je n'ai entendu en retour que des cris et des hurlements confus alors j'ai fini par laisser tomber, s'ils ne veulent pas m'écouter et préfèrent griller comme des sardines grand bien leur fasse, qu'ils aillent tous se faire foutre. J'ai dévalé les étages en apnée dans une chaleur de plus en plus intense et je me suis précipité dehors, reprenant enfin ma respiration, plié en deux, les bras appuyés sur mes genoux, au bord de l'évanouissement. Quand j'ai relevé les yeux pour observer le désastre j'ai réalisé que mon immeuble n'était pas le seul à brûler, que la ville était ravagée par les flammes et se consumait à l'horizon dans un ciel orangé au son des sirènes de pompiers. J'ai trouvé l'air étonnamment frais, presque un peu humide, et comme j'avais froid aux pieds je me suis rappelé que dans la panique je n'avais pas eu le temps d'enfiler mes pompes. J'ai regardé mes pieds trempés et boueux au milieu de ce champ de blé vert pâle ondulant sous la brise et j'ai écouté le bruissement tranquille des épis recouvrir le bruit lointain du feu, des flammes, des explosions des conduites de gaz et de l'effondrement imminent de la ville tout entière.*

II

Ce matin, allongé sur un transat, le regard perdu dans un ciel sans nuages, j'ai vu passer deux chasseurs à basse altitude dans le plus grand silence. Il y a un peu plus d'un an, quand cette histoire a commencé, j'aurais vraisemblablement cédé à la panique, hurlé comme un diable et juré d'arrêter la drogue une bonne fois pour toutes. Mais depuis que mes tympans ont décidé de jouer les intermittents du spectacle, j'ai fini par douter que le tonnerre d'un avion soit un événement vraiment plus remarquable que le crissement de la fourmilière dans la vieille souche qui pourrit au fond du jardin.

Cela fait quelque temps maintenant que j'ai pris l'habitude de me lever tôt et que j'ai redécouvert les bienfaits de l'alternance du jour et de la nuit, de très loin le changement le plus bénéfique de ceux survenus dans ma vie ces derniers mois. Me coucher sans tirer les rideaux, fermer les volets ou me protéger derrière un masque est une expérience parfaitement nouvelle pour moi qui pendant des années ai craint de me brûler les yeux dans la lumière du matin.

C'est peu dire que le paysage a changé. Cet hiver tout était terne et gris mais ces jours-ci les prairies sont d'un vert fluorescent. Quand je suis rentré de Paris mi-décembre, j'ai retrouvé le village sous une neige si épaisse et collante que j'ai dû abandonner la voiture en bas de la petite route qui monte à la maison et terminer le trajet à pied dans une nuit polaire. La neige a continué de tomber les trois jours suivants dans un silence de mort, vingt-cinq centimètres au bas mot, si bien que je suis resté prisonnier du blizzard, ne devant ma survie qu'aux pizzas surgelées et aux boîtes de conserve entreposées sur les étagères du cellier. Le surlendemain, je me suis tant bien que mal rendu à pied jusqu'au bar du village où j'espérais trouver du monde et de quoi manger, mais Ouioui avait fermé boutique et je suis rentré les pieds à moitié gelés dans mes baskets en toile, une excursion qui me valut d'être cloué quatre jours au fond du pieu avec un rhume carabiné. J'ai fini par appeler Fabrice qui au volant de sa vieille Lada est parvenu à gravir la côte qui mène à la maison, le coffre rempli de provisions. La couche de neige eut à peine le temps de fondre durant un bref redoux qu'une vague de froid sibérien regela le pays et transforma les routes en patinoires durant une quinzaine de jours. L'Ardèche elle-même se figea d'une rive à l'autre, au point que les chiens la traversaient en trottinant, un spectacle assez fascinant je dois dire, et comme de mémoire de petit vieux on n'avait jamais vu ça, même lors du célèbre hiver 54, j'eus au moins la satisfaction d'assister à un événement historique. Fabrice m'a expliqué qu'il neige rarement plus d'un ou deux centimètres, aussitôt fondus le lendemain matin car les sols ne gèlent jamais en profondeur, qu'elle arrive toujours par le sud, portée par des dépressions qui se forment au-dessus de la Méditerranée, mais qu'elle est en général arrêtée par les premiers contreforts des Cévennes au-dessus d'Alès, qu'il peut donc, contre toute attente, neiger davantage à Montpellier qu'ici, que la burle, le vent qui balaye le plateau, forme parfois des congères de trois mètres de haut, et encore bien d'autres considérations météorologiques toutes aussi passionnantes les unes que les autres, mais au bout du compte la seule chose à retenir de cette histoire c'est que cet hiver il a fallu que ça tombe sur moi.

Quand j'y repense, je m'étonne d'avoir tenu le coup, seul dans cette grande baraque aussi étanche qu'une passoire, me réveillant le matin dans une maison à douze degrés, les vitres recouvertes de givre à cause de la condensation, rallumant aussitôt le poêle à bois pour atteindre péniblement dix-sept degrés en fin d'après-midi, dans un village peuplé de pochtrons, de retraités et d'écolos illuminés. J'aurais très bien pu me dire qu'il était temps de rentrer à Paris pour finir de me perdre plutôt que de m'enterrer vivant dans ce trou paumé, la chute aurait au moins eu le mérite d'avoir un peu de panache. Mais je n'y ai pas songé un seul instant. Mon rêve de la ville en feu avait été assez clair, pour une fois.

Quelques jours avant le Nouvel An, j'ai croisé les colibris au bar du village. Je devais vraiment avoir une sale gueule car ils ont compris dans la seconde que je n'étais pas dans mon assiette.

– Oh Juan, tu seras où pour le réveillon ? Tu remontes à Paris voir la famille ?

J'ai soupiré.

– Non je… C'est une longue histoire. C'est compliqué.

– Ah ça, les histoires de famille, c'est toujours compliqué. Avec Isa on va aller chez les Granger, ça te dit de venir avec nous ? Ils seront ravis. Hein, Isa ? Ils seront ravis Jipé et Martine si on vient avec Juan, non ?

– C'est gentil mais je vais pas m'incruster comme ça, on s'est vus deux fois.

– Oh mais Juan, putain, tu vas pas nous casser les couilles là ! Puisque je te dis que ça va leur faire plaisir ! Isa, dis-lui que ça va leur faire plaisir, bon Dieu !

Isabelle m'a enlacé et je me suis soudain rappelé la façon dont ma mère nous prenait dans ses bras quand nous étions petits, ma sœur et moi. Elle portait souvent sur ses épaules le même châle en laine rouge et jaune qu'elle attachait sur sa poitrine avec une grosse broche en métal qui je crois venait de sa mère et qui nous piquait le torse lorsqu'elle nous serrait contre elle. Je ne saurais même plus dire à quand remontent les dernières fêtes que j'ai passées en famille. Dix ans ? Quinze ? Durant toutes ces années, j'ai gueulé au micro à un public hystérique le décompte des secondes sous une pluie de paillettes dorées tandis que ma sœur et ma mère devaient déjà être couchées après avoir ouvert une boîte de foie gras et une bouteille de banyuls dans le petit appartement d'Ivry. Depuis que ma sœur a eu ses jumelles, c'est ma mère qui passe le réveillon chez elles, dans le treizième arrondissement. Je ne les ai pas beaucoup vues depuis leur naissance, elles non plus.

– Mais oui allez, viens avec nous. Il y aura Marion, Cédric et les deux frères aînés de Marion, Guillaume et Mathieu. Tu l'as rencontré, Guillaume, quand tu es allé visiter la cave ?

J'ai fait non de la tête.

– Il travaille avec eux, maintenant. C'est lui qui va reprendre le domaine quand Martine et Jean-Pierre seront à la retraite. Mathieu, lui, est agronome. Il vit à Paris, vous devriez bien vous entendre.

Il n'y a vraiment que les provinciaux pour croire que les citadins ont quoi que ce soit en commun ou que la ville parvient à les rapprocher, dans la vraie vie ils apprennent surtout à se supporter, mais j'ai souri à Isabelle, je les ai remerciés et j'ai réussi à poser ma tournée entre celles de René et de Bernard qui, voûté sur le bar, en équilibre sur une jambe, le dos aussi vrillé que les ceps de vigne qu'il passe l'hiver à tailler, m'a semblé plus seul et plus amoché que jamais.

On a fêté le réveillon autour d'une table de ferme dans le salon des Granger. Je me suis souvenu des tablées de Noël dans la maison de mon grand-père, lui et ses frères d'un côté, les inséparables, le reste de la famille de l'autre, et nous, les cousins, alignés sur deux bancs, autour d'une longue planche de coffrage posée sur des tréteaux de chantier. Pablo et Felipe, les deux du milieu, sont morts fin 2002, Roberto, le plus jeune, l'année suivante, et mon grand-père encore quelques mois plus tard. Nous nous sommes revus pour leurs enterrements, bien trop rapprochés les uns des autres. On s'est serrés dans les bras et on s'est promis de continuer à se voir, mais chacun a bien senti que le cœur n'y était plus. La grande épopée des Llosa, de Taüll à Barcelone, de Barcelone à Argelès, d'Argelès à Ivry, n'a pas survécu à la disparition des derniers colosses. Les familles se sont recomposées autour des premiers gamins de mes cousins et cousines, comme si tout se mettait brusquement à graviter autour de ces nouvelles étoiles. Quoi qu'on en dise, la vie n'est rien d'autre qu'une immense loterie. À chaque tour de manivelle on mélange les boules, on tire les numéros et une nouvelle histoire commence. Les choses ne durent jamais que dans nos souvenirs.

Jean-Pierre avait préparé un énorme cuissot de chevreuil qui avait passé la journée à rôtir au four, accompagné de légumes d'hiver que je n'avais jamais goûtés et dont je ne connaissais même pas les noms, et remonté de sa cave des vieux millésimes de leur domaine. Ces gens savent vivre. Lui est issu d'une famille de paysans, le hameau où ils habitent porte d'ailleurs leur nom. Il m'a dit que, dans le temps, la ferme était entourée de vergers de pêches, de prunes et de cerises, de champs de courgettes et d'asperges, et bien sûr de vignes, qui sauvèrent littéralement la vie de son grand-père. Il avait échappé à la boucherie de la Première Guerre mondiale, avec d'autres jeunes de sa génération, parce qu'on leur avait ordonné de continuer à produire leur piquette, que l'armée distribuait aux soldats du front. Les cépages cultivés à l'époque comme le clinton ou le jacquez ont fini par être interdits dans les années trente mais entre-temps ils avaient eu le mérite de résister au phylloxéra et de donner des quantités phénoménales de pinard. Jean-Pierre m'a expliqué que les troufions s'en servaient surtout de désinfectant pour couper leur eau croupie car, avalé en grande quantité, le méthanol qu'il contenait les rendait malades, aveugles ou dingues, ce qui devait au moins les aider à accepter d'aller se jeter sous les balles et les obus.

C'est dans ces années que les vignerons de la région se sont organisés en coopératives et que l'ère de la piquette de masse a succédé à l'ère du tord-boyaux qui rend fou. Jean-Pierre a été parmi les premiers à tout arracher pour replanter des cépages de qualité et produire son vin bio, bien avant qu'un label existe. Il a rencontré Martine au début des années soixante-dix alors qu'elle débarquait de Paris avec ses rêves de retour à la terre et de rupture avec la société de consommation, sur fond de lutte contre le capitalisme, l'impérialisme américain, la colonisation, le patriarcat, l'oppression généralisée, et j'en oublie sans doute. On ne craignait pas trop l'emphase révolutionnaire, en ce temps-là. On ne s'excusait pas de vouloir changer le monde. De nos jours, on se sent presque coupable d'espérer un poil plus de justice et, jusqu'à une période récente, les écolos qu'on croise en pagaille par ici étaient considérés comme des rêveurs un peu neuneus, amis des plantes et des animaux, sales et puants à force de vouloir économiser de l'eau, sympathiques mais définitivement inadaptés à l'égoïsme cynique du monde moderne. Depuis qu'on a appris qu'on va tous crever d'ici la fin du siècle, on les regarde d'un autre œil.

Ce qui est cocasse dans cette histoire, c'est que la plupart de ces révolutionnaires qui ont quitté leur appartement bourgeois et leur situation confortable dans les villes pour venir faire du fromage du chèvre ou de la poterie dans la pampa n'ont pas tenu très longtemps. Martine m'a raconté qu'à son arrivée en Ardèche elle avait voulu comme les autres hippies de la rive gauche créer une bergerie dans un ancien hameau abandonné au fond d'une vallée mais qu'après le premier hiver à se geler les miches, se faire dévorer par les puces et produire des fromages au goût de savon, elle avait rencontré Jean-Pierre dont elle était immédiatement tombée amoureuse de la grande ferme, du chauffage central au fioul et de la baignoire. Ils n'ont pas à rougir de ce qu'ils font aujourd'hui car d'une certaine manière ils ont réussi à rester fidèles aux rêves de leur jeunesse. Les autres ont considéré que la révolution pouvait bien attendre un peu et qu'entre-temps il y avait un paquet de pognon à se faire dans le business du tourisme ou de la restauration.

J'ai discuté une bonne partie de la soirée avec Mathieu qui m'a appris des tas de trucs sur les dégâts de l'agriculture conventionnelle, l'effondrement de la biomasse et les nouvelles techniques alternatives en agronomie pour préserver les sols et la santé des plantes sans diminuer les rendements. Je ne m'étais jamais intéressé à la vie des vers de terre mais j'ai trouvé ça passionnant, surtout après quelques bouteilles. Comme toujours, c'est d'abord une histoire de gros sous. Les lobbys agricoles, les vendeurs de semences et les fabricants de pesticides ont à ce point noyauté les formations des ingénieurs et les ministères qu'il ne faut pas espérer que le changement vienne d'en haut, d'autant que les crânes d'œuf qui décident de l'avenir des campagnes n'y ont jamais foutu les pieds. Selon lui on obtient de meilleurs résultats en s'adressant directement aux agriculteurs et en leur montrant qu'il est possible de faire autrement qu'en arrosant les champs de merdes chimiques mois après mois. Les types en costard-cravate préfèrent appeler ça des produits phytosanitaires mais les paysans qui crèvent de cancers à même pas cinquante ans savent bien qu'il s'agit purement et simplement de poison. Je n'aurais jamais imaginé, par exemple, que certains viticulteurs puissent asperger leurs vignes de saloperies quatorze fois de suite avant même la fin du printemps, puis refourguer tranquillou leur came dopée à la chimie à la cave coopérative du coin. Cette dernière achetant le raisin au poids, ces types n'ont aucune raison de s'emmerder à privilégier la qualité aux dépens de leurs rendements. Jean-Pierre m'a dit que du temps de son père les plus malins vendangeaient le lendemain d'un gros orage pour ramener à la cave des grappes gorgées de flotte.

Je n'ai pas cru à son histoire mais je suppose que les légendes qu'on raconte aux gamins ont toujours un fond de vérité.

D'une certaine façon, les gens comme Mathieu sont un peu les héros d'aujourd'hui, les seuls à continuer de croire qu'on peut encore préserver l'humanité de la catastrophe annoncée, à la manière de ces personnages têtus et téméraires des films hollywoodiens dont le scénario, qui tient sur un ticket de métro, se résume toujours à la question de savoir comment ils vont sauver l'humanité du désastre et à quel moment la pépette embringuée dans l'aventure leur tombera dans les bras. Celles et ceux qui lancent l'alerte et dénoncent ces scandales n'ont pourtant pas grand-chose à voir avec les bimbos siliconées et les types body-buildés qu'on voit poser l'air grave et le front couvert de sueur sur les affiches de cinéma. Ce sont plutôt des êtres discrets et banals, le type qui habite la maison d'à côté ou la nana qu'on croise chaque matin mais qu'on serait bien en peine de décrire, tout comme Mathieu qu'on imaginerait mal sauver le monde avec ses petites lunettes cerclées de métal, son front trop dégarni pour son âge, son teint pâle et sa frêle silhouette de laborantin.

Quand les douze coups de minuit ont retenti sur la vieille horloge plantée à l'entrée de la cuisine, ils m'ont embrassé si chaleureusement que j'ai eu l'impression de faire partie de la famille. Jipé a sorti la bouteille de poire et la liqueur de châtaigne que j'avais apportées, on a trinqué à la nouvelle année, puis Martine a lancé une compil de disco sur une chaîne hi-fi d'un autre âge qui sonnait comme une casserole. Je me suis affalé dans un canapé en face du poêle, à côté de Fabrice qui roulait un pétard, et j'ai regardé Jipé resservir une tournée de poire-chât, Marion et Cédric se bécoter comme des ados et les deux copines de toujours entraîner les frangins dans la danse. À vrai dire, je n'ai jamais été très friand de ces moments-là, ces fêtes rituelles où on se sent obligé d'être de bonne humeur et de surjouer l'excitation alors qu'on traverse les heures les plus sombres de l'hiver. C'est que je suis un professionnel de la question. Je sais par expérience que l'énergie d'une fête est le plus souvent inversement proportionnelle à celle qu'on a mise à la préparer, quoi qu'en pensent ceux qui investissent des sommes colossales et rivalisent d'inventivité pour faire croire que chaque soirée sera encore plus exceptionnelle que la précédente. Ce n'est rien d'autre que du business : investissement, retour sur investissement. La fête, la vraie, c'est autre chose. Si ce n'était qu'une histoire de fric, on s'amuserait follement au Luxembourg, au Qatar ou à Singapour, et pas dans les entrepôts insalubres de Detroit, Manchester ou Berlin.

Je les ai pourtant regardés danser, rire et s'embrasser, avoir du plaisir à se retrouver ensemble, tout simplement. J'ai pensé à mes deux décennies d'exil et d'excès, à la façon dont j'avais réussi à atomiser le peu qui me restait de famille, à ma trentaine finissante, mon chômage technique et mon célibat chronique, et j'ai songé que ces moments ne valaient la peine d'être partagés que dans un endroit qui ressemble à un foyer et au sein de quelque chose qui ressemble à une famille. À quel embranchement de ce foutu chemin ai-je définitivement perdu Ana ?

– Oh Juan, tu t'endors sur le splif ou quoi ? Jipé, ressers une poire-chât à Juan, il a besoin d'un petit remontant.

J'ai tiré une latte et passé le joint à Fabrice.

– Je crois que je vais me rentrer.

– Déjà ?

J'ai hoché la tête et claqué mes cuisses pour me tirer de ma torpeur.

– Tu viens avec nous, samedi, à la réunion ?

– Quelle réunion ?

– La réunion sur les gaz de schiste. On va arrêter ces malades avant qu'ils détruisent notre terre et empoisonnent nos enfants.

Fabrice, qui à ma connaissance n'a jamais eu de gamin, a balancé ça comme s'il venait de planter une hache dans la table basse. Je n'avais jamais remarqué qu'il avait des airs de chef indien avec ses longs cheveux noirs attachés en queue-de-cheval, sa peau mate tannée par le soleil et sa chemise à carreaux. Il se tenait assis sur le bord du canapé, les coudes appuyés sur ses genoux, et roulait un nouveau joint. Pour quelqu'un qui s'apprêtait à partir en guerre, il me parut étonnamment calme et déterminé. Je n'ai compris que bien plus tard, lorsqu'il m'a fait l'historique des batailles que les gens d'ici avaient endurées pendant des siècles, comme il le fait chaque été avec les groupes de touristes qu'il promène de village en village, que la rébellion avait fini par s'inscrire dans les gènes des habitants de ce pays. Pour commencer, ils étaient là depuis au moins cent cinquante mille ans, si bien qu'ils ne virent pas d'un très bon œil l'afflux des hordes d'envahisseurs qui, en termes de sauvagerie, leur arrivaient sans doute à la cheville. On raconte que ces barbares, qui comme leur nom l'indique étaient originaires de Barbarie, apportèrent de leur lointain pays des raquettes de cactus qu'ils replantèrent ici et là car ils se régalaient de leurs fruits pourtant bourrés d'épines, preuve de leur caractère particulièrement rustre. La flore locale en regorge encore aujourd'hui. Ils résistèrent ensuite à l'expansion des empires avec qui ils firent toutefois pas mal de business puisqu'il suffit de retourner quelques cailloux pour retrouver des tessons de poteries venues de Rome et de Grèce. Pendant les dix siècles suivants ils furent pris en sandwich dans des affrontements entre différents seigneurs du Moyen Âge, une période que je me représente comme un gros trou noir absorbant toute forme de rationalité et d'intelligence. Parce qu'ils étaient majoritairement protestants, ils se tapèrent encore un siècle et demi de guerres de Religion, suivies de quelques jacqueries bien sanglantes pour finir d'achever ceux qui y avaient survécu. Après quoi ils firent un peu de résistance durant la Révolution française où certains allèrent se réfugier sur le plateau et d'autres tentèrent de lancer une contre-révolution avant de se faire ratatiner à quinze bornes d'ici dans la plaine. En réalité, ces contre-révolutionnaires étaient avant tout des brigands plus intéressés par leurs petites combines que par un énième changement de régime. Les choses n'ont d'ailleurs pas beaucoup changé dans l'histoire récente. Les plus gros trafiquants de drogue, du Mexique au Venezuela, se sont longtemps présentés comme les hérauts de l'anti-impérialisme américain mais ils n'ont pas fait la fine bouche devant la montagne de fric que la CIA leur a proposée pour faciliter ses affaires politiques. Bref, on semble par ici avoir pour principe de ne jamais se ranger du côté de la majorité. Pas étonnant qu'ils aient lutté bec et ongles contre les projets d'aéroport, de lignes de train à grande vitesse ou de déchetteries géantes et qu'ils aient fini par emporter le morceau. On ne la leur fait pas à l'envers. On ne vient pas chier dans leur jardin. C'est simple.

– Compte sur moi.

J'ai vidé mon verre, je les ai embrassés, et j'ai repris la route dans un brouillard à couper au couteau.

Il n'était même pas une heure quand je suis arrivé à la maison. J'ai relancé le poêle et je me suis affalé dans le canapé, une bière à la main et mon téléphone dans l'autre. Je m'attendais à recevoir une foule de messages. Que dalle. Je n'ai trouvé que des vœux impersonnels expédiés en masse, le petit mot d'une ex dont j'ai eu un mal fou à me débarrasser et qui depuis se rappelle à mon bon souvenir une fois par an avec la précision d'une horloge suisse, et encore deux ou trois messages de numéros inconnus. Bon Dieu de merde. Il n'aura donc fallu qu'un battement de cils pour que je disparaisse des radars. J'ai pensé à Julian, à Ben, mon sherpa, mon ange gardien, qui devait être en train de rouler une pelle à Dora quelque part à Ibiza, à Olive qui à cette heure avait certainement déjà couché ses deux mômes et bouquinait au pieu à côté de sa meuf, lui qui a toujours mis un point d'honneur à ne jamais sortir un soir de réveillon, à Teresa, ma mère, à ma sœur et mes nièces, une fois de plus entre elles, j'ai pensé aux centaines, aux milliers, aux dizaines de milliers de personnes que j'ai rencontrées en vingt ans aux quatre coins de la planète et qui n'imagineraient jamais que je puisse être là, seul à minuit cinquante-cinq, une bière à la main, même pas fraîche, vautré comme un pauvre type dans un patelin perdu au fin fond de l'Ardèche, puis j'ai pensé à Ana. Je me suis dit qu'il était peut-être encore temps de l'appeler pour lui souhaiter la bonne année mais la simple idée d'entendre sa voix m'a serré le bide. J'ai essayé de rédiger un message, quelque chose qui disait à peu près belle et heureuse année et tous mes vœux de bonheur pour cette nouvelle vie à trois, puis en me relisant j'ai trouvé ça d'une mièvrerie pathétique et d'une hypocrisie beaucoup trop visible. J'en ai rédigé un second, qui n'était pas franchement mieux, puis j'ai fini par abandonner en me demandant comment j'avais fait pour foirer à ce point cette histoire. Un jour Olive m'a dit : « Ton problème, Juan, c'est que t'es entré dans la friend zone, et crois-moi, une fois que t'es scotché là, t'es bien dans la merde. » Je l'avais remercié pour son aide précieuse et avais ajouté qu'il pouvait aller se faire foutre. Il n'y a pas longtemps je suis tombé dans le journal du coin sur une interview de Nicolas Keller qui faisait la promo de son bouquin. Le type est totalement allumé, ça ne fait pas le moindre doute, mais quand il a expliqué que l'amour est une forme d'intrication quantique et que les personnes qui s'aiment sont comme des particules dont l'état ne peut être décrit que globalement, au point de n'en former qu'une seule, alors même qu'elles peuvent se trouver séparées l'une de l'autre dans l'espace ou dans le temps, je me suis dit que tout n'était peut-être pas à jeter.

J'ai fini par appeler Julian, surtout pour me changer les idées. À vrai dire je pensais lui laisser un message car à cette heure je n'avais aucune chance de l'avoir en ligne, mais à ma grande surprise il a décroché. Il venait d'arriver à New York où il était dix-neuf heures. Un taxi l'emmenait vers son hôtel où il allait poser ses affaires avant de ressortir dîner avec le patron d'un club de Brooklyn où il jouerait plus tard dans la nuit. J'ai été ravi d'entendre sa voix et derrière lui les vibrations de la ville. Il m'a dit qu'il allait bien, qu'il n'avait pas dormi depuis quatre nuits, à part peut-être deux heures dans le dernier avion, ou celui d'avant, il n'était plus très sûr, qu'il avait enchaîné plusieurs festivals au Chili et en Argentine, qu'il sortait d'une fiesta incroyable à São Paulo et que le lendemain il s'envolerait pour Montréal. Il était tellement surexcité que je n'ai pas réussi à en placer une, lui dire que j'avais passé le réveillon chez les Granger, ni même lui souhaiter une bonne année.

– Prends bien soin de toi, Julian. Pense à te reposer un peu quand même.

– On se reposera quand on sera morts, mec.

Quelques jours plus tard les colibris sont passés me prendre à la maison et on a filé vers le gymnase. Le parking était ce soir-là rempli de bagnoles malgré le froid sibérien et les routes toujours verglacées. Je pensais rejoindre une poignée de clampins réunis autour d'une table, deux caillettes, trois picodons et un cubi de blanc, qui auraient hurlé au loup et promis l'avènement du Grand Soir avant de reprendre le cours de leurs existences parfaitement inoffensives dès le lendemain matin, mais j'avais tout faux. En réalité il y avait tellement de voitures que Fabrice a fini par garer la Lada au beau milieu d'un champ voisin. De là, le gymnase ressemblait à un paquebot perdu dans la nuit noire. Le côté qui nous faisait face était percé d'immenses baies vitrées d'où émanait une lumière jaune. En se rapprochant, on a aperçu les Granger sous le préau. J'ai d'abord cru qu'ils étaient sortis un instant griller une clope en attendant que ça commence mais en jetant un œil à travers les hublots j'ai réalisé qu'ils étaient restés dehors car l'intérieur était si noir de monde qu'on n'aurait sans doute pas pu s'y retrouver. Une petite enceinte accrochée au-dessus de la porte d'entrée diffusait les sons de la salle. On n'entendait que dalle mais on pouvait déjà ressentir, à la manière dont le type au micro poussait sa voix et aux sifflets qui ponctuaient ses phrases, que l'atmosphère était électrique. J'ai fait la bise à Martine et Marion, serré la main de Jipé, Guillaume et Cédric, et on s'est engouffrés dans la fournaise.

Je m'y connais en foules compactes et là, bon Dieu, c'était bien compact. Pire qu'un lundi soir d'août au DC-10. Huit cents personnes au bas mot, et sans doute pas loin d'un millier en comptant ceux plantés dehors dans le froid. La chaleur était étouffante mais putain que ça faisait du bien de voir tout ce monde. On s'est rapprochés autant que possible de l'estrade au-dessus de laquelle s'étendait une banderole « NON AU GAZ DE SCHISTE. NI ICI NI AILLEURS », jusqu'à se faire une petite place, debout le long des baies vitrées. Une caméra trônait sur un podium au centre de la salle. Deux autres prenaient la scène en tenaille. Au fond à droite, devant une issue de secours, une journaliste flanquée d'un caméraman et d'un preneur de son tendait le micro à un type bedonnant en écharpe tricolore.

J'ai observé les gens assis et ceux qui se tenaient autour. Il y avait des vieux en pagaille mais aussi des moins vieux, d'autres de mon âge et des plus jeunes encore, des enfants accompagnés de leurs parents, des hommes et des femmes fringués comme des hippies alter-mon-cul dans leur accoutrement habituel, dreadlocks, pantalon thaïlandais et bonnet péruvien, les clowns des Temps modernes, des punks assagis et pas mal de gus au style indéfinissable, mi-rastas blancs mi-clodos, des types et des nanas sapés normalement, des paysans à la peau de lézard, aussi burinée que celle de Bernard, des hommes solides et trapus comme l'étaient mon grand-père et ses frères, des petites vieilles pareilles à celle qui faillit assister à ma décapitation, et d'autres qui avaient plutôt une gueule de notaires ou de pharmaciens. Tous écoutaient attentivement un type à lunettes flottant dans une chemise vert olive, qui s'est présenté comme un spécialiste des pics pétroliers. Il était question d'épuisement des réserves, des différentes techniques d'extraction et des variations de l'offre et de la demande, d'où il conclut en projetant une série de graphiques indéchiffrables que dans un avenir proche cette nouvelle énergie pour l'instant peu rentable allait devenir une affaire extrêmement juteuse.

Le type a rendu le micro et j'ai regardé mes voisins, qui tiraient une tronche de trois pieds de long. Une jeune nana rousse l'a remercié, a annoncé qu'on allait maintenant diffuser un extrait d'un documentaire réalisé par un Américain, et qu'après ça on y verrait plus clair. Elle a fait signe à un gars, et les lumières se sont éteintes. Grosso modo, la nouvelle marotte des pétroliers consiste à forer des trous profonds de plusieurs kilomètres avant d'y injecter à très haute pression des tombereaux de flotte chargée de produits chimiques pour fracturer les roches et faire remonter le gaz. Des derricks ont poussé aussi vite que des champignons après la pluie sur des terres auparavant cultivées ou sauvages, les défigurant à jamais. Les images satellites font froid dans le dos. On y voit les grandes plaines du Texas ou du Colorado criblées de dizaines de milliers de trous reliés entre eux en un immense réseau visible depuis l'espace. Contrairement à ce qu'on s'imagine, les Américains n'ont pas le moindre respect pour la nature qui leur apparaît comme un environnement essentiellement hostile qu'il convient de mater, tel un chat trop sûr de lui. Ces gens ont débarqué sur ces terres et n'ont pas hésité à massacrer ce qui se trouvait sur leur passage pour s'en approprier les richesses. Il n'y a plus guère que dans les parcs naturels qu'ils célèbrent la nature de façon parfaitement hypocrite car, pour le reste, dès qu'il y a du fric à se faire, ils n'hésitent pas une minute avant de tout dézinguer.

La salle entière a sursauté quand on a vu un moustachu dans sa cuisine foutre le feu à l'eau du robinet. Bon Dieu de merde ! Le problème, apparemment, c'est que ces saloperies injectées finissent dans les nappes phréatiques qui alimentent les réseaux d'eau potable. Les pétroliers ne savent d'ailleurs pas quoi faire des millions de litres d'eau polluée utilisés pour la fracturation. Les plus consciencieux les stockent autour des derricks dans des bassins creusés à la pelleteuse et tapissés d'une mince bâche plastique qui bien sûr finit toujours par se percer et relâcher cette bouillie toxique dans la nature. Certains ne s'emmerdent même pas et vidangent leurs camions dans les champs ou la première rivière venue. On a ensuite suivi une femme au bord d'un ruisseau qui n'était rien d'autre qu'un vaste charnier rempli de poissons crevés et d'oiseaux en décomposition. Un peu plus loin, une famille a vu ses trois chats perdre la totalité de leurs poils et l'un d'eux mourir étouffé dans son vomi, puis ce fut au tour du cheval.

La lumière s'est rallumée et chacun a regardé autour de lui, cherchant auprès de ses voisins la confirmation qu'il ne s'agissait que d'un mauvais rêve. Rassurez-moi, c'est pas vrai ces conneries ? Ils comptent quand même pas faire la même chose ici ? Les Granger se tenaient la main, visiblement sonnés, Isa était pâle comme la neige et Fabrice serrait si fort les mâchoires que les veines de ses tempes semblaient sur le point d'exploser. Dans la salle, la stupeur a rapidement cédé la place à la colère. J'ai entendu gueuler que les pétroliers n'avaient qu'à se pointer, qu'on saurait très bien les recevoir, qu'ils ne savaient pas à qui ils avaient affaire, qu'on ferait cramer leurs camions et sauter leurs derricks les uns après les autres jusqu'à ce qu'ils foutent le camp la queue entre les jambes comme ces meutes de chiens sauvages qu'on chasse par ici à coups de fusil. Un type a ajouté pour faire bonne mesure qu'on devrait commencer par fracturer hydrauliquement le cul de ceux qui, à Paris, dans les ministères, avaient signé les demandes d'autorisation déposées par les compagnies pétrolières, proposition qui, à en juger par les applaudissements nourris, a recueilli un large consensus.

Même si je ne suis pas franchement un révolutionnaire, je dois admettre que j'adore ce genre d'atmosphère. La musique que j'ai jouée et contribué à faire connaître dans le monde entier depuis vingt ans est née de là, de cette révolte. La house et la techno ont émergé dans les nuits glauques et glaciales de quartiers ravagés par la désindustrialisation, dans la misère des faubourgs de Detroit, Chicago ou Manchester, au sein de communautés qui n'avaient jamais voix au chapitre, Noirs, Hispanos, gays, jeunes privés d'avenir, travailleurs foutus au chômage et marginaux de toutes sortes qui trouvaient dans la musique, la fête et les drogues un moyen de vivre à nouveau quelque chose ensemble, un peu d'air frais dans un système, verrouillé de l'intérieur, qui puait le renfermé. Notre Saint-Père, le grand Frankie Knuckles, considérait le club où il officiait, le Warehouse, qui donna son nom à la house, comme « l'église des gens tombés en disgrâce ». Les grand-messes techno qu'on voit fleurir dans les grandes villes d'Europe, ces festivals putassiers où chacun joue quarante-cinq minutes et empoche le pactole, ces machines à fric sans âme, pensées et vendues comme des produits de consommation, sont fondamentalement une insulte aux valeurs de cette musique. Les pionniers de la techno de Detroit, qui ont toujours souhaité rester anonymes parce qu'ils se méfiaient du star-system comme de la peste au point de se produire habillés de noir et cagoulés, créèrent le collectif Underground Resistance, un nom qui dit bien ce qu'il veut dire. Ces types avaient perdu leur boulot dans l'industrie automobile ou la métallurgie avec l'arrivée des machines et des robots. Grâce à d'autres machines, des boîtes à rythme, des séquenceurs, des samplers, des synthétiseurs, ils allaient désormais prendre leur revanche. Ils produiraient leur propre musique, hors du circuit des majors et des attentes du marché, sans avoir besoin de louer un studio, payer des musicos ou graisser la patte des radios pour diffuser leurs titres. Ils pensaient que la technologie pouvait changer l'avenir et ils n'avaient pas tort.

La cocotte-minute semblait sur le point d'exploser mais la rousse aux cheveux bouclés, malgré sa taille menue et sa petite voix claire, parvint à faire retomber la pression. Les maires des villages concernés allaient faire un point sur la situation puis on donnerait la parole aux personnes dans la salle. Je ne me souviens plus bien des interventions des élus car je me repassais en boucle les images du film. Ces habitants des campagnes américaines ressemblent comme deux gouttes d'eau aux gens qu'on croise par ici. Du jour au lendemain, ils se sont retrouvés au milieu des derricks et des raffineries, observant impuissants le ballet des camions-citernes. L'air est aussitôt devenu irrespirable et l'eau, marronnasse, a pris un goût métallique. Les médecins leur ont conseillé de ne plus la boire, ni prendre de douche, ni même l'utiliser pour la lessive ou la vaisselle. Ne plus y toucher. Plus du tout. Ils sont tombés malades : bide en vrac, migraines à répétition, brûlures aux yeux et à la gorge, douleurs aux bras et aux jambes, perte du goût, de l'odorat, de l'appétit, comme cette nana qui ne sent plus que l'odeur ammoniaquée de la litière de ses chats ou cette autre qui ne distingue plus le salé du sucré, et ces vertiges, ces évanouissements, ces lésions cérébrales irréversibles, ces hommes, ces femmes et ces enfants empoisonnés à petit feu dans leur jardin, leur maison et jusque dans leur lit. Alors les avocats des compagnies pétrolières ont débarqué chez eux. Prouvez-nous que votre eau était bonne avant qu'on commence à forer. Que ce n'est pas la bouffe de votre chat ou le poteau téléphonique devant la maison qui le rend malade. Que vous ne forcez pas trop sur la bouteille ou les médocs. Un cancer du pancréas est si vite arrivé. Peu de choses ont changé depuis la conquête de l'Ouest, même si les Américains sont persuadés d'être sortis de l'état sauvage. C'est toujours le plus fort qui impose sa loi. Les autres peuvent aller se faire foutre et en prime on les prend pour des cons.

Il y eut beaucoup de questions et de remarques, comme ce type qui expliqua qu'on devait aussi balayer devant notre porte, que les pétroliers se gavaient parce qu'on était assez cons pour leur filer du blé, qu'on pourrait remiser nos bagnoles et ressortir nos vélos, consommer moins et surtout moins loin, faire notre pain, cultiver nos potagers et même produire notre propre énergie dans nos jardins avec des éoliennes pour hacker le système et provoquer la chute du capitalisme. J'ai trouvé ça rafraîchissant comme programme même si en songeant au bilan carbone de mes vingt dernières années je me suis dit que j'avais sûrement rejeté à moi seul autant de CO_2 dans l'atmosphère que la totalité des habitants du département. C'est de notoriété publique : je ne suis pas vraiment un exemple de sobriété.

« Je vais leur dire ce que j'en pense de ce merdier, tu vas voir », m'a dit Fabrice que je sentais bouillir depuis plusieurs minutes. Il fit un signe au type qui distribuait le micro, le récupéra et se retourna face à la foule.

– Alors voilà. J'ai écouté attentivement ce qui a été dit ce soir, j'ai entendu beaucoup de choses très intéressantes, et pour ma part je voudrais dire ceci. Je suis venu ce soir avec ma femme et des amis. Parmi eux il y en a qui sont nés ici, comme moi, et d'autres qui sont arrivés plus récemment. Mais vous voyez, quelles que soient nos origines, nous sommes là ce soir pour la même raison. Parce que nous aimons cette terre, et parce que nous voulons la protéger. Alors la question que chacun se pose, c'est de savoir ce qu'on doit faire maintenant. Eh bien je vais vous le dire.

Il marqua une pause et savoura un instant le silence qu'il avait installé.

– Nous sommes ici entre gens de bonne compagnie. Nous sommes des gens raisonnables, on est d'accord là-dessus. C'est pourquoi je pense qu'il est de notre devoir de régler ce problème tous ensemble, de façon pacifique.

Il s'arrêta à nouveau, balaya longuement la foule du regard, de l'estrade au fond de la salle, laissa encore passer quelques secondes, et ajouta tranquillement :

– Dans un premier temps.

Fabrice refila le micro au type qui était resté planté devant lui, me fit un clin d'œil discret puis dégusta avec un petit air satisfait la standing ovation qui suivit. Le gymnase entier vibra sous les sifflets et les applaudissements, certains grimpèrent sur leur chaise, le poing levé, décidés à sonner la charge sans attendre, j'ai applaudi et sifflé à mon tour, et je me suis dit qu'en fin de compte les habitants de ce pays avaient tout pour plaire.

Le soleil est déjà haut maintenant et l'air étonnamment chaud. Ce matin, j'ai été réveillé à l'aube par le son rauque et métallique d'un couple d'oiseaux qui a élu domicile dans le grand chêne au-dessus du puits. Je me suis habillé en deux-deux et j'ai sauté dans la voiture pour aller chercher du pain et des croissants. J'ai longé les coteaux de vignes, les vitres grandes ouvertes, tapotant de ma main gauche la tôle ondulée de la portière et hochant la tête au son de l'enceinte portable posée sur le siège passager qui même à plein volume couvrait difficilement le bruit du moteur et du vent dans les toiles. À mi-chemin, la route traverse un petit bois où il fait toujours quelques degrés de moins et je me suis régalé des odeurs de terre, de mousse et d'herbe fraîche qui s'engouffraient dans l'habitacle à chaque virage.

J'ai profité quelques instants des premiers rayons du soleil, assis à une petite table sur le parking de la boulangerie, en avalant un café et un croissant. La devanture est toujours recouverte des autocollants « Stop au gaz de schiste » qu'on a vu pulluler cet hiver sur les vitrines des magasins, les coffres des bagnoles et les panneaux de signalisation routière. De retour à la maison, j'ai déposé dans la cuisine le pain et les viennoiseries, et retrouvé le chat qui faisait sa toilette au milieu de la terrasse, indifférent au piaillement assourdissant des oiseaux. J'ai passé une tête dans la chambre et contemplé Aurore encore endormie, allongée sur le côté, les pieds emmêlés dans le drap en boule, une jambe repliée vers sa poitrine. Je ne saurais dire ce qui me plaît le plus, de ses longues boucles rousses, de la finesse de sa taille ou de sa peau délicatement tachetée des pommettes aux épaules. J'ai admiré dans la lumière zébrée des persiennes ses petites lèvres rose pâle nichées au creux de ses fesses offertes et je n'ai pas résisté à l'envie d'y plonger ma langue.

– Putain mais tu te rends compte ?

À vrai dire, j'étais surtout captivé par sa petite chatte rousse qui clignotait comme un phare alors qu'elle lisait, assise en tailleur sur le canapé de la terrasse, vêtue d'une nuisette transparente et pour le reste totalement nue. Il me semblait bien que le ciel s'était obscurci et qu'une brise humide avait sensiblement rafraîchi l'atmosphère. Chez elle, les avis de grand frais se déclenchent en général alors qu'elle est plongée dans un livre ou un journal. Elle griffonne quelques mots dans un carnet, le referme, et les premières gouttes annonçant le déluge vous tombent dessus. La tempête se levait, c'était palpable. D'ici quelques minutes, l'air serait aussi électrique que son clignotant.

– C'est incroyable. Ils savaient ! Tu le crois, ça ? Ils savaient depuis le début que leurs forages étaient foireux et que leurs promesses d'océan de gaz c'était de la foutaise !

Je l'écoutais d'une oreille distraite car je repensais à la manière dont elle est venue ce matin frotter ses fesses contre moi, allongée en chien de fusil, à peine réveillée mais déjà excitée comme une puce, au point que je n'ai eu aucune difficulté à me faufiler dans sa chatte encore chaude et humide de nos péripéties de la veille. Cette fille a une façon bien à elle de faire l'amour. Elle aime ça, aucun doute là-dessus, elle jouit à chaque fois, ce qui à en croire les statistiques n'arrive pas si souvent, mais elle est toujours dans son truc, tellement concentrée sur son plaisir que je me sens parfois de trop. Il y a cela dit quelque chose de charmant dans cette capacité d'être à soi et de profiter de l'instant présent, sans trop se soucier de ce qui se passe autour. La plupart des filles de sa génération, nourries au porno depuis l'adolescence, passent leur temps à se demander, même dans le feu de l'action, si elles sont assez cambrées, si leur maillot est correctement épilé, si leurs seins ne pendent pas trop ou si elles ne feraient pas mieux de changer de position pour dissimuler leurs petits bourrelets ou leur peau d'orange. On dénonce depuis longtemps les diktats véhiculés par la mode ou la pub sur le corps et l'apparence des femmes mais on s'intéresse assez peu à la manière dont le porno a rendu les jeunes spectateurs de leur propre sexualité. Quand j'étais gamin, on se branlait sur des magazines poisseux qui passaient discrètement d'un cartable à l'autre, peu de temps après avoir découvert l'érotisme dans les pages lingerie du catalogue de la Redoute. Feuilleter un *Lui* était en soi une aventure palpitante et dégoter un *Penthouse* équivalait à toucher le Saint-Graal. Un de mes copains de collège a un jour réussi à mettre la main sur une VHS planquée au fond d'une valise sous le pieu de ses parents. Je me souviens de toutes les scènes, c'est dire si c'était un événement, mais aujourd'hui, à moins de faire une fixette sur les brushings ringards, les chattes poilues ou les mecs à moustache, je doute que ces pornos vintage, rétrospectivement assez soft, fassent encore bander grand monde. Il n'y a guère que mon pote Laurent pour trouver de l'intérêt à ces films dont les bandes originales naviguaient entre le funk, la soul et le rock psychédélique et furent parfois signées par des génies aussi incontestés que Gainsbourg, Morricone ou Piccioni. L'été dernier, à Ibiza, dans une villa où se tenait une soirée privée qui commençait à partir en sucette, j'ai surpris tout le monde en terminant mon set par la BO de *Deep Throat II*. Le film est un navet mais le titre phare une petite merveille soul. *Deep, deeper and deeper / Inside you my love grows*, chante T.J. Stone. Ça m'avait semblé tomber très à propos.

On trouve maintenant des sextoys dans des boutiques branchées ayant pignon sur rue, qu'on n'appelle plus sex-shops mais love-stores parce que c'est plus chic, devant lesquelles s'arrêtent de jeunes couples propres sur eux et où les godes sont vendus dans des packagings dignes des parfums de grands couturiers. Pendant longtemps, ce genre de lèche-vitrine a pourtant été l'apanage d'ados gloussants et de vieux pervers en pardessus, les mêmes qui dans les années quatre-vingt sortaient leur nouille dans le métro. Depuis, le porno est devenu un bien de grande consommation accessible en deux trois clics, de n'importe où et par n'importe qui, divisé en petites chapelles abritant les pratiques les plus sages comme les déviances les plus outrancières, à tel point que de nos jours les jeunes considèrent que l'enchaînement fellation-pénétration vaginale-sodomie-éjaculation faciale relève du minimum syndical. D'ailleurs, éjaculation faciale, c'est comme hernie discale ou position latérale de sécurité, c'est chirurgical, on est dans le registre de la technique. Adieu l'érotisme et la sensualité. Dans ma génération, on aurait chuchoté, la voix tremblante : « Est-ce que je peux venir sur ton visage ? » Aujourd'hui, j'imagine que les mecs de vingt ans balancent simplement : « Mets-toi à genoux, on va finir par une éjac faciale » en tenant leur queue d'une main et leur téléphone de l'autre pour immortaliser la performance. Rien d'étonnant, dans ces conditions, qu'à force de vouloir trouver l'angle le plus flatteur ou la position la plus spectaculaire ces gamines formatées par le porno n'arrivent même plus à prendre leur pied, un peu comme ces ingés son qui, pendant les concerts, passent leur temps à corriger ci ou ça en tournant des potards, surveillent la scène d'un œil et les vumètres de l'autre, et en fin de compte profitent assez peu de la musique.

Aurore, elle, a choisi son camp : son plaisir d'abord. J'essaye de lui faire admettre que la sexualité c'est aussi un partage, de la communication, bref quelque chose d'un peu plus cérébral, mais jusqu'à présent j'ai surtout eu l'impression qu'elle baisait avec le même genre de contentement qu'on éprouve lorsqu'on se soulage d'une irrépressible envie de manger ou de pisser. Tout à l'heure encore, lorsque je me suis levé pour aller chercher des croissants, je l'ai regardée s'étirer en soupirant, visiblement rassasiée par son petit coup du matin, et se remettre la tête sous l'oreiller pour finir sa nuit.

– Écoute ça : « Les données montrent qu'il existe quelques forages très rentables mais qu'ils sont souvent entourés de vastes zones de forages moins productifs dont le coût d'exploitation est supérieur à la valeur du gaz extrait. En outre, les quantités de gaz produites par les forages les plus performants s'effondrent beaucoup plus rapidement que les prédictions initialement établies par les compagnies pétrolières, ce qui diminue encore leurs chances de réaliser des profits sur le long terme. »

Elle traduisait à la volée un article du *New York Times* en faisant tourner son stylo dans sa main, son clignotant toujours enclenché.

– « La multiplication des forages et l'augmentation de la cadence des fracturations hydrauliques a permis de maintenir le niveau de production espéré et d'éviter un effondrement du marché. » Et attends, écoute ça : « Les compagnies pétrolières expliquent que leur modèle économique va s'améliorer avec la hausse des prix du gaz, les évolutions technologiques, l'augmentation de la demande et l'aide du Congrès qui envisage une hausse des subventions fédérales. » Non mais tu vois le tableau ?

J'ai hoché la tête en marmonnant quelque chose mais en réalité je ne voyais pas trop où elle voulait en venir.

– C'est toujours la même histoire, tu ne comprends pas ? Ces boîtes promettent aux fonds de pension des retours sur investissement à deux chiffres et aux États des ressources illimitées et l'indépendance énergétique du pays et, en face, ils ont des gens assez crédules pour investir massivement ou assez corrompus pour voter des subventions pharaoniques qui permettent à cette industrie de se développer ou de garder la tête hors de l'eau quand ça tourne au vinaigre, comme maintenant. Sauf qu'on sait très bien qui réglera l'ardoise quand la bulle va exploser. Quand tu penses à ce qui a permis d'en arriver là, les politiques achetés par les lobbys, les lois de protection de l'environnement détricotées les unes après les autres, et ce désastre écologique, ces terres et ces rivières polluées, ces maisons inhabitables, ces malades par milliers, toute cette merde pour quoi ? Une bulle financière. Du vent, voilà. Que des abrutis se retrouvent ruinés parce qu'ils ont investi leur fortune dans des start-up bidon, honnêtement c'est bien fait pour eux. Ils ont joué, ils ont perdu, fin de l'histoire. Mais sacrifier des régions entières pour faire tourner une industrie non rentable, ça, ça me rend folle, tu comprends ? Si encore il y avait des profits derrière, je trouverais ça dégueulasse tu vois, mais je pourrais comprendre, au moins il y aurait une logique. Là c'est juste de la cavalerie, une immense chaîne de Ponzi. Tu vois ce que c'est, une chaîne de Ponzi ?

– Vaguement.

– Oui enfin bon, passons. C'est ça le capitalisme financier tu vois, une gigantesque arnaque.

J'ai laissé passer le grain. On pouvait déjà voir la lumière percer à travers l'épaisse couche de nuages. Elle est belle, en temps normal, avec sa frange tombant sur ses yeux vert émeraude, mais d'une certaine manière elle est encore plus belle quand elle s'énerve. C'est dans ces moments-là que son intelligence se déploie tel un parachute et que tout prend sens, comme si elle parvenait à faire miraculeusement tenir ensemble les débris éparpillés de ce monde en miettes. On a quinze ans d'écart mais elle est objectivement beaucoup plus cultivée, plus curieuse et plus mûre que moi. Je ne pense pas être particulièrement obtus, mais le fait est que mon métier m'a enfermé dans une petite bulle nocturne dont je ne suis jamais vraiment sorti. J'ai passé ma vie à voyager mais je ne sais presque rien, au fond, des pays où j'ai joué. Au-delà de quelques détails, tous les clubs de la planète se ressemblent. Aurore, elle, parle couramment plusieurs langues, je ne sais même pas combien d'ailleurs car ça dépasse l'entendement. Elle s'intéresse à mille choses, suit l'actualité et peut tenir une conversation sur la politique, l'économie ou je ne sais quel conflit au Moyen-Orient. Elle a passé son enfance dans un patelin perché des Cévennes, au-dessus d'Alès, qu'elle a quitté après le lycée lorsqu'elle est partie à la fac, à Nanterre, en anthropologie. Elle a beaucoup voyagé, pendant des années, surtout en Afrique et en Amérique du Sud, jusqu'au jour où elle plaqué sa vie d'intello nomade pour se réinstaller ici.

J'ai fait la rencontre de ses parents, Joaquín et Rosa, lors d'un dîner chez eux début mars. Ils sont psychiatres et travaillent dans une clinique où ils ont développé toutes sortes de thérapies alternatives. Je craignais qu'ils me cernent vite fait, moi, mes petites pathologies, mes comportements déviants et mes multi-addictions, mais en réalité ils ont été adorables et très désireux d'en apprendre davantage sur mon métier. En règle générale, ceux qui n'ont jamais passé une nuit dans un club ou écouté un morceau de musique électronique ne se donnent pas cette peine et préfèrent paresseusement s'en tenir aux préjugés les plus rebattus, même si je dois reconnaître que bon nombre d'entre eux sont parfaitement justifiés. Joaquín, qui parle un français impeccable, a gardé un fort accent de son enfance au Chili. J'ai été très impressionné d'apprendre que son grand-père, Jorge Flores, avait bien connu Salvador Allende. Nés à quelques semaines d'écart, ils avaient fait leur scolarité ensemble à Valparaiso et ne s'étaient jamais perdus de vue. Un matin de septembre 1973, Jorge s'effondra littéralement de son fauteuil, terrassé par une crise cardiaque alors qu'il écoutait les derniers mots d'Allende adressés aux Chiliens à la radio depuis le palais présidentiel pilonné par les bombes de l'aviation, si bien que la famille pleura le même jour la disparition des deux amis de toujours.

– J'avais dix-sept ans. Je croyais avoir compris beaucoup de choses. En réalité j'étais encore un enfant.

Il s'était rabattu sur le dossier de sa chaise, faisait glisser du bout des doigts le pied de son ballon sur la nappe à fleurs et observait, perdu dans ses souvenirs, le liquide carmin tournoyer dans son verre.

– Avec mes sœurs, on écoutait à la radio la liste interminable des personnes recherchées par l'armée. On était bien trop jeunes pour comprendre que ce qui venait de disparaître, c'était la civilisation. Les livres brûlés en pleine rue, les stades remplis d'opposants supposés, la torture, les exécutions, parfois sur un simple soupçon… Les gens jetés vivants depuis des hélicoptères, au-dessus du Pacifique.

Il resta muet un instant, dodelinant de la tête, les lèvres pincées.

– Depuis des hélicoptères. Qui peut imaginer une chose pareille ?

Il y eut un long silence. Aurore serrait les dents.

– En début d'après-midi, mon père a entendu son nom à la radio. On a pris quelques valises, le strict minimum, on a dit adieu à nos trois chats et notre chien et on est partis.

Je n'osais pas demander la suite tant je me sentais couillon d'avoir étalé mes petites anecdotes et mes états d'âme de privilégié. J'ai songé à mon grand-père et mes grands-oncles à peine sortis de l'enfance, fuyant sous les bombes et perdant en chemin une mère et une sœur, à l'histoire qui se répète à trente quarante ans d'intervalle. Je ne vois pas vraiment au nom de quoi ceux de ma génération, qui n'ont connu ni la guerre, ni la dictature, ni même ces conflits plus ou moins lointains, en Algérie, au

Vietnam, en Afghanistan ou je ne sais où, seraient miraculeusement épargnés par cette violence cyclique. Je ne crois pas qu'on soit devenus plus clairvoyants ou moins cruels, j'aurais même plutôt tendance à penser le contraire. La seule question qu'on doit se poser, c'est où et quand toutes ces horreurs vont nous retomber dessus.

– Et ces économistes, qui étaient des crétins notoires mais quand même assez malins pour faire leur trou à Washington, devine où ils ont appliqué pour la première fois leur programme ultra-libéral, bien avant l'arrivée de Reagan et de Thatcher ? Au Chili. Pinochet leur a donné carte blanche. On sait aujourd'hui que la CIA a fomenté et soutenu le coup d'État. Ces gens se posent en grands défenseurs des libertés, mais en réalité la dictature leur va comme un gant. Ça me donne envie de vomir.

J'ai hoché la tête mais en réalité j'avais perdu le fil depuis un bon moment car j'observais le chat qui roupillait les quatre fers en l'air dans un coin de la terrasse. Il est beaucoup plus cool que ce que je pensais, finalement. On a traversé une période critique quand il a commencé à accepter les croquettes que je lui achetais. Il a dû se croire un peu trop vite chez lui car il s'est mis à pisser à droite à gauche, ce qui nous a valu une explication cordiale mais ferme. Depuis que je l'ai attrapé par la peau du cou et que j'ai épongé sa pisse en me servant de sa tête comme d'une serpillère, il a perdu toute envie de se soulager dans la baraque.

Aurore a coincé un pied sous ses fesses et replié l'autre jambe contre sa poitrine. J'ai regardé ses lèvres remuer et son stylo poursuivre ses exercices de voltige, mais je ne percevais plus que des bribes étouffées de sa voix. Il n'est pas nécessaire d'être un fin psychologue pour comprendre d'où cette fille tire son inépuisable énergie. L'histoire de sa famille est un condensé des drames du siècle dernier, une sorte de potage bourré de poivre, de gingembre et de piment qui aurait mijoté des décennies dans un chaudron bouillant. Une telle soupe paralyserait instantanément la plupart d'entre nous si nous tombions dedans par accident mais, comme pour toute chose, une accoutumance régulière dès le plus jeune âge permet de trouver parfaitement banales les histoires les plus extraordinaires. Un soir où nous sommes retournés dîner chez eux, Rosa m'a ainsi raconté l'histoire de son grand-père, Roman, un type au prénom prédestiné. C'était un officier de l'aviation qui, à l'annexion de la Pologne, s'était réfugié en France, puis en Angleterre où il fut recruté par les services secrets pour faire du contre-espionnage. J'ai terminé ma tarte Tatin suspendu à ses lèvres et repensé à mon idée de roman d'espionnage qui me parut, réflexion faite, totalement dérisoire. J'aurais pu y intégrer des affaires de mafia, de trafic de drogue et de policiers corrompus, des règlements de comptes entre gangs mexicains, ou même, admettons, des manipulations politiques par des puissances étrangères, mais ça n'aurait donné au mieux qu'un gros nanar tout juste bon pour un trajet en train. Son récit était d'une autre classe. On y convoquait l'Histoire avec un grand H et on réalisait en frissonnant que le monde dans lequel nous vivons n'aurait pas été le même sans l'intervention de ces héros de l'ombre. Je n'ai pas de mal à imaginer pourquoi Rosa et Joaquín sont tombés amoureux l'un de l'autre sur les bancs de leur fac de médecine au début des années quatre-vingt, ni qu'Aurore se soit sentie très tôt investie d'une sorte de mission chevaleresque alors qu'on lui racontait, avant de dormir, les aventures et les exploits de ses ancêtres. Les choix que l'on fait dans la vie ne sont pourtant pas si déterminés que ça, quoi qu'en disent les sociologues, car si les mêmes causes produisaient les mêmes effets, je n'aurais sans doute pas passé ces vingt dernières années à me la coller sans penser au lendemain. Nos vies ressemblent moins à une gigantesque machinerie dont nous serions le dernier engrenage qu'à une sorte de supermarché où chacun peut choisir, dans les rayons de l'histoire de sa famille plus ou moins proche, de ses amis ou des endroits où il a vécu, les ingrédients permettant de se concocter sa petite recette perso. Joaquín et Rosa tentent de soigner la folie des hommes. Aurore, elle, pense sans doute pouvoir soigner la folie du monde. J'aimerais bien y croire mais j'ai du mal.

C'est Fabrice qui me l'a présentée, à la fin de la réunion sur les gaz de schiste. On a papoté quelques minutes en buvant un verre devant le long buffet dressé au fond de la salle. Peu de temps après, un collectif s'est formé pour organiser la résistance. En deux semaines à peine on était en ordre de bataille. On s'est coordonnés avec les collectifs de la Drôme, du Larzac et du Gard, des ingénieurs nous ont expliqué à quoi ressemblaient précisément les camions sismiques, puis on a créé des pyramides d'appel, une personne étant chargée d'en appeler cinq autres, pour pouvoir rappliquer fissa et bloquer les convois sur les routes au cas où les mecs débarqueraient sans prévenir. Des gars de chez Greenpeace nous ont montré comment s'enchaîner par terre les uns aux autres, se protéger la tête des coups de matraque ou les yeux des jets de lacrymos, puis des juristes nous ont fait un topo sur les différentes actions possibles, légales ou moins légales. J'ai trouvé ça fascinant : Aurore avait pris les commandes, Fabrice était à fond, tous semblaient incroyablement remontés et certains même pressés d'en découdre, on allait d'ailleurs créer une cagnotte pour payer leurs éventuels frais de justice, bref, ça transpirait l'énergie, la détermination et la confiance, mais j'ai vite été moins enthousiaste quand un avocat a dressé la liste de ce qu'on pouvait faire sans risquer plus de six mois de taule et que j'ai réalisé qu'ils étaient pour la plupart prêts à sacrifier une demi-année de leur vie pour un camion-citerne ou un derrick.

En février, on a aussi organisé une manif. On se doutait qu'il y aurait un peu de monde mais personne n'aurait jamais parié qu'on serait plus de vingt mille en plein hiver le long d'une route de campagne. Le temps était exceptionnellement doux, ce jour-là, sans le moindre vent, avec un soleil juste assez fort pour laisser planer une atmosphère printanière. La circulation avait été coupée dans les deux sens et des gendarmes stationnaient à chaque rond-point pour contraindre les manifestants à se garer et finir le trajet à pied. On a marché plusieurs kilomètres avec Fabrice, Isa et les Granger, sidérés par l'ampleur de cette procession qui grossissait comme un fleuve nourri par les routes affluentes. Moi qui ai passé ma vie à bouger d'un endroit à l'autre, sans réel port d'attache, pas même mon appartement parisien que je n'ai occupé qu'une poignée de semaines dans l'année, je me suis étrangement senti chez moi parmi ces inconnus, chanceux d'être là à ce moment-là et fier de partager ce combat avec ces gens si différents les uns des autres et pourtant si heureux de se retrouver ensemble.

La foule s'est peu à peu resserrée sur une aire de parking en haut d'une colline, le seul endroit à peu près plat et dégagé à la ronde. En temps normal, nul ne songerait à s'arrêter en haut de cette butte qui ramasse de plein fouet le vent du nord. La vue est pourtant imprenable sur le massif du Coiron, un plateau volcanique totalement inhospitalier que j'ai traversé cet hiver en Méhari en m'imaginant que ce serait plus rapide que la route qui le contourne, le genre d'idée qui, quand on connaît les lieux, relève de la pulsion suicidaire. J'ai aperçu Aurore sur la grande estrade érigée au bord du ravin, où se tenaient une ribambelle d'élus en écharpe entourés de visages familiers, et on s'est rapprochés autant que possible. Christophe, un type plutôt sympa que j'avais déjà croisé à une réunion, prit le micro en levant au-dessus de sa tête le balai qu'il tenait dans l'autre main :

– Bon alors écoutez-moi bien, je vous explique la situation, c'est pas compliqué. Si les camions arrivent par ici, on les accueillera d'abord avec ça. Mais s'ils ne comprennent pas le message, voilà ce qu'on fera.

Il posa son balai et se retourna pour farfouiller derrière une enceinte, engendrant un larsen phénoménal qui me vrilla le tympan mais qui n'eut pas l'air de perturber mes voisins plus que ça.

– Pardon, donc je disais, s'ils sont un peu durs de la feuille, on les accueillera avec ça !

Il brandit une fourche et l'agita en l'air en gueulant qu'on ne voulait pas d'eux ici, mais sa voix fut vite couverte par les applaudissements et les sifflets. Aurore présenta ensuite le collectif, invitant chacun à s'engager dans la bataille, et en observant ses boucles rousses s'enflammer dans le soleil rasant j'ai réalisé que n'importe quel type sensé ne pouvait que se précipiter pour la rejoindre, l'épouser, elle et ses combats, et embarquer joyeusement dans l'aventure. Elle dégageait une aura mystérieuse, comme s'il y avait quelque chose d'anormal à ce qu'une peau si pâle, des traits si délicats et un corps si frêle abritent une telle puissance et une telle détermination.

Bref, c'est à cette période qu'on est sortis ensemble. Après une réunion, j'ai proposé à Fabrice, Aurore et les autres de finir la soirée à la maison. On a bu des coups, discuté de mille choses et rebu des coups, les uns et les autres se sont barrés au fur et à mesure, et quand au moment de partir j'ai pris la main d'Aurore sur le pas de la porte en lui demandant si elle voulait rester un peu elle l'a refermée derrière elle et on s'est emballés dans le couloir. Rétrospectivement, je m'étonne que ça se soit passé de façon si simple. La plupart des meufs avec qui j'ai couché avaient une fascination si irrationnelle pour la notoriété que je n'avais pas à faire beaucoup d'efforts pour les glisser dans mon lit, sans parler de celles que dans le métier on appelle, pas très aimablement, les putes à DJ, une catégorie de nanas assez décérébrées pour tomber leur string en échange de trente minutes avec un DJ et un gramme de coke. Aurore, elle, lorsqu'on s'est rencontrés, ignorait qui j'étais, ne manifestait pas le moindre intérêt pour la musique électronique ni, par voie de conséquence, pour ma carrière dans ce milieu et considérait la célébrité et le star-system comme fondamentalement suspects. En retour, je cochais assez peu les cases du militantisme écolo-intello-altermondialiste, si bien que j'avais de bonnes raisons de me demander ce qu'elle pouvait me trouver. À l'exception d'une toute petite minorité qui comprend vraiment ce que je fais, il est évident que je passe pour l'archétype du gaspillage consumériste et de la vacuité de la fête pour la fête. C'est marrant parce qu'on dit que « les contraires s'attirent », mais on dit aussi « qui se ressemble s'assemble ». On dit donc beaucoup de conneries. Peut-être qu'on s'est simplement bien entendus au pieu et qu'il ne faut pas chercher plus loin que ça.

Je ne me souviens plus exactement quand j'ai commencé à m'interroger sur le sens de la vie mais ça doit dater de cette époque. Il me semble qu'à un moment je me suis vu à ses côtés en activiste révolutionnaire, tenant en échec les multinationales du pétrole, comme une brèche dans le système capitaliste mondialisé, mettant sur pied dans le plus grand secret des opérations commando avant de revendiquer publiquement nos sabotages en utilisant la même prose grandiloquente qu'emploient par ici les vieux anars, toujours un peu poètes sur les bords, ou les militants de la déconnexion qui foutent régulièrement le feu aux antennes-relais du coin. La semaine dernière, le canard local a reproduit in extenso leur manifeste intitulé « Les communications ennemies partent en fumée ». Les mecs expliquaient qu'ils avaient voulu « provoquer une syncope temporaire dans l'écoulement frénétique des informations et communications » et précisaient qu'ils avaient « coupé les clôtures, forcé les portes avec pince et pied-de-biche et foutu le feu avec de l'essence au matériel électronique de plusieurs locaux et antennes avant de rejoindre l'obscurité complice des bois ». Le réseau entier a été coupé pendant deux jours, ça a bien sûr fait râler quelques viocs aigris mais dans l'ensemble les gens d'ici ont trouvé ça très drôle. Il faut dire que les deux tiers du département étant toujours en zone blanche, les autochtones ne sont pas encore devenus dépendants d'un deuxième cerveau greffé au bout de leur bras. Ça aurait donc eu du sens, Juan Llosa, l'ex-star de la techno, le clubber repenti, le traître de la jet-set, ça aurait peut-être même botté Olive. De nos jours, la plupart de ceux qui disent vouloir changer le monde sont en réalité des révolutionnaires de salon, des professionnels de l'indignation devant petit écran, des pétitionnaires compulsifs et bien souvent, c'est ça le plus pénible, de grands professeurs de morale. On les voit manifester de temps à autre, quand il fait beau, mais pour le reste ils n'ont pas la moindre intention de changer quoi que ce soit à leur train-train confortable et encore moins de prendre un quelconque risque qui les empêcherait de changer de smartphone chaque année ou de boire leur Starbucks à cinq balles tous les matins. Il est certain que, pour ma part, je n'ai aucune leçon à leur donner, ce serait le comble. C'est juste un constat. Par ici, on passe moins de temps à se regarder le nombril en faisant des selfies mais dès qu'il s'agit d'aller foutre le feu on trouve toujours des candidats.

Comme dit mon pote Laurent, l'obsessionnel du vinyle : « Le problème, le matin, c'est de regarder la lumière. » Les gens normaux se lèvent en se disant qu'une nouvelle journée commence, pleine d'obstacles à surmonter et de challenges à atteindre. Pour nous, le matin n'est que l'épilogue nébuleux d'une longue période de déviances et d'excès en cascade, si bien que lorsqu'on émerge péniblement à seize ou dix-huit heures on se dit que la journée est déjà beaucoup trop avancée pour programmer quelque révolution que ce soit.

Honnêtement, je doute qu'on puisse guérir de tant d'années d'insouciance et d'égocentrisme. Ce que je sais, c'est que je me suis déjà beaucoup amélioré au contact d'Aurore. Je bois moins, je mange mieux et je me suis tenu à bonne distance de la came encore planquée dans le studio. J'ai rencontré un paquet de monde, visité des tas d'endroits, et j'ai même songé à un nouveau projet de livre, une sorte d'histoire de la musique électronique racontée à la manière d'une saga familiale, entre un père DJ qui aurait assisté à la naissance de la techno à Detroit et Chicago et son fils qui ferait de l'EDM. Olive a concédé que c'était un bon début et a d'ailleurs trouvé mon idée de titre, *The Original / The Remix*, assez accrocheuse, mais il est resté campé sur son projet initial. Pourtant, même si j'ai l'impression que ces derniers mois m'ont permis de sortir de l'ornière, je ne crois pas avoir réussi à me libérer totalement de mes démons. À moins d'être d'un optimisme inébranlable, ce qui par les temps qui courent relève purement et simplement du déni de réalité et donc de la pathologie, chacun peut comprendre qu'il est compliqué de conserver sa foi en l'humanité lorsqu'on l'observe nuit après nuit sombrer dans la folie de l'alcool, des drogues, de la violence et de la prostitution.

Dix ans plus tard, j'ai toujours en bouche le goût amer de ce matin d'octobre. C'était la saison des closings, avant la trêve hivernale. La fierté de faire partie des derniers, la mélancolie de la fin du voyage. Je venais de terminer mon set, dans quelques heures on aurait quitté l'île. Pris d'un fou rire, Eli s'est mis à pousser des cris de goéland et à battre des bras face au soleil levant, avant de se jeter du toit du club où on était sortis taper quelques traces. Lors de ses obsèques la semaine suivante, nous étions encore si perchés que j'ai eu honte de lui offrir des funérailles aussi indécentes. Je me souviens aussi de ce type, tombé raide sur le pont du bateau, au large de la Croatie. J'avais baissé le son un instant, le temps que la sécu s'assure qu'il respirait toujours et l'écarte de la piste, et on était repartis comme si de rien n'était. Ou de cette nuit où même les pompiers furent pris de panique en voyant les types convulser les uns après les autres comme dans un mauvais film de zombies. Et, pour ce qui me concerne, je n'ai pas oublié à quel niveau de noirceur je suis capable de descendre. Ces années me restent sur la peau comme une pellicule de savon après une douche à l'eau trop douce. L'autre jour, à la librairie, j'ai été accosté par une petite vieille complètement toquée qui, voyant que je feuilletais le dernier bouquin de Keller, m'a pris la tête en m'expliquant qu'elle aussi maîtrisait la pensée quantique, qu'elle « recevait l'information », sans d'ailleurs préciser de qui, qu'elle croyait à la réincarnation et qu'elle avait appris des tas de choses passionnantes sur les vies antérieures de ses chats. Je ne sais pas s'il y a une vie après la mort, je m'en fous à vrai dire pas mal. Ce serait déjà bien s'il y avait une vie après la fête.

Le problème avec Aurore, c'est qu'elle est difficile à suivre. Elle a par exemple essayé de me convaincre de devenir végan en me montrant des vidéos de L214 et de PETA, mais qui a vraiment envie de voir ça ? Même si ça m'a effleuré, je me suis abstenu de citer Fabrice, qui répète à qui veut l'entendre que le cochon devient saucisson comme la chenille devient papillon, et qu'il ne faut en aucun cas contrarier les grandes lois de la nature. C'était inutile de jeter de l'huile sur le feu et je n'avais pas envie de passer une fin de soirée merdique. Je comprends sa logique, mais c'est juste que ça va trop loin. Je ne crois pas avoir les épaules assez solides pour transformer chaque moment de ma vie quotidienne en acte militant. En mars dernier, une nuit où il pleuvait des cordes, son téléphone a sonné vers vingt-trois heures alors qu'elle s'était lancée dans une de ces chevauchées dont elle a le secret. Comme on était et l'un et l'autre pas loin de conclure en apothéose notre rodéo, j'ai pensé qu'elle allait l'ignorer mais elle s'est précipitée hors du lit pour prendre l'appel. Elle a échangé quelques mots avec je ne sais qui et s'est rhabillée en deux-deux. Un camion de prospection venait de quitter Montélimar en direction d'Aubenas. Le rendez-vous était fixé au niveau d'un rond-point, en rase campagne, au pied du Coiron. Elle m'a demandé si je voulais venir mais j'ai bien compris au ton de sa voix qu'il ne s'agissait pas vraiment d'une question. J'ai sauté dans mes fringues et on s'est jetés dans la bagnole sans même fermer la porte de la baraque. Vingt minutes plus tard, on retrouvait dans la nuit noire une quarantaine de personnes tirées comme nous du lit. On a poireauté une dizaine de minutes sous des torrents de flotte glaciale jusqu'à ce qu'on aperçoive au loin, en haut de la côte, les gyrophares d'un convoi exceptionnel. On a alors fait une chaîne en se tenant par les bras et on s'est assis sur la chaussée détrempée, bien décidés à bloquer l'envahisseur, tandis que les référents du collectif nous rappelaient leurs dernières consignes, insistant pour qu'on s'en tienne strictement à des actions non violentes. On en était à peu près là, à grelotter le cul dans l'eau, quand on a vu tourner sur le rond-point deux camions qui transportaient une grosse chargeuse de carrière et une grue, mais pas le moindre début de camion sismique. Même moi j'aurais pu les reconnaître. Je me suis levé d'un bond en gueulant que c'était pas possible d'être aussi con et que si on se mettait à paniquer à la vue du premier convoi exceptionnel venu, le jour où une vraie merde arriverait personne ne serait là pour se bouger le derche. Christophe et quelques autres ont trouvé que j'étais très défaitiste, qu'il valait mieux surréagir que pas réagir du tout, qu'on avait au moins fait la démonstration que les pyramides d'appel fonctionnaient parfaitement, mais ils n'ont pas réussi à me convaincre que j'étais mieux là que dans la chatte humide d'Aurore, tant et si bien que la semaine suivante, lorsqu'ils m'ont demandé si j'étais d'accord pour passer la journée du samedi à tracter devant le supermarché, je leur ai répondu que je ne m'étais pas remis de ma crève et que je passais mon tour.

– Tu vas voir qu'on va bientôt apprendre que les pétroliers investissent massivement dans les eaux minérales, comme ça ils pourront continuer de se faire du blé quand ils auront fini de polluer l'ensemble des nappes phréatiques du globe. Au point où on en est, ça ne m'étonnerait même pas.

– Je te refais un café ?

– Non c'est bon, merci. Ça t'emmerde ce que je raconte, c'est ça ?

Bon Dieu, le cyclone venait brusquement de changer de trajectoire et me revenait dessus.

– Pas du tout, je te demande juste si tu reveux un café.

– Me prends pas pour une conne, Juan. Je vois très bien que tu t'en tapes de ce que je te raconte. J'ai l'impression que tu trouves ça distrayant, que ça t'amuse. T'as amassé tellement de fric que tu passes ta vie à boire des cafés en regardant la vue. Mais t'attends quoi pour te bouger le cul ? T'es ici depuis des mois et t'as fait quoi, hein ? T'étais pas censé préparer un album ? Tu réalises la chance que t'as ? La plupart des gens, tu vois, ils aimeraient faire changer les choses, ils comprennent que c'est grave ce qui se passe, mais ils sont tellement pris par leur boulot, la pression, les problèmes d'argent, qu'ils ont le couteau sous la gorge et qu'ils n'osent plus bouger un sourcil. Et toi t'es là, t'as ton petit confort, t'as du temps, t'as des thunes, alors tu regardes les choses de loin, t'en as rien à foutre, rien n'est sérieux. T'as même plus besoin de bosser, t'es à l'abri.

Elle s'était levée du canapé et se tenait debout sur la terrasse, les fesses toujours à l'air sous sa nuisette à moitié transparente, lorsqu'une miraculeuse percée dans le feuillage de la glycine plongea soudainement dans la lumière, comme sous un projecteur, sa petite chatte rousse qui s'embrasa aussitôt. L'apparition fut brève mais suffisamment saisissante pour me rappeler ces saintes qu'on voit souvent dépeintes sur les murs des églises, le visage inondé par la lumière de la grâce divine, agenouillées au milieu d'une pièce totalement obscure. Il est certain que les églises aujourd'hui désertes regagneraient bien des fidèles si on pouvait y admirer le genre de scène qui s'était déroulée sous mes yeux. Je n'ai jamais été particulièrement attiré par les filles très menues, mais je dois reconnaître qu'elle est assez irrésistible avec ses taches de rousseur et ses seins qui pointent sous la dentelle. C'est peut-être l'effet de la colère, qui sait. Même son petit côté hystéro est assez mignon finalement. Au fond, je sais bien qu'elle a raison, mais qu'est-ce que je peux répondre à ça ?

– Comment veux-tu que je me concentre sur ce que tu me dis si tu me parles les fesses à l'air au milieu du jardin ? Tu te rends compte que de là où je suis j'ai une vue imprenable sur ta chatte ? Merde quoi, mets-toi à ma place ! J'essaye de faire des efforts, mais là j'ai juste envie de te sauter dessus !

Elle me scruta longuement, figée dans le soleil du matin.

– Tu vois, c'est tout toi, ça. T'es infoutu de voir plus loin que le bout de ta bite. T'as passé tellement d'années à consommer des meufs comme des bouteilles de champ ou des ecstas que t'es même plus capable de voir en elles autre chose que des objets de ton petit désir narcissique. Tu te vois comme un hédoniste, un type qui sait profiter des plaisirs de la vie, mais en fait c'est juste un moyen d'éviter de construire quoi que ce soit ou d'être utile à qui que ce soit. Tu t'es posé là, t'as l'impression que tout va bien, mais en réalité t'es toujours en fuite. Et je suis même pas sûre que tu t'en rendes compte, Juan.

Bon alors voyons voir : *Terrine aux cèpes de printemps et lentilles du Puy, Salade de pissenlits sauvages aux graines toastées, Velouté de panais à la poire et son granola salé, Gaspacho de saison et brochettes de dés de tofu sautés au sésame*. Mouais. Et pour les plats ça donne quoi ? *Risotto aux asperges vertes de Saint-Germain, fèves, pois maraîchers et pecorino au poivre.* Le pecorino c'est pas un fromage italien ? Je croyais qu'ils ne mangeaient pas de fromage, les végans, parce que ça fait mal aux pis des vaches. *Pommes de terre nouvelles rôties, sauce au cresson, condiment d'amandes grillées à l'estragon, Raviolis de courge butternut truffés, espuma de châtaigne*, ah la châtaigne, la voilà, ça manquait. *Burger*, tiens, il y a un burger ! *à l'avocat, steak de haricots rouges, quinoa et oignons confits*, ah d'accord. C'est la fête à ce que je vois. *Nous travaillons exclusivement des produits biologiques et, sauf exception, issus de producteurs locaux. Les plats suivis de la mention GF sont sans gluten. Les plats suivis de la mention LF sont sans lactose. Nous sommes à votre disposition si vous souhaitez avoir des renseignements supplémentaires concernant d'éventuels allergènes présents dans nos plats.* Elles vont finir par me couper l'appétit ces connes.

J'ai tout de même du mal à croire que manger soit soudainement devenu une activité à haut risque. À ce rythme, dans quelques années, on ne pourra plus aller au restau sans contracter au préalable une assurance ou signer une décharge sur le pas de la porte. Les gens ne veulent plus faire de mal à leur corps, ni aux animaux, ni à la nature, ni à personne, et finissent par se mettre une pression pas possible. Aurore a insisté pour qu'on teste ce nouveau restaurant ouvert par un couple de Lyonnaises. Isa était super partante, moins Fabrice qui est un viandard de compétition. À la simple évocation de cette idée, il n'a pas pu s'empêcher de me regarder en levant les yeux au ciel. La bidoche, c'est son premier métier. Avant de devenir promeneur de touristes il y a plus de vingt ans, il a bossé dans la petite boucherie du village voisin. Il connaît si bien les différentes pièces et les techniques de découpe qu'encore aujourd'hui, lorsqu'il se retrouve face à une vache, il visualise une grosse carcasse parée de morceaux de viande délimités par des pointillés, à la manière des affiches suspendues au-dessus des étals.

– Je peux prendre votre commande ?

– On aurait bien aimé oui, mais on attend encore deux personnes.

La serveuse a adressé un sourire mécanique à Aurore et s'est éclipsée.

– Je vais la rappeler. Elle a toujours été infoutue d'être à l'heure.

– Ils ont peut-être eu du monde sur la route.

– Entre Montpellier et ici ? C'est une blague ?

J'ai replongé sans conviction la tête dans le menu en me disant qu'elle et sa sœur régleraient leurs affaires de famille en temps utile et comme je me demandais toujours ce que j'allais bien pouvoir prendre j'ai tenté de trouver de l'inspiration en consultant la carte des boissons. Exclusivement composée de vins naturels, elle était précédée d'un long laïus aux accents philosophiques où il était question de vendanges manuelles, de respect du fruit et de l'expression naturelle des terroirs, de levures indigènes et de vie bactérienne, d'absence de désherbage, de pesticides, d'insecticides ou d'engrais, tout cela garantissant des « vins vivants ». Bon Dieu, mais s'ils sont vivants, est-il vraiment raisonnable de les boire ?

Le lieu est pas mal et la déco réussie mais je doute qu'un tel concept rencontre un franc succès. Les gens d'ici sont attentifs à ce qu'ils mangent, beaucoup cultivent d'ailleurs un potager, consomment local, essentiellement par chauvinisme, et bio dans la mesure du possible, mais ils sont loin d'avoir atteint le rapport névrotique à la nourriture de bien des citadins. Je ne sais pas ce qui s'est passé. Ma génération a grandi en bouffant de la merde industrielle, c'est un fait établi. On ne s'interrogeait pas vraiment, à cette époque, sur la qualité de ce qu'on ingurgitait. Peut-être qu'on n'avait pas le choix, ou peut-être qu'on faisait confiance aux industriels. De façon générale, on croyait encore à la modernité. La bouffe des cantines scolaires était dégueu mais c'était normal. On trouvait génial d'aller manger chez McDo, ça venait des States et c'était tellement nouveau. Les petites épiceries ont périclité et les supermarchés n'ont cessé de s'étendre. On a découvert le surgelé, les plats cuisinés et le micro-ondes. C'était pratique, c'était rapide, c'était l'avenir, les pubs nous rabâchaient ça en boucle. On allait arrêter de s'emmerder à aller au marché, découper des légumes ou piétiner devant sa gazinière, ces trucs de grand-mères, ces symboles d'un ancien temps où les femmes étaient cantonnées aux tâches ménagères. On avait tellement mieux à faire. On a passé des décennies comme ça, une aiguille plantée dans le bras, la chimie en perfusion, et tout le monde a pris deux tours de taille, sept ou huit aux États-Unis.

Et puis, soudain, les jeunes se sont mis à flipper. Nous, non. Toujours vivants mais pas encore atteints de cancers malgré les quantités phénoménales de merdes ingérées au fil des années soixante-dix quatre-vingt, on s'est sans doute dit que, le mal étant fait, il était vain de céder à la panique. Je ne parle ici pas de moi, qui me suis consciencieusement empoisonné durant des années avec des produits autrement plus dangereux. Côté santé, la malbouffe est le cadet de mes soucis, c'est bien évident. Mais les jeunes comme Aurore, eux, nagent en plein délire. Ils ne mangent que du bio, s'inventent des allergies, traquent les produits chimiques sur les étiquettes et connaissent par cœur les numéros des émulsifiants et des conservateurs. Ils sont attentifs au suremballage, consomment éthique et responsable, s'interrogent sur l'impact carbone de leur sandwich, autant de choses qu'il ne m'est jamais venu à l'esprit de faire. Sans parler des locavores qui ne mangent que ce qu'ils trouvent autour d'eux ou des crudivores qui ont décrété, on ne sait pas bien pourquoi, que c'était très mauvais de cuire quoi que ce soit. On a eu les végétariens, c'est une vieille histoire, puis dans la foulée les végétaliens, et maintenant les végans, mais il ne fait aucun doute que ces derniers vont bientôt être considérés comme trop mainstream ou trop laxistes et qu'une nouvelle secte encore plus radicale va voir le jour.

Depuis une dizaine d'années, on voit fleurir dans les grandes villes des magasins bio, des restaurants végans et des supérettes où on achète tout en vrac. Pour ma part, je n'ai jamais trouvé que ces endroits censés paver la voie du bonheur respiraient la joie de vivre. J'ai plutôt l'impression qu'y plane un sentiment de menace généralisée, comme s'il s'agissait des derniers refuges avant l'apocalypse, des ermitages où, entre disciples d'une même religion, on partage avec un plaisir coupable des mets frugaux et rudimentaires. On ne m'enlèvera pas de l'esprit que c'est quand même curieux d'espérer sauver son corps et son âme en contrôlant de façon obsessionnelle ce qu'on mange quand, pour le reste, on respire un air de merde, on se poudre le pif chaque week-end et on participe sans trop de scrupules à un système qui broie la planète et la totalité de ce qui s'y trouve.

– Oh Juan ! T'es avec nous, là ? Tu prends quoi ?

J'ai relevé les yeux vers Fabrice. Il semblait aussi hésitant que moi.

– Je sais pas trop. Les raviolis, peut-être. Et toi ?

– Faut que je demande un truc à la serveuse d'abord.

La porte de la petite salle voûtée s'est ouverte et on a vu arriver Clara et son mec. C'est fou ce qu'elle ressemble à son père. Elle a la même chevelure brune et les mêmes yeux sombres, tandis qu'Aurore a hérité de la pâleur de sa mère. Lui, Sébastien, a la tête du mec sympa, souriant et à l'aise, malgré un corps beaucoup trop grand pour lui. Aurore nous a présentés, on s'est fait la bise et Fabrice leur a servi un verre de la bouteille qu'on avait commencée en les attendant, dont le goût évoquait davantage un jus de raisin fermenté qu'un véritable vin.

– Je peux prendre votre commande ?

J'ai été content de voir débarquer à nouveau la serveuse car le saucisson qu'on s'était enfilé à l'apéro chez les colibris n'était déjà plus qu'un lointain souvenir. Clara et Sébastien se sont plongés dans le menu pendant que la serveuse notait les commandes d'Aurore et d'Isa.

– Et vous monsieur ?

Fabrice prit un air ennuyé.

– Pardon mais le pecorino, c'est pas un fromage italien, ça ?

– Oui, en effet.

– Donc, si je comprends bien, vous servez du fromage dans un restaurant végan ?

– Oui, on s'autorise quelques entorses de temps en temps. Si ça vous pose un problème, je peux vous conseiller les raviolis truffés, c'est vraiment délicieux.

– Pas du tout, aucun problème, c'était juste pour savoir. J'adore le fromage. Le poisson et les fruits de mer, aussi. Et la viande. Ce que j'aime le plus, c'est la viande. De préférence bien saignante, bleue même. Mais bon, vu qu'il n'y a pas de viande, je vais prendre le risotto.

J'ai vu la serveuse déglutir. J'ai cru qu'elle allait l'envoyer chier mais elle est restée très professionnelle. Elle s'est contentée d'un « C'est noté monsieur » et d'un sourire hypocrite, avant de prendre les dernières commandes et retourner en cuisine.

– Juan, je voulais te dire, j'adore ce que tu fais. Quand Aurore m'a parlé de toi je me suis dit mais non, c'est pas possible, ça peut pas être Juan Llosa, pas ici ! Seb et moi on t'a vu dans un festival à Montpellier. C'était quand, Seb ? Il y a deux ou trois ans ?

– Deux ans il me semble.

– C'était génial, j'ai adoré.

Je l'ai écoutée détacher lentement les trois dernières syllabes en fouillant dans ma mémoire, mais rien de précis ne m'est revenu, si ce n'est que je jouais au milieu d'une programmation de daube, comme c'est souvent le cas l'été dans les festivals grand public du sud de la France, et que je me trouvais là uniquement en raison du montant du cachet. Je devais avoir besoin de thune à cette époque car en règle générale je refuse ce genre de proposition, ça me fout le cafard.

– Alors comme ça vous aimez la techno ?

– Oui enfin on n'est pas des spécialistes, on écoute surtout ce qui passe à la radio. On aime bien danser et faire la fête.

Je me suis resservi un grand verre de piquette au raisin en lui adressant un sourire poli. Le public de la musique électronique se divise en deux grandes catégories. D'un côté, les connaisseurs qui viennent vous voir parce que c'est vous, qui ne savent pas précisément ce que vous allez jouer mais qui vous font confiance pour les prendre par la main et les emmener loin de là où ils auraient imaginé aller. D'ailleurs, plus vous les bousculez, plus ils jugeront votre prestation réussie et vous seront reconnaissants. Ceux-là savent qu'ils retrouveront dans le public leurs semblables, embarqués pour les mêmes raisons, pour le même voyage. Voilà pourquoi ces fêtes ressemblent à de grandes communions, et pas seulement parce qu'on y gobe des ecstas à la pelle. Bien des clubs à Ibiza ou à Berlin fonctionnent de cette manière. Ceux qui les fréquentent ne sortent pas pour sortir ou se mettre une mine, enfin si, les Anglais font ça, mais parce que vous êtes à l'affiche. L'offre est tellement vaste chaque soir que le public se répartit en fonction de ses goûts, si bien qu'il ne suffit que d'une poignée de semaines pour qu'un DJ fidélise une audience au point d'être capable d'identifier quelques têtes dans la pénombre. Les gens eux-mêmes finissent par se connaître, et quand ce n'est pas le cas il leur suffit d'un regard ou d'un bras levé en l'air au moment du break pour comprendre que leur voisin est venu pour la même raison qu'eux et qu'ils passeraient vraisemblablement une excellente soirée à papoter musique si le niveau des décibels le permettait. Beaucoup de mes amis et collègues dans le métier prennent d'ailleurs ça très au sérieux. La musique est pour eux un langage universel qui s'adresse d'abord au corps et à l'âme, et qui porte un message d'amour et de fraternité capable de fédérer les individus au-delà de leurs différences. Ce n'est pas un hasard si les paroles de tant de titres de house music comportent le mot « love ». Malheureusement, je crains qu'envoyer tout le monde dans des clubs du vendredi soir au lundi matin ne suffise pas à arrêter les guerres, les famines et la destruction programmée de notre planète, ni à guérir l'espèce humaine de son égoïsme et de sa cupidité maladive, mais je reconnais que cette musique a le pouvoir extraordinaire de laisser croire aux plus pessimistes d'entre nous qu'il reste encore quelque chose à sauver. Et puis il y a les autres, qu'on croise plutôt dans les grosses boîtes généralistes ou les grands festivals commerciaux. Eux se foutent totalement de qui joue tant que ce qui est joué passe à la radio ou, mieux, à la télé. Ils viennent pour danser et faire la fête, voilà, c'est ça, mais c'est une fête bien sage, bien calibrée, sans surprise. Ils disent aimer la musique électronique mais finissent immanquablement par ressembler à de petites biches apeurées dans les phares d'une bagnole dès qu'on leur glisse entre les oreilles plus de seize mesures d'un morceau inconnu. Il suffit que le DJ sorte deux minutes des sentiers battus pour que la piste se vide. Franchement, je plains ces types. J'aurais l'impression d'être à l'usine.

On a terminé la première bouteille en attendant les entrées. J'ai demandé à Fabrice s'il voulait continuer sur la même et il m'a répondu que je pouvais choisir la suivante au hasard car de toute façon elle ne pourrait pas être pire. J'ai commandé un autre rouge présenté sur la carte comme un vin « punk ». Je n'avais pas la moindre idée de ce que ça pouvait bien vouloir dire, peut-être simplement que le mec aime le punk, ou alors que c'est un ancien punk, ce n'était pas précisé, mais j'ai pensé que, quitte à ce que ce soit n'importe quoi, autant y aller franco. La serveuse est revenue un instant plus tard avec les entrées et la bouteille dont l'étiquette blanche et minimaliste ne portait rien d'autre que l'inscription « No future », écrite à la main à l'encre rouge sang, et le millésime, 2014. Fabrice ne put s'empêcher de soupirer bruyamment lorsqu'elle déposa devant lui sa terrine aux cèpes qui pourtant avait plutôt une bonne gueule.

– Vous êtes là juste pour le week-end ou vous restez dans le coin quelques jours ?

Clara s'est tournée vers moi, visiblement ravie que je m'intéresse à elle.

– On est là pour la semaine. On est venus faire un stage de yoga tantrique au hameau des Trois Sources.

J'ai vraiment du mal avec la spiritualité, l'ésotérisme et ces trucs plus ou moins New Age car le monde m'apparaît comme un endroit essentiellement amoral et mortifère, parsemé çà et là de quelques oasis de débauche hédoniste, mais je n'allais quand même pas laisser passer ça.

– Excuse-moi mais j'y connais rien en yoga, c'est quoi le yoga tantrique ?

– En fait le yoga tantrique c'est le yoga de l'énergie sexuelle. Le principe c'est de réunir l'énergie masculine et l'énergie féminine, Shiva et Shakti, pour se connecter à la source de toute énergie. Quand Shakti s'ouvre pour recevoir Shiva, on peut se sentir relié à l'énergie de la terre par le périnée qui est le premier chakra, et à partir de là l'énergie monte à travers le lingam et passe dans la yoni, le lingam en fait c'est la bite et la yoni c'est la chatte, pardon de dire ça comme ça mais j'aurais dû commencer par là, avant que l'énergie remonte le long de la colonne vertébrale et traverse les autres chakras, jusqu'à celui du cœur. Je sais que ça peut paraître un peu loufoque expliqué comme ça, mais en fait c'est hyper concret : ça permet de se connecter à soi-même et à ses sensations, c'est une sorte d'expérience à la fois spirituelle et physique. L'homme doit se concentrer sur le fait de garder son lingam bien dressé, ça lui apprend à maîtriser son érection et retarder son éjaculation, et la femme, elle, doit se mettre à l'écoute de son feu intérieur pour faire circuler cette énergie sexuelle dans le reste de son corps. Il paraît qu'avec un peu de pratique on peut enchaîner les orgasmes dans une sorte de transe où on ne fait plus qu'un avec son partenaire.

La fourchette de Fabrice est restée suspendue en l'air quelques secondes tandis qu'Aurore, assise en face de moi, regardait le plafond, un sourire crispé sur les lèvres. Curieusement, seul Sébastien avait l'air de trouver normal qu'on aborde dès l'entrée ses problèmes d'éjaculation précoce. Quant à moi, je tenais toujours mon verre de piquette punk au-dessus de mes pissenlits sauvages que je n'avais pas osé toucher de peur de rompre le charme. Les punks se gourent sur toute la ligne. *No future* mon cul. La vie réserve bien des surprises.

– Et le hameau des Trois Sources, c'est quoi ?

– Tu connais pas les Trois Sources ? Ils organisent des stages. J'en ai fait plusieurs là-bas, mais cette fois-ci j'avais envie qu'on fasse un truc à deux. C'est Nicolas Keller qui a créé ce lieu il y a une dizaine d'années, tu vois qui c'est quand même ?

– J'ai feuilleté son dernier bouquin à la librairie, l'autre jour.

– Faut absolument que tu le lises, j'ai adoré.

Elle avait adoré. En trois syllabes.

– En fait il explique qu'on est comme une rivière, toujours en mouvement et pourtant toujours à la même place. On doit se reconnecter à cette place pour superposer nos différents moi, c'est ça le truc. C'est un peu comme une clé qui permettrait de rentrer chez soi : chacun de nous la détient, même quand on croit l'avoir perdue.

J'ai basculé mon verre de pinkette en grimaçant.

– Au fond c'est un peu comme l'histoire des colibris, hein Isa ? Quand y a le feu chacun doit prendre ses responsabilités. Si on se bouge pas le cul les pétroliers vont nous la mettre bien profond, c'est ça la vérité. Chacun doit faire une part, voilà. C'est comme ça qu'on gagnera contre ces enculés.

– Sa part.

– Qu'est-ce qui part ?

– Chacun doit faire sa part, pas une part.

– Ouais comme tu veux on s'en fout, en tout cas moi je vous le dis, s'ils débarquent par ici, ils me trouveront en première ligne pour faire sauter leurs camions. Je suis même prêt à faire six mois de taule s'il le faut.

– Non mais ça va pas Fabrice, t'es vraiment complètement con ! Tu vas quand même pas prendre six mois ferme parce que t'auras saboté un camion qui sera réparé la semaine suivante !

– Putain Isa mais tu veux l'éteindre le feu dans la forêt oui ou merde ?

Sur ce coup-là, j'ai bien dû donner raison à Isa. Aurore a expliqué à Fabrice qu'il serait plus utile avec eux sur le terrain que derrière des barreaux, d'autant que, ai-je ajouté, il n'était pas vraiment du genre à pouvoir tenir très longtemps une grève de la faim en signe de protestation. Dépité, il jeta sa serviette et attrapa la bouteille pour se resservir.

– Vous me cassez les couilles, je vous le dis. Et voilà putain c'est vide ça. Juan, tu veux bien en commander une autre ? Une autre hein, je veux dire pas la même, je t'en prie.

J'ai rappelé la serveuse :

– Dites, vous pourriez nous conseiller un autre vin pour la suite ?

– Si vous voulez rester sur un rouge, nous avons un Terrasses du Larzac qui devrait bien se marier avec vos plats. Il est vinifié dans de grandes amphores en terre cuite tournées à la main par un potier des Pyrénées qui est le dernier en France à maîtriser ce…

– N'en dites pas plus.

Fabrice a de nouveau levé les yeux au ciel en soupirant. J'ai vite changé de sujet :

– Et toi Sébastien, tu fais quoi ?

– Je travaille dans les sanitaires écologiques.

Il a dû sentir que j'étais perplexe parce qu'il a aussitôt ajouté :

– J'ai créé une start-up qui vend des toilettes sèches à des collectivités et des particuliers.

Ça m'a rappelé l'époque où on sortait avec Olive dans ces soirées d'étudiants où personne ou presque ne se connaît. Ça l'exaspérait qu'on lui pose cette question : « Qu'est-ce que je fais ? Mais merde y a pas que le travail dans la vie ! Pourquoi on ne se demande pas quel est le dernier livre qu'on a lu, où on aimerait partir en vacances, ou même ce qu'on a mangé à midi ? D'ailleurs, tu sais pourquoi on dit : Ça va ? Dans le temps, les gens s'inquiétaient de savoir si leur interlocuteur chiait correctement. Si ça va, c'est que ça passe : de la digestion aux chiottes, pas d'incident de parcours. Même ça, tu vois, ça ferait un meilleur point de départ que cette question de merde qui nous enferme dans des discussions faussement sérieuses avec des meufs qui préféreraient en réalité tirer un coup vite fait dans les toilettes. » J'avais essayé de lui expliquer qu'il s'agissait juste d'une politesse, d'une façon courtoise de nouer le dialogue, et que ça partait plutôt d'un bon sentiment, mais il m'avait rétorqué que la politesse pouvait aller se faire foutre, que si j'aimais la courtoisie je m'étais trompé de deux siècles et qu'en tout état de cause on ne fait pas de bonnes histoires avec des bons sentiments. « Je travaille dans le X », voilà ce qu'il avait trouvé comme réponse. Certaines filles pouffaient de rire, mais la plupart prenaient un air offusqué. En ce temps-là, ce genre de blague vous faisait passer illico pour le graveleux pénible ou le pervers de service, mais ça lui allait très bien car il estimait avoir gagné du temps en écartant d'emblée les mijaurées. Aujourd'hui, les mêmes trouveraient ça hyper cool. Il va falloir que j'appelle Olive pour lui apprendre qu'il s'est fait coiffer au poteau. « Et toi, tu fais quoi dans la vie ? – Des chiottes. » On tient un champion.

– Ils ont breveté plusieurs modèles, c'est une vraie révolution, surtout pour l'entretien, parce que le gros souci c'est l'entretien, je vais pas vous faire un dessin. Enfin, avant c'était un gros souci. Tu devrais leur expliquer comment ça marche, Seb.

– Enfin non, pas maintenant. Je vous expliquerai ça plus tard si vous voulez.

Dieu merci. Je vais pouvoir profiter de mes raviolis sans me dire que je suis peut-être en train d'avaler les rondelles du ténia que j'avais chopé en Inde lors de mon premier voyage là-bas. J'ai souri à Seb et refait les niveaux. Je sais pas si c'est moi ou si c'est normal mais je trouve que ce vin a un petit goût de vomi. C'est peut-être l'effet des amphores. Il y a des années de ça, on traînait souvent avec Olive dans un bar à vin de la rue Française tenu par un pote œnologue, où on buvait des coups avec un écrivain connu dont j'ai oublié le nom, un Belge aux tempes grisonnantes et au front dégarni qui avec ses lunettes carrées et son léger strabisme me faisait penser à Jean-Luc Godard. Iwan nous racontait que dans les jurys des concours auxquels il participait parfois les mecs passaient leur temps à faire les malins en trouvant les qualificatifs les plus abscons pour décrire les vins, de la mine de crayon à la sueur en passant par l'urine de souris, un goût de vomi n'étant pas forcément, dans leur bouche, un défaut rédhibitoire. Je me suis resservi pour vérifier. Aucun doute, il y a bien quelque chose. Je me demande ce qu'Iwan aurait dit de cette piquette. Il aurait plutôt dit picrate, le connaissant. Ou vinasse. Je me demande aussi comment fonctionne le yoga tantrique avec deux lingams ou deux yonis. C'est ça que j'aurais dû lui poser comme question, je suis con. L'énergie cosmique tournoie-t-elle de la même manière dans les chakras ? Les gays ont-ils droit aux orgasmes multiples et à la transe céleste ? C'est fou ce que Clara est différente de sa sœur. Si je les avais croisées côte à côte dans le métro, il ne me serait jamais venu à l'esprit qu'elles puissent être frangines. À bien y regarder, elle a la même forme de visage oblongue et les mêmes lèvres charnues qui me rendent dingue quand Aurore fait circuler mon lingam dans le chakra de sa bouche, mais pour le reste tout les oppose, comme si les gènes du Chili et de la Pologne avaient préféré se répartir la tâche plutôt que de la partager. Je n'ose pas trop me tourner vers elle pour vérifier mais il me semble bien avoir vu ses tétons pointer sous son petit pull rose.

– En fait elle m'a expliqué que j'avais peut-être l'utérus rétroversé ou latéroversé, je sais plus trop, enfin bref que j'avais l'utérus de travers et que c'était parfois une cause d'infertilité. Je lui ai demandé si ça pouvait se corriger et elle m'a dit oui, c'est super rapide, je peux m'en occuper de suite si t'es d'accord. Je lui ai dit Marion, bien sûr que je suis d'accord, on se connaît depuis le collège, c'est pas comme si on avait encore des choses à se cacher. Bon, je vous raconte ça mais il faut pas le répéter car normalement seuls les médecins ou les kinés ont le droit de faire cette manip. Donc elle m'a mise sur le dos, les genoux fléchis, elle a glissé deux doigts dans ma chatte et puis elle a appuyé hyper fort avec son autre main sur mon ventre et là, je vous jure que c'est vrai, j'ai senti mon utérus se contorsionner, puis se regonfler d'un coup, comme un ballon qu'elle aurait fait passer à travers un anneau. Non mais incroyable. Ça a pris même pas cinq secondes. J'avais l'impression que c'était bon mais elle m'a dit non, il est pas complètement en place, il faudrait que je passe par-derrière pour finir. Je lui ai dit ben vas-y, je t'en prie, au point où on en est, alors elle a changé son gant, remis du lubrifiant, et après une seconde manip j'ai bien senti que mon utérus avait trouvé sa place définitive. Elle m'a dit que selon elle dans deux mois max je serai enceinte. C'était il y a trois semaines donc on croise les doigts.

Dire que j'ai failli louper ça. La prochaine fois, j'éviterai de m'absenter si longtemps. Fabrice la regardait fixement, la bouche ouverte et les yeux encore plus globuleux que d'habitude. Ça me fascine, les gens qui n'ont aucune pudeur. En général, c'est plutôt la nuit qu'on observe ça, lorsque les dernières barrières tombent, après une bonne dose d'alcool ou de came. J'ai moi-même une certaine expérience dans ce domaine, mais c'est quand j'ai commencé à mixer aux portes de la dark room du Berghain que j'ai vraiment réalisé qu'en matière de sexualité l'indécence de l'espèce humaine ne connaît rigoureusement aucune limite. « *What has been seen cannot be unseen* » me répétait souvent Ben, qui a toujours eu beaucoup de mal avec les mœurs nocturnes des barbus berlinois en cuir. C'est bien un Anglais. Ils picolent et la ramènent beaucoup mais au fond ce sont de grands garçons un peu prudes.

Fabrice avait toujours la bouche ouverte, ça devenait gênant. Je suis intervenu :

– Marion… tu parles de Marion Granger, la fille de Martine et Jean-Pierre ?

– Tu la connais ?

– Ouais, je l'ai rencontrée cet hiver.

– Elle est géniale. J'ai bien essayé de changer d'ostéo quand je suis arrivée à Montpellier mais pas un ne lui arrive à la cheville. D'ailleurs, elle m'a parlé d'une sage-femme pas loin de chez nous qui pratique les accouchements à domicile mais je lui ai expliqué qu'après ce qui était arrivé à l'ex-femme de Seb on préférait que ça se passe à l'hôpital.

Isa s'est retournée vers Seb.

– Qu'est-ce qui s'est passé ?

– Rien de grave, heureusement, c'est juste que ma femme voulait absolument accoucher dans l'eau. Elle s'y était préparée avec une sage-femme qui était d'accord pour nous accompagner, et comme on n'avait pas de baignoire dans notre minuscule appart à deux pas de la Comédie, on avait acheté une petite piscine gonflable qu'on avait prévu d'installer dans le salon parce que la chambre était trop petite. Trois bonnes semaines avant le terme, elle a commencé à avoir des contractions. On a d'abord cru à une fausse alerte, mais quand on s'est rendu compte qu'elles se rapprochaient on a appelé la sage-femme et j'ai sorti la piscine du placard où on l'avait stockée, sauf qu'en la déballant j'ai réalisé que j'avais complètement oublié d'acheter une pompe. Là, je dois dire que ça a été un peu la panique car on n'avait plus vraiment le choix : soit il fallait faire sans, soit on filait à l'hôpital. Elle n'a rien voulu entendre. Elle m'a dit : « Seb, t'avais qu'un truc à faire c'était acheter une piscine et une pompe alors maintenant tu te démerdes. Pas question que j'aille à l'hosto, je me suis préparée pour accoucher dans l'eau, ce gamin va naître dans l'eau. » Elle a dit ça en serrant les dents, entre deux contractions, alors j'ai pris la piscine sous le bras et j'ai couru jusqu'à notre voiture garée dans une rue voisine sous des trombes d'eau glacée, parce que j'ai oublié de vous dire qu'on était au mois de décembre et qu'il était vingt-deux heures trente. J'ai roulé aussi vite que j'ai pu jusqu'à la station-service la plus proche où j'ai trouvé un gonfleur, sauf qu'une fois gonflée j'ai réalisé qu'elle était beaucoup plus grande que ce que je pensais et qu'il n'y avait pas moyen de la faire tenir dans le coffre. Donc j'ai abandonné la voiture et je suis rentré en courant sous le déluge avec la piscine renversée au-dessus de ma tête. Au pied des escaliers j'ai eu à nouveau un gros coup de stress parce que j'ai cru que je n'arriverais jamais à la manœuvrer jusqu'au quatrième. Quand j'ai poussé la porte, la sage-femme était déjà là et tentait de calmer ma femme avec des exercices de respiration alors qu'en fait c'était surtout elle qui cherchait à se détendre. Elle nous avait beaucoup rassurés, pendant les séances de préparation à l'accouchement, en nous expliquant que pour un premier enfant c'était souvent assez long, mais là elle ne semblait plus très sûre d'elle parce que ça allait visiblement beaucoup plus vite que d'habitude. J'ai juste eu le temps de poser la piscine et de la remplir en faisant des allers-retours avec des seaux entre la salle de bains et le salon et notre petit garçon est né. C'était moins une. Voilà pourquoi on s'est dit après ça que si on en faisait un second on le ferait à l'hôpital, mais il n'y en a pas eu d'autre parce qu'elle m'a plaqué deux ans plus tard.

J'ai regardé Seb, puis j'ai tourné la tête vers Clara, et soudain tout est devenu parfaitement clair, comme une révélation. Ces deux-là s'étaient trouvés. Ils allaient vivre heureux, entourés de leur future marmaille.

La suite est assez confuse car le temps que je termine la bouteille au goût de vomi, que la serveuse vienne prendre la commande des desserts et que je replonge dans la carte des vins afin d'y trouver une petite dernière pour la route – il y avait un « vin de copains » à la carte, c'est la nouvelle dénomination des piquettes d'entrée de gamme, après ce qu'on avait avalé ça ferait bien l'affaire –, Aurore, qui était restée silencieuse mais tendue comme un string, s'est lancée dans une longue tirade où il était question de l'acidification des océans, de mers de plastique, de l'effondrement de la biomasse, des rejets massifs de méthane liés à la fonte accélérée du permafrost en Sibérie, des migrations climatiques déclenchées par l'inexorable montée des eaux, les sécheresses chroniques et les incendies à l'échelle de continents entiers, de guerres déjà en germe pour le contrôle des ressources alimentaires et énergétiques et de processus systémiques engendrant par effet de cliquet un point de non-retour dans la disparition à court terme de l'espèce humaine : « Sérieusement, vous trouvez pas que donner naissance à des gamins dans ce monde-là c'est leur faire un cadeau empoisonné ? Pendant des générations les gens ont vécu avec l'idée que leurs enfants vivraient mieux qu'eux. Nous, on a accepté l'idée que ce sera le contraire. C'est déjà pas glorieux, mais pour ceux qui naissent aujourd'hui c'est bien pire : ils ne seront même pas certains de pouvoir vivre vieux. Vous croyez vraiment qu'à vingt ou trente ans ils vous remercieront quand il fera aussi chaud ici qu'en Libye et qu'on vivra dans des régimes qui seront redevenus des dictatures parce que les grandes multinationales n'auront plus que ça pour maintenir l'ordre dans des pays exsangues ? C'est déjà en train de se produire, vous ne voyez pas ? Les grandes firmes brevettent le vivant, privatisent tout ce qu'elles peuvent pour se garantir le contrôle des marchés de demain et leurs patrons rachètent des dizaines de milliers d'hectares de terres et de forêts en Suède et en Norvège parce qu'ils savent que ce seront bientôt les seuls endroits vivables sur cette planète. Pourquoi vous croyez qu'ils font ça ? Parce qu'ils aiment les balades en chiens de traîneau ? Merde quoi ! Qui a envie d'offrir cet avenir à un enfant aujourd'hui ? »

« Au moins on pourra planter des bougainvilliers », a tenté Fabrice pour détendre l'atmosphère mais il s'est aussitôt ravisé lorsqu'il a croisé le regard furieux d'Aurore.

Elle a raison, je le sais bien, même si je n'aurais sans doute pas formulé les choses de cette manière. Les lendemains ne chantent plus trop depuis quelque temps. La différence entre elle et moi, c'est qu'elle trouve encore l'énergie de se battre pour sauver ce qui peut l'être, alors que de mon côté je continue globalement de me contrefoutre de l'avenir de l'humanité, malgré les efforts que j'ai déployés récemment pour me convaincre que cela me concerne.

Cela dit, j'ai quand même eu de la peine en voyant Clara retenir ses larmes. Étrangement, je me sentais responsable de son malaise, alors j'ai posé une main sur son bras. Sébastien m'a adressé un sourire pour me remercier de cette attention et je les ai trouvés beaux, elle et lui, fragiles comme deux objets délicats perchés en haut d'une étagère lorsque la terre tremble. Olive, qui cultive un goût pour le sarcasme, me citait souvent l'aphorisme d'un vieil Allemand du nom de Lichtenberg qui dit à peu près : « Il y a des gens qui peuvent croire tout ce qu'ils veulent, ce sont d'heureuses créatures. » Ça l'amusait beaucoup mais je ne voyais pas vraiment, à l'époque, ce qu'il y avait de drôle. Avec le recul, je ne sais toujours pas s'il faut en rire ou en pleurer. Regarder les choses en face quotidiennement est une épreuve à laquelle peu d'individus sont capables de survivre. Ceux qui ne se posent pas de questions se portent beaucoup mieux, c'est une certitude, mais je me demande si on peut vivre longtemps dans son petit aquarium, à l'abri des courants de la haute mer, sans éprouver à un moment ou à un autre une crise panique de claustrophobie. C'est l'histoire tristement banale du type qui pète un boulard à cinquante ou soixante balais et envoie tout valser pour une jeunette délurée dont il tombe fou amoureux avant qu'elle ne le plante un mois plus tard, ou de cette femme qui réalise soudain, après trois gosses et un mari qui ne la regarde plus, qu'elle est passée à côté de sa vie et qui compte bien désormais se retrouver et prendre enfin soin d'elle en s'inscrivant à un atelier de scrapbooking. Je suis désolé mais j'ai du mal à avoir de la compassion pour eux. C'est avant qu'il fallait être moins con.

Ce tord-boyaux me donne le bourdon, littéralement. C'est pas censé préserver du mal de crâne, le vin naturel ? J'ai été plutôt tranquille ces derniers temps côté acouphènes mais là ça repart comme en quarante. Je sais pas si c'est ce vin de potes, le jus de raisin vinaigré élevé en amphores ou encore celui d'avant mais ça monte aussi sûrement qu'un gros parachute de MDMA. Un vrai moteur d'avion au décollage, sourd à bas régime et perché dans les aigus tel un essaim d'abeilles quand le commandant relâche les freins et envoie la purée.

Bon Dieu de merde. Ce ne sont plus seulement mes tympans qui sifflent. C'est ma boîte crânienne elle-même qui vibre, comme si on avait écrasé ma tête sur un rail à l'approche d'un train. Je la sens, la rythmique syncopée du passage des wagons, il arrive, le convoi. Il sera bientôt sur moi.

Quoi, Juan ? Deux secondes ! Vous voyez pas que ma tête est sur le point… Oh putain, ça monte encore. Saloperie, je ne vais jamais tenir. Je crois que j'ai pas pris mes cachetons en plus, quel abruti, c'est pas possible d'être aussi con.

Juan ! Qu'est-ce qu'il y a, bon sang ? Desserrez cet étau s'il vous plaît, faut que ça s'arrête, maintenant. Il y a bien un levier qui contrôle cet aiguillage ! Je vais quand même pas finir la tête écrabouillée sur ce métal glacé !

– Oh Juan ! Juan ! T'entends pas ton téléphone vibrer ?

J'ai décrispé mes mâchoires, mes pommettes et mes paupières et rouvert péniblement les yeux. J'ai vu Aurore en face de moi qui fronçait les sourcils, inquiète ou énervée, ce n'était pas bien clair, puis j'ai baissé la tête, encore hagard, vers l'écran de mon téléphone où le nom d'Ana s'était affiché, et je me suis levé d'un bond.

– Excusez-moi, il faut que je prenne cet appel.

– Il est parti, Juan. Ça va faire bientôt deux semaines. Deux semaines. Et je n'ai toujours aucune nouvelle. On s'est levés, j'ai donné son biberon à Sascha, et après le petit déjeuner il a pris son sac de golf, comme d'habitude. Il n'a pas fait une valise comme s'il partait en voyage, tu comprends ? Dans la matinée il m'a laissé un message pour me dire qu'il devait accompagner un client. Il ne m'a même pas dit où, ni combien de temps. J'ai essayé de le rappeler, je suis tombée sur son répondeur, je me suis dit qu'il devait être dans l'avion, qu'il m'appellerait en arrivant. C'était lundi de la semaine dernière, Juan. J'ai appelé des centaines de fois. Je peux même plus laisser de messages, sa boîte est pleine maintenant. Mercredi j'en pouvais plus j'ai fini par appeler son club à Saint-Cloud. Ils m'ont juste dit qu'il était aux États-Unis, merde, il aurait au moins pu me dire ça, tu crois pas ? Je leur ai demandé de lui dire de me rappeler dès que possible. Je sais même pas s'ils l'ont fait, j'imagine que oui mais je suis même pas sûre. Vendredi dernier j'ai rappelé, je suis tombée sur une standardiste qui m'a dit qu'ils avaient fait passer le message et qu'il n'y avait pas de raison de s'inquiéter. Non mais quelle conne ! Pas de raison de s'inquiéter ! Tu le crois, ça ? C'est qui cette pouf pour me dire que je n'ai pas de raison de m'inquiéter ? En plus ça avait l'air de l'énerver que je rappelle comme ça, comme si je la harcelais. J'ai appelé son frère qui vit en Californie, je sais même pas pourquoi j'ai fait ça, ils ne se sont pas vus depuis des années, il n'avait aucune nouvelle de lui. J'ai essayé de me raisonner, j'ai essayé de pas paniquer, je te jure que j'ai essayé, je voulais t'appeler et puis je me disais calme-toi, il n'y a rien de grave, c'est pas la première fois qu'il doit partir comme ça, en urgence, mais ça m'a rendue dingue de pas pouvoir lui parler. J'ai passé des journées à rallumer mon téléphone toutes les deux minutes pour vérifier que j'avais pas loupé un appel ou un message. La nuit dernière j'ai dormi deux heures. J'ai réussi à fermer l'œil vers quatre heures et la petite m'a réveillée à six. Elle était pas en train de gémir ou de pleurer, Juan, elle hurlait. Elle hurlait à la mort, je te jure, c'était horrible. Elle a compris. Elle a compris qu'il y a quelque chose qui ne va pas. Tu crois que c'est possible ? Qu'elle ait une sorte de sixième sens ? Hier, j'arrivais pas à la calmer, ça faisait des jours qu'elle pleurait sans arrêt, j'en pouvais plus, j'ai eu envie de la passer par la fenêtre. Juan ! J'ai eu envie de la passer par la fenêtre ! Non mais qu'est-ce qui m'arrive ? Je suis en train de perdre la tête. Je sais qu'il faut que je me calme mais comment veux-tu que je me calme, je ne sais même pas s'il va bien, il lui est peut-être arrivé quelque chose. Tu crois qu'il a pu lui arriver quelque chose ? S'il lui était arrivé quelque chose ils le sauraient, son club, ils m'appelleraient, tu crois pas ? Hier j'ai vu Camille, tu sais ma copine Camille, elle est venue à la maison, elle a essayé de me rassurer, elle m'a dit de laisser passer le week-end et de les rappeler lundi matin. Elle m'a dit qu'il y a deux ans son oncle a disparu du jour au lendemain. Sa tante et ses cousins se sont fait un sang d'encre mais la police a fini par le retrouver complètement égaré au bord de l'autoroute à soixante-dix bornes de chez eux en Normandie, il ne savait plus où il était, et depuis il est dans un centre spécialisé pour les malades d'Alzheimer, il ne reconnaît plus personne. Je comprends pas pourquoi elle m'a raconté ça, c'est débile, ça n'a rien à voir. Et puis tu me vois aller chez les flics pour signaler sa disparition ? Qu'est-ce que tu veux qu'ils me disent ? Qu'il est parti pour le boulot à l'étranger, qu'il n'a pas donné de nouvelles depuis deux semaines et que ce n'est pas très gentil ? Juan, je flippe, je te jure, j'ai peur de ne pas y arriver. Comment je vais faire avec Sascha s'il lui est arrivé quelque chose ? Je devrais pas me dire ça, Camille me dit qu'il ne faut pas que je pense à ça, mais je peux pas m'en empêcher, tu comprends ?

J'ai pris une longue inspiration, debout au milieu de la terrasse déserte. On ne sait jamais quoi dire à quelqu'un qui souffre. On est juste là à hésiter entre plusieurs options alors qu'on sait très bien qu'elles sont toutes mauvaises. Cette histoire puait à des centaines de kilomètres. Elle puait depuis toujours. Elle était la seule à ne pas le sentir.

– Ne t'inquiète pas, Ana, ça va aller.

– Mais pourquoi il fait ça ? Toi qui es un mec, tu peux comprendre pourquoi il fait ça ? Pourquoi il se barre comme ça ? Ça lui aurait coûté quoi de prendre deux minutes pour m'appeler ? Je peux comprendre qu'il y ait des urgences, mais là c'est différent maintenant, il y a la petite. Ça allait plutôt bien, en plus, ces derniers temps, même si Sascha a été souvent malade. Cet hiver, j'ai pas arrêté de l'emmener chez le pédiatre. Il m'a dit que c'était normal qu'elle attrape des microbes ou des virus pendant les premiers mois, que c'est comme ça que les enfants se font leurs défenses immunitaires, mais ça m'a stressée. Peut-être que je me suis trop inquiétée, peut-être que j'ai trop voulu la protéger et qu'il n'y avait plus de place pour lui. J'aurais dû le laisser s'occuper d'elle davantage. Et puis ces derniers temps il rentrait tard du boulot, elle était souvent déjà couchée, il la voyait à peine, mais bon, ça nous est déjà arrivé d'être débordés comme ça, on sait bien que ce n'est qu'un moment difficile à traverser, que c'est passager, tu vois ?

– Arrête Ana, c'est pas de ta faute, t'as rien à te reprocher.

Comment lui dire qu'elle ne mérite pas ça ? Qu'elle mérite mieux, qu'elles deux méritent mieux que ce connard ? Ça me brûle les lèvres mais je sais que c'est la dernière chose à faire. Elle se raccroche à l'idée qu'il va revenir, comme chaque fois. Elle se raccroche à cette idée parce que c'est la seule chose qui lui permet de ne pas s'effondrer complètement. Ça m'a aussi brûlé les lèvres de lui demander s'il pouvait y avoir une autre histoire derrière tout ça mais c'était inutile. Qu'est-ce que cela aurait changé ?

– Tu devrais venir quelques jours ici avec elle te reposer un peu, ça te ferait du bien.

– C'est gentil mais j'ai un boulot de dingue. Et même si j'en peux plus de rester ici à l'attendre, je crois que ce serait encore pire si je m'éloignais.

– Je peux venir m'occuper de Sascha, si ça peut t'aider.

– T'es un amour, mais j'ai déjà demandé à Camille de voir avec sa nounou si elle peut la prendre la semaine prochaine.

J'ai rappelé plusieurs fois Ana dans les jours qui ont suivi. Elle avait pu confier la petite et se replonger dans son boulot comme d'autres se noient dans l'alcool, pour oublier. Elle n'avait toujours pas de nouvelles, alors on a discuté de tout et de rien. Je lui ai parlé de l'arrivée de l'été, des premières grosses chaleurs, des apéros-traquenards chez Ouioui et des barbecues chez les colibris et les Granger, des premiers canoës sur la rivière et du plaisir de sillonner la campagne dans la Méhari décapotée. J'ai évoqué mon projet de livre, une idée qu'elle a trouvée formidable, même s'il s'agissait en réalité d'un projet mort-né, car je n'avais pas avancé d'un pouce depuis des mois. Puis je lui ai parlé de mon anniversaire, de tous ceux qui avaient déjà booké leurs billets pour venir, Olive, sa femme et leurs deux mômes, Ben et Dora que j'étais impatient de rencontrer, Julian qui m'a juré qu'il se libérerait, Laurent qui a aussitôt proposé de mixer et m'a tenu la jambe trois plombes au sujet des dernières raretés qu'il avait dénichées, et une flopée de potes de Londres, Paris et Berlin, qui allaient découvrir la bande des locaux avec qui je passe désormais mes soirées. Je lui ai bien sûr proposé de venir, mais je savais qu'elle refuserait car ce n'était ni le bon moment ni les bonnes personnes pour s'échapper avec une enfant de six mois, alors j'ai renouvelé ma proposition de l'accueillir ici quand elle en aurait l'envie.

– Et au fait, tu m'as même pas dit si tu t'étais dégoté une nana dans ton coin ?

Elle m'a demandé ça sur le petit ton amusé qu'elle prend pour me charrier. Ça m'a un peu saisi parce que je me suis rendu compte que j'avais réussi à lui parler d'à peu près tout, sauf de ce que je faisais avec Aurore depuis cet hiver.

– Ben quoi, vas-y raconte ! Tu t'es trouvé une meuf je suis sûre.

J'ai soupiré.

– Elle s'appelle Aurore. On s'est rencontrés il y a quelques mois.

– Mais non. Pourquoi tu m'as rien dit ?

– Je sais pas trop ce qu'il y a à raconter. Elle est originaire d'ici mais elle a beaucoup voyagé. J'ai appris par ses parents qu'elle avait un arrière-grand-père proche d'Allende et un autre espion pour les services secrets britanniques, tu vois le genre de famille.

– T'as déjà rencontré ses parents ? C'est sérieux cette histoire entre vous, alors ?

– Je suis pas sûr.

À vrai dire, je n'étais plus sûr de rien depuis que son appel m'avait sauvé in extremis du convoi lancé à pleine allure sur mon crâne, une fraction de seconde avant que je retapisse les murs de ce restau de merde avec des bouts de ma cervelle. Je l'avais écoutée et, blotti dans le souffle rocailleux de sa voix, j'avais senti la chaleur de son corps et sa poitrine se soulever par saccades, comme pour retenir ses larmes. Ce soir-là, je suis resté un bon moment dehors, anesthésié, seul au milieu de la terrasse déserte plongée dans la pénombre, insensible à la fraîcheur de cette nuit de mai et au parfum sucré des rosiers, vide dans un espace vide, ni ici dans ce patelin paumé dans la pinède, ni chez elle dans son appartement perché sous les toits. Ce soir-là, j'ai regardé par les fenêtres à petits carreaux les colibris, les deux ravis de la crèche et Aurore, en pleine discussion, et je me suis dit que je n'avais rien à faire là.

Quand j'ai repris ma place, Aurore m'a interrogé du regard. J'ai lu sur ses lèvres : « Ça va, Juan ? » et j'ai simplement plissé les yeux pour lui répondre. J'ai passé la fin de repas calé dans ma chaise, mutique et absent, totalement imperméable aux explications de Seb détaillant le fonctionnement de ses chiottes ou à l'esclandre provoqué par Fabrice lorsque la serveuse lui a tendu l'addition. Les colibris nous ont déposés à la maison où je me suis servi un whisky en observant Aurore, déjà entièrement nue. Je l'ai laissée déboutonner mon fute et me grimper dessus, mais je n'ai pas pu m'empêcher de me dire que la chevauchée qui suivit ressemblait davantage à une balade pépère en poney qu'à une cavalcade sauvage dans les steppes islandaises.

Ana m'a rappelé une dizaine de jours plus tard. Une standardiste du golf de Saint-Cloud venait de lui répondre sèchement : « M. Vincent Jones ne travaille plus ici, madame. » Elle avait fondu en larmes et essayé de soutirer quelques informations à cette pauvre fille qui n'avait rien à lui dire de plus, sinon qu'il avait démissionné. En l'entendant pleurer je me suis demandé ce qu'elle avait fait pour mériter ça, alors que je bouillais de ne pouvoir la serrer dans mes bras. Je lui ai proposé de venir la rejoindre à Paris mais elle a refusé : « Tu fêtes tes quarante ans à la fin de la semaine, Juan. Profites-en et ne t'inquiète pas pour moi, ça va aller, on aura le temps de se voir plus tard. »

Ben est arrivé avec Dora le vendredi en fin d'après-midi. J'ai eu l'impression qu'il s'était écoulé une décennie depuis notre dernier périple ensemble. Je l'ai trouvé reposé, en forme et étonnamment bronzé, lui qui a toujours eu ce teint rose pâle caractéristique des Anglais. Il n'a eu aucun mal à retrouver du boulot à Ibiza. Elle l'a présenté à sa bande d'amis et il a été engagé presque aussitôt dans un bar de la côte ouest. Dora correspond exactement au portrait qu'il m'a fait d'elle. Elle est sortie de la voiture perchée sur des talons hauts, a tombé ses lunettes de soleil qui lui recouvraient la moitié du visage et secoué sa crinière rousse comme le font au ralenti les mannequins des pubs pour les shampooings. Pieds nus, elle doit encore faire au moins une demi-tête de plus que lui, qui n'est pourtant pas petit. Le soir même je les ai emmenés chez Ouioui où quelques minutes ont suffi pour qu'ils se fondent dans le décor. Je ne sais pas vraiment comment les Anglais ont fait pour conquérir le monde et imposer leur langue et leur culture à l'échelle planétaire mais je suppose que leur capacité à se sentir chez eux dans n'importe quel bar, dans n'importe quel pays, à n'importe quelle heure du jour ou de la nuit, dès lors qu'on les accoude au comptoir et qu'on leur glisse une bière dans la main, y est pour quelque chose. « Je paye le tournée maintenant ! » n'a pas tardé à hurler Ben en claquant un billet de cent balles sur le bar, un réflexe typique d'Ibiza, tandis que Dora basculait la pinte qu'on venait tout juste de lui servir. C'est bien une Anglaise, elle aussi. Elle a ce petit côté déjanté qui fait qu'on ne sait jamais à quoi s'attendre – dans les faits l'expérience montre que c'est souvent au pire – et cette délicieuse vulgarité qui contamine même les plus belles filles de l'île.

On s'en est enfilé sept ou huit à ce rythme, dans l'atmosphère moite du bar surchauffé par les frigos, les feux des crêpières et le four à pizza de la cuisine mitoyenne, avant de se poser en terrasse, sous les mûriers, dans un air à peine moins chaud. On a dévoré nos pizzas pendant que Ben me donnait des nouvelles des uns et des autres.

– Tu sais si Julian venir pour le fête ? Je vu lui deux semaines avant, je crois il a dit il venira mais je sais pas, il était une peu *confused*.

– Oui. Enfin, c'est ce qu'il m'a dit la dernière fois que je l'ai eu.

J'ai sorti le téléphone de ma poche pour lui envoyer un message. C'est bizarre de pas avoir de ses nouvelles, je l'imagine mal se pointer ici à la dernière minute sans passer quelques coups de fil à ses proches. Ils ont tous confirmé ces derniers jours, sauf lui. Je sais à quel point c'est difficile de garder la tête hors de l'eau lorsqu'on est pris dans la grande lessiveuse. Tout paraît si loin.

On a terminé la soirée à la maison sans excès particulier et relativement tôt, une première avec Ben. Aurore, qui avait dîné chez ses parents, nous a rejoints en fin de soirée. J'ai donné à Ben et Dora une des chambres à l'étage avec un lit posé à même le sol sous une grande moustiquaire, un fauteuil en osier et une lampe sur pied orange rescapée des années soixante-dix, un décor qui ne les dépayserait pas trop de l'ambiance bohème des maisons d'Ibiza.

Mon téléphone a retenti en pleine nuit alors que je me trouvais en compagnie de deux créatures à la plastique parfaite et au regard sombre, affalées dans un sofa rouge sang, dont les corps nus et enlacés formaient une sculpture faite de coudes, de seins et de cuisses.

– Julian ?

– Ouais Juan ! C'est moi ! Je viens de lire ton message, c'est dingue ce qui m'arrive je te jure, je pensais venir tu vois, je pensais vraiment venir, j'étais en route, enfin j'étais dans l'avion, et je me suis dit mais c'est son anniversaire, c'est l'anniv de Juan ! Quarante piges, mon vieux ! Sans déconner, quarante ! C'est dingue, non ? Tu te souviens du Rex ? C'était trop bon. Putain que c'était bon. Tu sais que j'ai joué certains de tes morceaux ce soir ? Mais ouais, je les ai joués. De la bombe, mec. Une tuerie. Ça a tout démonté, c'était fou, ils... c'était où d'ailleurs... c'était où... c'était... Bon enfin c'est pas grave parce que tu vois je me souviens de tout, c'est incroyable, je m'en souviens mais alors vraiment, je vois tout hyper précisément, comme des livres sur une étagère, t'en prends un, tu l'ouvres, tu lis et hop, tu y es. Non mais tu y es vraiment, mec, tu comprends ? Et ton speech au mariage, poc poc poc poc ! T'étais pâle comme un cul mec, et Audrey, oh putain, j'ai vraiment cru qu'elle allait t'étrangler. Poc poc poc poc, mais t'es toujours là ! T'es toujours vivant ! *Happy birthday* amigo ! Donc tu vois j'étais là dans l'avion, et je me suis dit ça y est, je vais aller voir mon pote Juan pour son anniv, voilà, c'est ça que je me suis dit, on va faire la fête ensemble, ça va être énorme, et puis quelqu'un est venu me chercher, un type est venu me, non c'était une meuf, oui voilà une meuf est venue me chercher et m'a proposé d'aller dans une soirée donc là on y va, je suis dans un tacos, on y va voilà, ça va être dingue, je sais pas trop où on va je crois que c'est chez une meuf, et j'ai emporté tes disques mec ! Je vais les jouer pour ton anniv, tu vois c'est mon cadeau ce soir, je vais jouer ta musique. Si je la joue assez fort peut-être que tu pourras l'entendre ! Quoi ? Attends deux secondes, Juan. Mais ouais bien sûr vas-y file. Bon Juan je te rappelle, joyeux anniv mec !

Je suis resté un moment à regarder la lumière de mon téléphone. Il y a encore quelques mois, cela m'aurait fait marrer.

– C'était qui ?

Aurore s'est blottie dans le creux de mon bras.

– C'était mon pote Julian. Tout va bien, rendors-toi.

J'ai eu tellement de mal à retrouver le sommeil que j'ai fini par me relever et ouvrir en grand la fenêtre pour tenter de rafraîchir l'atmosphère étouffante de la chambre. Accoudé au rebord, j'ai contemplé longtemps le scintillement de la lune à la surface de l'eau en respirant l'air humide qui remontait des gorges. Elle sera pleine sans doute demain ou après-demain, mais on peut déjà observer de part et d'autre de la rivière, presque aussi nettement qu'en plein jour, les plis et les strates dans le calcaire des falaises. Les soirs de pleine lune, leur gris prend une teinte bleutée qui rappelle les nuits américaines des films des années soixante. Fabrice m'a expliqué que ce paysage se trouvait sous l'eau, à environ soixante-dix mètres de profondeur, il y a des centaines de milliers d'années, peut-être des millions, et qu'il y avait par ici une extraordinaire vie aquatique où pullulaient les poissons préhistoriques, ceux qui hésitaient encore à poursuivre leur évolution dans l'eau ou dans l'air, des mollusques aussi grands que des pneus de bagnole, des crocodiles et des serpents longs comme des bus, et une multitude de crustacés et d'organismes étranges qui baignaient dans une grande soupe de plancton. Puis le détroit de Gibraltar s'est refermé, provoquant l'assèchement progressif de la Méditerranée et l'inexorable ruissellement des eaux qui a creusé ces gorges et laissé, en lieu et place de cette vie luxuriante, un gigantesque tombeau de calcaire, une vie sédimentée, figée pour l'éternité. Tout est si calme, ici. Le clapotis lointain des rapides n'est ponctué que par le coassement des crapauds et les cris de quelques oiseaux de nuit. Eux aussi disparaîtront bientôt. Tout le monde s'accorde à dire que c'est désormais inévitable.

Olive, sa femme Émilie et leurs deux gamins sont arrivés le lendemain en début de matinée sous une chaleur encore plus écrasante que la veille. Je les ai installés dans une petite maison que les Granger louent de temps à autre durant la saison estivale et dont la terrasse offre une vue imprenable sur leur vignoble et, au loin, sur le massif du Tanargue. Connaissant le peu de goût d'Olive et de sa femme pour les fêtes interminables, ils y seraient bien mieux qu'à la maison. Martine emmena Émilie visiter le domaine pendant que j'embarquais Olive et les enfants pour une virée au supermarché en Méhari.

Sur la route, il m'a rebranché sur mon projet de livre et j'ai bien été obligé de lui dire la vérité. Je n'avais pas écrit une ligne. Je n'y avais même pas consacré une heure. J'ai tenté de me justifier en lui expliquant qu'on avait passé l'hiver et le printemps à fomenter la révolution et organiser la riposte contre les industries les plus puissantes de la planète, mais il m'a pris de haut :

– Arrête tes conneries, pas avec moi. Tu te prends trop la tête. C'est un premier livre, parle de ce que tu connais. Après tu pourras écrire ce que tu voudras, ce sera beaucoup plus facile.

J'ai observé dans le rétro ses deux gamins dont les mains surfaient dans les courants d'air.

– Qu'est-ce que tu proposes ?

– Je connais un type super, un journaliste. Tu le fais venir ici, deux trois jours à chaque fois. Vous allez papoter un peu, histoire de faire connaissance, et si le courant passe bien il te proposera une méthode de travail et un calendrier. Il va te poser des questions et t'enregistrer, et peu à peu les choses se mettront en place. C'est pas plus compliqué que ça.

J'ai regardé le paysage défiler, une main sur le volant, l'autre tapotant la tôle ondulée de la portière.

– Bon OK Olive, appelle ton gus.

On s'est garés sur le parking du supermarché et on a pris deux chariots, un pour chaque gamin. J'ai salué Sven, à l'accueil, qui m'a répondu d'un geste de la main et on a traversé au pas de course le magasin trop climatisé. Le premier fut vite rempli de bidoche pour le barbecue du soir, de légumes à faire à la plancha, de fromages et de fruits pour le dessert, et le second de bières et d'alcools. Martin, le plus jeune des deux garçons, dont la tête dépassait à peine du Caddie désormais plus lourd que lui, me jeta un regard perplexe.

– Tu vas boire tout ça, Juan ?

– Mais certainement !

J'ai cherché du regard la petite brune malentendante avant de me rabattre sur une collègue à elle, très sympa mais beaucoup moins jolie.

– Eh bien, ça va être la fête à ce que je vois !

– N'est-ce pas ?

– Vous avez la carte du magasin ?

– Mais bien sûr.

J'ai aidé les gamins à charger les sacs dans les chariots et on est vite allés se réchauffer sous le soleil qui consumait le parking. Au retour, on a fait un stop chez les Granger à qui j'ai acheté une demi-douzaine de cartons de pinard, puis on a filé à la maison. À peine arrivés, les gamins se précipitèrent dans le jardin où Martin tomba nez à nez avec Dora qui se relevait d'un transat. Sans qu'il ait eu le temps de réaliser ce qui lui arrivait, il se retrouva la tête enfouie dans sa volumineuse poitrine alors qu'elle lui prodiguait un *hug* typiquement britannique.

– *You're so cute !*

Martin se retourna vers moi en quête d'une traduction mais je me suis contenté de tendre mes deux pouces dans sa direction. Qu'il en profite tant qu'il est encore temps. D'ici quelques années il devra déployer une énergie considérable et des trésors d'imagination pour arriver au même résultat.

On a déjeuné sur la terrasse, au son des cigales. Laurent et sa femme Corinne, qui avaient pris la route aux aurores, nous ont rejoints pour le café. Fidèle à lui-même, il avait voyagé léger : une petite valise de fringues pour eux deux et huit caisses de vinyles, quatre alignées comme des gosses sur la banquette arrière, et les quatre suivantes dans le coffre. Les autres sont arrivés au fil de l'après-midi. Hans et Markus, un couple de

Berlinois que je connais depuis plus de vingt ans, des habitués de la dark room du Berghain, du Kitkatclub, et de deux ou trois autres endroits déconseillés aux âmes sensibles, débarquèrent peu après avec un troisième gars nommé Stephan dont je n'ai pas réussi à savoir s'il s'agissait juste d'un ami ou s'ils composaient désormais un trio. Mon vieux pote Sylvain, dingue de studio, véritable orfèvre du son et par ailleurs excellent gestionnaire, nous retrouva dans la foulée. C'est lui qui s'est occupé du mastering de mes premiers morceaux et qui a repris les rênes de mon label quand j'ai compris que je courais au désastre. Il avait fait la route depuis Paris avec sa meuf Laura – enfin sa meuf, c'est une longue histoire, ces deux-là se chauffent depuis leurs années de fac à Rouen et je n'ai à vrai dire jamais compris comment ils ont fait pour rester à la fois ensemble et séparés si longtemps – et avait embarqué Lise et Eva, deux ex avec qui je suis sorti quelques semaines, pas simultanément, à mon grand regret, car j'ai toujours imaginé que la grande bouche de la première aurait merveilleusement épousé la chatte épilée et charnue de la seconde, ce qui ne m'a pas empêché de rester en très bon termes avec elles. Greg, Punam, Tinka, que j'ai connus à la grande époque des afters chez Ben, arrivèrent de Londres encore un peu plus tard avec un couple d'amis à eux que je ne connaissais pas. J'ai installé tout ce petit monde dans les innombrables chambres de la maison, ouvert le studio à Sylvain en réalisant aussitôt que je n'arriverais jamais à l'en faire ressortir, et on a naturellement trinqué et retrinqué au fil de ces retrouvailles. Laurent, c'était prévisible, n'a pas perdu une minute pour installer la sono. À coup sûr, il n'avait pensé qu'à ça durant tout le trajet et fait semblant d'écouter ce que lui racontait Corinne. Installé dans un coin de la terrasse, à l'ombre de la pergola, il a passé une bonne partie de l'après-midi à me faire des signes en hurlant par-dessus la musique et le concert assourdissant des cigales : « Écoute ça Juan ! J'ai pécho ça à

Bucarest ! », ou Tokyo, ou Johannesburg, et je dois admettre que ça m'a fait du bien d'entendre enfin de la bonne musique dans ce coin qui, malgré toutes les qualités que je lui trouve aujourd'hui, demeure de ce point de vue une catastrophe absolue.

On était donc déjà bien chauds à dix-huit heures quand on s'est aperçus qu'on avait quasiment liquidé le stock de bières. Olive s'est dévoué pour aller refaire le plein avec ses deux gamins, surexcités à l'idée de remonter dans la Méhari. J'ai sorti une des dernières canettes de la vieille baignoire trouvée au fond du jardin que j'avais remplie à ras bord des glaçons livrés par Ouioui le matin même, et je l'ai machinalement collée à mon front avant de la décapsuler. Il fait une chaleur à crever, ma chemise est détrempée, l'air est moite comme s'il allait pleuvoir, mais qu'est-ce que c'est bon. Il faut avoir terminé quelques nuits à onze heures du matin à l'Amnesia, dans la grande salle surchauffée et inondée de lumière, devant une foule qui a rechaussé ses lunettes de soleil, à peine plus fatiguée que la veille au soir et prête à en découdre encore deux ou trois heures supplémentaires, pour comprendre ce dont il est question, ce moment où l'on perd ses repères, où les dernières barrières tombent et où personne ne se pose plus la question de savoir de quoi il a l'air car il ne reste que des corps vibrant à l'unisson, au rythme de la musique.

Le klaxon de la Méhari a retenti et j'ai aussitôt vu débouler Martin et Lucas.

– Juan ! Juan ! Viens voir ! On t'a acheté un cadeau pour ton anniversaire !

Ils m'ont pris par la main et m'ont tiré en courant jusqu'à la cour d'entrée où Olive, dans une pose théâtrale, tendait les bras vers l'énorme carton posé à l'arrière de la voiture. Les deux gamins sautaient sur place.

– Une piscine ! Juan ! On t'a acheté une piscine pour ton anniversaire !

Une piscine, c'est pas con, voilà ce qui manquait dans cette baraque ! Je me suis agenouillé et je les ai pris dans mes bras.

– Merci mes petits poulets, ça c'est un cadeau d'anniversaire ! Vous savez quoi ? On va l'installer pas plus tard que tout de suite.

J'ai embrassé Olive, chopé un gonfleur et un tuyau d'arrosage dans le garage et on s'est dirigés vers le jardin où on a déballé la piscine dans l'herbe, sous le grand olivier. J'ai laissé les gamins surveiller le remplissage et je suis allé faire la bise aux colibris qui venaient d'arriver avec Martine et Jipé. J'ai été fier de présenter mes nouveaux amis à cette bande de potes avec qui j'ai traîné pendant vingt ans. Ils sont à des millions d'années-lumière les uns des autres, mais j'étais certain qu'ils allaient parfaitement s'entendre.

– Oh Juan ! Tu as lancé le barbecue, dis ? Non ? Pas encore ? Putain mais qu'est-ce que tu as foutu ? Tu veux qu'on les mange crues les côtes de bœuf ?

Fabrice pointa du doigt Eva, Lise et Laura qui dansaient en bikini.

– C'est pas moi que ça va gêner, tu sais bien, mais tes copines là, je suis pas certain que ça va leur plaire ! Tu penses à les nourrir un peu de temps à autre ? Elles tiendraient pas debout un jour de mistral, je te le dis !

Je me suis marré et je l'ai laissé prendre la direction des opérations. Il a gueulé qu'il avait besoin de volontaires pour découper les légumes et en premier lieu qu'on lui apporte une bière bien fraîche. Il éclata d'un coup de grolle une cagette, la recouvrit de petit bois, lança le feu en deux-deux, fila à Ben et Sylvain les planches à découper, les couteaux et les sacs de légumes, puis s'arrêta quelques secondes, satisfait de la tournure que prenaient les choses, avant de s'asseoir pour rouler un pétard.

– Les gars, vous savez pourquoi les touristes qui se baladent à pied sur les petites routes se mettent toujours de part et d'autre quand on s'approche d'eux en voiture ?

Ben et Sylvain haussèrent les sourcils.

– Me dites pas que vous avez jamais remarqué ça ! Si vous habitiez par ici, avec nos routes tout juste assez larges pour une seule bagnole, vous auriez vite remarqué, je vous le garantis. Vous pouvez pas imaginer ce que ça me casse les couilles. Enfin bref, vous savez pas ?

Fabrice dans ses œuvres.

– C'est le cerveau reptilien.

Ben et Sylvain le fixèrent, le couteau suspendu au-dessus des poivrons et des aubergines. Il termina de rouler son joint, le colla en le passant délicatement sur sa langue et vida sa bière.

– Je l'allume et je vous le passe dans un instant.

Il fit craquer une allumette et tira une taffe.

– Oui, donc, le cerveau reptilien. Ça vient de loin cette histoire, croyez-moi. Ça vient du temps où les gens d'ici étaient encore des chasseurs-cueilleurs. On n'avait pas encore inventé l'agriculture et la domestication des animaux. Ça nous a perdus ça, c'était une très mauvaise idée, je vous le dis. Auparavant on pouvait se nourrir facilement, il suffisait de tendre le bras ou de savoir manier une sagaie, c'était pas bien compliqué. Même un gars comme toi, Juan, aurait probablement survécu, c'est dire. Mais voilà, l'agriculture nous a rendus sédentaires et dépendants des intempéries, des sécheresses, des inondations et des quantités de parasites qui pouvaient ruiner les récoltes du jour au lendemain. C'est pour ça qu'on a commencé à produire toujours plus, stocker toujours plus et donc avoir besoin de toujours plus d'énergie, et puis comme les bonnes années il fallait bien écouler les stocks excédentaires on a inventé le marché, la monnaie et au bout du compte le capitalisme. Ces enculés de pétroliers ne seraient pas là aujourd'hui à nous faire chier avec leur gaz de merde si on avait continué à cueillir des baies et bouffer du castor, enfin ça c'est une autre histoire. Bref, en ce temps-là on se baladait en famille dans la savane en quête de nourriture, les parents et toute la marmaille, parce qu'il fallait bien les emmener avec soi si on voulait éviter qu'ils se fassent bouffer par le premier tigre venu.

Il tira une autre taffe et tendit le joint à Ben.

– Le problème, c'était les rhinos. Quand vous vous baladez dans la savane en quête de nourriture, à un moment ou à un autre vous tombez forcément sur un rhino, il y avait des rhinos partout par ici dans le temps. Au fait, vous êtes allés les voir les peintures de rhinos à la grotte Chauvet ? Non ? Ah c'est magnifique, je vous le dis, ces gens-là étaient de vrais artistes, en plus d'être des chasseurs-cueilleurs. Enfin bref un rhino qui charge, ça ne fait pas dans le détail, vous pouvez me croire. Vous avez vu cette vidéo du rhino qui charge une bagnole de touristes dans un zoo ? Non ? Oh putain, j'aurais pas aimé me trouver enfermé là-dedans. La bagnole valdinguait comme une vulgaire canette. À ce propos Juan, t'aurais pas une autre bière ?

J'ai plongé ma main au milieu des glaçons pour lui en trouver une, et récupéré le joint.

– Bref, c'est à cause des rhinos que les familles ont pris l'habitude de se disperser à droite et à gauche, parce qu'il fallait au moins en sauver quelques-uns quand ils chargeaient, c'était une question de survie de l'espèce. D'ailleurs les gazelles aussi font ça lorsqu'elles se font pourchasser par les lions. Et depuis ce temps-là, c'est resté. Voilà pourquoi ces cons se séparent en deux plutôt que de se mettre du même côté quand ils m'entendent débouler dans ma Lada. C'est plus fort qu'eux, c'est ça le truc. Ils n'y réfléchissent même pas. C'est l'été, ils se baladent avec leurs gamins, ils pensent à la glace qu'ils vont leur payer, ils pensent un peu au ralenti les pauvres parce qu'il fait quarante degrés et que le soleil leur tape sur le système, comme dans la savane, et là ils entendent le danger se rapprocher et la peur du rhinocéros provoque au fond d'eux une sorte de panique ancestrale. Faudrait que je fixe une corne de rhinocéros sur le capot de ma bagnole, ça les ferait peut-être réfléchir un peu. Bon alors, ça vient ces légumes oui ou non ?

Ben et Sylvain vidèrent leurs bières en se regardant et reprirent docilement la découpe des légumes. J'ai passé le joint à Sylvain et je me suis dirigé vers la cuisine pour aller chercher la bidoche dans le frigo en me faufilant entre les filles qui dansaient. C'est marrant, quand même, que ce soit toujours les meufs qui dansent les premières. Qui sait, c'est peut-être aussi le cerveau reptilien. Les lointains vestiges d'une époque où les jeunes chasseuses-cueilleuses se dandinaient autour du feu pour séduire les mâles en remuant leurs fessiers musclés par les longues marches sous le soleil.

On a sorti les vivres du frigo, j'ai refilé à Fabrice les barquettes de bidoche et je suis allé faire la bise à Clara et Seb qui venaient d'arriver. Je me suis servi un verre du grenache des Granger et j'ai regardé le soleil tomber derrière les falaises au son du crépitement des grillades de bœuf, d'agneau et de porc. En quelques minutes, leurs effluves se mélangèrent aux odeurs sèches de romarin et de menthe sauvage échappées du jardin et au parfum citronné des joints d'herbe. Je ne me suis toujours pas habitué à ce spectacle grandiose. La lune va bientôt se lever, je ne sais pas bien où d'ailleurs car je n'ai jamais rien compris à son comportement imprévisible, et nous aurons droit à une de ces nuits solaires où tout paraît plus grand et plus mystérieux.

Olive a réussi à tirer ses gamins de la piscine pour leur faire manger un morceau et on s'est posés autour de la table, sur les transats ou le cul dans l'herbe pour déguster les assiettes, parfaitement cuites et assaisonnées, que Fabrice s'est mis à envoyer en gueulant comme un chef de grand restaurant. Jean-Pierre a débouché une douzaine de bouteilles que j'ai apportées aux uns et aux autres. J'ai évité Isa qui racontait à je sais plus qui l'histoire des colibris, j'ai laissé Laurent, Sylvain et Greg papoter musique comme au bon vieux temps, j'ai vu Ben, allongé dans l'herbe entre Dora, Lise et Eva, un bref avant-goût du paradis, et quand j'ai entendu Aurore tenter de convaincre Olive de publier un livre sur le scandale des gaz de schiste je me suis dit que c'était une excellente idée mais qu'elle perdait son temps. C'est un sujet beaucoup trop sérieux pour lui. J'ai également surpris Clara en grande conversation avec mes potes allemands :

– Je sais bien que je prêche des convertis mais franchement vous devriez en toucher un mot à vos potes hétéros. C'est vrai qu'au début Seb était un peu réticent quand je lui ai parlé de massage prostatique. La plupart des mecs ont un sacré problème avec leur anus, c'est dingue. Pas vous, je m'en doute, mais je vous assure que les hétéros oui. Enfin bref, maintenant il adore ça.

La nuit est tombée d'un coup, sans que je m'en rende compte. J'ai juste relevé la tête et aperçu la lune qui se détachait sur la crête au sommet des falaises, dans l'axe des gorges, là où après un rapide la rivière prend un grand virage vers la gauche, et j'ai contemplé les pieds dans l'herbe la surface de l'eau s'iriser d'une nuée de paillettes argentées. Je crois que les choses ont véritablement commencé à déraper lorsque Fabrice a lancé la première tournée de poire-chât. Olive a senti le cataclysme arriver et a exfiltré ses gamins avant qu'il ne soit trop tard. C'est ça qui a vraiment sonné le début des hostilités. J'avais bien remarqué qu'ils étaient dans les starting-blocks, mais la présence des deux gosses les avait retenus de passer à la vitesse supérieure. À peine partis, Laurent a envoyé un vieux Daft à fond les watts et tout le monde s'est mis à siffler et danser. Ben a sorti de sa poche une boîte en métal orange remplie de pochons et de croquettes multicolores, qui ressemblait tant à celle de KaZantip que je me suis demandé s'il ne l'avait pas conservée en souvenir de notre périple au pays des petits culs dénudés. Martine et Jipé ont décliné poliment en lui expliquant qu'ils allaient rentrer car ils devaient être dans leurs vignes dès l'aurore, ajoutant que, de leur temps, ils tournaient plutôt au LSD et aux champignons hallucinogènes qu'ils allaient cueillir dans la montagne ardéchoise. Je les ai remerciés d'être venus et je les ai serrés dans mes bras comme s'il s'agissait de mes parents.

– *What do you want, mate ?*

– Je sais pas trop, je suis bien là. Je crois que je vais plutôt me resservir une poire-chât.

– *Come on !* C'est ton anniversaire, tu pas avoir quarante ans tout le jour !

J'ai regardé Ben et sa boîte orange pleine à craquer. Quarante ans. La moitié d'une vie selon les statistiques. Un point de bascule. On arrive au sommet de la colline, on profite du léger replat pour jeter un dernier coup d'œil derrière soi au chemin parcouru, et on amorce la longue descente vers le précipice. Je ne tiendrai jamais jusque-là. Les gens comme moi ne vivent pas quatre-vingts ans. Alors pourquoi ne pas en profiter encore un petit peu ?

– Bon, tu me conseilles quoi ?

– Le rouge, tu pas déçu.

Je suis retourné au milieu de mes potes en sueur qui dansaient les bras en l'air devant Laurent. Il enchaînait classiques et raretés avec un talent qui n'appartient qu'à lui. C'est un gars de la vieille école, qui mixe comme d'autres se lancent dans des missions évangélisatrices : il prêche la bonne musique en s'adressant moins aux fidèles qu'à ceux qui hésitent encore à franchir le pas et rejoindre la communauté. Même Fabrice et Isa semblaient apprécier, eux dont la culture musicale s'est figée dans les années quatre-vingt-dix, et pour qui le rock alternatif français constitue un horizon indépassable. J'ai vu Punam se frotter lascivement à Greg, comme elle l'avait fait dix ans plus tôt dans la grande salle de l'Amnesia. Elle lui avait tourné autour durant des années sans parvenir à ses fins et, ce soir-là, vêtue d'une robe bleu ciel minimaliste aussi décolletée en haut que courte en bas, elle avait décidé de prendre les choses en main. Alors qu'ils dansaient collés l'un contre l'autre, Greg avait descendu ses mains sur ses fesses, relevé soudain la tête vers nous, les yeux écarquillés, et articulé par-dessus son épaule dénudée : « Elle a pas de culotte ! Elle a pas de culotte ! » Les mecs ça s'attrape par les couilles, toutes les filles devraient savoir ça.

J'ai fait quelques brasses vers la baignoire pour me dégoter une autre bière bien fraîche et alors que je sentais monter, doucement mais sûrement, la chaleur irradiante du bonbon russe, j'ai entendu Clara parler à Corinne de son projet de gamin :

– Ça sert à se muscler le plancher pelvien. C'est ma gynéco qui m'a conseillé ça. Il faut commencer très tôt. Au début, tu le choisis un peu gros pour pouvoir le garder facilement et peu à peu tu en prends des plus petits pour habituer les muscles de ton vagin à se resserrer. L'important c'est de le prendre en jade pour qu'il pèse assez lourd.

– Et tu le portes souvent, ton œuf ?

– Mais oui, très souvent.

– Non mais là, une soirée comme ça, tu le mets pas quand même ?

– Ben si, au contraire ! C'est debout qu'on fait le plus travailler son périnée.

J'étais à deux doigts de lui demander des détails sur la cuisson et l'assaisonnement de l'œuf mais j'ai été coupé dans mon élan quand quelqu'un a gueulé dans un porte-voix : « Police ! Restez calmes ! Où est le maçon ? » Laurent a baissé la musique, j'ai croisé les regards hébétés de mes potes et j'ai vu Ben, pris de panique, chercher un endroit pour planquer sa petite boîte orange avant de la jeter faute de mieux dans une jardinière remplie de fleurs. « Police ! Restez calmes et tout ira bien ! Nous cherchons le maçon ! » a hurlé la voix métallique, qui semblait venir de la cour d'entrée plongée dans le noir. C'est drôle, cet air de déjà-vu. La même chaleur lourde et moite, les mêmes corps transpirants, la même musique, les bimbos latinos aux fesses siliconées en moins.

La végétation est moins luxuriante et la poire-chât moins exotique que la tequila, mais à part ça on pourrait se croire au Mexique. Ils ne sont pas trop du genre à tirer en l'air par ici, heureusement.

– Dernière sommation ! Donnez-nous le maçon ou nous serons contraints d'ouvrir le feu !

Putain de merde, qu'est-ce que c'est que ces conneries ? J'ai senti une vague de chaleur m'envahir le torse, les épaules, le cou et le visage avec la puissance d'une lame de fond et j'ai cligné des yeux plusieurs fois de suite pour faire la mise au point sur les deux formes qui se tenaient à l'angle de la maison. J'ai vu Fabrice et Isa se regarder inquiets alors que la plupart des autres, complètement perchés, se tordaient comme des abrutis. Je me suis prudemment rapproché des deux formes que je n'arrivais toujours pas à distinguer et j'ai sursauté lorsqu'elles ont surgi de l'ombre.

– Joyeux anniversaire le maçon !

Juju et Philou, mes potes de toujours, se sont avancés vers moi, hilares. Le premier tenait un mégaphone et le second un gigantesque paquet cadeau entouré de rubans multicolores. Je me suis retourné quand les uns et les autres se sont mis à chanter à tue-tête. Aurore tenait dans ses mains une pièce montée plantée de quatre grosses bougies qui projetaient telles des fusées leur feu doré dans la pénombre. J'ai entendu les bouchons des bouteilles de champagne sauter comme une salve de mitraillette, et ils sont tous venus m'embrasser en se foutant gentiment de ma gueule. Laurent s'est approché de moi les larmes aux yeux, un paquet de vinyles dans les bras :

– Mec, ça me coûte un rein de te les offrir. Ils sont introuvables. Mais ça me fait tellement plaisir que tu les aies. Promets-moi de bien en prendre soin, je t'en prie.

Il m'a dit ça avec la même gravité que s'il m'avait confié une petite orpheline abandonnée au coin d'une rue.

– Merci mon Lolo mais t'es vraiment dingue, faut que tu te fasses soigner.

Je l'ai embrassé.

– T'inquiète pas, je veillerai sur eux jusqu'à mon dernier souffle.

J'ai reçu plein de cadeaux, comme ce T-shirt floqué de l'inscription « Pour vivre heureux vivons perchés » offert par Laura et Sylvain, aussitôt déballé aussitôt enfilé aussitôt écrasé par les seins de Clara qui m'a littéralement sauté au cou, ravie de me remettre son petit paquet d'où j'ai sorti deux bouquins de Keller, le dernier, celui que j'avais feuilleté à la librairie, et un autre intitulé *Le Potentiel karmique du désir*.

– Faut que tu lises celui-là. Tu ne feras plus l'amour de la même manière après ça.

À vrai dire, j'ai douté qu'un type comme Keller puisse m'apprendre quoi que ce soit à ce sujet, mais parce que je suis dans ce domaine d'un naturel aventureux je lui ai dit que j'allais m'y plonger dès que possible, si bien qu'elle m'a embrassé de nouveau en comprimant encore davantage sa poitrine contre la mienne.

J'ai retrouvé Juju et Philou qui savouraient toujours leur blague. On a commencé à mixer ensemble il y a plus de vingt ans dans des petits bars pouraves où on se succédait aux platines. Ils débarquaient tout juste de Nîmes pour leurs études. On avait surnommé Juju « le bûcheron » parce qu'il envoyait du bois, Philou « le boucher » parce qu'il envoyait du steak, et j'avais hérité du « maçon », un surnom qui s'imposait, parce que j'envoyais du lourd ou parce que je cassais de la brique, selon les versions.

– Vous êtes vraiment trop cons c'est pas possible.

J'ai sorti de leur paquet une énorme boule à facettes. Elle mesurait un bon mètre de diamètre.

– Mais qu'est-ce que vous voulez que je foute de ça ?

– Poulet, on a tout prévu.

Philou est reparti derrière la maison avant de revenir avec un gros projecteur qu'il a installé sur la terrasse pendant que Juju grimpait sur la table pour suspendre l'immense boule à la pergola. On a éteint les lumières, allumé le projecteur et, soudainement, les murs de la maison, le sol de la terrasse, les corps suants et à moitié dénudés, l'herbe, les plantes et les arbres du jardin, jusqu'à l'eau de la rivière, jusqu'aux mollusques fossilisés dans le calcaire des falaises, jusqu'aux fantômes des tigres, des serpents et des rhinocéros, jusqu'aux étoiles dispersées dans le ciel de cette nuit de pleine lune, l'espace entier s'est trouvé constellé de petits êtres dansants et gais. Laurent a remonté le son, envoyé un de mes morceaux et tout le monde s'est mis à hurler. Je n'ai pas de souvenir très précis de ce qui s'est passé ensuite car j'ai senti d'un coup une incontrôlable bouffée de chaleur me monter à la tête et un goût amer me revenir dans la bouche. Bon Dieu, sacré matos ! J'ai vraiment plus l'habitude ! Il me semble juste avoir vu Dora, à califourchon sur Ben, tomber le haut dans la piscine et, bien que cela m'ait paru très étrange, je crois avoir aperçu Eva et Lise se rouler des pelles sous la boule à facettes avant qu'un bras me tire à l'intérieur de la maison.

Lorsque j'ai ouvert les yeux, le chat me fixait d'un air torve, à quelques centimètres de mes pupilles. Ce con m'a foutu une telle trouille que je me suis levé d'un bond, au beau milieu du salon baigné de lumière, le cerveau vrillé par un acouphène tellement intense que j'ai lutté pour retenir mes globes dans leurs orbites. J'ai aussitôt perdu l'équilibre et en jetant une jambe en avant pour me retenir j'ai heurté si violemment la table basse que la totalité des bouteilles et des verres qui s'y trouvaient prirent leur envol avant de finir leur course, de saltos en rebonds stridents, au pied de la cuisine dans un fracas effroyable. Je dégageais une odeur de distillerie, j'avais la mâchoire serrée comme un étau, le cerveau en mode vibreur, des remontées gastriques et le tibia qui me lançait mais globalement ça n'allait pas si mal. J'avais connu bien pire.

Aveuglé par le soleil, j'ai avancé prudemment vers la terrasse, plongé mon bras dans l'eau tiède de la baignoire, farfouillé entre les cadavres et vidé d'une traite une canette encore intacte avant de m'envoyer sa petite sœur presque aussi vite.

– Il te va comme un gant ce T-shirt !

Des formes aux contours flous gloussaient autour de la table. J'ai tenté une mise au point et, alors que je me rapprochais, j'ai soudainement été saisi par les vapeurs suaves d'un punch. Du sucre. Merveilleux. J'ai attrapé un verre, réprimé un haut-le-cœur en découvrant la soupe de mégots qui baignait au fond, et me suis rabattu sur le saladier. À la source. Je l'ai porté à mes lèvres et me suis abreuvé lentement, gorgée par gorgée, indifférent au liquide épais qui me dégoulinait dans le cou, mais quand le flot a atteint mon tibia une douleur fulgurante m'a fait reposer le saladier en catastrophe. J'ai baissé les yeux. Qu'est-ce que c'est que ce...

– Réveil difficile, le maçon ?

– Je pisse le sang et ça vous fait marrer ?

Philou s'est levé et m'a tendu une poignée de serviettes en papier que j'ai aussitôt pressées contre ma plaie. Je me suis pas loupé, il va falloir désinfecter ça.

– Y a pas une bouteille de vodka qui traîne, là ?

Ils continuaient de se gondoler comme des débiles. Pas un pour lever son cul et me filer un coup de main.

– Mais putain vous allez passer la journée là-dessus ? Vous avez pas mieux à foutre ?

– Tu te souviens pas ?

– De quoi ?

– Oh putain, sans déconner, tu te souviens pas ?

– Que j'ai shooté dans la table basse ? Oui ça... c'est ce con de chat... et d'abord qu'est-ce que je foutais sur le canap du salon ?

Juju s'est essuyé les yeux et m'a tendu une bière.

– Allez, calme-toi poulet, ça va. Tu veux un croissant aussi ? On est allés en chercher ce matin.

– Non c'est bon, j'ai pas faim.

– Un café peut-être ? Les gars, il resterait du café chaud pour le maçon ? Tu nous en as fait une bonne, dis. Mémorable.

– Quoi, qu'est-ce que j'ai fait ?

– Laurent t'avait préparé une surprise et comme on te trouvait pas on t'a cherché dans la baraque. Ça te rappelle rien ? Oh putain. On était un petit groupe, y avait ta meuf là, Aurore c'est ça ?

– Oui, Aurore. Elle est où, au fait ?

– Bon les gars, dites-le-lui, moi je peux pas. Philou, s'il te plaît, vas-y.

– On t'a retrouvé dans une des chambres.

– Ouais et alors ?

– Avec sa sœur.

– Clara ?

– Je sais pas, elle a plusieurs sœurs ?

– Ben non.

– Bon ben alors c'était Clara.

Il luttait pour garder son sérieux.

– Poulet, quand on a poussé la porte, t'étais au pieu avec elle.

Oh putain. J'ai été pris d'une soudaine envie de vomir.

– Non mais arrête, tu te souviens de rien ? Je te crois pas, c'est pas possible. On a poussé la porte et… oh putain.

– Oui bon ben vas-y, accouche, merde !

– On s'est retrouvés face à ton cul, mec. Aux premières loges. T'étais à califourchon sur elle, poulet. On voyait pas trop ce que tu lui faisais mais alors elle par contre, on voyait bien, mais alors parfaitement je t'assure, qu'elle était en train de te pomper le dard et de te doigter le derrière. Mon poulet, je te le dis, la petite Clara, très mignonne d'ailleurs mon salaud, elle avait ses doigts dans ton fion. Sérieux, j'hallucine que tu t'en souviennes pas.

– Mais non.

– Mais si je te dis ! On s'est bien marrés, surtout tes potes allemands d'ailleurs, mais bon ta meuf Aurore, ça l'a fait moyennement marrer. Elle a traité sa sœur de pute nymphomane, elle t'a traité de… enfin bref c'était bien chaudard, elle était super vénère, et toi tu t'es mis à lui courir après et un instant plus tard vous vous êtes retrouvés au beau milieu de la terrasse. Mec, tu t'étais même pas rhabillé. T'avais la bite à l'air et ton T-shirt

« Pour vivre heureux vivons perchés ». Y a des photos qui se perdaient, je te jure. Collector.

– Ouais c'est bon arrête Philou, c'est pas drôle.

– Mec, je te jure que c'est vrai, demande aux autres si tu me crois pas. Elle t'a passé au lance-flammes. Elle t'a carbonisé. C'était quelque chose, je te le dis. Je sais pas où tu l'as dégotée celle-là mais elle a un putain de caractère. Ce serait pas une Nîmoise ? Et toi qui lui gueulais dessus comme un sourd, à moitié à poil. Tu lui as sorti ses quatre vérités, je sais plus trop ce que tu lui as dit, genre qu'elle te prenait la tête avec sa morale et ses vidéos de poulets en batterie et de lapins dépecés vivants, des trucs bien gore dans le genre. Des histoires de gaz de shit aussi, j'ai rien compris. Sérieux, un vrai sketch.

– Mais non.

– Puisque je te le dis. Elle a fini par se barrer, elle était furieuse. Sa sœur aussi s'est cassée avec son gus à ce moment-là, ou juste avant je sais plus. J'avais pas capté moi que la Clara elle était avec son mec en plus ! Non mais le délire.

Putain mais quelle merde.

– Et Fabrice et Isa ils étaient là ? Ils ont assisté à ça ?

– Tes potes du village ? Le petit avec la chemise à carreaux et la grande brune ? Non je crois qu'ils étaient partis.

Bon Dieu. C'est déjà ça.

– Enfin bon quand elle s'est barrée t'étais bien vénère, t'a enfilé un calbute, t'as tapé quelques traces, t'as dégagé Laurent et tu t'es mis aux platines. Et là, mon poulet, je dois dire, tu nous as régalés. La régalade. Je crois que je t'avais jamais vu en aussi grande forme. Un des meilleurs sets de ta carrière, pas vrai Juju ? T'as mixé jusqu'au petit matin, on a vu le soleil se lever sur les falaises, putain mais c'était magique, c'était juste dément, jusqu'au moment où je sais pas ce qui s'est passé, plus rien n'était calé, tu t'es mis à faire n'importe quoi. Pain sur pain.

Distribution générale, y en avait pour tout le monde. C'est là que Laurent a repris les platines et que tu t'es effondré sur le canapé.

J'ai tiré une chaise et je me suis assis sans dire un mot, toujours nauséeux. Je n'ai pas un seul souvenir de tout ça. Le black-out complet. Plusieurs heures. Ça faisait des années que ça ne m'était pas arrivé et il fallait que ça me tombe dessus maintenant. Ici. J'ai chaussé une paire de lunettes de soleil qui traînait sur la table et j'ai regardé les nuées de canoës rouges, verts et jaunes descendre la rivière. Ces gens qui mènent une vie normale. Le boulot, les embouteillages sur l'autoroute des vacances, les gamins à l'arrière, les glaces à l'eau sur le marché. Une vie simple, sans excès. Sans surprise. L'ennui mortel. Le bonheur. J'en ai fait des conneries, aussitôt effacées le lendemain matin, mais je doute que celle-ci rejoigne les autres dans les oubliettes de la grande amnésique.

Je me suis levé pour aller me faire un café dans la cuisine en contournant les tessons de bouteilles éparpillés sur le carrelage. Le premier m'a brûlé la langue. J'ai bu le second en contemplant le désastre. Quand je suis ressorti, ils gloussaient toujours.

– Vous êtes relous, c'est bon là.

– Ça va, redescends poulet, y a pas mort d'homme non plus.

– Allez vous faire foutre.

Je les ai plantés là, j'ai enlevé mon T-shirt qui puait la bière, la sueur et le punch et j'ai poussé la porte de ma chambre où j'ai trouvé Eva et Lise enlacées dans mon pieu.

– Juan ! Tu dormais sur le canap alors on a squatté ton lit, tu ne nous en veux pas ?

– Tu viens ? On peut te faire une petite place.

– Non c'est bon, merci. Une autre fois peut-être.

Je suis resté sous la douche trois quarts d'heure, le temps de me débarrasser de cette merde qui me collait à la peau et de vider le ballon pour les suivants, puis j'ai pansé ma plaie, avalé un paracétamol pour mon mal de crâne, deux Maalox pour mes aigreurs d'estomac et un citrate parce que ça ne fait jamais de mal dans ces circonstances, enfilé des fringues propres et entrepris de mettre un peu d'ordre dans la maison, à défaut de mettre un peu d'ordre dans ma vie. Ce qui me désole, en réalité, ce n'est pas que cette histoire se termine. J'avais remarqué que les signaux clignotaient au rouge depuis quelque temps, même si j'ai préféré les ignorer et regarder ailleurs. J'avais envie d'y croire, voilà tout. Croire que ça pouvait marcher. Croire que j'avais changé. Non, ce qui me tue, c'est que ça se termine comme ça, d'une façon aussi minable. La bonne grosse foirade bien dégueulasse. Mon cerveau reptilien en roue libre. Au moins, cette fois-ci, je sais à quoi m'en tenir et à qui je dois m'en prendre. Ça m'évitera de m'inventer mille raisons pour expliquer ce nouveau fiasco. De façon générale, quoi qu'on en dise pour se rassurer, on est toujours le plus petit dénominateur commun de nos échecs.

Vers seize ou dix-sept heures, Ben a proposé à ceux qui tenaient encore debout de descendre boire l'apéro chez Ouioui. Il a poussé la porte grinçante, s'est accoudé au bar comme s'il avait toujours habité là et a gueulé que c'était sa tournée sous les applaudissements et les sifflets du reste du groupe. J'ai fait la bise à Ouioui et à Monique qui tapait la belote avec Roger et deux anciens puis j'ai salué René et Bernard, solidement amarrés à l'angle du zinc, comme à leur habitude. Je n'en reviens pas de voir Bernard sourire. Lui qui cet hiver traînait sa carcasse noueuse, usée par les travaux des vignes, le visage creusé par le vent et le froid et les yeux cernés de valises si grosses qu'elles lui auraient valu un sacré supplément à l'embarquement, se tient maintenant droit, étonnamment souple sur ses jambes, le menton relevé et l'œil pétillant. Dans le village, on l'imaginait finir vieux garçon, seul avec sa pauvre mère dans la petite maison familiale, mais depuis qu'il file le parfait amour avec une nana dont on se demande comment elle fait pour supporter son côté macho, ce type bourru et ombrageux se lave, se rase et arbore le sourire béat d'un adolescent qui viendrait de rouler son premier palot. Doux comme un agneau. Si l'amour fait des miracles, on en a un sous les yeux. Je l'ai écouté déblatérer ses blagues graveleuses, encore plus fier et sûr de lui que d'ordinaire. C'est pas très glorieux, mais ça me tue de constater que même lui y arrive. Je suis plus jeune, mieux foutu et beaucoup plus riche mais, si étrange que cela puisse paraître, ce genre de bonheur simple reste hors de ma portée. Alors c'est qui, le con, dans cette histoire ?

– Eh bé, t'as pas l'air dans ton assiette, dis. La nuit a été longue ? Elle est où ta femme ? Tu l'as trop épuisée, c'est ça ? Elle récupère ?

Pour ça il n'a pas changé. Fidèle à lui-même.

– Ouais c'est ça, voilà. On a eu une nuit assez agitée.

J'ai rejoint à l'autre bout du comptoir la douzaine d'oiseaux perchés dont les piaillements avaient brutalement relevé le niveau sonore de quelques dizaines de décibels et réveillé mon acouphène. Je n'en reviens toujours pas d'avoir balancé à Aurore autant de saloperies, elle qui est un modèle de pureté et d'intégrité. J'ai l'impression de l'avoir contaminée, comme si la merde que je trimballe depuis des années l'avait soudainement éclaboussée. Au milieu de mes potes. À moitié à poil. La honte.

La porte s'est ouverte dans un concert de clochettes et j'ai vu Fabrice et Isa débarquer accompagnés des Granger, d'Olive, de sa femme et de ses mômes. Olive a immédiatement compris à ma gueule que ça n'allait pas fort mais Fabrice, qui me connaît moins, m'a tapé dans le dos en me demandant comment s'était finie la soirée.

– Je te raconterai. Pas devant les enfants.

Il eut un mouvement de recul.

– Oh toi, t'as pas sucé que de l'eau. Allez va, on va pas se laisser abattre. Ouioui, tu mets la mienne ?

– Oui alors attends, là d'abord y a celle des Anglais, et après y a les deux bourricots de Gardois et je crois bien que les

Allemands ils voulaient aussi… Bon attends, je vais le noter parce que je vais pas m'y retrouver.

– Hey Ouioui, je un question : Ouioui ce pas tu vrai prénom ?

– Non, Ouioui c'est pour William.

C'est fou ça, depuis le temps que je suis là, je n'avais jamais pensé à lui demander. Olive et Émilie sont allés se poser en terrasse pour manger une glace et faire une pétanque avec leurs gamins mais j'ai préféré rester à l'intérieur, malgré mon acouphène qui regagnait du terrain, car je n'avais aucune envie d'affronter la lumière du jour et les regards des touristes. J'ai observé dans un silence étouffé mes potes qui avaient gardé leurs lunettes de soleil sur le nez et qui n'étaient visiblement pas près de redescendre. Au fond, ce n'était peut-être pas une si bonne idée que ça d'avoir organisé cet anniversaire. On n'en serait pas là. Je ne me serais pas couvert de ridicule, je me serais évité ce mal de crâne lancinant et, à cette heure, plutôt que de comater comme un abruti devant un demi, j'aurais sans doute passé l'après-midi avec Aurore dans la chambre du bas après avoir rabattu les volets pour plonger son petit corps parfait dans la juste dose de pénombre. J'aurais même pu continuer de fantasmer innocemment sur les chakras délurés de sa sœur.

– Oh Juan, mercredi à seize heures j'emmène un groupe faire une balade géologique autour du village, ça te dit de venir ? Ça va être une sorte de voyage dans le temps : on va partir du Crétacé inférieur, il y a plus de cent millions d'années, à l'époque où les roches calcaires se sont formées, et on va aller jusqu'au Miocène, il y a vingt millions d'années. Quatre-vingts millions d'années en une grosse heure, qu'est-ce que t'en dis ? Tiens, tu avais déjà remarqué que les strates dans les falaises penchent vers l'est ? Les grandes dalles de calcaire au sol, partout elles penchent vers l'est, tu sais pourquoi ? Je vais te le dire : parce que la plaque qu'on a sous nos pieds elle s'est relevée quand celle des Alpes lui a appuyé dessus, c'est pas plus compliqué. Au milieu, ça a fait levier et c'est ça qui a créé la vallée du…

– C'est incroyable ce que tu me racontes parce que j'en ai vraiment rien à foutre.

Fabrice s'est arrêté net, la bouche ouverte et les yeux écarquillés, et autour du bar le temps s'est suspendu. Ouioui m'a regardé, consterné, Bernard a lancé : « Ben alors, il s'est levé du mauvais pied le Parisien ? Il a pas eu sa dose de galipettes ? », ce à quoi j'ai répondu : « Allez tous vous faire foutre. » Quand j'y repense, je me dis que Fabrice aurait pu m'en coller une. Il aurait dû. Mais il est resté figé. J'ai d'abord lu de la sidération dans son regard, puis j'ai compris qu'il était blessé, et je m'en suis voulu. Je ne sais pas ce qui m'a pris, mais je ne me suis même pas excusé. Je me suis tu, comme un petit con merdeux. Ras le bol de cette comédie. Je sais très bien ce que je suis. La fable du nouveau départ ça ne marche que dans les films ou les romans. Dans la vraie vie personne ne change.

Je me suis réveillé le lendemain matin avec le dos totalement bloqué. Je pouvais bouger la tête, les bras et les jambes mais le reste de mon corps, du bassin au thorax, était aussi lourd et inerte qu'un bloc de pierre. Il m'a fallu vingt bonnes minutes pour parvenir à m'extraire du lit, hurlant de rage et insultant la terre entière à chaque tentative de rotation, le moindre mouvement de torsion déclenchant aussitôt l'envoi d'une décharge foudroyante. Ma simple respiration était devenue si douloureuse que je haletais comme un caniche assoiffé. J'ai appris il y a des années que les kinés appellent ça un dorsago, l'équivalent d'un lumbago mais au niveau des dorsales. Un peu plus haut, mais infiniment plus douloureux. Un bon lumbago vous fait ressembler à un petit vieux déambulant arc-bouté sur sa canne. Un dorsago, lui, vous maintient parfaitement droit, le tronc raide comme un piquet, vos possibilités de bouger réduites aux membres supérieurs et inférieurs, si bien que vous vous déplacez en glissant prudemment vos pieds sur le sol afin de ne provoquer ni secousse ni mouvement inutile, à la manière de ces danseurs de hip-hop qui imitaient les robots au début des années quatre-vingt, en plus rouillé.

Cela ne m'est pas arrivé souvent, fort heureusement. Le premier est survenu quelques mois après mon escapade islandaise avec Ana. J'étais parti faire mes débuts aux États-Unis – New York, Chicago, Detroit : le Père, le Fils et le Saint-Esprit – et j'étais aussi terrifié que si je m'apprêtais à affronter l'Everest. À la sortie de l'avion j'avais reçu un message d'Ana qui disait : « Keep cool. T'es juste un petit Frenchie qui va jouer dans un club de légende. Les gens vont t'adorer. » En réalité, même si je n'en savais rien car de l'autre côté de l'Atlantique on fantasmait encore sur ces villes qui avaient vu naître la musique électronique, la grande époque du Loft, de Larry Levan et Frankie Knuckles appartenait déjà au passé. La plupart des clubs avaient fermé une dizaine d'années auparavant, le Studio 54 et la Danceteria en 1986, le Paradise Garage l'année suivante, et ceux qui avaient survécu n'étaient plus que l'ombre d'eux-mêmes. La scène mondiale avait massivement migré vers l'Europe. J'avais été accueilli à l'aéroport par François, un Français installé à New York depuis le milieu des années soixante-dix, producteur génial, pionnier de la house et véritable légende dans le milieu, un de ceux qui continuèrent malgré l'exode généralisé à faire vivre cette scène locale qui brassait tous les styles, du disco à la soul, du jazz à la new wave, entrecroisés de musiques latinos et afro-américaines, à l'image de la ville elle-même. Il s'était bien foutu de ma gueule lorsqu'il m'avait vu traîner péniblement ma valise de disques, le visage blême : « C'est le plateau-repas que tu as eu du mal à digérer ? T'as de la chance, Jess bosse au bar ce soir. En journée elle est masseuse, une spécialiste du shiatsu. Elle va te remettre d'aplomb en moins de deux. » Une heure plus tard, couché à plat ventre sur une serviette étendue à même l'épaisse moquette rouge d'une loge, j'avais entendu mes vertèbres craquer en cascade sous les pieds nus de Jess, une grande Black au teint clair et aux yeux en amande qui avait un petit air de Donna Summer. Je m'étais relevé sonné mais miraculeusement plus mobile, j'avais avalé deux aspirines avec une grande vodka, et j'étais parvenu au bout de mes trois heures de set, encore stressé et fébrile, après avoir sué des litres d'eau.

Je me suis transporté en serrant les dents jusqu'au salon qui ressemblait toujours à un champ de bataille et j'ai farfouillé dans les tiroirs de la cuisine à la recherche d'antalgiques. Ça ne suffirait pas mais c'était mieux que rien. J'allais devoir prendre les choses dans l'ordre. Un, contacter Marion et la supplier de me trouver un rendez-vous en urgence. Deux, demander à Olive de m'y conduire car je me voyais mal appeler Fabrice après ce qui s'était passé. Trois, prier les uns et les autres de foutre le camp au plus vite. Quatre, trouver une femme de ménage pour nettoyer toute cette merde.

Olive m'a déposé devant chez Marion qui avait accepté de me prendre entre midi et deux, et promis de me récupérer plus tard, le temps de faire un tour avec les enfants en ville. Lorsque j'ai poussé la porte, la salle d'attente était déserte. J'ai observé, circonspect, le canapé beige. J'aurais pu m'y laisser tomber, mais je ne m'en serais jamais relevé. J'ai opté pour une chaise en bois sur laquelle j'ai réussi à poser une fesse et j'ai contemplé par les baies vitrées le jardin planté d'arbres fruitiers. Je n'ai pas immédiatement prêté attention aux murmures qui me parvenaient de la pièce voisine, captivé par le ballet d'un couple de pies qui se disputait les premières cerises de la saison. Elle devait être au téléphone. Certainement des clients à rappeler. J'ai entrepris de me lever pour attraper sur la table basse un livre sur la médecine chinoise mais j'ai été traversé par une douleur si fulgurante que je me suis laissé retomber sur ma chaise avec la sensation que ma tête s'était vidée de son sang. C'est pas comme ça qu'il faut s'y prendre. Mon père écartait toujours ses pieds de façon à les placer à l'aplomb de son bassin, puis poussait sur ses cuisses en gardant le dos immobile et droit. Il s'élevait alors avec précaution le long d'un axe parfaitement vertical, tel un ascenseur, et contrôlait sa remontée en empoignant le dossier de sa chaise ou le rebord de la table. Un savoir-faire peaufiné durant des années.

De l'autre côté de la cloison, la voix de Marion s'est faite soudain moins chantante. Je n'ai pas compris grand-chose au début et je me sentais un peu honteux de tendre l'oreille car elle n'imaginait sans doute pas que sa voix portait au-delà de son cabinet, mais mes derniers scrupules se sont volatilisés lorsque le volume est monté d'un cran et que tout est devenu parfaitement audible : « Écoute, j'ai plus envie d'en discuter et de toute façon là maintenant j'ai pas le temps. Ce que je te demande, c'est juste de prendre tes affaires et de pas faire durer ça mille ans. » Il y eut un court silence, puis : « Putain mais non ! Je te dis que non ! Je te dis que je ne veux plus en discuter, qu'est-ce que tu ne comprends pas dans cette phrase ? » J'ai entendu le son d'un objet claqué sur un meuble, des pas, le couinement de la poignée immédiatement suivi du grincement de la porte, puis j'ai vu Marion, debout sur le seuil :

– Désolée de t'avoir fait attendre. Vas-y, entre.

Elle avait parlé d'une voix calme et affichait un sourire professionnel et plein d'empathie. Une légère tension contrariait pourtant ses mâchoires et gonflait encore ses tempes, mais je ne l'aurais probablement pas perçue si je n'avais pas assisté malgré moi à la conversation qui venait de se terminer.

Je me suis levé en appliquant à la lettre les conseils de mon père.

– Ah oui quand même ! En effet c'est pas la grande forme ! Viens, on va voir ce qu'on peut faire.

Je suis entré dans son cabinet en rasant le sol comme un automate.

– Bon alors, raconte-moi ce qui t'arrive.

Par où commencer ? Le spectacle pathétique de mon engueulade avec Aurore ? Mon agressivité gratuite vis-à-vis de Fabrice, pourtant si bienveillant et généreux depuis que je me suis installé ici ? Mon incartade tantrique en compagnie de Clara dont mon seul souvenir se résume à un œuf en pierre polie retrouvé sous les draps du lit ? Mes potes sur qui je croyais pouvoir compter mais qui en réalité n'en ont strictement rien à foutre ? Ma fuite en Ardèche ? Mes problèmes de surdité, mes multi-addictions, mes cent cinquante tours du monde en vingt ans ? Le mal de dos chronique de mon père ? Et avant ça ?

– Si je savais.

– T'inquiète, on va regarder ça. Déshabille-toi.

J'ai déboutonné mon jean et tenté de le faire tomber à mes pieds mais il est resté coincé sur mes genoux. Elle m'a regardé, amusée.

– Attends, je vais te filer un coup de main.

Marion s'est agenouillée pour m'aider à enjamber mon fute, avant de m'accompagner en me tenant par le coude jusqu'à la table posée au milieu de la pièce. Elle m'y allongea en douceur en me prenant dans ses bras, puis elle se plaça derrière moi, ajusta la hauteur de son tabouret et souleva ma tête, délicatement, afin de glisser une main derrière ma nuque.

Elle me massa le crâne durant de longues minutes, rompant le silence de temps à autre par de profonds soupirs, comme si elle avait initié, hors de ma présence, un dialogue intérieur avec mon corps. Puis elle se leva et, toujours sans dire un mot, opéra par pressions simultanées des doigts, une à l'entrée de l'oreille, en haut des mâchoires, une autre à l'arrière du coude, un appui bref sur l'os de la pommette, juste sous l'œil, un autre au-dessus de l'omoplate, un point sur une côte, un autre, plus profond, dans l'aine. Chacune de ses mains suivait sa propre partition dans un mystérieux ballet ponctué de brèves envolées et de claquements de doigts, comme on se débarrasse d'une châtaigne brûlante tirée trop tôt de son cornet de papier. Cette chorégraphie n'était pas si différente, au fond, de celle à laquelle on se livre lorsqu'on manipule des synthétiseurs modulaires qui, pour les non-initiés, ne sont qu'une jungle de boutons, de curseurs et de potentiomètres répartis sur des dizaines de machines superposées dans d'immenses armoires et reliées entre elles par un écheveau de câbles multicolores. Il n'existe pas d'instrument plus aride, pas de façon de faire de la musique plus contre-intuitive, pas d'expérience plus éloignée de la sensation physique immédiate qui relie le geste au son lorsqu'on tape sur la touche d'un piano ou qu'on souffle dans une flûte. Chaque machine a pourtant sa place, comme chaque organe dans le corps humain, et chaque bouton sa fonction. Appuyez sur celui-ci et votre coude se lèvera. Tournez celui-là et votre bouche s'ouvrira. Pressez-en encore un et vous viderez votre demi. C'est à peine plus compliqué. Un grand réseau électrique où transite et se transforme un signal, à la manière d'un ordre lancé par le cerveau et exécuté à la vitesse de la lumière après un parcours sinueux dans un réseau de neurones, de synapses et autres connecteurs aux noms étranges.

Sur le moment, cela me parut très curieux, moi qui avais plutôt l'expérience des chiropracteurs et autres rebouteux qui n'hésitent pas à vous faire craquer de la tête aux pieds, comme un mécano dégripperait d'un tour de clé un écrou bloqué, après vous avoir demandé pour la forme de bien vouloir vous détendre, ce qui revient à exiger l'impossible dans ce genre de situation. Par comparaison, sa façon de procéder tenait de la magie : comment imaginer que de si légères pressions pourraient parvenir à ranimer mon dos figé tel un bloc de glace ? En d'autres circonstances, j'aurais sans doute ri intérieurement en attendant que ça passe, mais elle avait accepté de me recevoir au pied levé, ce qui méritait bien un minimum de gratitude et, surtout, son petit ballet commençait à faire de l'effet. Je suis encore aujourd'hui incapable de l'expliquer, mais j'ai alors ressenti, allongé sur cette table, les yeux rivés à la longue poutre en bois qui traversait le plafond, une immense vague de chaleur m'irradier le torse au point que je me mis à suer abondamment, comme si, parmi les boutons sur lesquels elle avait appuyé, elle avait pressé celui de la décongélation.

Elle prit une grande inspiration avant de reposer délicatement ma tête sur la table.

– Tu es très bois.

– Pardon ?

– Très bois.

Elle se leva et secoua ses mains.

– Dans la médecine chinoise, on dit que le bois nourrit le feu. Donc si une personne très bois ne fait pas suffisamment circuler son énergie, le feu se développe. Les gens comme toi doivent canaliser leur énergie d'une manière ou d'une autre, sans quoi les tensions s'accumulent et provoquent des tendinites, des contractures et, dans certains cas, des blocages aussi sévères que le tien. Tu devrais vite te sentir mieux. J'ai pas mal travaillé sur ton foie, il était bien encombré.

– Sans blague.

Vingt ans d'alcoolisme et de consommation de stupéfiants. Ça fait longtemps que je n'ai plus un foie de jeune homme.

– Je plaisante pas. Le méridien du foie est très important pour l'équilibre global du corps, c'est lui qui permet la libre circulation du chi. Si ton chi se bloque, tu peux te sentir triste, ou avoir l'impression de te décevoir. On peut ressentir une forme de lassitude, un laisser-aller général. Dans les cas les plus graves ça peut aller jusqu'à la dépression.

J'ai tourné la tête vers elle.

– Tu sais ce que disent les Chinois ? Ils disent que quand le foie fonctionne bien il est comme un général d'armée qui serait capable d'y voir clair, de s'organiser et prendre les bonnes décisions. À l'inverse, quand le foie s'encombre, on se perd, on ne sait plus où aller.

Bon Dieu.

– Bref, tu risques de te sentir un peu à plat pendant quarante-huit heures et tu vas sans doute avoir de bonnes courbatures. Bois beaucoup. De l'eau, je veux dire, le temps d'évacuer tout ça. Et rappelle-moi si ça ne s'améliore pas, on essayera de faire mieux.

Je suis ressorti de chez elle comateux et doucement anesthésié, me déplaçant à petits pas dans un brouillard ouaté. Ce n'était pas spectaculaire mais je me sentais déjà plus mobile et mon dos commençait à me renvoyer des signaux épars et douloureux, des signes tangibles de son existence. Olive est passé me prendre et on est rentrés à la maison enfin calme et vide. J'ai traversé le salon où je ne sais qui avait pris soin de réunir les cadavres dans une quinzaine de grands sacs de courses alignés devant la porte d'entrée et je me suis écroulé sur mon lit, aussi épuisé et endolori qu'un boxeur après un match.

« Joyeux anniversaire. » Deux mots, pas un de plus, et la voilà allongée à côté de moi, me chuchotant dans l'oreille. J'ai regardé par la fenêtre la nuit tomber sur les falaises. Il doit être dix heures du soir, peut-être onze, mais de quel jour ? Combien de temps j'ai dormi ? Tout est calme, il n'y a plus un bruit. Pas de cigales. Pas de crapauds. Pas de vent. Juste un flux d'air frais remontant des gorges, ample et rassurant. Une longue caresse. Je me sens engourdi mais ce n'est pas une sensation désagréable. Des tensions et des douleurs me traversent les jambes, les bras et le dos, comme si mes membres n'étaient pas encore correctement reliés les uns aux autres et cherchaient leur place définitive avant de se faire à nouveau oublier. Cette foutue soirée me paraît déjà si loin.

– Je suis désolée, j'ai voulu t'appeler avant-hier mais je suis rentrée super tard de Londres, je suis allée chercher Sascha chez Camille et quand je suis arrivée à la maison j'étais vraiment trop claquée.

– T'en fais pas, ça me fait plaisir de t'entendre.

Ça me faisait surtout du bien. Une impression familière. Rentrer chez soi après des mois d'exil. Ou retrouver la terre ferme, quand le reste fuit comme une poignée de sable. Je suis allé ouvrir la baie vitrée et je me suis prudemment assis sur le canapé de la terrasse.

– Tu as fêté ça dignement j'espère ?

En plein dans le mille, comme d'habitude.

– Fêté oui, dignement je suis pas sûr.

Je lui ai raconté la soirée, mon black-out en compagnie de Clara, jusqu'à l'engueulade avec Aurore, en prenant soin de passer sur deux ou trois détails superflus.

– Mais non.

– Ouais.

J'ai marqué un temps.

– Je suis pas fier de moi.

– Si ça s'est passé comme ça c'est sans doute que ça devait se terminer, cette histoire.

– Tu crois au destin toi maintenant ? Depuis quand ? Depuis que Vincent s'est barré ? C'était le destin, ça aussi ?

Il y eut un silence glacial.

– Excuse-moi, je suis désolé. J'aurais pas dû dire ça.

– C'est pas grave.

– T'as des nouvelles ?

– Non, aucune.

Nouveau silence.

– Et Sascha, comment elle va ?

– Je sais pas trop. J'arrive pas à savoir si elle comprend ce qui se passe.

– Tu devrais venir ici avec elle, ça vous reposerait un peu.

– J'aimerais bien, mais en ce moment c'est compliqué. J'ai un boulot de dingue depuis que j'ai repris l'interprétariat.

– T'as arrêté les traductions ?

– C'était devenu beaucoup trop aléatoire. Je m'en sortais plus toute seule.

Elle poussa un soupir.

– J'ai encore du boulot jusqu'à fin juillet, mais début août ça serait possible pour toi ?

– Quand tu veux, Ana.

– Et je sais pas si c'est faisable, mais j'aimerais bien faire un saut chez mes parents. C'est pas très loin de chez toi, non ?

– Deux petites heures, je pense.

– Ils n'ont presque pas vu Sascha depuis qu'elle est née, et avec mon père qui perd la tête c'est peut-être la dernière fois que…

Elle ne put terminer sa phrase.

– Tu pourrais nous y emmener ?

– Bien sûr, oui.

Je n'ai pas vraiment vu passer les semaines qui ont suivi. Ce coin calme et paisible s'est transformé en quelques jours, au tournant du week-end du 14 juillet, en chaudron bouillonnant. Les magasins, les campings et les ruelles des villages se sont soudainement encombrés de familles déambulant en short et tongs, assommées par la canicule. Je me suis mis à injurier les vacanciers qui se traînaient sur les routes et à les klaxonner copieusement chaque fois que je les voyais hésiter devant les panneaux de signalisation et piler sans raison en rase campagne ou au milieu des ponts pour prendre des photos des rivières. J'ai pesté devant les hordes de touristes qui erraient dans les rayons du supermarché, l'air hagard, déchiffrant les yeux plissés les longues pancartes pendues au-dessus des têtes de gondole, sans doute à la recherche du rayon des crèmes solaires, des apéros ou de la boucherie, l'heure du barbecue n'étant jamais très loin en cette saison, autant de renseignements que j'aurais très bien pu leur fournir si j'en avais eu quelque chose à foutre mais non, certainement pas, qu'ils se démerdent avec leur marmaille dans ce labyrinthe et qu'ils me laissent slalomer à grande vitesse entre leurs chariots abandonnés en travers des allées. Sven elle-même m'a paru fatiguée de voir défiler ce flot incessant, désordonné et bruyant, qui m'a fait regretter l'époque tranquille où je patientais derrière les anciens. Alors que je pensais qu'on avait déjà atteint la jauge maximale, la situation s'est à nouveau aggravée vers la fin du mois, à tel point que j'ai plusieurs fois dû faire demi-tour, bien avant les interminables queues aux caisses, bien avant l'entrée bondée du magasin, avant même de pénétrer sur le parking où les touristes stationnaient en double file en attendant de trouver une place. Tout le secteur, du rond-point à l'entrée de la zone commerciale jusqu'à la grande route ramenant au centre du bourg, ressemblait désormais à un embouteillage monstre sur l'autoroute du Sud un jour de départ en vacances. La rivière, encore assez paisible, s'est elle aussi engorgée de canoës, si bien qu'à certaines heures la petite passe en bas de la maison a pris des airs de péage. Quelle misère. Fabrice, auprès de qui j'étais allé m'excuser platement après le pathétique épisode chez Ouioui, m'a appris que descendre l'Ardèche en couple était à l'origine d'un nombre significatif de séparations. Lui, qui est un terrien, ne met que rarement le pied dans l'eau, à plus forte raison en été car elle est selon lui beaucoup trop polluée, mais son plus jeune frère, qui loue des canoës dans le village voisin, est intarissable sur le sujet. L'an passé, il a accompagné sa belle-famille faire la descente. Malgré ses mises en garde répétées, l'oncle et la tante de sa femme ont absolument tenu à prendre un bateau ensemble plutôt que deux kayaks. Les gens n'écoutent rien de ce qu'on leur dit, c'est pas nouveau. Résultat des courses, ils ont chaviré au premier rapide et terminé en se gueulant dessus, lui aussi rouge qu'une écrevisse et elle pareille à un chihuahua mouillé, tant et si bien qu'elle a demandé le divorce à peine un pied posé sur le sable.

J'ai aussi pesté contre les Hollandais, si nombreux que je les ai suspectés d'avoir envahi le pays en loucedé, une nuit où les locaux cuvaient l'apéro de la veille. Je n'ai rien contre eux, j'ai d'ailleurs quelques collègues DJ hollandais que je respecte, et cet hiver, quand les locaux m'ont parlé d'eux comme s'ils craignaient le retour du choléra ou de la grippe espagnole, j'ai pensé qu'ils exagéraient. Je ne croyais pas trop à leurs histoires d'invasion, de norias de caravanes estampillées « NL », de campings où on ne parle qu'hollandais, où les employés sont hollandais et où jusqu'à l'eau minérale de la petite épicerie est hollandaise. Des anciens ont même tenté de me faire gober que certains avaient construit par ici des maisons entières en trimballant les matériaux depuis la Hollande, ce qui n'a littéralement aucun sens. Je les écoutais dérouler leurs récits à la manière des vieilles légendes qu'on raconte aux enfants le soir au coin du feu, peuplées d'envahisseurs venus de contrées froides et sauvages, éloignées de la civilisation et ensevelies tout l'hiver sous la neige et le brouillard, de tribus de géants blond platine habillés en orange fluo, éructant des borborygmes, infoutus de prononcer correctement « bonjour » ou « au revoir » ni même de les employer à bon escient alors qu'ils viennent et reviennent depuis des lustres, d'enfants indomptables hurlant à tue-tête et de femmes bâties comme des armoires à glace, un mètre quatre-vingt-cinq, épaules de nageuses et cuisses de cyclistes.

Tout cela me paraissait très excessif mais je peux le dire maintenant en connaissance de cause : ils étaient loin en deçà de la réalité. J'aurais pu m'en douter. Ces gens ont quand même inventé le gabber au début des années quatre-vingt-dix, une sorte de techno hardcore pour brutes décérébrées tournant à plus de deux cents bpm, sans aucun doute ce que la musique électronique a engendré de pire depuis qu'elle existe, et par ailleurs ils produisent toujours les plus grosses bouses qui circulent sur le marché, inondent les radios commerciales, les boîtes de nuit de seconde zone et les rayons disques des supermarchés. On peut connaître l'âme d'un peuple à sa musique, ça ne loupe jamais. Ils ont, il faut le leur reconnaître, un certain sens de l'efficacité car ils n'éprouvent pas trop de scrupules à tirer, de façon très pragmatique, sur les ficelles les plus attendues, mais pour le reste ce sont surtout de gros bourrins incultes. Quand j'ai demandé à Fabrice ce qu'ils foutaient tous là, il m'a expliqué que, contrairement à ce que tout le monde imagine, à savoir qu'on est juste la première terre ensoleillée sur la route qui mène les vacanciers des pays froids vers le sud, les liens entre les Hollandais et les Ardéchois remontent en fait au seizième siècle, les seconds ayant trouvé refuge chez les premiers où ils purent échapper aux massacres des guerres de Religion et vivre en paix leur foi protestante. Ça m'a fait une belle jambe et ça n'excuse en rien leurs goûts de chiottes.

J'ai pourtant apprécié cette effervescence, malgré la cohue générale. J'ai enchaîné les barbecues et les apéros, la fête de la Musique et les feux de la Saint-Jean, la paella du comité des fêtes qui m'a rappelé celle que cuisinait ma grand-mère pour les grandes occasions, le feu d'artifice tiré depuis le pont, le sanglier à la broche du repas des chasseurs et les bals des villages voisins, autant d'occasions de faire circuler mon énergie dans mon méridien du foie, qui selon Marion est maximale entre une heure et trois heures du matin. C'était parfait pour me changer les idées à une période où, comme chaque année, j'avais les hormones au plafond, si bien que je me suis régalé à la vue des troupeaux de post-adolescentes gambadant en short dans les ruelles du village, la mode étant désormais de les découper bien au-dessus du pli des fesses. Je n'ai pas beaucoup vu les colibris, happés par le tourbillon de la saison estivale, ni les Granger affairés dans leurs vignes, mais je suis retourné voir Marion, même si pour être vraiment sincère je ne crois pas y être allé que pour mon dos. Elle m'examina, localisa une contracture au niveau de mes dorsales, me demanda de croiser mes mains sur mes épaules, souleva ma tête pour la bloquer au creux de son bras gauche et, après m'avoir tiré vers elle, passa sa main droite sous mon dos :

– On va faire un gros câlin. Détends-toi bien et expire.

J'ai soufflé lentement, la tête blottie dans le moelleux de ses seins. Elle ajusta sa position, oscillant doucement de droite à gauche, ses doigts cherchant dans mon dos le point exact où elle préparait mon atterrissage. Une fois prête, elle susurra : « Allez, souffle », rabaissa sa poitrine d'un coup sec, pesant de tout son poids sur son poing refermé sous mes dorsales, et libéra une salve de trois doubles-croches. Elle reposa ma tête, dégagea avec précaution sa main droite et se releva, visiblement satisfaite :

– Ta D10 ne devrait plus te faire de souci, maintenant.

J'ai découvert peu de temps après que sa connaissance de la cartographie des connexions du corps humain allait loin au-delà de ce que je pouvais imaginer. La première nuit qu'on a passée ensemble, assise à califourchon sur moi alors que j'étais toujours fiché en elle après une chevauchée incandescente, elle a détaché mes mains de ses seins luisants de sueur, allongé mes bras de part et d'autre de ma tête et massé lentement mes paumes de sa poigne puissante avec une précision si exquise qu'il m'a semblé que je venais une troisième fois. J'ai simplement dit : « Nom de Dieu ! », elle a dit : « Je suis sûre qu'on peut encore mieux faire » et je suis resté songeur, dans l'atmosphère moite de sa chambre, me demandant à quoi cela pourrait bien ressembler.

Ana est arrivée deux semaines plus tard par le train de l'après-midi. J'ai passé l'essentiel de cette période à ranger et nettoyer la maison de fond en comble, passer une couche de peinture dans la chambre où j'avais prévu de les installer et récupérer pour Sascha une petite baignoire, un lit à barreaux, une table à langer, une chaise haute, des jouets, un tapis d'éveil et toutes sortes de choses dont j'ignorais jusqu'à l'existence. Sven m'a filé un sacré coup de main, un matin où elle n'était pas trop débordée à l'accueil. Elle m'a accompagné dans le rayon puériculture et on a fait le plein de couches, de langes, de cotons et de lingettes, ainsi que d'un tas d'autres produits paraît-il indispensables, comme du sérum physiologique ou du liniment, une crème à base d'huile d'olive qui sert à torcher les mômes. Je ne m'en serais jamais sorti seul mais elle, qui a eu deux filles et qui est grand-mère depuis quelques mois d'un petit garçon nommé Noah qu'elle m'a présenté lors de la paella du village, se servait dans ces rayonnages que je n'avais jamais parcourus aussi vite et efficacement que moi au rayon des spiritueux. J'ai pris un assortiment de purées de légumes et de compotes de fruits bio, elle m'a conseillé de laisser tomber pour le lait en poudre parce que je n'ai pas su lui dire si Ana continuait de l'allaiter ou non, je lui ai demandé de m'aider à choisir des fringues dans l'allée voisine et j'ai fini de remplir le chariot avec des bodys, des T-shirts, une sorte de sac de couchage en coton très léger dont je n'ai pas retenu le nom, deux chapeaux, de la crème solaire et une paire de lunettes de soleil rose aux branches décorées d'étoiles car j'ai pensé qu'Ana, quittant la grisaille parisienne, ne pouvait se représenter à quel point la chaleur était écrasante et le soleil brûlant dans ce coin de l'Ardèche.

J'ai fait de la place dans le cellier pour stocker les provisions, préparé la salle de bains du haut, puis je me suis attelé à l'aménagement de leur chambre. Le lit à barreaux trouva naturellement sa place dans la partie mansardée, sous un mobile en bois que j'avais déniché dans une boutique d'artisanat du village. J'ai plié les affaires de la petite dans une commode en pin déménagée d'une pièce voisine, disposé sur le fauteuil en osier les peluches que j'avais pu réunir et rangé les jouets dans une vieille malle qui traînait sous la grange et que j'avais lavée à grande eau avant de la faire sécher au soleil dans le jardin. J'ai positionné la lampe sur pied orange entre le lit et le fauteuil, et changé l'ampoule car sa lumière me semblait trop forte. J'ai reculé de quelques pas et observé le résultat, assez fier de moi. La garçonnière défraîchie où Ben et Dora avaient passé la nuit à roucouler ressemblait désormais à un petit paradis à la blancheur apaisante.

Je suis allé les chercher à la gare après avoir pas mal galéré pour parvenir à fixer un siège bébé dans la Méhari, qui n'a même pas de ceintures de sécurité. Il n'y a encore pas si longtemps, on gardait les gamins dans les bras ou dans un couffin simplement posé sur la banquette arrière, et quand j'étais môme il n'était pas rare qu'on fasse des trajets en voiture à six ou sept dans la vieille R20 de mon père, cinq adultes dont trois qui clopaient et deux enfants sur les genoux des passagers. C'est Ouioui qui m'a tiré d'affaire en me conseillant d'aller voir le Belge, un garagiste à la retraite connu dans la France entière pour ses talents de réparateur de motos. En deux temps trois mouvements, il a soudé une barre de métal au fond du coffre, directement sur le châssis, et fixé le siège à la banquette arrière avec d'énormes sangles à cliquet. « La plupart des pièces de cette bagnole tiennent ensemble par l'opération du Saint-Esprit. Si vous avez un accident, c'est la dernière chose qui se disloquera, tu peux me croire », m'a-t-il dit, croyant sans doute me rassurer.

Arrivé très en avance, j'ai patienté sur le quai au milieu des locaux qui venaient accueillir leur famille pour les vacances. Ana est descendue du train le teint pâle et les traits tirés. Je l'ai trouvée amaigrie et éteinte, et j'ai eu le sentiment qu'elle avait brutalement pris dix ans depuis cet après-midi glacé de décembre où elle rayonnait comme un phare sur les toits de Paris. On s'est embrassés un peu tristement, j'ai souri à Sascha, puis j'ai pris sa valise, et on s'est dirigés vers le parking.

Elle n'a presque rien dit durant le trajet, perdue dans ses pensées, alors que nous nous faufilions entre les volcans, au milieu des vignes et des champs, sur cette route sinueuse qui relie la vallée du Rhône à celle de l'Ardèche. J'ai respecté son silence car je savais qu'il lui faudrait non pas des heures mais des jours pour toucher terre après l'enfer de ces derniers mois, si cela était encore possible. La tête tournée vers la vitre, elle regardait le paysage défiler derrière ses lunettes de soleil, mais je sentais bien qu'elle était toujours là-bas, à arpenter le plancher grinçant de leur salon dans l'attente d'un appel de lui, bercer la petite pour la calmer d'une énième crise de larmes une nuit où une pluie battante martelait les toits, alors qu'elle-même luttait pour retenir les siennes, ou contempler impuissante l'appartement rempli de ses affaires, telles qu'il les avait abandonnées après avoir claqué la porte, un matin comme les autres. Qu'en a-t-elle fait ? A-t-elle tout vidé dans une poubelle au pied de l'immeuble, un jour de colère, ou rempli des cartons, empilés depuis dans le couloir tapissé des photos des Daumas, qu'il n'aura qu'à déballer s'il refait surface ? Comment peut-on passer à autre chose dans ces conditions ? Comment appelle-t-on ça, d'ailleurs ? Une rupture ? Moi qui ne suis pas vraiment un modèle de bravoure, j'ai toujours pris deux minutes pour envoyer un message quand je n'avais pas le courage de décrocher mon téléphone. Désolé mais ça ne le fait pas, je préfère qu'on s'arrête là. Même pas quinze mots. C'était cool mais je préfère en rester là. Même pas dix. Le service minimum. Mais au moins on sait où on en est, et la vie peut continuer. Une disparition ? Il me semble qu'on dit plutôt ça pour les gens qui se retrouvent ensevelis sous une avalanche au fin fond de l'Himalaya, dont le bateau fait naufrage au milieu du Pacifique ou qui se font enlever par un gang au Mexique ou ailleurs avant que les ravisseurs se fassent connaître et exigent une rançon, pas franchement pour un type qui se casse, prend soin de poser sa démission mais ne s'embarrasse même pas de fournir la moindre explication à sa meuf, qui se trouve être également la mère de sa fille. Dans l'échelle du mépris, on le situe où, un type comme ça ?

J'ai observé la délicatesse de son profil, la ligne de son nez, la rondeur de ses pommettes et le dessin parfait de ses lèvres, une perfection que seuls les dessinateurs sont capables d'atteindre car dans la réalité ça n'arrive jamais, j'ai suffisamment sillonné le globe pour le savoir. J'ai regardé les rayons du soleil éclairer son visage et ses mèches danser dans l'air chaud et sec qui s'engouffrait dans l'habitacle et, pour la première fois sans doute depuis des années, je n'ai eu ni la gorge nouée ni les jambes en liquéfaction. J'étais pourtant si souvent passé par là. La belle histoire, la Terre promise, l'irrésistible attraction, aussi prévisible que le glissement d'une particule dans un champ gravitationnel. Elle avait résonné si souvent, cette ritournelle, que je la connaissais par cœur. Pourtant, à ce moment précis, je n'ai ressenti que de la tristesse, celle qu'on éprouve lorsqu'on absorbe comme une éponge celle de nos proches, si proches qu'on finit par se confondre avec eux, telles deux images qu'on superpose.

La petite, incroyablement calme, a attendu qu'on soit à la maison pour réclamer son goûter. J'ai montré à Ana les rayonnages du cellier remplis de compotes, de purées et de yaourts.

– Mais t'es dingue, c'est trop gentil, fallait pas.

– Tu l'allaites toujours ?

– Non, j'ai dû passer au biberon quand il est parti.

Elle a ajouté d'une voix faible :

– Je n'ai plus eu une goutte de lait, du jour au lendemain.

Elle s'est arrêtée net, comme si des larmes l'attendaient au seuil de ces derniers mots. Je suis resté silencieux, sans oser la regarder dans les yeux. Il y a des choses auxquelles on peut faire face, des douleurs qu'on peut atténuer, des contrariétés qu'on peut relativiser. Et d'autres qui nous tombent dessus, tel un couperet.

– C'est peut-être pas plus mal, finalement. Ça aurait été une galère pas possible quand j'ai repris le boulot.

On a fait un tour de la maison et je leur ai montré leur chambre. Elle a contemplé les meubles, la décoration, les peluches. Un sourire fragile a réveillé le bas de son visage, mais le haut est resté plongé dans les ténèbres, comme une brève éclaircie dans un paysage désolé.

– J'espère qu'il ne manque rien. Si tu as besoin de quoi que ce soit, tu me dis.

– C'est merveilleux, Juan. Je vais l'installer pour sa sieste, je te rejoins en bas.

Je me suis éclipsé pour les laisser tranquilles. Il y a des années de ça, de retour sur la terre ferme après la traversée tumultueuse du golfe de Thaïlande sur le bateau du père de Nora, j'avais eu l'impression de tanguer durant plusieurs heures et d'être encore secoué par la houle. J'imagine que c'est ce qu'elles doivent ressentir maintenant. Un jour ou l'autre, la terre cessera de trembler sous leurs pieds.

J'ai préparé un thé, sorti deux tasses achetées à un potier du coin et un paquet de biscuits que j'ai posés sur la table, à l'ombre de la pergola. J'ai regardé les oiseaux qui se chamaillaient dans le grand chêne et le défilé des canoës sur la rivière. De temps à autre, le bruit sourd des coups de pagaie sur la coque des bateaux remonte du fond des gorges. Je n'entends presque plus les cigales, qui font pourtant un bruit assourdissant. Leur chant fait partie du paysage sonore, au même titre que celui des grenouilles à la tombée du jour, le hululement du petit duc ou le frémissement lointain des rapides, au point que je m'étonne parfois, lorsque je me réveille en pleine nuit, de redécouvrir le silence. On pense souvent que le silence naît de l'absence totale de bruit mais ceux qui, comme moi, vivent en permanence avec une turbine dans l'oreille ou basculent dans la folie parce qu'ils finissent par entendre le battement de leur propre cœur, savent bien qu'il s'agit d'une illusion. Le silence naît dans l'intervalle entre deux sons, dans ce temps suspendu, rythmé par l'attente du son suivant.

Le chat a traversé le jardin en tirant la langue. La maison regorge de planques plus fraîches les unes que les autres mais cet abruti trouve encore le moyen de pioncer en plein cagnard. Arrivé sur la terrasse, il s'est frotté à mes pieds avant de sauter sur la table pour renifler l'assiette de biscuits. La voilà, la raison de l'interruption de sa sieste. Je lui ai adressé un petit geste sans équivoque de la tête et il est reparti cuire je ne sais où. Il sait que ce n'est pas l'heure.

Je me suis servi une tasse de thé déjà trop tiède et je suis retourné à l'intérieur pour voir si je pouvais me rendre utile. Elle devait avoir du mal à coucher Sascha, dans cette nouvelle maison, après ce long trajet. J'ai monté les marches de l'escalier et traversé le couloir jusqu'à leur chambre à pas feutrés. J'ai chuchoté : « Tout va bien, Ana ? » et parce qu'elle ne répondait pas j'ai doucement poussé la porte et passé une tête par l'entrebâillement. Elle s'était endormie sur le lit, en chien de fusil, ses ballerines encore aux pieds. Je l'ai contemplée un instant, puis j'ai fait un pas en arrière et tiré la porte derrière moi.

Elle est redescendue deux bonnes heures plus tard avec Sascha dans les bras. La fatigue marquait encore son visage mais ses traits s'étaient déjà un peu adoucis.

– Je suis tombée comme une masse. C'est elle qui m'a réveillée, sinon je crois que j'aurais pu dormir jusqu'à demain matin. Ça te dérange si je lui donne son bain maintenant ?

– Pas du tout. Il y a du savon liquide pour bébé à côté de la baignoire et une pile de serviettes sur la commode. Une salade pour ce soir, ça te va ?

Elle a souri et, cette fois-ci, ses yeux se sont également éclairés.

J'ai préparé le dîner et dressé la table sur la terrasse pour profiter du calme et de la fraîcheur du soir. Ana avait donné son biberon à la petite dans le canapé du salon, et l'avait recouchée presque aussitôt. J'avais observé ses gestes précis et assurés, telle une chorégraphie répétée des centaines de fois jusqu'à devenir parfaitement fluide : une façon de la prendre et la basculer en arrière, lui caler les jambes sur ses genoux et la tête contre sa poitrine, la tourner légèrement vers elle jusqu'à trouver la position la plus confortable et finir par lui tendre le biberon, déclenchant aussitôt, après un court moment d'excitation et d'impatience, un soupir de satisfaction.

On a mangé lentement, sans parler beaucoup. J'ai évoqué l'idée d'aller visiter des vieux villages ou des grottes, faire un tour au marché ou se baigner dans la rivière. Elle a fait semblant de m'écouter poliment. C'était trop tôt.

– Je vais aller me coucher, je suis claquée.

Elle s'est levée pour débarrasser la table.

– Laisse, je m'en occupe.

Elle a déposé un baiser sur ma joue.

– Merci. À demain alors.

J'ai tiré une bière glacée du frigo et je suis allé me poser dans le canapé pour regarder les gorges disparaître dans la nuit. J'ai repensé à la dernière fois où on a vraiment passé du temps ensemble. C'était il y a douze ans, une éternité. Notre horizon était clair et dégagé. Aujourd'hui, il me paraît obstrué par des montagnes infranchissables. Quelle est cette mécanique cruelle qui finit par rendre les choses possibles impossibles ? Mon téléphone a vibré. Un court message de Marion. Trois mots : « On se voit ? » Simple, direct, sans ambiguïté. J'ai soupiré en le reposant. Ce n'était pas le moment. Ça pouvait attendre.

Je suis parti tôt, le lendemain matin, pour aller chercher du pain frais et des croissants avant les premières processions de touristes. Lorsque je suis rentré Ana était levée et surveillait Sascha qui jouait dans le salon. Je les ai embrassées et j'ai déposé les viennoiseries sur la table.

– Tu as bien dormi ?

– J'ai pas arrêté de me réveiller.

– La petite a pleuré ?

– Elle a dormi d'une traite. Ça m'a fait tellement bizarre que je me suis relevée plusieurs fois pour voir si elle respirait toujours.

Je l'ai regardée en secouant la tête.

– Oui, je sais.

– Je te fais un café ?

J'ai fait couler deux tasses, tiré un presse-agrume du placard pour lui préparer un jus d'orange et servi ses croquettes au chat qui se frottait à mes jambes.

– T'as un chat toi maintenant ?

– Ouais. Qui l'eût cru, hein ?

– Il a l'air cool.

– En fait je sais pas trop si c'est moi qui l'ai adopté ou si c'est l'inverse. Il s'est pointé cet hiver devant la fenêtre et comme il me faisait pitié j'ai commencé à lui acheter à bouffer. Ça a été un peu tendu entre nous au début mais depuis ce con prend toute la place dans le lit.

– Tu lui as donné un nom ?

– Le chat.

– C'est bien trouvé.

– N'est-ce pas ?

– J'ai repensé à ce que tu disais hier soir. Ce serait sympa d'aller se baigner dans la rivière avec Sascha. Tu connais un endroit un peu protégé ? Faut pas qu'elle prenne le soleil trop fort.

Et comment. Il y a pas loin d'ici un affluent de l'Ardèche épargné par le flot des touristes. De façon générale, il suffit de s'écarter d'un ou deux kilomètres de l'axe de la rivière, le long de laquelle se concentrent les campings, les pizzerias et les loueurs de canoës, pour retrouver une nature sauvage et préservée de l'influence délétère de la civilisation. À une petite demi-heure de la maison, dans une vallée encaissée, une route étroite serpente au cœur d'une végétation luxuriante. À mesure qu'on s'enfonce dans la montagne, la température baisse, l'air se parfume d'odeurs de sous-bois et de terre fraîche, et les forêts de pins tapissées de bruyères et de fougères cèdent la place à d'immenses châtaigniers au feuillage dense et sombre. Il faut se garer dans un virage, prendre un sentier dont le départ est presque invisible et marcher quelques minutes dans les fourrés jusqu'à une clairière où un petit torrent, bien loin du cours large et majestueux de l'Ardèche qu'il rejoindra plus bas, se faufile entre de gros rochers et forme, de cascade en cascade, une succession de piscines naturelles à l'eau claire et limpide, d'un vert très pâle tirant sur le bleu. Il n'y a pas beaucoup d'endroits où étendre une serviette autour de ce chaos de blocs sculptés depuis des millénaires par ces eaux tumultueuses mais on trouve sous un acacia une zone assez large et plane pour se poser à l'abri du soleil. Je me suis bien gardé d'expliquer à Ana que c'était Marion qui m'avait fait découvrir cet endroit, qu'on avait passé l'après-midi à se baigner à poil, et que je l'avais prise par les fesses sur un rocher échoué comme une île au milieu d'une eau transparente.

On est restés là une bonne partie de la journée, seuls au monde. On a fait prendre à Sascha son premier bain dans la nature parmi les têtards, les libellules et les araignées d'eau, et écouté son petit rire haut perché remonter le canyon jusqu'à se perdre dans le bruit blanc des cascades. Il faut croire que cette baignade lui a ouvert l'appétit car elle a dévoré son déjeuner avant de s'endormir dans le nid qu'Ana lui avait aménagé à l'ombre du grand arbre. J'ai tiré du sac un pique-nique et débouché la bouteille de rosé que j'avais rafraîchie dans le torrent.

– Et alors, ton projet de livre, t'en es où ?

J'ai soupiré.

– J'ai fini par accepter la proposition d'Olive.

– Sérieusement, tu vas vraiment écrire ça ?

– Même pas. C'est un nègre qui va s'y coller.

Elle s'est marrée.

– Ouais, c'est pas glorieux. La vérité c'est que je suis incapable d'écrire trois pages qui tiennent la route. Je lui ai soumis différentes idées mais tu le connais, quand il te dit avec son petit ton détaché que c'est pas mal, en fait ça veut dire que c'est une idée de merde.

– Tu sais comment ça va se passer ?

– Un type va venir ici en septembre pour m'interviewer, un journaliste. Olive a déjà dû le briefer. Il veut du croustillant. La première fois qu'il m'en a parlé je lui ai dit que ça me posait un problème moral, ça l'a bien fait rire.

J'ai écouté le bruit de l'eau ruisselant entre les rochers et le chant discret des oiseaux perchés dans les branches. Si l'Éden a existé il devait ressembler à peu près à ça.

– Tu sais que je me suis remis à lire ? Quand je pense au temps que j'ai perdu à poireauter dans les aéroports. J'ai fait le calcul : quatre vols par semaine en moyenne pendant vingt ans, quatre heures d'attente au bas mot à chaque vol, entre l'embarquement, le débarquement, les bagages et les transports, tu sais combien ça fait ? Seize mille six cent quarante heures, et je compte pas le temps de vol, fallait bien que je dorme un peu. En jours c'est plus parlant : six cent quatre-vingt-treize. Presque deux ans. T'imagines un peu ce que j'aurais pu lire ? Disons qu'il faut en moyenne dix heures par livre, je compte large exprès : j'aurais pu en lire mille six cent soixante-quatre. Seize cent soixante-quatre, comme la bière. Tu le crois, ça ?

Elle a souri.

– Et alors t'as lu quoi, depuis que tu t'y es remis ?

– Que des merdes. Un bon gros tas de merdes que mon futur livre va encore venir grossir. Je vais arrêter de demander conseil à la libraire du village d'à côté, à chaque fois elle s'emballe pour un bouquin en me disant que c'est génial alors qu'en fait c'est juste ce qui est sorti de mieux au cours des deux derniers mois. Mais moi je m'en tape, j'ai tellement de retard qu'elle ferait mieux de m'indiquer les bons bouquins des deux derniers siècles. Tu vois, au fond, je suis sûr qu'elle est convaincue d'être une passionnée de littérature alors qu'elle n'est qu'un petit soldat au service d'une énorme industrie. Quand j'étais DJ, moi aussi je passais mon temps à m'extasier sur des nouveautés qui si on les écoutait avec un poil de recul n'avaient en réalité strictement aucun intérêt.

Je me suis arrêté net car ça m'a fait bizarre de m'entendre dire « quand j'étais DJ » avec le même détachement que si j'avais parlé de quelqu'un d'autre. Ana, qui, elle, n'a jamais cessé de lire, m'a conseillé des tas d'auteurs, certains dont j'ignorais l'existence et d'autres à côté desquels j'étais totalement passé. Elle en parlait avec tant de précision, évoquant juste ce qu'il fallait de leur écriture, de leurs histoires ou de leurs personnages, que j'ai regretté de ne pas avoir un crayon pour prendre des notes.

– Tu devrais essayer les livres de Jim Harrison, je suis sûre que ça te plairait, maintenant que tu vis ici. Commence par *Dalva*, c'est sublime.

Elle termina son verre et se tourna vers Sascha qui écrasait toujours.

– On va se baigner ?

– Vas-y, j'arrive dans un instant.

Je l'ai regardée se lever, s'étirer et s'avancer sur le sable, et je l'ai trouvée encore plus belle qu'il y a douze ans, lorsque je la contemplais nue et endormie dans la lumière de sa chambre de la rue au Maire. Elle pénétra dans l'eau doucement et finit par plonger et disparaître sous le scintillement argenté de la surface. Elle émergea quelques secondes plus tard dans le bouillonnement de la cascade, sous laquelle elle resta un moment à se faire masser par la langue puissante du torrent, puis elle regagna le centre du bassin pour grimper d'un coup, comme on sort d'une piscine, sur la grande roche plate où elle s'allongea et me fit signe de la rejoindre.

Le soir même, alors qu'Ana préparait la petite pour sa nuit, j'ai lancé un barbecue, débouché une bouteille et sorti deux trois bricoles pour l'apéro. J'ai pris du plaisir à effectuer ces gestes simples, découper des tomates, faire une vinaigrette, jeter dans les braises des pommes de terre enrobées d'aluminium et surveiller la cuisson des côtes d'agneau. L'odeur des grillades et des herbes de Provence n'a pas tardé à embaumer la terrasse alors que le soleil amorçait la dernière phase de sa descente derrière les falaises.

Ana apparut au pied des escaliers vêtue d'une chemise blanche et d'un short beige. Cette première journée de soleil lui avait déjà fait prendre quelques couleurs. Je lui ai servi un verre et on a trinqué en regardant la cime des arbres s'embraser à l'horizon. Pendant le dîner, elle me parla de Paris, de cette ville où elle avait grandi et qu'elle avait aimée jusqu'à ce que le coût de la vie devienne si stratosphérique que des pans entiers de la population furent littéralement foutus dehors, abandonnant les derniers quartiers populaires du centre pour les arrondissements périphériques qu'ils quittèrent à peine plus tard pour les communes limitrophes de la petite couronne, avant de partir pour de bon, de plus en plus loin. Il n'aura fallu qu'une décennie, du milieu des années quatre-vingt-dix au milieu des années deux mille, pour que disparaisse le peu de diversité qui existait encore. Elle était consciente qu'elle faisait partie de ces gens bien nés, bien éduqués et suffisamment rémunérés pour ne pas avoir été emportés par ces vagues d'exil successives, du moins jusqu'à maintenant car elle n'était pas sûre de pouvoir continuer à assumer seule les charges de leur appartement, mais elle avait fini par détester cette atmosphère bourgeoise et cet entre-soi satisfait et arrogant.

– J'ai l'impression qu'il n'y a plus aucune sincérité, que tout sonne faux, comme une mauvaise traduction. Tu ne les as pas connus, mais mes grands-parents du côté de ma mère ont toujours habité le dix-huitième, boulevard Ney, à deux pas de la porte de Clignancourt. Mon grand-père, André, a commencé à travailler à onze ans dans une usine de chaudronnerie qui fabriquait des pièces pour des chaudières. Il y a fini chef d'atelier. C'était le genre de carrière dont on pouvait se vanter lorsqu'on était issu de son milieu et qu'on avait rien d'autre qu'un certificat d'études. Ma grand-mère, elle, a d'abord été caissière dans une boucherie des Halles. Quand elles ont été rasées, elle ne voulait pas aller bosser à Rungis alors elle a trouvé un job d'ouvreuse dans un cinéma, avant de devenir vendeuse à la Samaritaine, jusqu'à sa retraite. Je te raconte ça parce que tu vois, quand j'étais petite et qu'on allait déjeuner dans leur appartement qui n'était pas minuscule, tout le quartier, leurs voisins, leurs amis, leur ressemblait. Il y avait des artisans, des employés, des ouvriers. Dans la rue on trouvait encore des horlogers, des chapeliers, des ateliers de confection ou de mécanique, et des tas de petits commerces qui ont disparu depuis. Je me souviens d'un type qui vendait des fruits dans une charrette à la sortie du métro, on lui achetait toujours des clémentines ou des fraises. C'était un type bourru et trapu, sans âge, d'un autre temps, qui alpaguait les passants en gueulant : « N'achetez pas, c'est pas assez cher ! » Il y avait même un homme qui arpentait le boulevard et les cours des immeubles, à l'époque ils n'étaient pas encore verrouillés par des digicodes, et qui criait : « Vi-trier ! Vi-trier ! » J'avais peur pour lui parce qu'il portait dans son dos un énorme chevalet en bois qui semblait peser une tonne et qui était rempli de carreaux dont certains dépassaient sa tête d'un bon mètre. Et au troisième, il y avait une dame adorable, Mme Lebrun, qui m'offrait des petits-beurre. Elle tenait un restaurant sur le boulevard d'Ornano où les ouvriers du quartier rangeaient leur serviette dans un grand meuble à casiers en bois, à gauche de la porte d'entrée, avec leur nom inscrit à la plume sur un bout de papier glissé dans un porte-étiquette. On pourrait croire que c'était les années cinquante ou soixante, mais c'était les années quatre-vingt. Ils sont passés où, ces gens, aujourd'hui ?

Elle se pencha pour attraper son verre, le porta à ses lèvres, et le reposa aussitôt.

– Même ma mère, tu vois, elle a commencé à bosser super jeune. Elle a passé son bac juste avant 68 et elle a été embauchée comme instit dans la foulée. Quelques années plus tard elle est devenue prof d'anglais grâce aux cours du soir, mais au départ, avec son salaire d'instit, elle pouvait se payer un petit deux-pièces dans le Quartier latin. Pas une chambre de bonne glaciale au septième étage avec les toilettes sur le palier, un vrai deux-pièces. Et il lui restait encore assez d'argent pour avoir une voiture, mettre de l'essence dedans, partir en vacances et s'offrir de temps en temps un restaurant ou une sortie au café-théâtre. Le même appart se loue maintenant plus cher que le salaire d'une instit en début de carrière, ça ne choque personne, et ceux qui parviennent encore à vivre là finissent par se convaincre que cette violence quotidienne pour se loger, se déplacer, trouver un boulot ou le garder, manger ou respirer correctement, que tout ça c'est parfaitement normal et acceptable, parce que s'ils arrêtaient de se mentir, s'ils enlevaient deux minutes leurs œillères, ils trouveraient juste ça insupportable.

Sa voix grave et rocailleuse s'est tue. Elle a vidé son verre, comme pour calmer cette colère froide, et on a écouté en silence le coassement des grenouilles dans la nuit. Je n'ai pas vu les choses changer, durant ces années. Pas tant parce que j'ai gagné du fric et que ce fric m'a mis à l'abri de ce genre de problèmes, mais surtout parce que j'ai vécu à mille à l'heure, et parce que je n'étais jamais là. Je n'ai été que de passage, aussi détaché et indifférent qu'un touriste, atterrissant, vivant là quelques jours, ou plutôt quelques nuits, et redécollant aussitôt. C'est peut-être pour ça, au fond, que je n'ai pas eu de mal à m'habituer à la vie ici. Mais je ne la connaissais pas si mélancolique. C'est sans doute le prix à payer de la lucidité. La plupart des gens font des contorsions pas possibles pour éviter de se frotter au mur poisseux de la réalité, mais pas elle.

Je l'ai resservie et me suis levé pour aller chercher une autre bouteille. Quand je suis revenu sur la terrasse, elle s'était installée dans le canapé, sous la pergola, et observait le reflet de la lune sur la rivière luminescente. Je me suis assis à côté d'elle et on a dégusté la syrah des Granger en contemplant ce spectacle paisible. Je lui ai proposé d'aller faire la route des Gorges le lendemain matin ou, si elle préférait, de monter à Thines, ce village aux toits de lauzes perdu dans les Cévennes que Fabrice m'avait conseillé. Je me suis souvenu de la balade géologique que j'avais faite avec lui et, alors qu'elle posait sa tête sur mon épaule, je lui ai raconté, sans doute dans le désordre, comment ce pays avait été, à différentes périodes, une terre de montagnes aussi hautes que l'Himalaya avant que des millions d'années d'érosion ne fassent fondre ces reliefs comme un sucre, un paysage de savane tropicale peuplé de serpents, de lions et de rhinocéros, une jungle équatoriale infestée d'insectes géants et de libellules aussi grandes que les aigles qu'on voit souvent tourner au-dessus de la maison, une terre secouée par des éruptions volcaniques qui projetaient dans le ciel des cailloux à des kilomètres à la ronde et une mer dans laquelle pullulaient d'immenses ammonites et autres céphalopodes. Je lui ai parlé des peintures rupestres de la grotte Chauvet, des innombrables chantiers de fouilles archéologiques et des trésors naturels enfouis dans le sous-sol, de l'histoire mouvementée de ce pays et de ses habitants au caractère à la fois frondeur et nonchalant. De leur humour aussi, comme lorsqu'ils arborent au cul de leur bagnole ce dessin qui a fini par devenir l'emblème du département, semblable à la tête de Maure corse, à ceci près que le visage noir a été remplacé par celui d'une chèvre et que le bandeau noué fièrement autour du front lui tombe sur les yeux. Je lui ai raconté comment j'avais été accueilli ici par Fabrice et Isa et par les villageois, comment j'avais fini par me réconcilier avec Sven après un démarrage difficile et comment j'étais même parvenu à supporter les blagues misogynes de Bernard. J'ai basculé mon verre et, alors que je m'apprêtais à la resservir, je me suis aperçu qu'elle dormait profondément.

J'ai écouté longtemps son souffle dans le silence de cette nuit claire. Peu à peu, j'ai senti ses muscles se détendre et sa respiration ralentir. Sa main posée sur ma cuisse se crispa un instant avant de se relâcher, comme fait parfois le chat lorsqu'en rêve il se voit en tigre, et sa tête pesa plus fortement sur mon épaule. Du bout des doigts, j'ai attrapé le plaid qui reposait sur l'accoudoir et je l'ai doucement déplié sur ses jambes nues. J'ai eu peur de l'avoir réveillée car je l'ai sentie frissonner au contact de la laine sur sa peau mais, toujours assoupie, elle se recroquevilla vers moi, ramena ses jambes sur le canapé et passa son bras autour de ma taille avant de reposer, dans un soupir, sa joue contre ma poitrine. J'ai penché la tête, déposé un baiser dans ses cheveux et, dans l'air frais qui remontait des gorges, chargé de l'odeur de terre humide des berges de la rivière, là où nichent aujourd'hui les grenouilles et là où hier rôdaient les panthères et les guépards, j'ai respiré les effluves acidulés de son parfum, celui qu'elle porte depuis toujours, qui sent la bergamote, le pamplemousse, le poivre et la muscade, celui-là même que j'ai senti pour la première fois dans le brouhaha de ce bar de la rue Montmartre quand je m'étais rapproché d'elle pour lui glisser quelques mots à l'oreille. Je me suis souvenu de l'odeur suave et entêtante de notre chambre à Reykjavik, après quatre jours et quatre nuits passés à faire l'amour, alors qu'une pluie battante délavait les vitres tournées vers les toits colorés de la ville et dissimulait les montagnes noires de l'autre côté de la baie. Je l'ai revue sortir de la douche une serviette nouée en turban autour de sa tête, traverser entièrement nue sa chambre mansardée, tirer d'une commode une culotte et un soutien-gorge, enfiler un jean, une chemise et une paire d'escarpins, et s'asperger le cou et la poitrine de son parfum avant que nous ressortions avaler une soupe dans notre petite cantine chinoise. À quoi bon inventer la machine à remonter le temps. Les parfums le font très bien depuis toujours.

Elle a passé son temps à dormir, les jours suivants, comme si elle avait soudainement ouvert les vannes après des mois de tension retenue. Entre sa grossesse, la naissance de Sascha et le quotidien chaotique des premiers mois, la fuite de Vincent, la solitude de sa nouvelle vie de mère isolée et la peur de ne pas s'en sortir, elle n'avait pas des heures, ni des jours, mais sans doute des semaines de sommeil à rattraper. Je lui ai demandé de me montrer comment changer la petite et lui préparer ses repas pour pouvoir la soulager autant que possible, si bien qu'elle a pu se reposer au-delà des courtes siestes de Sascha. Je l'ai regardée s'endormir dans un transat tandis que je jouais avec la petite dans la piscine, dans la voiture au retour d'une balade, et sur mon épaule, encore, un soir où nous nous étions installés dans le canapé du salon devant un film dont elle n'a aperçu que le générique. Il y avait quelque chose de fascinant à la voir tomber si vite, moi qui n'ai dormi qu'en pointillé durant des années et considère le sommeil comme une activité fondamentalement inutile, et quelque chose de touchant, aussi, à sentir qu'elle s'abandonnait ainsi, confiante et tranquille.

On a peu quitté la maison, en fin de compte, profitant de sa situation à l'écart du village, perchée sur sa colline, loin de l'agitation des vacanciers. Nos journées s'organisaient en fonction des repas, des sorties, des siestes, des moments de jeux, des bains et des incessants changements de couches de Sascha. Je n'imaginais pas que la présence d'un gamin puisse à ce point saucissonner le temps, mais je me suis étonnamment vite adapté à ce nouveau rythme, comme si tout ce que j'avais l'habitude de faire par ailleurs, c'est-à-dire pas grand-chose, avait au fond peu d'importance. Elle a heureusement bien dormi durant cette période, ce qui permit à Ana de récupérer un peu. Ce changement d'air et d'atmosphère semblait avoir suffi à les apaiser, mais je me suis demandé si cela durerait, une fois rentrées à Paris.

J'ai quand même réussi à les emmener à la découverte du coin, en évitant les marchés blindés et la cohue des sites les plus touristiques, la petite dans sa poussette ou lovée dans une grande écharpe qu'Ana m'apprit à nouer autour de ma taille. Un matin où Sascha tomba du lit, on sauta dans la voiture pour aller faire un tour sur la route des belvédères dans la réserve naturelle des Gorges. C'est à cette heure qu'on profite le mieux de la vue sur les méandres majestueux de l'Ardèche, lorsque, le soleil dans le dos, on voit sa lumière descendre peu à peu sur les falaises, alors que le fond des gorges est encore plongé dans la pénombre. Je les ai aussi emmenées à la tour de Brison, une ancienne tour de guet transformée en antenne relais, située au sommet d'un petit promontoire qui offre une vue à couper le souffle sur le massif du Tanargue, la vallée luxuriante de Valgorge et le plateau aride et inhospitalier du mont Lozère à l'ouest et, quand l'air est suffisamment clair, sur le Ventoux et la chaîne des Alpes à l'est. On peut même voir le Mont-Blanc, qui ne serait qu'à deux cents kilomètres à vol d'oiseau, enfin, d'après Fabrice. C'est l'un des plus beaux points d'observation pour contempler le sud du département jusqu'au Gard voisin et comprendre comment on peut passer, en à peine vingt kilomètres, d'un paysage de garrigue provençale où ne poussent que des oliviers sauvages, des vignes, des genévriers, des chênes verts et quelques autres variétés de plantes capables de survivre aux chaleurs extrêmes et à la sécheresse chronique aux pentes montagneuses des Cévennes couvertes de pinèdes et de châtaigneraies où, toute l'année ou presque, les eaux du Massif central forment des torrents qui ruissellent vers la Méditerranée.

Un jour où la météo annonçait des températures caniculaires, on décolla au lever du jour pour trouver un peu de fraîcheur dans la montagne. On serpenta le long d'une petite route au-dessus des Vans avant de bifurquer à droite sur une route encore plus étroite, là où le panneau indique Thines à huit kilomètres. Perché sur un replat au fond d'un vallon encaissé, le village ne compte qu'une poignée de maisons en pierres, serrées les unes aux autres comme on se rassemble au coin du feu pour se protéger de la rigueur de l'hiver, de la violence des éléments ou des animaux sauvages. J'ai garé la Méhari là où la route s'arrête, pris Sascha en bandoulière dans la grande écharpe et suivi Ana dans les ruelles étroites pavées de lauzes. Elle s'arrêta au pied d'une minuscule maison devant laquelle, sous un auvent, étaient entassés des ustensiles de cuisine, quelques livres, des vieux outils, des fringues pour enfants et des tas d'objets disparates. Elle farfouilla un instant dans les caisses en plastique et les cartons posés à même le sol, avant de se retourner vers nous, tout sourires, une paire d'immenses lunettes de soleil datant sans doute des années quatre-vingt sur le nez. N'importe quelle autre fille aurait eu l'air ridicule mais naturellement ça lui allait à merveille. Elle se releva, tira son portefeuille de son sac et glissa un billet de cinq euros dans une boîte à biscuits en métal posée sous une ardoise où était écrit à la craie : « Petite brocante au profit des chats errants du village. » « On va faire des heureux ! » proclama-t-elle derrière ses nouveaux verres fumés.

On a poursuivi notre marche jusqu'à l'église romane juchée au sommet d'un escalier vertigineux. Sur sa droite, un châtaignier presque aussi haut que le clocher projetait son ombre dense sur un minuscule cimetière. On est restés longtemps, immobiles, à observer les stèles en pierre que le poids des années avait fini par faire basculer, les croix en fer forgé grignotées par la rouille et celles en bois, plus modestes encore, aux veines creusées par le temps et à la peinture écaillée. Des fleurs sauvages avaient poussé au milieu des tombes qui se résumaient pour la plupart à un rectangle d'herbes folles délimité par des lauzes plantées verticalement dans la terre. On pouvait voir quelques plaques, certaines en marbre lisse et froid, les plus récentes, d'autres, plus vieilles, blanches, peintes à la main et découpées en forme de cœur dans un métal très fin qui rappelait les enseignes d'avant-guerre, et d'autres encore, les plus nombreuses et les plus anciennes, constituées d'une seule petite pierre gravée sommairement, dont le sommet taillé en demi-lune dépassait à peine de la végétation qui s'était développée autour. Au fond, au-delà du muret de pierres qui marquait la limite de ce carré de verdure suspendu au-dessus du vide, le vallon fuyait devant nous vers la plaine, à perte de vue, tapissé d'une forêt épaisse, d'un vert sombre, vierge de toute trace de vie humaine.

Ana a serré ma main et chuchoté :

– C'est un bel endroit pour mourir, tu ne trouves pas ?

J'ai repensé à mon père, enterré quelque part dans le cimetière communal d'Ivry au milieu d'un océan de tombes grises et impersonnelles, sous le regard sévère des tours de la rue Gaston-Monmousseau, et j'ai réalisé que je ne retournerais sans doute jamais le voir là-bas. Les morts ont de bonnes raisons de se contrefoutre de l'endroit où ils sont enterrés, c'est bien évident, mais pas ceux qui leur survivent.

Le soir même, après une halte pour se rafraîchir dans la rivière, j'ai proposé à Ana de faire un saut au bal du village. La petite place bordée de micocouliers était noire de monde. Perché sur une estrade, un type bedonnant faisait le pousse-disque et donnait l'impression de s'emmerder royalement derrière ses platines. La cinquantaine et la clope au bec, il ne lui manquait qu'une chemise satinée violette pour parfaire le tableau du DJ de discomobile. Quand je pense que c'est là que Julian a commencé. Et quand je pense que j'avais accepté de m'y coller. C'est bon la poire-chât, mais ça met les yeux à côté du visage. J'ai fait un signe à Ana pour qu'on s'écarte des enceintes qui crachaient des tubes du Top 50 car je tenais à préserver les oreilles de Sascha, et on a rejoint les locaux dressés en rempart devant la buvette, comme pour empêcher les envahisseurs d'accéder au ravitaillement. J'ai présenté Ana et Sascha à mes nouveaux amis et voisins, les colibris, Sven qui s'est extasiée devant la petite, Bernard, étonnamment frais compte tenu de l'heure déjà avancée, qui tenait par la main sa meuf toujours aussi pimpante, Monique, Roger et les autres, parmi lesquels le Belge, que j'ai à nouveau remercié pour son intervention sur la Méhari.

On a aussi croisé les Granger au grand complet. « Je comprends maintenant pourquoi tu réponds pas à mes appels », m'a susurré Marion alors qu'elle me faisait la bise, un sourire en coin. Je les ai présentées en expliquant qu'Ana était une amie de longue date et Sascha ma filleule. Marion se pencha vers elle, lui chatouilla les hanches, et la petite éclata de rire. Je les ai laissées le temps d'aller chercher des verres et payer ma tournée, et je me suis surpris à siffloter le refrain de *T'es ok*, un tube disco pas totalement déshonorant composé par le père de l'un des Daft. Coincé le long de la grande table, dans la pénombre de la buvette, j'étais trop mal placé et trop gêné par les allées et venues pour lire sur leurs lèvres mais, de loin, elles semblaient discuter et rire comme deux amies qui viendraient de se retrouver.

Je suis revenu vers elles en me faufilant dans la foule, trois verres à la main.

– Merci Juan. Je vous laisse, ça fait des mois que j'ai pas vu mon frère. Ravie de t'avoir rencontrée, Ana.

– Ravie également.

Marion déposa un baiser sur le front de Sascha, embrassa Ana puis, se retournant vers moi, articula en silence : « Appelle-moi », avant de s'éloigner en dandinant discrètement des fesses pour s'assurer que le message était bien passé.

– Elle a l'air sympa cette fille. Elle m'a dit qu'elle est ostéo.

– Oui, elle est cool. Et très douée.

On a bu nos verres en regardant les gamins du village se courir après, danser et faire les cons au milieu de la foule des vacanciers alors que personne, à la buvette, ne s'inquiétait de les voir disparaître ici et réapparaître là. J'ai réalisé que personne ne les surveillait vraiment, car tout le monde les surveillait un peu, qu'ils étaient connus de chacun, y compris de moi, et qu'ils pouvaient donc faire leur vie librement, sans être tenus en laisse par leurs parents. Quand j'étais gamin, ma sœur et moi pouvions encore nous rendre seuls jusqu'à notre école, à une bonne vingtaine de minutes de marche, ou jouer avec les enfants du quartier dans le petit parc situé au bout de notre rue sans que nos parents se rongent les sangs. Aujourd'hui, en ville, personne n'oserait les quitter des yeux plus de quinze secondes, de peur qu'ils se fassent enlever par un pédophile, un sociopathe, un terroriste ou un détraqué quelconque. Comment peut-on grandir dans un monde qui ne serait qu'une somme de violences et de dangers ?

Je me suis penché vers Sascha qui, malgré la fatigue de cette journée de vadrouille, continuait de lutter contre le sommeil et j'ai proposé à Ana de rentrer à la maison parce qu'elle souhaitait prendre la route tôt le lendemain pour aller voir ses parents.

On est partis juste après le biberon du matin et on a atteint Séguret en deux petites heures, au rythme tranquille de la Méhari, alors que Sascha écrasait à l'arrière. On s'est arrêtés au cimetière où il y a un peu plus de deux ans, par un après-midi de décembre presque aussi lumineux, j'avais assisté à l'enterrement de sa grand-mère Mireille. Ana m'apprit que son grand-père Jacques, qui était né en 1913, quelques mois avant le début de la Première Guerre mondiale, l'avait épousée à l'issu d'un mariage arrangé, juste avant que la seconde n'éclate. C'était un homme vif et sanguin, habité d'une révolte sourde, qui n'aura pas eu le temps de s'assagir. Son père était tombé sous les bombes sur le front de Verdun, si bien qu'un de ses oncles avait dû s'occuper de la ferme familiale jusqu'à ce qu'il puisse prendre la relève à l'âge de treize ans. Mireille disait qu'elle l'avait toujours entendu siffloter la *Chanson de Craonne* et qu'il tenait le gouvernement français pour responsable de la mort de son père, et non les pauvres troufions allemands qui lui avaient pourtant déversé une pluie d'obus sur la tête. Mais lorsqu'ils revinrent fin 42 envahir la zone libre, arracher les vignes, saccager les récoltes et déraciner des vergers entiers, il révisa son jugement et s'engagea aussitôt dans la Résistance. L'année suivante, il fit sauter une ferme que l'armée allemande avait réquisitionnée pour y stocker des munitions, une opération couronnée de succès qui figure en bonne place dans les livres d'histoire régionale. Il mourut fusillé quelques semaines plus tard, à même pas trente ans. Mireille ne sut jamais qui l'avait dénoncé. Elle éleva donc seule leur fils unique, Pierre, le père d'Ana, abandonna la gestion de l'exploitation à un cousin de Jacques et continua de vivre à la ferme tout en travaillant comme employée de mairie.

Je n'ai pas souvent vu Pierre car quand j'ai rencontré Ana il venait de prendre sa retraite après une carrière entière au sein de l'Office national des forêts et avait choisi de quitter Paris pour se réinstaller avec sa femme Nicole dans la maison de son enfance. Depuis que sa maladie s'est aggravée, Nicole se fait aider par Sylvie, une amie de toujours de la famille, infirmière à la retraite, qui vit dans la maison voisine. Je l'ai à peine reconnu tant il a vieilli. Ana s'est approchée de lui pour l'embrasser mais il l'a regardée comme s'il s'agissait d'une étrangère. Je l'ai vue lutter pour ne pas fondre en larmes alors que sa mère tâchait tant bien que mal de lui remettre les idées en place : Ana, sa fille, Sascha, leur petite-fille, leur appartement sous les toits, leur visite à la maternité en décembre, la photo sur le buffet, tu te souviens, les vacances de Pâques ici dans la maison avec ta mère Mireille, elle était encore en pleine forme, et Ana, tu avais quoi ma chérie, treize, quatorze ans sur cette photo ? Il a longuement dévisagé Ana, fixé Sascha en fronçant les sourcils, et fini par lâcher : « Ah oui Ana, oui oui bien sûr » mais chacun a senti que c'était surtout pour avoir la paix.

On a repris la route en fin d'après-midi quand la chaleur a commencé à redescendre. Ana a gardé la tête tournée vers l'extérieur une bonne partie du trajet alors qu'on faisait route en direction du soleil, au milieu des vignobles et des oliveraies, aussi absente que lorsque j'étais allé la chercher à la gare, et j'ai fini par rompre le silence, maladroitement :

– Heureusement que ta mère se porte bien et qu'avec Sylvie elles peuvent encore s'occuper de lui dans la maison.

Elle s'est retournée vers moi. Des larmes coulaient le long de ses joues.

– Tu sais ce qu'elle m'a demandé quand tu es sorti faire un tour dans le jardin avec Sascha ?

J'ai secoué la tête.

– « Est-ce que tu as des nouvelles d'Antoine ? », voilà ce qu'elle m'a demandé. Je lui ai dit : « Des nouvelles de qui ? », et elle a répondu : « Mais enfin, d'Antoine, le père de Sascha ! »

– C'est qui, Antoine ?

– Mon petit copain au lycée.

J'ai posé une main sur la sienne.

– Oh putain.

– Oui, voilà.

– Je suis désolé, Ana.

Quelques jours plus tard, sur le trajet de la gare, elle est à nouveau restée silencieuse, le souffle court et le visage sombre.

J'ai observé sur le quai les vacanciers qui s'apprêtaient à retrouver leur ville et leur vie. Je les aurais reconnus à des kilomètres. Personne ne s'habille comme ça par ici.

Elle m'a pris longtemps dans ses bras avant de monter dans le train. Elle m'a dit : « Ça m'a fait un bien fou, ce moment passé ensemble » et j'ai simplement répondu : « On est toujours bien ensemble. »

Elle m'a regardé, les lèvres pincées et les yeux tristes.

J'ai embrassé Sascha une dernière fois, et reculé d'un pas quand le coup de sifflet a retenti.

Trois mois ont passé. J'ai vu le village se vider peu à peu, la rivière retrouver son calme sauvage, les commerces et les restaurants fêter leur fin de saison les uns après les autres, les volets des résidences secondaires se refermer et la noria des voitures et des caravanes immatriculées aux Pays-Bas, en Belgique ou dans le nord de la France quitter le pays comme la mer se retire. Il y avait quelque chose de réconfortant, presque jouissif, à compter les plaques faisant route vers le nord les samedis de retours de vacances. On serait bientôt tranquilles, à nouveau entre nous. Il restait pourtant des grappes de touristes ici ou là, des Allemands, des Suisses, des Français, dans l'ensemble des couples, la quarantaine ou la cinquantaine, souvent des saisonniers qui avaient terminé leur marathon estival ailleurs et pouvaient désormais souffler un peu et claquer les thunes gagnées les mois précédents sur la Côte d'Azur ou les plages de l'Hérault. Les jeunes parents et leur marmaille turbulente avaient déserté le pays dans l'ambiance électrique des derniers jours d'août, lorsque le compte à rebours de la rentrée scolaire se déclenche et que chacun sent bien que la petite parenthèse enchantée des vacances se termine, que la routine amère de la vie quotidienne va bientôt reprendre, aussi sûrement que l'alternance du jour et de la nuit, et que tout a une fin. On assista au retour des retraités en camping-car et des groupes du troisième âge baladés sur le trajet parfaitement balisé des sites touristiques et des boutiques de souvenirs encore ouvertes pour exploiter la fin du filon, tandis que les plus vaillants déambulaient en troupeaux, aussi équipés que s'ils s'apprêtaient à faire le tour du Mont-Blanc.

Néanmoins, l'atmosphère s'est apaisée, l'air est devenu plus clair et respirable, et on a pu à nouveau profiter du village. On s'est réunis chez Ouioui avec le même plaisir qu'au printemps, quand au terme d'une courte hibernation chacun était ressorti de sa tanière. C'était comme retrouver sa famille après une longue absence. On s'est fait la bise, on s'est offert des tournées, chacun a pris des nouvelles de son voisin, de sa saison ou de ses récoltes, et on s'est raconté nos anecdotes de l'été, tel ce couple égaré un matin dans les ruelles du village, sans doute déjà abruti par la canicule, qui avait demandé à Fabrice où se trouvait la mer, ce à quoi il avait répondu d'un ton compatissant qu'ils arrivaient malheureusement trop tard car elle s'était retirée il y a des dizaines de milliers d'années, ou cette famille du Finistère aux traits tirés qui avait raconté un matin à Ouioui son périple de la veille, la traversée de la France entière, treize heures dans les embouteillages sur l'autoroute, l'arrêt complet en plein cagnard entre Valence et Montélimar, l'arrivée au milieu de la nuit dans un camping choisi au hasard et le réveil ahuri, le lendemain matin, dans une forêt de tentes au cœur de la Hollande. Ceux-là avaient vraiment songé à faire demi-tour pour regagner leurs terres battues par les vents et le crachin, ce pays où « il fait beau plusieurs fois par jour », une blague que s'est empressé de répéter Ouioui mais qui à vrai dire ne fait rire que les Bretons. Ouioui leur avait conseillé de déguerpir au plus vite de ce guet-apens et de s'installer dans un minuscule camping du village perché en haut de la falaise où, malgré le confort extrêmement rudimentaire, ils s'étaient sentis si bien qu'ils étaient revenus tous les matins chez lui prendre leur petit déjeuner en famille.

J'ai alors réalisé que je n'avais quasiment pas vu de l'été une bonne partie des locaux qui, d'une manière ou d'une autre, vivent au rythme de la saison estivale ou des travaux des champs, comme les Granger qui guettèrent jusqu'aux vendanges un orage de grêle qui heureusement n'arriva jamais. Le ciel demeura d'un bleu limpide, sans le moindre nuage, alors qu'il n'avait pas plu depuis la fin du mois de mai. Mi-septembre, le temps parut changer un bref instant et on regarda le ciel avec circonspection, comme si un tel événement ne pouvait plus se produire.

Chacun désirait pourtant qu'il pleuve, que le niveau de la rivière remonte, que la température retombe et que cesse enfin la série noire des incendies qui avaient fait les gros titres de la presse locale durant l'été. Le feu était passé à une trentaine de mètres seulement des vignes des Granger qui perdirent pas loin de six hectares de garrigue. Dans leur malheur, ils eurent la chance que le mistral pousse les flammes sur une trajectoire qui les éloignait de leur maison, car les pilotes du Tracker n'auraient pas hésité à larguer du retardant sur leurs vignes, ruinant une année entière de travail. René, lui, eut beaucoup plus chaud aux fesses. Le petit chemin d'accès à sa maison fut dès le départ coupé par l'incendie, si bien qu'il dut se réfugier sous la voûte en pierres de sa cave où il resta cloîtré plusieurs heures, sans pouvoir prévenir personne, alors que les flammes léchaient la façade de sa baraque. Tout le village se fit un sang d'encre, surtout lorsqu'on apprit que les Canadair ne parvenaient même pas à repérer l'emplacement de sa maison, tant le nuage de fumée était noir et dense. Le maire, un retraité de la marine marchande, courut récupérer le cadastre, le déplia sur le capot de sa voiture stationnée en travers de la chaussée, sortit règle et compas et improvisa, devant une foule de touristes interdits, une réunion de crise en présence des deux commandants des pompiers et de la gendarmerie. Au bout d'un temps qui parut interminable, ils semblèrent tomber d'accord, chacun se remit à respirer, et le commandant des pompiers décrocha sa radio et communiqua aux pilotes du Tracker des indications suffisamment précises pour leur permettre de larguer les trois tonnes de produit retardant sur la baraque de René, qui est restée depuis aussi rouge qu'un Hollandais après une descente des gorges.

La gendarmerie finit par coffrer le dingo responsable des vingt-cinq départs de feu. Les locaux avaient d'abord accusé ces abrutis de touristes d'incendier la garrigue en jetant leurs mégots par-dessus bord mais, de l'avis unanime des pompiers, la probabilité qu'une clope mal éteinte embrase des fourrés était extrêmement faible. La gendarmerie arrêta ce cinglé fin octobre, un passionné d'avions, fils d'un mécano de l'armée de l'air, dont la presse révéla qu'il avait fait plusieurs séjours dans la clinique des parents d'Aurore quinze ans auparavant sans que quiconque ne discerne alors chez lui le moindre penchant pyromane. Quand la gendarmerie se rendit compte qu'il s'était empressé de poster sur les réseaux sociaux des images de la quasi-totalité des incendies de la saison, assorties de commentaires dithyrambiques sur le courage et la vaillance des soldats du feu, elle débarqua chez lui au petit matin et retrouva dans sa cave la panoplie complète du pyromane professionnel, des bidons d'essence aux fusées de détresse, une collection insensée de maquettes de Canadair et d'avions civils et militaires, ainsi qu'un dossier rempli de coupures de presse relatant ses exploits. Le type, à qui il manquait à l'évidence quelques cases, était si fier de lui qu'il ne tarda pas à passer à table et j'ai alors pensé qu'il était à nouveau mûr pour une pension complète chez Joaquín et Rosa. La série noire s'arrêta aussitôt et la région entière poussa un soupir de soulagement. Il n'était toujours pas tombé une seule goutte et les sols restaient secs et craquants, d'un jaune délavé par le soleil. J'ai songé que cela faisait à peu près un an que je m'étais installé ici et qu'à l'époque je gelais sur place et j'avais failli mourir décapité. Faisait-il vraiment si froid que ça ?

À la Toussaint, le village s'est à nouveau rempli et les ruelles ont repris, le temps d'un dimanche, leur allure estivale. Il s'agissait surtout de vacanciers, car peu de gens perpétuent aujourd'hui cette tradition désuète qui consiste à rendre visite aux morts de sa famille. Ce matin-là, j'ai ouvert l'œil aux aurores à cause de ce con de chat qui miaulait en faisant les cent pas dans la chambre. J'ai fait semblant de ne rien entendre, laissé lâchement Marion se lever pour lui filer ses croquettes et je me suis rendormi presque aussi sec. Je ne sais pas si c'est le concert des oiseaux ou le léger grincement de la porte qui m'a tiré de ma torpeur mais quand j'ai ouvert les yeux elle se tenait appuyée contre le chambranle, belle et vibrante dans un air encore étonnamment doux pour la saison, avec son chignon à moitié défait, sa peau mate respirant le soleil, son petit short et sa brassière en sueur.

– Je suis allée courir. Bouge pas.

D'un geste, elle libéra sa poitrine, fit glisser son short sous lequel elle ne portait rien, comme d'habitude, et resta là un instant, debout, dans un léger contre-jour, offerte à la contemplation.

– Je suis trempée.

Elle grimpa sur le matelas, s'agrippa à la tête de lit, et lorsqu'elle s'assit à califourchon sur ma bouche, les cuisses largement écartées, je compris parfaitement ce qu'elle voulait dire.

J'ai pris mon petit déjeuner en la regardant faire ses exercices de yoga, tandis que le chat tournait autour d'elle et se lovait contre ses jambes dans l'attente de caresses. Peu avant dix heures, elle partit retrouver Martine et Jean-Pierre pour aller déposer quelques fleurs sur les tombes de leurs ancêtres. Je me suis refait un café et j'ai allumé la radio. On annonçait la reculade imminente du gouvernement sur les gaz de schiste. En réalité, l'État ne pouvait annuler les permis accordés sans risquer de devoir verser de copieux dommages-intérêts. Le gouvernement allait donc faire voter l'interdiction de la fracturation hydraulique, une manœuvre plutôt habile qui allait mettre les compagnies pétrolières dans l'impasse puisqu'il n'existe aucun autre moyen d'extraire ce foutu gaz. J'ai douté, cependant, que cela satisfasse Fabrice, Christophe, Aurore et le reste de la bande. Je les connais assez pour savoir qu'ils ne baisseront la garde que lorsque les permis seront purement et simplement annulés et que les pétroliers battront piteusement en retraite. Je l'ai croisée au marché un vendredi matin et à ma grande surprise elle a accepté qu'on aille boire un verre. On s'est installés à la terrasse du Café Arnaud, à l'ombre des platanes. Je me suis excusé aussi platement que possible mais j'ai vite réalisé qu'elle ne m'en voulait même plus, comme si cet épisode affligeant lui avait glissé sur la peau. Elle m'a juste dit qu'il était vain de se plaindre des choses prévisibles, ou quelque chose du genre, puis qu'elle avait passé l'été avec les paysans de la région d'In Salah, une petite ville du centre de l'Algérie paumée au beau milieu du Sahara, qui s'opposaient aux projets de forage lancés par le gouvernement. Cette ville de trente mille habitants où il fait cinquante degrés l'été était devenue le nouveau terrain de jeu des compagnies pétrolières qui, ayant compris que la bataille était mal emmanchée en France, avaient choisi de se replier en Afrique du Nord et en Europe de l'Est où les résistances leur paraissaient moins fortes. Le gouvernement algérien, aidé en sous-main par les Américains, avait tenté de lancer discrètement sa campagne de forages mais les paysans du coin, qui n'avaient bien sûr jamais été consultés et craignaient à juste titre un désastre écologique et sanitaire, avaient organisé de nombreuses manifestations très violemment réprimées. En somme, mis à part le comportement des autorités et au-delà des différences entre ce territoire désertique et la garrigue ardéchoise, l'histoire était à peu près la même : des populations locales attachées à leur environnement et leur mode de vie, soucieuses de préserver leurs ressources vitales en eau et démunies face à la puissance corruptrice des multinationales du pétrole. Quand elle m'a dit qu'elle s'apprêtait à y retourner pour participer à la coordination du mouvement et qu'elle parlait maintenant arabe presque aussi couramment que du temps où elle avait fait son master en Mauritanie, je me suis demandé par quelle facétie du destin je m'étais retrouvé tel un boulet en travers de sa route.

J'ai jeté un coup d'œil par la fenêtre et observé les arbres du jardin dont les feuilles, rabougries et desséchées, vivaient leurs derniers instants. Un an plus tôt, les bourrasques annonciatrices de l'hiver les avaient dispersées par wagons entiers, mais tout était désormais immobile, comme si on avait mis sur pause le film du déroulé des saisons. À la radio, le mec à la voix grave et chantante annonça que le plan sécheresse allait être prolongé et qu'il était donc toujours interdit d'arroser son jardin, de refaire le niveau de sa piscine ou même de laver sa bagnole. L'irrigation des cultures restait proscrite entre neuf heures et dix-neuf heures et, en ville, on avait arrêté les fontaines publiques et cessé de nettoyer les rues et les trottoirs. Le manque d'eau était partout si critique que le Marathon des Gorges, une course de descente de l'Ardèche qui accueille des compétiteurs venus du monde entier, n'avait pu être maintenu. Fabrice, que j'avais réussi à convaincre de m'emmener, m'a assuré que les gens d'ici n'avaient jamais vu ça depuis sa création trente ans auparavant. À trois ou quatre reprises on l'avait annulé pour des raisons de sécurité car le niveau de l'eau était trop élevé, mais cette année il manquait quatre-vingts centimètres de flotte, et le parcours aurait par endroits davantage ressemblé à une course de cross sur galets qu'à une descente tumultueuse dans le bouillon des rapides. Quant aux barrages situés en amont dans la montagne, qui servent d'habitude à réguler le flux de la rivière, la préfecture s'était formellement opposée à ce qu'on procède à des lâchers d'eau car il fallait la conserver pour la lutte contre les incendies et les besoins des agriculteurs.

En contrebas de la maison, le rapide où bouchonnaient cet été les touristes était quasiment à sec, au point qu'on aurait pu traverser la rivière sans se mouiller les pieds. Dans un avenir proche, il est probable que cette anomalie devienne la règle. Qui sait si ce petit paradis sera encore vivable dans vingt ou trente ans ? J'ai essayé de sensibiliser à ces questions le journaliste dépêché par Olive mais ça ne l'a absolument pas intéressé. Lorsqu'il s'est pointé ici la première fois pour m'interviewer, il a regardé le paysage durant de longues minutes, les yeux écarquillés, sans prononcer le moindre mot. Peut-être pensait-il à son deux-pièces avec pour seul panorama une vue plongeante sur le salon de son voisin obèse et les poubelles alignées dans la cour. J'imagine qu'un journaliste nègre par intermittence, ou l'inverse, ne peut guère se payer mieux que ça aujourd'hui à Paris. Je lui ai également parlé d'Ana, de la façon dont mon métier fait fondre comme neige au soleil les relations amoureuses, amicales ou familiales, mais j'ai bien senti là encore, même s'il a fait semblant de m'écouter avec attention, que ça n'entrait pas vraiment dans sa feuille de route.

Je n'ai eu aucune nouvelle d'elle durant toute cette période. Je suppose qu'elle s'est noyée dans le boulot, sans doute parce qu'elle avait besoin de thunes, mais surtout pour éviter d'avoir à contempler, impuissante, la désagrégation de la vie rêvée qu'elle s'était patiemment construite. Je ne sais toujours pas, même avec le recul, pourquoi elle est tombée amoureuse de Vincent, ni comment elle a pu le rester, après tout ce qu'elle a enduré. Je sais juste qu'ils se sont rencontrés par l'intermédiaire d'amis communs, que pas mal de filles lui tournaient autour et qu'elle a bataillé durement pour réussir à lui mettre le grappin dessus. On ne désire jamais rien autant que ce qui nous est inaccessible, voilà une triste et banale réalité, et on vivrait beaucoup mieux si on était capable d'apprécier à leur juste valeur les choses qui se présentent simplement devant nous. Pour ma part, j'ai fini par me rendre compte, au fil des entretiens avec mon nègre, qui préfère que je dise *ghostwriter*, que j'avais définitivement cessé de l'attendre, comme si le fait de me repencher sur ces vingt ans de carrière m'avait fait prendre conscience qu'elle appartenait à cette histoire, qu'elle en avait été la pièce maîtresse, lointaine mais toujours présente, et que j'allais donc pouvoir maintenant la ranger sagement dans sa boîte avec les souvenirs de ces années de vadrouille et de bringue autour du monde.

Évidemment, ça ne s'est pas du tout passé ainsi. On ne range pas plus les gens dans une boîte qu'on ne tourne la page, qu'on ne passe à autre chose ou qu'on n'ouvre un nouveau chapitre, autant d'expressions lénifiantes et pleines d'un optimisme mièvre qui laissent croire aux plus naïfs d'entre nous qu'il est possible, pour peu qu'on le décide, d'avoir une prise sur le cours fondamentalement abrupt et cruel de nos existences.

Le pays, cet après-midi-là, était plongé sous une lumière d'automne puissante et franche, l'air était limpide et l'ombre noire, comme disent par ici les anciens, et les moindres détails du paysage nous apparaissaient distinctement, aussi nets et contrastés que si on les avait examinés à la loupe. « Et si on allait voir le Mont-Blanc ? » m'a lancé Marion. À vrai dire, j'aurais préféré passer le reste de l'après-midi avec elle sous la couette et reprendre nos exercices de yoga là où on les avait laissés le matin même, mais elle a insisté et on a sauté dans la voiture en direction de la tour de Brison. On a traversé les collines de vignes en terrasses, aussi sèches et décharnées que des petites vieilles malades de jaunisse, cette année on avait vendangé avec quatre semaines d'avance, avant de rétrograder pour attaquer l'ascension finale dans l'odeur capiteuse de la résine et des aiguilles de pin. Marion n'a pas attendu que je me gare pour bondir hors de la voiture et gravir les quelques dizaines de mètres qui nous séparaient de la plateforme où, de part et d'autre de la tour, étaient installées les deux tables d'orientation, tournées l'une vers la montagne et l'autre vers la plaine. J'ai à peine eu le temps de poser mes yeux sur les carreaux de faïence émaillés qui figuraient les vallées, les montagnes, l'emplacement des villages et, au-delà des lignes de crête, en lettres capitales dans le ciel bleu pâle, la Suisse, l'Italie et l'Espagne que mon téléphone a retenti.

– Juan, c'est Ana.

J'ai fait un signe à Marion et je me suis écarté.

– Ça va ? J'espère que je te dérange pas.

J'ai observé Marion dont le regard faisait des allers-retours entre la ligne d'horizon et sa reproduction aux couleurs passées.

– Non non, pas du tout.

– J'ai un énorme service à te demander. Je suis un peu dans la merde.

– Bien sûr, dis-moi.

– Je dois partir à Londres pour le boulot quelques jours et j'ai personne pour garder Sascha. Je me demandais si tu aurais pu t'occuper d'elle pendant ce temps.

– Chez toi ?

– Non, je pensais plutôt chez toi, en Ardèche. Ça lui ferait du bien de prendre un peu l'air.

J'ai à peine réfléchi :

– Oui bien sûr, quand tu veux.

– Je dois partir le 14 tôt le matin, tu pourrais venir la chercher le 13 ?

– Pas de problème.

Elle a marqué un temps, si long qu'il m'a semblé que la communication avait été coupée. J'ai levé la tête vers l'antenne relais perchée en haut de la tour et jeté un œil à mon téléphone, qui captait parfaitement.

– Et Juan…

– Oui ?

– Je pouvais pas annuler. Cette mission, je pouvais pas dire non.

– Je comprends, t'inquiète pas.

– Après ça, je crois que je vais arrêter. C'est plus possible de courir comme ça, j'ai passé l'âge. Cette semaine on m'a demandé de faire trois allers-retours à Londres, c'est n'importe quoi. Je veux avoir du temps pour elle. J'ai pas envie qu'elle grandisse avec une mère tout le temps absente.

Elle s'est interrompue à nouveau mais j'ai cette fois reconnu le murmure de la ville et le son lointain d'une sirène de pompiers.

– Juan ?

– Oui ?

– Je voulais te dire, je me disais… Je sais pas, je me disais que j'aurais pu te rejoindre, en Ardèche. Je pourrais arrêter l'interprétariat, reprendre les traductions. Tu crois que je pourrais… enfin tu crois qu'on…

Il ne me semble pas avoir entendu la suite. Je ne suis même pas sûr qu'il y ait eu une suite. J'ai senti le sol se dérober sous mes pieds, et j'ai attendu dans le silence le grondement sourd d'un tremblement de terre, mais les arbres, les feuilles et la tour coiffée de ses antennes sont restés totalement immobiles. J'ai vu Marion, penchée sur la table d'orientation, les fesses moulées dans son legging noir, qui me faisait signe de venir, mais je suis moi aussi resté figé dans la lumière rasante de novembre. Au loin, au-delà de la pente abrupte tapissée de pins, au-delà des collines de vignes et des villages dispersés dans la plaine, les montagnes formaient en plans successifs une mer de vagues bleues de plus en plus claires jusqu'aux sommets du massif du Vercors recouverts d'un fin manteau de neige et, plus loin encore, au centre d'une longue bande lumineuse, d'un blanc pur et glacé, se découpant dans un ciel qui se colorait déjà de rose et d'orange, il me semble avoir aperçu le profil massif et doux du Mont-Blanc.

– Juan ? Juan, t'es toujours là ?

– Oui, je suis là.

– Je voudrais pas te…

– Oui, je sais. Je te rappelle pour organiser l'arrivée de la petite ici.

J'ai raccroché et regardé autour de moi le spectacle de cette nature sauvage disparaissant peu à peu dans la nuit. Je me suis rapproché de Marion, qui m'a enserré la taille. Elle a dû sentir dès le premier contact que j'étais soucieux car elle m'a aussitôt demandé si tout allait bien. Je lui ai répondu que je venais d'avoir Ana, qu'elle l'avait rencontrée au bal avec sa fille Sascha, qu'elle avait des soucis de boulot, qu'elle m'avait demandé si je pouvais garder la petite quelques jours à la maison et que j'avais bien sûr accepté. Et rien d'autre.

On s'est retrouvés gare de Lyon le 13 en fin d'après-midi. J'avais pris le train le jour même car je n'avais aucune envie de passer du temps à Paris dans l'atmosphère lugubre de novembre. J'ai bu une bière dans un café du Hall 2 en observant, indifférent, le flux et le reflux nerveux des voyageurs des fins de semaine. Ana est arrivée en courant sur le quai de mon train juste avant son départ, Sascha dans un bras, un gros sac dans l'autre. On ne s'est pas vraiment parlé, ce n'était pas le moment. Elle était pressée, devait rejoindre Camille pour aller boire un verre et préparer ses affaires pour son départ le lendemain matin. Elle m'a donné ses dernières recommandations et assuré qu'elle m'appellerait chaque soir pour prendre des nouvelles. Elle a couvert Sascha de baisers, j'ai attrapé son sac que j'ai passé en bandoulière et pris la petite dans mes bras. Elle m'a fixé un instant, un sourire aux lèvres, et quand je me suis rapproché pour l'embrasser elle nous a enlacés en nous serrant si fort que ma tête s'est retrouvée blottie dans son cou. J'ai respiré quelques secondes l'odeur de sa peau et de ce parfum qui ne l'a jamais quittée, puis elle nous a relâchés.

– Au revoir mes amours.

On l'a regardée s'éloigner sur le quai et se retourner à plusieurs reprises pour nous souffler des baisers du creux de la main, jusqu'à ce qu'elle disparaisse dans la foule.

À la descente du train, après un trajet paisible durant lequel la petite ne s'est réveillée que pour avaler son repas du soir, j'ai sorti mon téléphone et appelé Ana. L'appel a sonné dans le vide, quatre fois, avant que j'entende sa voix doucement enrouée expliquer qu'elle ne pouvait pas répondre.

Ana, c'est Juan. On vient d'arriver à la gare. Le voyage s'est bien passé. Je te rappellerai une fois à la maison. Je t'embrasse.

J'ai installé Sascha à l'arrière de la voiture, emmitouflée dans une couverture et coiffée d'une cagoule pour affronter les courants d'air de la Méhari. Elle a dormi durant toute la route et, une fois à la maison, je l'ai aussitôt recouchée dans sa chambre.

Allô Ana, c'est encore moi. On est bien arrivés à la maison, je viens de la coucher, elle dort déjà. Je vais manger un bout. Rappelle quand tu veux, je ne vais pas me coucher tout de suite.

J'ai marqué un temps.

J'ai hâte que tu sois là.

Et un autre, qui m'a semblé interminable.

Je t'aime, Ana.

J'ai raccroché, pris d'un léger frisson. Je me suis dirigé vers le frigo pour me servir une bière puis je suis retourné dans le salon, j'ai ramassé la télécommande posée sur la table basse et j'ai allumé la télévision.

« Si vous nous rejoignez maintenant, à 21 h 55, édition spéciale consacrée aux événements qui se déroulent en ce moment même en plein cœur de Paris, des attaques qui ont visé plusieurs zones dans l'est de la capitale. On est encore en train d'essayer de comprendre ce qu'il se passe. On sait que plusieurs sites ont été touchés. Il y a d'abord le Stade de France où se déroulait ce soir le match amical France-Allemagne. On y a entendu plusieurs explosions, deux ou trois explosions, et on parle maintenant de grenades qui auraient été lancées. Des policiers ont vu au moins un corps déchiqueté et plusieurs blessés sur place. Dans le même temps, dans les dixième et onzième arrondissements de Paris, ce sont des coups de feu, des rafales qui ont été tirées avec des armes automatiques, probablement des kalachnikovs, au niveau de plusieurs restaurants, avec là encore plusieurs corps au sol, on n'en sait pas plus pour le moment. L'état de ces personnes, est-ce qu'elles sont blessées, est-ce qu'elles sont blessées grièvement, est-ce qu'il y a des morts, c'est encore trop tôt pour le dire. Nous sommes en direct avec Pierre, bonsoir, vous avez sinon assisté à la scène ou en tout cas été aux alentours de cette zone dans laquelle a eu lieu la fusillade ce soir à Paris dans le dixième arrondissement, bonsoir, merci d'être avec nous dans cette édition spéciale, d'abord, qu'avez-vous vu ou entendu ? – Dans un premier temps, j'étais donc dans un restaurant adjacent et

plusieurs rafales ont été tirées, on a d'abord pensé à des pétards et arrivé sur les lieux une zone de cauchemar avec toute une terrasse remplie et tout le monde à terre, des cris, des cris, des personnes sont arrivées en voiture, ont tiré plusieurs chargeurs et sont parties tout de suite après plusieurs rafales, c'était vraiment un carnage. – Merci Pierre, vous restez avec nous, je rappelle que vous êtes actuellement dans le quartier, dans cette zone dans laquelle a eu lieu une fusillade ce soir dans le dixième arrondissement de Paris, près des stations Jacques-Bonsergent et Goncourt, le premier bilan selon nos informations c'est plusieurs morts et des blessés, une scène de chaos que nous indiquait à l'instant Neïla Latrous, notre journaliste qui est toujours sur place. Neïla, vous êtes actuellement dans ce quartier du dixième arrondissement dans lequel a éclaté la première fusillade, une fusillade qui a éclaté devant un restaurant ou un café, des corps à même le sol, dans une rue du dixième arrondissement, où en est-on actuellement ? – De là où je suis, sachant que la police nous a encore demandé de reculer de plusieurs mètres, il semblerait que les blessés qui étaient à proximité du restaurant, que ces corps, ces blessés ont été transportés par les pompiers. Pour tout vous dire il y a de moins en moins de pompiers et de plus en plus de policiers, on a vu arriver des policiers en civil, des policiers lourdement armés, avec des gilets pare-balle. Je discutais avec l'un des riverains, au croisement du boulevard Jules-Ferry et de la rue de la Fontaine-au-Roi, qui me disait qu'en bas de chez lui, devant sa porte, il y avait deux morts. Tout à l'heure les pompiers nous ont également parlé de sept blessés qui ont donc été transportés vers les hôpitaux, mais c'est un bilan qui devrait s'alourdir si l'on en croit la nervosité, l'afflux d'ambulances, de pompiers, dans le quartier, tout près de la place de la République, un endroit évidemment très fréquenté le vendredi soir par des Parisiens ou des visiteurs qui ont envie de manger en terrasse. Ça peut paraître anecdotique mais ce soir il fait plutôt bon donc les terrasses étaient aussi bondées, les gens étaient peut-être davantage poussés à sortir, et il y a aussi ce long pont du 11 Novembre, un vendredi soir, la veille d'un week-end. S'il s'agit d'une attaque terroriste, s'il fallait faire du nombre, c'est un lieu où il y a évidemment beaucoup de monde le vendredi soir. – Merci Neïla, en même temps qu'on vous écoute nous arrivent de nouvelles informations, Dominique Rizet, vous nous avez rejoints, vous êtes notre spécialiste police-justice, est-ce que vous êtes en mesure de nous donner davantage de précisions sur la situation qui est assez confuse il faut bien le dire ce soir ? Sur les réseaux sociaux tout à l'heure un témoin affirmait avoir entendu des centaines, des centaines de coups de feu, de tirs, je ne sais pas comment on dit… – Des rafales, des rafales de fusils-mitrailleurs, de fusils d'assaut, cette kalachnikov qui circule dans le monde entier, c'est une arme qui tire trente coups, c'est l'arme qu'avait dans le Thalys l'homme qui n'a pas pu tirer, qui a été intercepté à temps, c'est l'arme dont disposait Mehdi Nemmouche au Musée juif de Bruxelles, c'est l'arme des frères Kouachi dans la rédaction de Charlie Hebdo*, c'est l'arme d'Amedy Coulibaly qui tire sur la policière de Montrouge et l'arme qu'il utilisera ensuite dans l'Hyper Cacher porte de Vincennes, et maintenant c'est cette arme qui semble avoir été utilisée dans les dixième et onzième arrondissements de Paris. – Merci Dominique. Si vous nous rejoignez ce soir à 22 h 33, cette édition spéciale consacrée aux fusillades en plein cœur de la capitale, dans les dixième et onzième arrondissements de Paris, dans une rue bondée un vendredi soir en milieu de soirée, il y aurait plusieurs morts, il y a au moins sept blessés et il… il y a au moins dix-huit morts, c'est une information qui me parvient à l'instant, je demande à la personne qui me le dit de me le confirmer, oui c'est bien dix-huit morts dans le dixième arrondissement de Paris, dans une rue particulièrement fréquentée, un vendredi soir, première fusillade dans le dixième, puis dans le onzième aux* *abords du Bataclan, cette salle de concert du boulevard Voltaire, et le troisième lieu c'est aux abords du Stade de France où avait lieu ce soir un match amical France-Allemagne, où ont retenti trois explosions. Nous sommes maintenant en direct avec Louis, bonsoir, merci d'avoir accepté de nous livrer votre témoignage, vous vous trouvez aux abords du restaurant devant lequel a eu lieu la fusillade du dixième arrondissement ce soir, un restaurant qui s'appelle Le Petit Cambodge, c'est bien ça ?* »

III

Quand j'ai entendu sa voix, sa petite voix mélodieuse et haut perchée venir de la chambre, la brume enveloppait encore comme un linceul le lit de la rivière. Sur la rive droite, celle qui fait face au soleil du matin, un bout de falaise perçait à travers le nuage et les quelques arbres aux silhouettes décharnées qui coiffaient cet îlot rocheux semblaient se tenir prêts à sauter dans le vide. J'ai fait chauffer de l'eau, tiré le biberon et la boîte de lait en poudre du grand sac beige que j'avais déposé la veille dans la cuisine. Trois cents millilitres, dix cuillères. Bien remuer. Une chose après l'autre. Ne pas se laisser gagner par la panique. Puis j'ai pris une longue inspiration, et je suis allé la chercher.

Je n'ai pas dormi, cette nuit-là, pas une minute. Je n'ai même pas essayé. Je suis resté scotché devant la télévision, zappant comme un zombie, dans l'espoir qu'ailleurs, peut-être, sur une autre chaîne, un autre direct, j'allais enfin l'entendre. *Ana, vous êtes une habitante du quartier, vous habitez dans une rue voisine et vous étiez là ce soir au moment où la fusillade a éclaté, pourriez-vous nous dire ce que vous avez vu ou entendu ?* Au lieu de cela, j'ai vu défiler des images, toujours les mêmes, de gyrophares dans la nuit, de camions de pompiers aux zébrures rouges et jaunes et de ceux de la police rayés d'un bandeau tricolore, de flics casqués, flingue à la main, barrant les rues dans la lumière blafarde des réverbères, des vues satellites de Paris pointant les lieux des fusillades et, en boucle, au milieu de ces images confuses et insignifiantes, une photo floue du carrefour au bas de son immeuble. J'ai passé une bonne partie de la nuit ainsi, à faire les cent pas entre le canapé du salon et la cuisine, m'asseoir pour me relever aussitôt et avaler café sur café jusqu'à m'en rendre malade. J'ai supporté aussi longtemps que j'ai pu la logorrhée des journalistes dépêchés sur place, pendus à leur micro dans leur veste sombre, tenus à l'écart par la police derrière les cordons de sécurité et pourtant moins hébétés que leurs collègues présents sur les plateaux, qui paraissaient à chaque instant se réveiller d'un cauchemar, puis j'ai fini par couper le son, à moins que le son se soit coupé tout seul.

Son téléphone a sonné, au début. J'ai attendu qu'elle décroche, quatre longues tonalités, vingt secondes interminables, puis j'ai écouté sa voix, douce et chantante. Je m'y suis arrimé comme on s'agrippe à une bouée pour garder la tête hors de l'eau. Elle était là, elle me parlait, d'une humeur égale, avec sa diction habituelle, légèrement traînante. Elle n'était juste pas disponible pour le moment. Elle allait me rappeler dès que possible. Il n'y avait pas de quoi s'inquiéter. Et puis la petite dormait à l'étage dans le cocon de sa chambre, au calme, sous le ciel étoilé de cette nuit claire, une nuit sans vent et sans autre bruit que le murmure lointain de la rivière. *Ça peut paraître anecdotique, mais ce soir il fait plutôt bon.*

Combien de messages lui ai-je laissés ? Je n'avais rien de plus à lui dire que de me rappeler au plus vite, mais j'ai continué. Vers vingt-trois heures, mon appel a basculé directement sur sa messagerie et je me suis pris une décharge d'adrénaline si soudaine que j'ai dû me retenir au plan de travail de la cuisine pour ne pas vaciller. Elle était en ligne, enfin. Peut-être écoutait-elle la litanie de mes messages en souriant, touchée que je me sois tant inquiété alors que tout allait bien, qu'elle était chez elle, en sécurité sous les toits, ses valises prêtes pour son départ le lendemain. Ou peut-être essayait-elle de me joindre pour me rassurer, moi qui comme un imbécile gardais ma ligne occupée. J'ai raccroché précipitamment, posé mon téléphone devant moi, et je l'ai fixé sans cligner des yeux, prêt à faire glisser le bouton vert à la première sonnerie. Je me suis tenu debout dans cette position de longues minutes, les mains à plat sur le marbre, muet et concentré, comme s'il suffisait d'y penser très fort pour qu'il s'anime enfin, mais tandis que mon cœur, ma respiration et mon esprit reprenaient peu à peu leur fonctionnement normal, la pièce resta plongée dans un silence de mort.

J'ai fini par comprendre, après avoir essayé en vain de joindre la plupart de mes potes parisiens, que le réseau était en réalité totalement saturé. Je me suis dit que ça n'allait pas durer et qu'elle me rappellerait une fois les choses rentrées dans l'ordre, mais lorsque les lignes se remirent à fonctionner au milieu de la nuit et que je pus enfin avoir en ligne Olive, Sylvain, Laurent et les autres, j'ai tenté une nouvelle fois d'appeler Ana et je suis tombé sur une voix féminine qui déclama d'un ton robotique que sa boîte était pleine et ne pouvait plus prendre de messages supplémentaires. C'est à ce moment que je me suis effondré. J'avais jusque-là réussi à rester à peu près calme, à observer en silence le décompte macabre des bandeaux qui avaient annoncé trente, puis trente-cinq, puis quarante-trois morts, et j'étais même parvenu à encaisser sans broncher celui qui, peu après deux heures du matin, titrait que selon un bilan provisoire au moins cent douze personnes avaient été tuées dans les attaques à Paris, dont soixante-dix au Bataclan, mais quand la femme à la diction atone récita son avertissement, j'ai soudain réalisé que le bref message d'accueil d'Ana était le seul enregistrement que j'avais d'elle et, bien que j'aie lutté de toutes mes forces pour chasser de mon esprit cette pensée fugace et glaçante, je ne pus m'empêcher de me dire que je ne réentendrais peut-être jamais le son de sa voix.

Je me suis assis et j'ai fondu en larmes. Non parce que j'avais perdu espoir, mais parce que j'étais furieux de me sentir si impuissant et si loin d'elle. Je me suis maudit de ne m'être jamais intéressé davantage à ses amis ou ses collègues que j'aurais pu appeler cette nuit-là si j'avais eu leurs numéros. Je me suis maudit de l'avoir laissée repartir dans la cohue de ce vendredi soir, alors qu'elle aurait très bien pu monter dans le train avec nous, laisser tomber son congrès de merde, sa boîte et le reste, et nous aurions alors passé cette soirée ensemble devant la télévision, horrifiés mais en sécurité, blottis l'un contre l'autre dans le canapé du salon. J'ai maudit Vincent, celles et ceux qui avaient encombré notre route, et tous les vents contraires qui nous avaient tenus éloignés l'un de l'autre durant ces deux décennies.

J'ai passé le reste de la nuit en serrant les dents. État d'urgence. Fermeture des frontières, des écoles, des marchés, des transports, des équipements de la ville. On demandait aux habitants de Paris et des environs de ne pas sortir de chez eux, sauf nécessité absolue. Les déclarations des uns et des autres, venues de tous les pays. La sidération, le monde qui, quelques instants, s'arrête de tourner. J'ai rappelé, et rappelé encore, en vain. J'ai ouvert mon ordinateur dans l'espoir de trouver des informations plus précises mais je l'ai vite refermé quand je me suis rendu compte que j'allais définitivement perdre pied si je continuais de m'infliger les témoignages effroyables des témoins des attaques. J'ai tenté d'appeler Julian, surtout parce que j'avais besoin de quelqu'un à qui parler, mais je n'ai bien sûr pas réussi à l'avoir, et vers six heures du matin, à bout de nerfs, j'ai rappelé Olive que j'ai tiré d'un sommeil fragile, lui qui avait péniblement réussi à s'endormir deux heures plus tôt. Je lui ai expliqué que je n'arrivais toujours pas à joindre Ana et que ça me rendait dingue. Il m'a conseillé d'appeler le numéro mis en place par la préfecture et je lui ai dit que c'était fait depuis longtemps, que j'avais fini par les joindre après avoir essayé pendant des plombes, qu'entre-temps j'avais rempli un formulaire sur le site du ministère de l'Intérieur, qu'en fin de compte ils n'avaient rien pu me dire, que je ne savais même pas si c'est qu'ils n'avaient aucune info ou qu'ils ne pouvaient pas en donner comme ça, au téléphone, à n'importe qui, qu'on m'avait d'ailleurs demandé quinze fois si j'étais de la famille, que j'avais répondu quinze fois que non, enfin que si, que j'étais le parrain de sa fille, mais que cela n'avait pas l'air de compter beaucoup à leurs yeux, alors que j'avais pourtant expliqué qu'elle était là avec moi et qu'elle n'avait personne d'autre, que son père lui aussi avait disparu mais que ça c'était une autre histoire et que ses grands-parents étaient aux fraises, et que pendant ces heures longues comme des semaines personne n'avait rien fait d'autre que de prendre mes coordonnées et me dire de rappeler un peu plus tard dans la matinée. J'ai prié Olive d'aller sonner chez elle mais il m'a répondu que la ville entière était bloquée, que les métros étaient à l'arrêt et qu'il allait devoir traverser Paris à pied pour se rendre jusqu'à son quartier qui devait sans doute être encore bouclé à cette heure. Je me souviens que j'étais à deux doigts de lui hurler dessus, lui qui était sur place, vivant et bien portant, alors que je me trouvais à l'autre bout de la France, coincé dans cette baraque avec la petite, mais je suis resté parfaitement silencieux, d'un silence qui en disait plus que toutes les saloperies que j'aurais pu lui balancer, si bien qu'après un court instant il m'a dit excuse-moi Juan, j'y vais, je te rappelle dès que j'arrive là-bas.

Les premières lueurs réveillèrent les gorges toujours plongées dans la brume et je me suis demandé si le jour qui se levait pouvait vraiment être pire que cette nuit apocalyptique. Le temps que je prépare le repas de Sascha, ses gazouillis tranquilles s'étaient transformés en pleurs d'impatience. J'ai gravi les marches de l'escalier en essayant de me convaincre que j'allais réussir à faire face, à ne pas laisser paraître mon inquiétude, alors qu'en réalité j'étais mort de trouille, et j'ai poussé la porte de sa chambre en prenant une grande inspiration. Elle se tenait debout, agrippée aux barreaux de son lit, et gloussa d'excitation lorsqu'elle me vit m'avancer vers elle le biberon à la main. J'ai entrouvert le rideau et je l'ai tirée de son lit, puis nous nous sommes installés dans le fauteuil où elle se mit aussitôt à téter, satisfaite et concentrée. J'ai observé les lignes délicates de son visage, la courbe de son petit nez et la rondeur de ses pommettes qui étaient celles de sa mère, et je l'ai vue froncer les sourcils quand des larmes coulèrent sur mes joues.

Lorsque je suis redescendu avec elle dans le salon, le soleil s'était levé et éclairait d'une lumière douce les falaises encore détrempées par la rosée. J'ai éteint la télévision qui diffusait toujours en silence les mêmes images, de peur qu'elles ne s'imprègnent d'une façon ou d'une autre dans sa mémoire, puis j'ai écarté la table basse pour l'installer sur une grande couverture en laine épaisse, étendue à même le sol, au milieu des jeux que j'avais achetés pour elle l'été précédent, et j'ai prié pour qu'elle ne réclame pas sa mère.

J'ai attendu qu'il soit huit heures passées pour appeler les parents d'Ana à Séguret. Ils venaient d'apprendre à la radio les événements de la veille, n'avaient pas eu leur fille au téléphone depuis plusieurs jours, mais ne semblaient pas s'en inquiéter pour autant. Nicole m'expliqua de sa voix fluette que ces attaques, oui, c'était terrible, mais qu'Ana lui avait annoncé qu'elle pourrait bientôt venir les voir plus souvent, n'était-ce pas formidable ? Je lui ai demandé qui je pourrais joindre pour avoir de ses nouvelles et quand elle m'a répondu que je ferais bien d'appeler Antoine car lui saurait certainement où elle se trouvait, et qu'il ne fallait pas que je me fasse du souci, je l'ai remerciée, et j'ai raccroché.

Olive me rappela peu après. Il avait sonné chez elle et n'y avait trouvé personne, puis avait tapé aux portes de ses voisins, posé des questions aux flics qui stationnaient dans sa rue et s'était même rendu à l'hôpital Saint-Louis tout proche. Il me donna d'une voix sèche, lui qui d'ordinaire parvient toujours à plaisanter des choses les plus graves, la liste des hôpitaux où, selon une secrétaire qui l'avait renseigné à l'accueil, les victimes avaient été transportées, avant d'ajouter, d'un ton qui se voulait optimiste, que je devais garder espoir, et qu'on allait la retrouver. J'ai eu un mal de chien à passer ces coups de fil, sans cesse interrompu par la petite qu'il fallait surveiller et distraire, elle qui gambadait déjà à quatre pattes à une vitesse fulgurante. J'ai pu souffler un peu pendant ses siestes, en fin de matinée et en milieu d'après-midi, avant son goûter. J'aurais dû en profiter pour dormir, moi qui n'avais pas fermé l'œil depuis le vendredi matin, mais j'ai préféré continuer à boire des cafés car je craignais de sombrer et ne jamais me réveiller. J'ai rappelé la préfecture, la police, les hôpitaux. Je suis tombé sur des gens aussi épuisés que moi, qui n'avaient sans doute pas davantage dormi et qui tentaient tant bien que mal de gérer l'afflux des appels. On m'a redemandé encore et encore, comme une ritournelle, *Vous faites partie de la famille ?* et j'ai répondu patiemment, presque las, *Non, je ne suis pas de la famille, mais j'ai ici une petite fille qui aimerait bien avoir des nouvelles de sa mère*.

En fin d'après-midi, j'ai regardé la nuit engloutir peu à peu les gorges et la fatigue m'est tombée dessus sans prévenir. Combien de temps j'allais pouvoir tenir comme ça ? Je me souviens avoir jeté un œil à la porte du studio où j'aurais pu à coup sûr trouver au fond d'un tiroir de quoi rester encore éveillé une semaine entière, mais quand j'ai entendu Sascha se mettre à pleurer car l'heure de son repas approchait, la simple pensée de me coller quoi que ce soit dans le nez me donna envie de vomir. J'ai préparé son biberon, soulagé de me dire qu'elle serait bientôt couchée, donné au chat ses croquettes pour qu'il me foute la paix, puis nous nous sommes installés dans les coussins moelleux du canapé et, alors qu'elle commençait à peine à téter, mon téléphone a sonné.

– Juan ? Juan Llosa ? Je m'appelle Camille. Je suis une amie d'Ana.

Je suis resté paralysé.

– On était ensemble, hier soir…

Sa gorge se noua. J'ai penché la tête vers Sascha, abandonnée dans mes bras, si calme et sereine, absorbée par sa tétée, et je me suis juste dit que ce n'était pas possible, qu'elle ne pouvait pas assister à ça.

– Camille ?

– Oui ?

– J'ai Sascha dans les bras, je peux pas te parler maintenant. Je te rappelle.

J'ai posé mon téléphone et observé autour de moi les dépressions et les reliefs de l'enduit de la voûte, la télévision impassible, les jouets éparpillés au sol et la nuit noire, par-delà les baies vitrées. J'ai regardé partout où je pouvais pour éviter de lui faire face car je craignais que mes yeux me trahissent et qu'elle réalise ce qui venait de se passer mais, au fond, je crois que j'étais surtout terrifié à l'idée de découvrir qu'elle avait déjà compris. J'ai essayé de tenir ainsi, la petite calée dans un bras et le biberon dans l'autre, mais elle s'est mise à tousser, sans doute parce qu'elle avait avalé de travers, et je me suis instinctivement penché vers elle. Elle reprit alors sa tétée en me fixant avec le même regard intense grâce auquel Ana avait toujours lu en moi comme dans un livre ouvert et, le temps d'une fraction de seconde, j'ai vu ses yeux noisette dans la lumière blanche de Reykjavik, son sourire triste et doux dans le train qui nous conduisait lentement à l'enterrement de sa grand-mère Mireille un matin de décembre, et je l'ai vue, furieuse et à bout de souffle, me lancer qu'elle n'en pouvait plus, que c'était terminé, qu'elle allait quitter Vincent, avant de se jeter dans mes bras et de changer d'avis le lendemain matin. J'aurais donné n'importe quoi, à cet instant précis, pour faire durer cette fraction de seconde une éternité, le temps de rassembler les images, les sons et les odeurs des nuits et des jours passés à ses côtés, et je me serais laissé dériver avec eux, immobile, aussi loin et aussi longtemps que possible, mais j'ai vite senti gronder les premiers soubresauts qui remontaient de leur source souterraine, aussi profonde que celle des volcans, et je me suis interdit d'exploser devant la petite. Ce n'était pas le moment de flancher, pas maintenant, alors que le sol était en train de se dérober sous ses pieds, elle qui tenait encore à peine debout. Alors j'ai prié pour que la vie cesse de s'abattre sur elle avec une brutalité cruelle, elle qui du haut de ses même pas douze mois avait déjà reçu son lot de drames et de violences et ne méritait pas d'être, si tôt, condamnée au malheur, puis j'ai prié pour que la vie lui réserve aussi quelques surprises moins sombres et pour qu'elle prenne, le moment venu, les passages dérobés et les chemins de traverse, ceux que l'on emprunte pour échapper aux démons de son passé, furtivement et sans laisser de trace, comme on s'enfonce dans la tourbe moelleuse des steppes sauvages. Sascha a vidé son biberon dans un bruit de succion et poussé un soupir de satisfaction. Je suis remonté avec elle dans sa chambre, on a joué un instant au pied du lit, puis je lui ai lu une histoire, je l'ai couchée, et elle s'est endormie presque aussitôt. Je suis redescendu sans faire de bruit, j'ai tiré du congélo une bouteille de vodka, je m'en suis servi un grand verre que j'ai vidé cul sec, puis un second, et j'ai rappelé Camille.

J'ai longtemps espéré que cette conversation me revienne peu à peu, jusqu'à ses moindres détails, mais la réalité c'est que les mois ont passé et que je n'en ai gardé qu'une empreinte fragile. Quelque chose, quelque part, a empêché qu'elle s'imprime trop profondément dans ma mémoire, comme les bêtes qu'on marque au fer rouge. Je me souviens de sa voix défaillante, de ses longs silences et de ses hésitations, des phrases qu'elle ne finissait pas. Elle avait été transportée la veille à l'hôpital Saint-Louis avec deux balles dans la hanche et la cuisse. Elle avait entendu plusieurs détonations et vu Ana se lever d'un bond, avant de comprendre que l'impact des balles dans son dos avait projeté son corps par-dessus la petite table qu'elles occupaient à la terrasse bondée de ce restaurant. Ana était retombée sur elle, l'avait regardée, surprise, et s'était éteinte dans ses bras.

Elle est restée un long moment silencieuse et je n'ai plus entendu que le son de sa respiration irrégulière. Je crois qu'elle n'était plus là, avec moi, mais déjà retournée sous le tonnerre assourdissant des coups de feu, au milieu des tables, des chaises et des corps enchevêtrés, dans l'odeur métallique de la poudre et du sang. Puis, lentement, d'une voix faible et tremblante, elle m'a raconté qu'Ana lui avait confié qu'elle voulait changer de vie pour pouvoir s'occuper davantage de sa fille, reprendre son ancien métier de traductrice et peut-être, elle n'en était pas tout à fait sûre encore, quitter Paris. Elle lui avait parlé du temps qu'elle avait passé à la maison, du bien que cela leur avait fait, et de cet environnement paisible dans lequel elle pouvait imaginer Sascha grandir. C'est ainsi que Camille m'avait retrouvé, en appelant le bar du village, où on lui avait donné mon numéro. Elle lui avait parlé de nous, des trajectoires de nos vies qui n'avaient cessé de s'entrecroiser, comme des planètes qui auraient passé vingt ans à graviter l'une autour de l'autre, inséparables mais prisonnières de leur orbite. Elle lui avait dit qu'elle avait fait des erreurs et qu'elle sentait que c'était le moment de les réparer.

Elle s'est tue, comme si ce récit lui avait ôté ses dernières forces. J'ai attendu qu'elle reprenne son souffle et je me suis moi-même forcé à continuer de respirer.

– Merci, Camille.

Elle ne répondit pas. Elle était repartie.

– Camille ?

– Oui ?

– Tu sais où elle est maintenant ?

– À l'Institut médico-légal, quai de la Rapée. Ils vont… Ils vont les autopsier je crois, bientôt.

Je n'aurais pas dû. Elle n'avait pas envie que je lui pose cette question, et moi pas envie d'entendre sa réponse. Elle a reniflé et toussé en s'écartant du téléphone. Elle-même en avait réchappé de peu. Les deux balles avaient miraculeusement évité ses artères et ses organes vitaux.

– Juan, tu peux prévenir ses parents ? Il va falloir… enfin tu sais…

– Oui, je vais m'en occuper.

Il y eut un autre silence.

– Et, Juan, comment va Sascha ?

– Ça va, je crois. Enfin, pour l'instant.

– Prends bien soin d'elle.

Cette nuit-là, j'ai à nouveau erré dans la maison sans me résoudre à aller me coucher. Le manque de sommeil commençait à me rendre fébrile et j'étais incapable de me souvenir de la dernière fois que j'avais ingéré quoi que ce soit de solide. J'ai ouvert le frigo, sans conviction, et fini par me rabattre sur la bouteille de vodka glacée. La maison m'apparut vide et sinistre, perdue dans une nuit d'un noir qui aurait absorbé tout l'espace autour de lui. La petite se réveilla à plusieurs reprises, elle qui avait si bien dormi la nuit précédente. Je l'ai entendue pleurer et je me suis rendu dans sa chambre, chancelant, pour lui remettre sa tétine et son doudou. Cela a suffi, au début, mais très vite elle se remit à gémir, comme une plainte, un râle grave et douloureux, et j'ai pensé qu'elle couvait peut-être quelque chose, ou qu'elle faisait ses dents, car j'avais remarqué qu'elle avait eu les joues rouges une bonne partie de la journée, alors je suis allé chercher le flacon de paracétamol en sirop que je n'avais pas sorti du frigo depuis l'été et je lui en ai donné, dans l'obscurité paisible de sa chambre. Je suis resté avec elle jusqu'à ce qu'elle se rendorme, inconfortablement installé dans le fauteuil à côté de son lit et grelottant de fatigue malgré la couverture que j'avais enroulée autour de moi. Dans un demi-sommeil, j'ai senti le chat sauter sur mes genoux et il me semble que nous avons tous les trois dormi un peu, reclus sous le toit de cette grande maison, serrés les uns près des autres. J'ignore combien de temps je me suis assoupi, sans doute à peine une heure ou deux, car j'ai été arraché de mon sommeil par les hurlements de Sascha, des hurlements terrifiants et irrépressibles qui n'avaient plus rien à voir avec la mélopée d'une plainte lancinante. J'ai bondi de ma chaise pour la prendre dans mes bras et j'ai tenté de la rassurer en lui chuchotant à l'oreille que ce n'était qu'un mauvais rêve, que ce n'était pas grave, que j'étais là maintenant et que tout irait bien, mais elle a continué à hurler à pleins poumons, tendue comme un arc, battant des bras, la tête basculée en arrière, et je me suis mis à pleurer à mon tour parce que je me sentais terriblement seul, impuissant et inutile face à cette petite fille qui criait sa détresse et qui avait simplement besoin de sa mère. Alors j'ai continué de la bercer en la pressant contre moi, une main caressant son dos, j'ai entonné une mélodic, doucement, sans essayer de couvrir ses hurlements qui emplissaient tout l'espace de la chambre et, peu à peu, ses cris se sont mués en pleurs, puis en sanglots, jusqu'à ce qu'on n'entende plus que le son de ma voix et celui de sa respiration haletante. Nous sommes restés ainsi l'un contre l'autre, debout au milieu de cette chambre, et quand j'ai senti qu'elle se détendait enfin, je l'ai glissée avec moi dans le grand lit que je n'avais pas refait depuis le départ d'Ana, et nous avons fini par nous endormir dans les draps qui portaient encore son odeur.

Un peu avant le lever du jour, Sascha s'est remise à pleurer et je me suis réveillé épuisé et désorienté. Je n'avais dormi qu'en pointillé durant les deux ou trois dernières heures, dans un état d'hypervigilance, sursautant chaque fois que je la sentais changer de position, toussoter ou gémir dans son sommeil. Je lui ai redonné sa tétine et elle replongea presque aussitôt, mais je ne pus refermer l'œil. J'ai commencé à réfléchir aux heures et aux jours qui allaient suivre en tâchant de me persuader qu'il suffirait de prendre les choses les unes après les autres, et j'ai vite arrêté car je me suis mis à paniquer de plus belle. Je suis descendu et j'ai fait couler un café, puis un second, que j'ai bus sans réussir à calmer mes tremblements alors que les falaises émergeaient peu à peu de la nuit noire, et quand j'ai entendu à nouveau les cris de Sascha traverser la maison depuis la chambre lointaine j'ai compris que je n'y arriverais jamais seul.

Marion a frappé à la porte vers dix heures alors que je venais de la recoucher pour sa sieste. Je n'avais pas eu à lui dire grand-chose. Tu peux venir. J'ai besoin d'aide. À peine plus. Elle avait compris, au simple son de ma voix. J'avais hésité longtemps, pourtant, avant de l'appeler. Je craignais de parler car les mots ont cet étrange pouvoir de faire exister les choses, et le silence, à cet instant, me permettait d'en douter encore. Peut-être aussi parce que cela me conduirait nécessairement à tirer le fil d'une pelote pleine de nœuds et que la situation était déjà assez compliquée comme ça, ou bien parce qu'il s'agissait de mon histoire et que je devais donc m'en sortir seul, ce genre de conneries. J'étais ainsi resté assis, indécis, à observer la petite jouer sous le regard intrigué du chat, un bref moment de répit après cette nuit d'angoisse et de frayeur, et j'avais attendu ses premiers signes de fatigue pour aller la recoucher et décrocher mon téléphone, car je n'imaginais pas une seconde parler de cette histoire à proximité de ses oreilles.

J'ai ouvert la porte et elle m'a dévisagé. Je n'avais quasiment pas dormi et rien avalé depuis quarante-huit heures, je titubais de fatigue et tremblais comme un toxico en manque, mais elle m'a pris dans ses bras, moi qui ne savais plus à quand remontait ma dernière douche, qui transpirais le café et la vodka et puais l'odeur âcre des sueurs froides et du stress. Je suis resté un instant blotti dans la chaleur apaisante de son corps, puis elle a encore resserré son étreinte, comme pour me dire de cesser de lutter, et alors j'ai craqué. J'ai tout déballé, en vrac, dans un même souffle : le retour de Paris avec Sascha, les appels dans le vide, les deux nuits blanches ou presque, les sourires crispés pour tenter de rassurer la petite et masquer mes bouffées d'angoisse, les lignes saturées des numéros d'urgence et des hôpitaux, la détresse déchirante de Sascha et l'attente, interminable, jusqu'au coup de fil de Camille, son récit disloqué et sa voix fragile, une voix d'outre-tombe, qui n'avait pas encore rejoint le monde des vivants. J'aurais pu m'arrêter là, mais j'ai continué. Parce que j'en avais déjà trop dit, et surtout parce que je n'en avais plus rien à foutre. Alors je lui ai parlé de notre embrassade sur le quai bondé de la gare de Lyon, des messages que je lui avais laissés et qu'elle n'aura jamais écoutés, du chassé-croisé incessant de nos vies, et de son désir à peine avoué de quitter Paris et de me rejoindre ici, en Ardèche, dernière ironie du sort et point d'orgue cruel de notre histoire d'amour impossible.

Elle aurait pu se barrer et claquer la porte, je crois que je ne lui en aurais pas voulu. À sa place, c'est probablement ce que j'aurais fait. Mais elle m'a écouté vider mon sac, sans me quitter des yeux, posant sur moi un regard franc et doux, sans jugement ni pitié, et quand j'ai terminé en larmes elle a simplement ouvert son bras pour que je vienne me réfugier contre elle. On est restés comme ça, sans dire un mot, puis elle s'est levée et m'a pris par la main pour me conduire jusqu'à la salle de bains. Elle a ouvert le robinet de la douche, et tandis que la vapeur d'eau embrumait la pièce, recouvrant les vitres et les miroirs d'une buée qui nous isolait peu à peu du reste du monde, elle m'a déshabillé lentement, puis s'est déshabillée à son tour, avant de me tirer par le bras sous le jet fumant. On s'est tenus de longues minutes soudés l'un à l'autre, sans bouger, sa poitrine écrasée contre mon torse, sa tête posée sur mon épaule et la mienne dans ses cheveux, sous l'eau bouillonnante qui ruisselait sur nous comme la rivière sur les rochers polis par le flot des rapides, puis elle a desserré son étreinte pour ramasser un flacon de gel douche qui sentait la verveine et le citron vert et, sans se presser, avec la lenteur d'une caresse, m'a savonné des pieds à la tête. J'ai senti la température de mon corps remonter progressivement, mon sang circuler à nouveau dans mes veines, et j'ai alors eu le sentiment de revenir, moi aussi, de parmi les morts.

C'est le silence qui m'a réveillé. J'ai bondi du lit et je me suis retrouvé debout, chancelant et fébrile, au milieu de la chambre vide, à peine éclairée par la lumière blanchâtre qui fuyait derrière les rideaux tirés. Je n'avais pas la moindre idée de l'heure qu'il était, pas même du jour, car j'avais l'impression d'avoir dormi une éternité, d'avoir été absent, beaucoup trop longtemps. Je n'entendais plus rien autour de moi, ni le vent dans les feuillages, ni le chant des oiseaux, ni le frémissement lointain de la rivière, ni le ronronnement du frigo, ni aucun des bruits étranges que cette maison produit parfois sans raison, et surtout je n'entendais plus Sascha. J'ai claqué des mains en me disant que mes tympans étaient peut-être en train de me jouer un nouveau tour mais le son sec et puissant du clap me fit sursauter. Je me suis précipité hors de la chambre pour m'assurer qu'elle était toujours bien vivante et j'ai déboulé en panique dans le salon, la tête fourrée dans mon coude pour me protéger de la lumière aveuglante, et quand mes yeux ont fini par s'accoutumer à la luminosité ambiante j'ai vu Marion, allongée sur le canapé, qui feuilletait tranquillement un magazine, emmitouflée dans un plaid.

– Combien de temps j'ai dormi ?

– Quatre heures, un peu plus peut-être.

– Où est Sascha ?

– Elle fait la sieste. Je lui ai donné son repas, on a joué un peu et on a profité du soleil pour faire un tour dans le jardin. Elle ne devrait pas tarder à se réveiller je pense.

Je me suis remis à respirer.

– Tout va bien, ne t'inquiète pas. Elle est adorable cette pauvre petite.

Les obsèques d'Ana ont eu lieu dix jours plus tard, le temps de rapatrier son corps à Séguret. Lorsque j'ai appelé ses parents pour leur annoncer son décès, sa mère m'a d'abord répondu que je devais faire erreur puisque, m'a-t-elle encore répété, Ana leur avait assuré qu'elle viendrait les voir très bientôt. Je ne suis d'ailleurs pas sûr qu'elle ait bien compris qui j'étais malgré les détails que j'ai pris soin de lui fournir, au point que je me suis demandé si je n'aurais pas mieux fait d'appeler la gendarmerie la plus proche car la parole de deux types en uniforme aurait eu plus d'impact que la mienne mais, pour je ne sais quelle raison subite, elle eut un moment de lucidité et sa petite voix enjouée céda la place à un long silence au bout duquel elle chuchota seulement : « Comment je vais annoncer ça à Pierre ? » Dans ces circonstances, je suppose que perdre la mémoire n'est pas la pire des choses qui puisse nous arriver.

J'ai essayé de profiter qu'elle soit encore avec moi pour aborder le sujet des obsèques mais j'ai vite compris que mes questions ne faisaient qu'ajouter une couche de confusion supplémentaire et qu'elle n'était en réalité plus en état de prendre en charge quoi que ce soit.

– Dites, Nicole, est-ce que Sylvie est là avec vous ?

– Oui oui elle est là.

– Vous voulez bien me la passer un instant ?

– Oui d'accord, je vais la chercher.

J'ai patienté quelques minutes jusqu'à ce que j'entende résonner des claquements de talons sur le carrelage de leur salon et Nicole murmurer à l'écart du combiné : « C'est le monsieur qui s'occupe de ma petite-fille. » Sylvie est restée sans voix, tout le temps de mon récit, mais sa respiration hachée trahissait l'effort qu'elle faisait pour retenir ses larmes. Elle avait connu Ana toute petite et l'avait vue grandir par à-coups, comme grandissent les enfants lorsqu'on les voit à intervalles réguliers, quatre ou cinq fois dans l'année, lors des vacances scolaires. Elle m'a assuré qu'elle allait s'occuper de prévenir la famille et les proches et parler avec Nicole de l'organisation de la cérémonie. Deux jours plus tard paraissait dans *Le Dauphiné* un avis de décès : *Pierre et Nicole Daumas ont l'immense tristesse de vous faire part du décès de leur fille, Anastasia Daumas, survenu le 13 novembre 2015 à l'âge de trente-huit ans. L'incinération se fera dans la stricte intimité familiale au funérarium d'Orange.*

Nous sommes arrivés tôt à Séguret avec Marion et Sascha, le matin même. Je lui avais demandé de m'accompagner pour qu'elle puisse par moments veiller sur elle mais je sais qu'elle a accepté parce qu'elle avait compris que c'était surtout moi qui avais besoin de soutien. Sylvie nous a accueillis au pied du grand escalier en pierre, les yeux rouges et embués, a embrassé Sascha et nous a conduits jusque dans le salon où on a retrouvé les parents d'Ana et une demi-douzaine de personnes parmi lesquelles je crus reconnaître quelques-uns des visages punaisés dans le grand couloir de son appartement. J'ai serré la main des uns et des autres en me présentant comme le parrain de Sascha, salué Pierre, engoncé dans un fauteuil en cravate et costume sombre, qui en retour a péniblement levé une main tremblante, et embrassé Nicole, vêtue de noir mais apprêtée à l'excès et anormalement joyeuse, et lorsqu'elle me prit à part pour savoir si Antoine comptait nous rejoindre à la maison ou directement au funérarium je me suis demandé si j'allais réussir à tenir bon ou si j'allais moi aussi participer à l'implosion de ce qui restait de cette famille. Ils ont pourtant été d'une gentillesse inouïe avec moi, me posant des questions sur mes liens avec Ana et sur Sascha qui parvenait à elle seule à produire suffisamment de gaîté pour rendre l'atmosphère moins pesante. Tous m'ont assuré de leur soutien et m'ont donné leur numéro en me répétant de ne pas hésiter à leur demander de l'aide, si bien que j'ai réalisé subitement que j'étais peut-être le seul à ignorer encore que le destin de cette petite fille était désormais intimement lié au mien.

J'ai souvent l'impression, quand j'y repense, de ne pas avoir assisté à tout ça, que je n'étais pas là et elle non plus, que ce moment ne fait pas partie de notre histoire. Le funérarium était rempli d'officiels en représentation, qui n'avaient rien à faire là, parmi lesquels un type rigide en écharpe tricolore et un autre en casquette et costume croisé bleu, flanqué de deux gendarmes en grande tenue, qui devait sortir de la préfecture avec ses décorations épinglées sur la poitrine et son air faussement affecté, entourés de gens qui ne se connaissaient pas entre eux et venaient juste assister à l'épilogue d'un drame dont ils avaient suivi les épisodes précédents à la télévision, aucun d'eux n'ayant apparemment la moindre idée de ce que pouvaient signifier les mots « stricte intimité familiale ».

Je n'ai aucun souvenir des discours car j'avais hâte que ça se termine. Je regardais Sascha, étonnamment calme dans les bras de Marion, en me demandant si elle garderait au fond d'elle, enfouies dans les replis sa mémoire, des images ou des sensations de ces instants. On a fait la queue pour poser une fleur sur son cercueil, j'ai contracté tous les muscles de mon corps pour ne pas fondre en larmes en lisant son nom gravé sur la fine plaque dorée clouée sur le couvercle au-dessus des deux dates de sa naissance et de sa mort, deux types l'ont fait passer par une étroite porte carrée qui s'est refermée dans un bruit métallique et, presque aussitôt, la machinerie s'est mise en marche dans une succession de claquements lugubres jusqu'à ce que résonne, à peine couvert par la musique d'ambiance, le grondement sourd des brûleurs.

Il me semble que je n'ai jamais été aussi soulagé de retrouver l'air frais et la lumière du jour. J'ai souri poliment à ceux qui venaient me serrer la main sans savoir qui j'étais, puis j'ai vu un type pousser dans ma direction une femme dans un fauteuil roulant et, avant même qu'elle se présente, j'ai compris qu'il s'agissait de Camille.

– Je suis désolée, on a été retardés sur la route.

Je n'ai pas osé me pencher pour l'embrasser alors je l'ai juste remerciée d'être venue. Elle parlait avec la même voix faible et hésitante que lorsqu'elle m'avait appelé depuis l'hôpital et, derrière un masque de façade, son regard vide et son visage pâle portaient encore les stigmates de la douleur et de la fatigue. Elle en était sortie l'avant-veille et j'ai réalisé le courage qu'il lui avait fallu pour traverser la France entière, contre l'avis des médecins, si tôt après ce qu'elle avait enduré. Elle a souri à Sascha, que Marion portait toujours dans ses bras, et son visage s'est soudainement figé en rictus, comme si elle venait de revoir Ana s'écrouler sur elle. Elle a fermé les yeux et gardé les poings serrés, le temps que son fantôme disparaisse. Son mari a posé une main délicate sur son épaule, chuchoté d'une voix prévenante qu'il allait rejoindre leurs deux enfants qui jouaient un peu plus loin, puis j'ai vu Marion me faire un signe et s'éclipser elle aussi avec Sascha, et nous nous sommes retrouvés seul à seul.

On s'est rapprochés d'un banc pour que je puisse m'asseoir à côté d'elle et on s'est tenus là quelques instants sans se regarder, observant en silence le jardin aux couleurs d'automne, car aucun de nous ne savait par où commencer.

– Tu vas pouvoir remarcher bientôt ?

– Oui, bientôt. Deux ou trois semaines. Les médecins me disent de ne pas forcer pour le moment.

Elle a baissé la tête, massé machinalement sa cuisse et ajouté comme pour elle-même :

– J'ai eu de la chance. Si je m'étais assise à sa place, elle et Sascha…

J'ai posé une main sur son bras. Elle m'a adressé un sourire plein de tristesse, les yeux embués, puis elle a attrapé un sac en toile suspendu derrière elle et me l'a tendu :

– Ce sont les affaires d'Ana le soir où… Je les ai… enfin je…

J'ai déposé le sac sur mes genoux, incapable d'y jeter un œil, et je l'ai remerciée.

– Juan, qu'est-ce que tu vas… je veux dire… tu sais si Vincent… ?

– Non, je sais pas. Je sais même pas comment le joindre.

Elle a secoué la tête, la mâchoire tendue et les yeux soudain sombres, et j'ai reconnu cette expression familière que j'avais si souvent tenté de dissimuler à Ana quand elle me parlait des frasques de Vincent, l'expression d'une colère profonde et ravageuse qui ne demandait qu'à jaillir de ce corps pourtant si frêle et vidé de toute énergie.

– Ne t'inquiète pas. Je m'en charge.

Elle parut soulagée et fit un signe discret à son mari. Il rappela leurs deux garçons qui jouaient au milieu d'une pelouse, et lorsqu'ils revinrent vers nous le plus jeune des dcux me lança, comme s'il s'agissait de décider des rôles d'un jeu d'enfants : « C'est toi qui vas t'occuper du bébé d'Ana, maintenant ? », et je n'ai pas su quoi lui répondre. J'ai pensé à ce à quoi j'avais consciencieusement évité de réfléchir, aux mois et aux années à venir, à Sascha qui allait grandir, à ces choses que des milliards de gens vivent de la façon la plus naturelle du monde et qui me semblaient pourtant, si peu de temps auparavant, faites pour une autre vie que la mienne. Quelque chose sur mon visage ou dans mon attitude a trahi la frayeur qui m'a traversé car Camille a pris ma main, m'a regardé droit dans les yeux et a articulé d'une voix douce et grave, qui m'a rappelé celle d'Ana : « Tu vas y arriver, Juan. C'est ce qu'elle aurait voulu. »

Trois jours plus tard, j'ai habillé chaudement Sascha et je l'ai installée à l'arrière de la Méhari. Le ciel était pâle et l'air si froid qu'il me piquait les poumons. On a serpenté entre des collines de vignes que la lumière découpait au scalpel, au son du claquement des toiles et des reprises du moteur dans les virages, puis on s'est engagés sur la route sinueuse et encaissée qui longe le Chassezac où l'air humide de la rivière et l'ombre noire des flancs de la montagne ont encore fait baisser la température de quelques degrés. On a tourné à droite et, au bout d'une ascension d'une vingtaine de minutes qui me sembla durer une éternité, on s'est garés devant les premières maisons de Thines. J'ai attrapé le sac à dos sur le siège avant, pris Sascha dans mes bras, et on s'est engouffrés dans les ruelles désertes et glaciales. J'ai repris ma respiration en face du vertigineux escalier qui mène à l'église et on a lentement escaladé ensemble les hautes marches en pierre sombre jusqu'à l'entrée du cimetière. J'ai posé Sascha à mes pieds au milieu des bogues de châtaignes qui jonchaient le sol et j'ai sorti l'urne dans laquelle reposaient les cendres de sa mère. Je l'ai doucement vidée au pied du grand arbre puis j'ai pris Sascha dans mes bras et j'ai pleuré comme je n'avais pas pleuré depuis que je l'avais laissée partir à Seattle, treize ans plus tôt. La petite m'a regardé, inquiète, et s'est mise à pleurer à son tour. Nous sommes restés ainsi, blottis l'un contre l'autre, jusqu'à ce que nous parvenions à calmer le flot de nos larmes, puis j'ai essuyé son visage et le mien, et je me suis adressé à elle, à voix basse, comme on confie un secret :

– C'est là qu'on viendra lui apporter des fleurs, maintenant.

J'ai passé une bonne partie des jours et des semaines qui suivirent à appeler les centaines de contacts que j'avais gardés de mes vingt dernières années de vadrouille à travers le monde dans l'espoir de retrouver la piste de Vincent. Je n'étais pas certain qu'il ait conservé son nom, j'étais même plutôt convaincu du contraire, et je n'avais aucune raison sérieuse de supposer qu'il était toujours prof de golf car il aurait très bien pu changer de métier et devenir pizzaïolo ou vendeur de bagnoles, mais comme il fallait bien partir de quelque part je suis parti de là. J'ai d'abord appelé le golf de Saint-Cloud en me disant qu'ils auraient peut-être des informations utiles à me donner mais ces connards ont catégoriquement refusé de me communiquer le nom de ses clients les plus réguliers et j'ai dû faire des pieds et des mains pour qu'ils me fournissent au moins la courte liste des pays où il avait fait le caddy ces dernières années. J'ai très vite abandonné l'idée de retrouver son frère qui vit je ne sais où en Californie et dont je ne connaissais même pas le prénom, surtout quand j'ai appris que Jones arrivait en quatrième position des noms de famille les plus fréquents aux États-Unis. J'ai aussi épluché les magazines de golf que j'ai pu trouver chez les buralistes du coin, autant dire pas beaucoup car ce n'est pas franchement le sport local, non que j'espérais par miracle le trouver en photo, mais plutôt pour comprendre dans quels coins du monde ces gens rêvent d'aller traîner leurs clubs.

Il paraît qu'il existe une théorie mathématique selon laquelle chaque personne serait connectée au pape par une chaîne de connaissances comportant au maximum six maillons. En pratique, je suppose que tout dépend du type de personnes que l'on fréquente. À ce petit jeu, ceux que j'ai côtoyés durant ma carrière ne sont sans doute pas les moins bien placés. J'ai filé à mes contacts la seule photo que j'avais de lui, celle qu'Ana m'avait envoyée où on nous voyait tous les quatre plantés au beau milieu de leur salon, en commençant par mes potes américains, anglais, australiens et néo-zélandais parce que ça me semblait logique de débuter par les pays anglophones, ce qui m'a occupé une bonne semaine au bas mot et m'a donné l'occasion de prendre de leurs nouvelles. Je me suis cependant vite rendu compte qu'il fallait que j'élargisse mes recherches à l'ensemble des pays où il était plausible qu'il puisse donner ses putain de cours en parlant anglais ou français, c'est-à-dire à peu près partout. J'ai fait l'impasse sur la Norvège, la Suède, la Finlande, l'Islande pour des raisons météorologiques évidentes et sur la plupart des pays d'Afrique pour des raisons du même ordre, mais j'ai quand même appelé mes contacts en Chine, en Corée et au Japon où je l'imaginais pourtant mal se fondre dans le paysage. J'ai activé mes réseaux russes et israéliens car chacun sait que ces gens ont un certain savoir-faire en matière de renseignement, contacté Nora, en Grèce, en misant sur les relations de son père armateur, avant de m'engager dans une longue tournée des pays d'Europe alors que j'étais au fond assez convaincu de faire fausse route. Quitte à rompre les amarres autant se barrer le plus loin possible : ce serait quand même ballot de se croiser dans un supermarché à Prague, Milan ou Barcelone. Une fois terminée, j'ai entamé un marathon en Amérique latine en commençant par mon pote Gustavo au Mexique, les quelques îles des Caraïbes où j'avais eu la chance de mettre les pieds, et je suis redescendu peu à peu vers le sud en passant par la Colombie, le Brésil, le Chili, l'Argentine et même le Paraguay où je connaissais deux trois personnes, en songeant que nombre de ces pays avaient acquis par le passé une solide réputation quant à leur capacité à accueillir dans la plus grande discrétion des fuyards en tout genre. À la fin de la deuxième semaine j'ai réalisé que j'avais épuisé le premier cercle de mes potes et que j'allais devoir élargir mes recherches, et je me suis alors mis à appeler des contacts de plus en plus lointains, qui n'étaient pas des amis et sans doute à peine des connaissances, en comptant sur ma notoriété pour les convaincre de se donner un minimum de mal pour m'aider, comme Piotr, qui nous avait refourgué ses bonbons russes en Crimée, Vlad, un promoteur mafieux qui m'avait très sérieusement proposé, à la fin de l'un de mes premiers sets à Moscou, de me payer en cocaïne, ce qu'à l'époque j'aurais certainement accepté si je n'avais pas dû reprendre l'avion deux heures plus tard, et même Hongsuwan, le DJ surexcité qui m'avait succédé à Koh Tao, car je ne sais pas pour quelle raison je voyais bien Vincent planqué dans un *resort* luxueux sur une île en Thaïlande.

J'ai attendu tout l'hiver un coup de fil qui m'aurait remis sur la piste de Vincent et, un matin de mars, alors que je commençais à peine à digérer la disparition d'Ana et que je m'étais persuadé d'avoir eu ma dose de drame et de larmes pour un bon moment, j'ai reçu un appel de Marco, un des seuls que je n'avais pas pris soin d'appeler parce que je connaissais déjà tous ceux qu'il connaissait et parce que je me doutais qu'il ne bougerait pas le petit doigt pour me filer un coup de main si ça ne lui rapportait pas quelques thunes au passage, qui m'a annoncé sans plus de précautions que Julian avait été retrouvé chez moi, mort de ce qui ressemblait, selon les premières constatations de la police, à une overdose.

Il a eu de la chance de ne pas me dire ça en face car je crois que je l'aurais dézingué, lui dont c'était le métier de prendre soin de Julian, ne serait-ce que pour continuer à lui taper du blé, lui qui aurait dû voir ce qui se tramait et surveiller comme le lait sur le feu l'inclinaison de la pente qui le faisait glisser vers l'abîme, d'autant que ce connard a cru bon de me préciser qu'on l'avait retrouvé dans mon canapé, étouffé dans son vomi, preuve selon lui qu'il s'agissait bien d'une overdose. J'étais tellement fou de rage que je lui ai hurlé dessus, je l'ai traité d'assassin, de sous-merde cupide, je lui ai dit qu'il allait devoir vivre avec sa mort sur la conscience jusqu'à la fin de ses jours et, la seconde d'après, que je savais parfaitement qu'il n'en avait rien à foutre parce qu'il trouverait toujours d'autres types à plumer pour se payer ses lignes de coke, et quand j'ai raccroché, furieux, j'ai continué à gueuler dans la maison comme un sourd au point que j'ai fait fuir le chat et réveillé Sascha qui faisait sa sieste du matin dans sa chambre.

J'ai passé ma colère sur ce type mais je n'ai pas mis longtemps à comprendre, à la nausée qui m'a pris et ne m'a pas quitté de la journée, une de ces nausées qui nous tombent dessus lorsqu'on se sent sale d'avoir abusé de tout, sale au point d'avoir envie de changer de corps, qu'en réalité c'était à moi que j'en voulais. Je m'en voulais de l'avoir convaincu de se lancer dans ce métier. De l'avoir présenté à ces gens à moitié cinglés. De l'avoir propulsé si vite et si jeune sur le devant de la scène, lui qui était si équilibré, si peu fait pour cette vie-là. Je m'en voulais de lui avoir servi de modèle, moi qui habitais à l'autre pôle, celui des collectionneurs d'addictions, des professionnels de la roue libre et des abonnés aux amnésies qui accompagnent les réveils difficiles. Je m'en voulais de ne pas lui avoir dit, ou pas assez, ou trop tard, qu'il devait se ménager. De ne pas l'avoir suffisamment entouré. De ne pas avoir su le convaincre de virer ce pauvre mec qu'il payait pour veiller sur lui. Je m'en voulais surtout de n'avoir rien vu venir chaque fois que je l'avais eu au téléphone totalement perché, hystérique et incohérent, de ne m'en être jamais inquiété, et d'avoir même trouvé ça plutôt drôle. Je sais bien que nos routes sont faites d'embranchements, de choix, de hasards, de rencontres, qu'on n'est pas responsable de la vie des autres et tout ce baratin qu'on répète aux proches de ceux qui se foutent en l'air pour leur faire croire qu'ils n'ont rien à se reprocher. Mais comment ne pas voir que j'étais à l'origine de ça, de son succès fulgurant, de la merde qui inévitablement l'avait suivi à la trace, de sa fuite en avant, de sa séparation, moi qui l'avais accueilli chez moi au début de sa descente aux enfers, avais d'ailleurs vidé quelques pochons pour fêter ça, et l'avais laissé là, dans le dernier endroit où il aurait pu se refaire ? Comment ne pas voir que c'était moi qui l'avais tué, aussi sûrement qu'une petite impulsion déclenche, tel un jeu de dominos, une réaction en chaîne inéluctable ?

Le soir même, j'ai reçu un appel glacial d'Audrey pour me prévenir que les obsèques auraient lieu dans le village et me demander si je pouvais préparer la maison pour accueillir sa famille. Je n'ai ressenti aucune tristesse dans sa voix, juste une colère froide. Elle m'était destinée et j'ai accepté qu'elle me mette ça sur le dos.

– Sa mère Françoise et son compagnon arriveront jeudi en fin de matinée et Gwenaëlle le soir. Son père aussi va venir de Bretagne. Je ne sais pas encore s'il va vouloir loger dans la maison ou à l'hôtel, dans le doute il faudrait préparer trois chambres.

Elle parlait d'un ton sec, la gorge serrée.

– Il faudrait aussi prévoir une petite collation.

– Bien sûr, je m'en occupe.

– Une trentaine de personnes, pas plus.

– Entendu.

– Il n'y aura pas de cérémonie religieuse. Et pas d'annonce dans la presse. La famille, les amis proches et les voisins du village, c'est tout. On ne veut pas être envahis par les fans.

– Je comprends. Je n'en ai encore parlé à personne.

Elle a soupiré, sans doute rassurée. J'ai hésité un instant car je craignais sa réaction, mais je me suis lancé :

– Audrey, j'aimerais dire quelques mots pendant la cérémonie.

– Toi, dire quelques mots ? Non mais c'est une blague ?

J'ai encaissé le coup. Je l'avais mérité.

– Je t'en prie. C'est important pour moi. Je lui dois ça.

Elle est restée silencieuse une poignée de secondes, et a fini par lâcher d'une voix lasse :

– Je vais voir avec ses parents.

Le vendredi suivant, à quatorze heures, tout le village s'est réuni devant le portail en fer qui marque l'entrée du cimetière. Le soleil tapait déjà fort pour une journée de fin d'hiver mais une légère brise venue du nord apportait une fraîcheur apaisante. On a échangé quelques accolades et quelques larmes en silence, comme pour ne pas déranger les morts et celui qui allait bientôt les rejoindre, avant de suivre à pas lents le cercueil porté par les employés des pompes funèbres dans l'ombre de la courte allée plantée de cyprès. Les hommes en noir ont prudemment progressé entre les tombes et les parterres de fleurs jusqu'au caveau de sa famille, et on s'est répartis comme on a pu autour de la fosse ouverte.

J'ai observé ces visages familiers et je n'y ai trouvé qu'une tristesse infinie. J'ai vu sa sœur, Gwenaëlle, qui ne parvenait plus à retenir ses sanglots, sa mère, Françoise, vacillante, que Martine et Isa enserraient dans leurs bras pour éviter qu'elle ne s'écroule, et son père un pas derrière, les traits tendus, avec les oncles, les tantes et les cousins. J'ai jeté un coup d'œil à Fabrice qui se tenait à côté de moi et qui avait la mine des jours sombres, à Jipé entouré de ses deux fils et à Marion qui dissimulait ses larmes derrière d'immenses lunettes de soleil. J'ai vu les regards dévastés de mon pote Laurent et de sa femme Corinne et j'ai vu Laura pleurer dans les bras de Sylvain. J'ai vu les visages graves des anciens du village, de ses potes d'enfance et de tous ceux qui l'avaient vu grandir, sauter du pont qui enjambe la rivière et faire le con dans les calades avec les gamins de son âge. Et j'ai vu Audrey, debout devant le cercueil, seule, les poings refermés sur les mains de leurs deux enfants de trois et cinq ans qui n'auront presque pas connu leur père, comme si eux aussi risquaient de lui échapper et de disparaître. J'ai espéré qu'un jour elle leur parle de lui, qu'elle leur raconte qui il était et qu'elle leur dise qu'il les aimait plus que tout le reste, car il fallait qu'ils gardent de lui autre chose que les images de ce jour funeste, et j'ai tourné la tête vers Sascha que Sven tenait dans ses bras à l'ombre d'un cyprès en me disant qu'un jour, moi aussi, j'aurais à lui raconter l'histoire de sa mère.

Gwenaëlle s'est rapprochée du cercueil, a déplié une feuille de papier, essuyé les larmes qui ruisselaient sur ses joues, et lorsqu'elle a prononcé les premiers mots d'une voix hoquetante j'ai enfin compris pourquoi je n'avais jamais eu envie d'écrire ce foutu livre qu'Olive aura finalement réussi à me faire signer. Il était satisfait du boulot de son scribe et se frottait déjà les mains à l'idée du lancement prévu avant l'été parce qu'il s'agissait selon lui d'un bouquin parfait pour la plage, mais il n'y avait en réalité rien de drôle dans cette histoire et je m'en suis voulu d'avoir accepté de m'embarquer dans cet étalage putassier de mes années de fête, de sexe, d'alcool et de drogues. C'est l'autre face de cette histoire qu'il aurait fallu écrire, celle des vies détruites, des destins brisés, des gens broyés sur l'autel de la fête, le sacrifice antique dans toute sa splendeur tragique. Ça n'aurait pas fait de recettes, ni émoustillé les vacanciers en quête de sensations fortes, mais ça aurait été plus juste. J'ai regardé le cercueil de Julian et je me suis résolu à annuler la sortie du livre car je ne m'imaginais pas parader sur les plateaux télé et dérouler mes anecdotes sous les yeux pétillants des animateurs, comme d'autres racontent leurs meilleures blagues en fin de repas, alors que cette histoire était en réalité triste à pleurer. Quelques jours plus tard j'ai appelé Olive pour lui dire que je comptais tout arrêter, que ce serait sordide de continuer ainsi et que j'aurais l'impression de cracher sur sa tombe. Il m'a rétorqué qu'au contraire il ne fallait rien annuler, qu'il n'y avait aucune raison de cacher quoi que ce soit, que je devais en parler si je le sentais et comme je le sentais et que ça permettrait une autre lecture du livre, plus complexe, son « pendant sombre », expression que j'ai trouvée inutilement pompeuse. Je l'ai écouté déblatérer son argumentaire et quand je lui ai expliqué que je n'étais pas stupide et que j'avais bien compris qu'il allait maintenant faire coup double, son petit livre aguicheur d'un côté et sa séquence de promo larmoyante de l'autre, il m'a seulement répondu que je voyais le mal partout.

Gwenaëlle m'a adressé un signe de la tête, les yeux rougis par les larmes. Je me suis avancé en évitant de croiser le regard d'Audrey qui m'aurait sans doute pétrifié et j'ai tiré moi aussi de ma veste une feuille de papier que j'ai dépliée en tremblant. J'ai relu pour me donner du courage les premières lignes que j'avais péniblement rédigées la veille et je me suis aperçu qu'elles sonnaient toutes parfaitement faux.

– Je voulais… J'avais prévu un discours, je voulais lire quelques mots pour vous parler de Julian, mais je peux pas.

J'ai rangé ma feuille et repris ma respiration.

– Il y a un instant, je me suis vu dans ce cercueil. C'est moi qui devrais être allongé là-dedans, pas lui. J'aurais pu finir cent fois dans une boîte comme celle-ci, et personne, personne, n'aurait trouvé ça étonnant ou même injuste. Personne. Mais lui, il ne méritait pas ça. Il méritait de profiter de la vie, de sa femme et de ses enfants. Il aurait mérité mille choses, mais pas ça. Il n'y a pas de justice. Ça n'a aucun sens. À vrai dire, je sais même pas quoi en penser. Il a passé sa vie à donner du plaisir et à faire rêver des centaines de milliers de gens. Il rayonnait. Ceux qui ont eu la chance de le voir sur scène le savent. Il rayonnait comme un astre. Il était puissant. Il était sûr de lui. Il transpirait la passion et l'intelligence. C'est ça qu'ils voyaient. Et c'est ça qu'ils vont garder de lui, parce qu'il va vivre très longtemps avec eux. Avec nous. Mais ce qu'ils ne voyaient pas, c'est l'autre face de ce métier. Celle qui isole. Celle qui rend dingue. Celle qui détruit à petit feu les plus sains et les plus solides. Voilà pourquoi ça n'a aucun sens. Il va juste falloir qu'on apprenne à vivre avec ça. Il n'y a aucune morale à tirer de cette histoire. On aimerait bien se dire que la vie a un sens, qu'on ne va pas mourir sous les roues d'une bagnole au coin de la rue, d'un AVC à quarante ans ou sous les balles d'un dingue à une terrasse. On aimerait bien remettre un peu d'ordre dans cet immense merdier qu'est le monde, mais la vie c'est pas ça. La vie est beaucoup plus cruelle. Beaucoup plus stupide. Elle tue les innocents. Elle tue ceux qui devraient rester.

En fin d'après-midi, Laurent, Corinne, Sylvain et Laura sont venus me trouver avant de reprendre la route. On s'est embrassés, les yeux encore rougis. Eux non plus ne comprenaient pas.

– Ça va aller pour le retour ?

– Oui ça ira, on va se relayer.

Laurent avait les traits tirés et le teint blême.

– Et toi alors, qu'est-ce que tu vas faire maintenant ?

J'ai soupiré.

– T'as des morceaux de ton nouvel album à nous faire écouter ? Envoie-moi ce que t'as si tu veux que je les teste en club, je…

Je l'ai interrompu :

– J'arrête, les gars.

Ils se sont figés, stupéfaits, comme s'il s'agissait d'une nouvelle encore plus inconcevable que celle de la mort de Julian.

– Quoi ?

– J'arrête. Je raccroche.

– Mais non.

– Si si. Pour de bon. La musique, la scène, la nuit. Faut que je passe à autre chose. Je vais rester ici je crois.

J'ai observé leurs mines sceptiques et je me suis dit que j'aurais réagi de la même façon à leur place. Je n'y aurais pas cru. D'autres peut-être, mais pas venant de moi. J'aurais pensé à un moment d'égarement, une décision prise sous le coup de l'émotion, et qu'une fois le choc passé la vie reprendrait son cours. On n'abandonne pas comme ça sa carrière, son public, ses amis, ses compagnons de bringue. Merde quoi, ça se fait pas.

– Mais qu'est-ce que tu vas foutre ici ?

Il avait eu la délicatesse de ne pas ajouter « dans ce trou paumé » mais j'ai bien senti qu'il le pensait très fort.

– Je sais pas encore. J'ai un petit bouquin qui va sortir bientôt. Et puis il faut que je m'occupe de Sascha.

Laurent s'est tourné vers Corinne, comme pour lui demander de l'aide, quelques mots, une parole sensée, n'importe quoi qui me ramènerait à la raison, mais elle s'est approchée de moi et m'a simplement pris dans ses bras :

– Prends bien soin de toi, Juan.

Je l'ai remerciée, je les ai tous embrassés à nouveau puis je les ai regardés monter dans la voiture et s'éloigner sur la petite route qui redescend au village. Lorsque je suis rentré, la maison était déjà presque vide et il ne restait que la famille et les amis les plus proches. Le père de Julian était reparti aussitôt après la cérémonie, au point que je me suis demandé ce qui lui avait pris de se donner tant de mal pour traverser la France depuis sa Bretagne lointaine. Françoise, Gwenaëlle, Martine et Isa conversaient à voix basse dans la cuisine tandis que les hommes, Fabrice, Jipé, Guillaume, Mathieu et Jean-Jacques, le compagnon de Françoise, s'étaient réunis sur la terrasse, autour de la grande table. J'avais essayé d'éviter de croiser Audrey mais je suis tombé nez à nez avec elle et on s'est fixés quelques secondes en silence.

– Merci pour ton discours, Juan.

Je suis resté perplexe, incapable de dire s'il s'agissait d'une remarque sarcastique, d'un remerciement sincère ou d'une simple politesse. Un bref sourire a éclairé son visage fermé et marqué par la fatigue, cette même fatigue qui m'avait enseveli après la disparition d'Ana et ne s'était dissipée que des mois plus tard. Je lui ai souri à mon tour en essayant de masquer ma gêne et, alors que j'allais lui demander où étaient passés ses enfants, Sascha, tout juste réveillée de sa sieste, déboula avec Marion dans le salon, enchaînant les pas de façon encore chaotique, et tendit les mains vers moi pour que je la prenne dans mes bras.

– Tu as eu une fille ? Je n'étais pas au courant.

– C'est une longue histoire.

J'ai embrassé Sascha et, sitôt remise sur ses pieds, elle retourna vers Marion qui lui enfila un manteau et des chaussures, et l'emmena dans le jardin. On les a observées un moment jouer ensemble dans l'herbe fraîche, au milieu des oliviers et des chênes verts.

– Tu sais ce que tu comptes faire de la maison ?

Elle s'est tournée vers moi.

– Je ne sais pas trop non, pourquoi ?

– J'aimerais bien m'installer par ici.

Elle a froncé les sourcils et m'a regardé, longuement, comme on dévisage quelqu'un qu'on croit reconnaître.

Deux semaines plus tard, elle me rappela pour m'annoncer qu'elle ne souhaitait pas garder la maison. Elle n'y avait pas d'attaches, ni ses enfants, et n'avait en tout état de cause pas les moyens de l'entretenir. On signa peu de temps après et je mis aussitôt en vente mon appart à un prix si bradé qu'il partit le jour même pour le plus grand bonheur d'un jeune couple ravi d'avoir conclu une si bonne affaire.

Début avril, je me suis fait violence pour organiser le déménagement de mon appartement et celui d'Ana, dont j'avais continué de régler le loyer et les factures. Je m'y suis rendu avec Camille et son mari, ainsi que Fabrice qui avait fait le voyage avec moi dans le gros camion que nous avait prêté Jipé. On a retrouvé l'appartement tel qu'elle l'avait laissé avant de descendre dîner, ce vendredi soir de novembre. J'ai cru que j'allais tomber dans les pommes quand j'ai ouvert la porte de la chambre et trouvé sa valise au pied du lit, prête pour son départ à Londres. On a ouvert les fenêtres afin de laisser entrer un peu d'air, vidé dans de grands sacs-poubelle les fringues de Vincent qui traînaient partout, au point qu'on aurait pu croire qu'il habitait toujours là, et chargé les meubles, les objets et les souvenirs que je tenais à ce que Sascha conserve, Camille ayant proposé de s'occuper de liquider ce qui restait. En début d'après-midi, on a filé avec Fabrice chez moi où on a retrouvé Laurent et Sylvain. Je ne voulais pas m'y retrouver seul car je craignais d'y apercevoir le spectre de Julian mais en réalité rien n'avait changé depuis que j'y avais dormi, presque un an et demi plus tôt, juste après la naissance de Sascha. L'appartement était sale, désert et sans âme, comme s'il ne s'y était jamais installé. J'ai rassemblé ce que j'ai pu dans deux grandes caisses en métal sans trouver quoi que ce soit qui puisse un jour évoquer à ses deux fils qui était leur père. Quelques minutes supplémentaires ont suffi pour finir de remplir le camion avec mes propres affaires. J'ai revendu mon matos de studio à Sylvain pour une bouchée de pain, offert ma collection de disques à Laurent qui m'est tombé dans les bras en pleurant de bonheur et abandonné le reste aux deux tourtereaux qui poseraient bientôt leurs valises dans cet endroit maudit. J'ai claqué la porte, enlevé mon nom de la boîte aux lettres, déposé les clés à l'agence immobilière, et quand j'ai entendu tousser le vieux diesel du camion, m'attirant les foudres d'une jeune mère qui passait sur le trottoir avec son gamin pendu au bout du bras, je me suis dit que je n'étais pas près de remettre les pieds dans cette ville de cinglés.

Le printemps s'est installé sans qu'on y prenne garde. Les restaurants et les petits commerces saisonniers ont rouvert les uns après les autres, les ruelles se sont peu à peu remplies de touristes et on a vu passer en bas de la maison, sur l'Ardèche encore haute, les premières flottilles de canoës. Chacun est sorti de sa tanière hivernale pour renouer avec le rituel immuable des apéros chez Ouioui et des grillades dans les jardins, j'ai pris l'habitude, chaque vendredi, de faire goûter à Sascha les fruits, les fromages et les charcuteries du marché, où j'ai d'ailleurs évité de justesse Clara et Seb qui, bras dessus bras dessous, promenaient un gamin dans une poussette, et lorsque les premières canicules du mois de mai ont fait grimper le thermomètre à des niveaux déjà déraisonnables, j'ai soudainement réalisé que cela faisait six mois qu'Ana avait disparu, six mois interminables, six mois à batailler avec les juges et les assistantes sociales pour les convaincre que Sascha était mieux avec moi que dans un foyer le temps que je retrouve Vincent, six mois pendant lesquels les jours s'étaient égrenés, comme un supplice, à la lenteur d'un goutte-à-goutte.

J'avais perdu tout espoir et m'étais peu à peu résigné à abandonner mes recherches, glacé à l'idée que Sascha ne reverrait jamais son père, quand j'ai reçu un appel de Gustavo. J'ai immédiatement reconnu le timbre de sa voix et mon cœur s'est si vite emballé que je ne lui ai même pas laissé le temps de finir de me saluer :

– Alors ?

– Alors pas si facile de le retrouver, ton *gringo*.

Je suis resté sans voix. Il s'est marré.

– Qu'est-ce que tu croyais ? Que ce *pendejo* pouvait se terrer ici incognito ? Ça aurait été plus simple s'il avait gardé son nom mais il a pris celui de sa mère, *este cabrón*. Ton Vincent Jones s'appelle maintenant Vincent Collins, si tu veux savoir.

– Il est où ?

– À Punta de Mita, près de Puerto Vallarta. T'avais vu juste, il bosse dans un hôtel de luxe blindé de *gringos* au bord du Pacifique, avec deux dix-huit trous. Écoute ça, c'est sur leur site : « Situé au milieu de plages de sable blanc et des majestueuses montagnes de la Sierra Madre qui entourent la rivière Nayarit, le parcours réparti sur quatre-vingt-un hectares profite pleinement de son emplacement en bord de mer. Huit trous bordent l'océan Pacifique et offrent une vue sur les baleines pendant leur migration saisonnière. » *Chupa mi pito.* Et ça : « Profitez du défi du trou surnommé la queue de la baleine, le seul green au monde installé sur une île naturelle. » *Puta madre*, j'ai jamais rien compris à ce sport de *puñeton*, mais en tout cas ça va bien pour lui, visiblement.

– T'as son numéro ?

– Évidemment, qu'est-ce que tu crois ?

Il y eut un silence, le temps que le signal s'échappe des gorges, atteigne le relais du village voisin, transite par une noria de satellites à quelques centaines de kilomètres d'altitude, redescende en piqué jusqu'à la côte ouest du Mexique et se fraye un chemin entre les palmiers de la péninsule de Punta Mita. J'ai avalé la dernière gorgée de mon café amer en écoutant grésiller la tonalité. Treize heures trente ici. Six heures trente là-bas. Je m'étais convaincu que c'était le meilleur moment, l'heure des perquisitions, des portes qu'on défonce au bélier et des flics qui vous cueillent en caleçon au saut du lit. Encore une tonalité. Ce n'est peut-être pas le bon numéro. Peut-être que Gustavo n'a pas le bras si long, finalement. Peut-être que je ne retrouverai jamais ce *culero*. Peut-être que sa fille n'aura jamais l'occasion de lui dire en face à quel point il a été lâche. Peut-être qu'Ana, là où elle est, l'attend toujours. Peut-être que cette histoire n'a aucun sens et qu'il est inutile de vouloir remettre de l'ordre dans ce merdier. Les gens d'ici disent que le soleil se lève chaque matin pour tout le monde mais oublient un peu vite que certains commencent leur vie dans un brouillard impénétrable.

– *Hello ?*

J'ai posé ma tasse précipitamment et pressé le téléphone contre mon oreille. Malgré le crépitement et le léger souffle de la ligne, j'ai tout de suite reconnu sa voix grave et son insupportable façon de marmonner.

– Vincent, c'est Juan.

Il est resté muet, un long moment.

– Comment t'as eu ce numéro ?

– Je connais un paquet de monde. C'est ça l'avantage de voyager beaucoup.

Il s'est raclé la gorge.

– Qu'est-ce que tu veux ?

– T'as pas une petite idée ? T'es au courant de ce qui s'est passé en France ces derniers temps ?

– Bien sûr que je suis au courant.

Bon Dieu de merde. Je m'en doutais, mais je n'avais pas osé y croire. Il ne pouvait ignorer ce qui s'était passé. C'était leur quartier, leur rue. Leur cantine.

– Espèce d'enculé, tu savais pour Ana ? Et tu t'es pas dit que c'était le moment de rentrer t'occuper de ta fille ? Tu te fous…

– Ferme-la, Juan ! T'as pas la moindre idée de ce que je me suis dit !

Il a hurlé dans le combiné et j'ai fermé ma gueule. Je m'y prenais à l'envers. Ça ne servait à rien de lui rentrer dedans.

– Il est pas trop tard, Vincent. Elle est super cette petite. Elle a besoin d'un père, tu peux pas l'abandonner comme ça.

Il y eut un nouveau blanc. J'ai collé le téléphone à mon oreille dans l'attente d'un signe, d'une parole, du moindre indice qui aurait signifié que tout n'était pas définitivement foutu, mais je n'entendais rien, rien d'autre qu'un grésillement lointain, une petite friture étouffée, à peine audible. Les fragments décousus des milliers de conversations qui transitaient simultanément par les mêmes satellites, les mêmes relais, les mêmes lignes. Voilà à quoi cela se résumait. Une poignée de fréquences. Pas même l'épaisseur d'un fil à coudre tendu entre deux points du globe. Il lui aurait suffi de raccrocher, balancer son portable au milieu des baleines, quitter le pays et aller se perdre pour de bon. Dehors, les grillons avaient recommencé leur cirque. Le soleil au zénith douchait d'une lumière aveuglante les berges de la rivière. Dans une bonne heure Sascha émergera de sa sieste. Comme chaque après-midi depuis quelques jours, on ira se promener dans le jardin et goûter les premières cerises. Des jours vont passer. Puis des semaines. Et des saisons. Cette petite va grandir avec une mère assassinée, un père aux abonnés absents et un parrain toxico. Fin de l'histoire.

– Vincent, s'il te plaît. Dis quelque chose, bon sang.

– Je suis pas le père de cette gamine, Juan.

J'ai relevé la tête et observé les canoës plantés dans la petite passe au pied de la falaise, enchevêtrés comme un amas de branchages. L'été dernier, j'avais regardé Ana traverser à la nage le plan d'eau en amont du rapide, glisser sur le dos en se retournant vers la rive et m'adresser un sourire tendre, débarrassé de toute mélancolie, alors que je tenais Sascha dans mes bras, assis sur la plage à l'ombre d'un acacia. Elle m'avait semblé à nouveau heureuse, fatiguée mais heureuse, comme elle l'était à la naissance de Sascha, épanouie et comblée dans les bras de Vincent. Ils avaient l'air si bien ensemble quand elle est née.

– Quand elle est née, oui.

Je l'ai entendu soupirer.

– Ça faisait des années que ça partait en vrille. Elle avait tellement envie d'avoir un gamin, c'était devenu une obsession. On a essayé, pendant des mois et des mois. Elle était persuadée que ça venait d'elle. Elle s'en rendait malade.

Un à un, les canoës s'extrayaient de la nasse.

– Quand elle est tombée enceinte, j'ai cru à un miracle. Elle était méconnaissable. Je me suis dit qu'on avait juste traversé une mauvaise passe. Mais quand Sascha est née, ses cheveux noirs, ses yeux sombres…

Les derniers bateaux se sont échappés du rapide et ont poursuivi leur course entre les falaises. J'ai revu Ana m'annoncer qu'elle était enceinte. L'ombre des platanes de la rue Dupetit-Thouars. La fraîcheur d'une matinée de printemps. La tristesse dans ses yeux alors que je luttais pour la féliciter, infoutu de lui cacher mon amertume.

– Je me suis dit que je pourrais vivre avec ça. J'ai cru qu'on pourrait se retrouver. Elle était si heureuse. Alors j'ai essayé...

La rivière.

Intacte.

À nouveau.

– J'ai essayé.

Ses gestes doux et sûrs lorsqu'elle a déposé Sascha contre mon torse, la toute première fois, dans l'obscurité de sa chambre. Eux, lovés, ce malaise. Cette impression d'avoir été trahi. Sa voix fragile et prudente, lointaine et pourtant si proche, presque déjà là, quand dans un murmure elle a songé à me rejoindre ici. Les phrases qu'elle n'aura jamais terminées. Le son si plein de ses silences. Ses derniers mots, confiés à Camille, un soir de novembre. Et, à peine audibles dans l'obscurité nébuleuse de ces eaux profondes, couvertes par le sifflement des baleines du Pacifique et le chant des Sirènes d'Es Vedrá, ses larmes, sur le pas de ma porte, le soir de son anniversaire. La colère et le chagrin noyés dans l'alcool. Le souffle lent de sa respiration, au creux de mon oreille.

J'ai monté les marches de l'escalier, poussé la porte de la chambre de Sascha et examiné longtemps son profil dans la pénombre, comme si je cherchais dans ce visage aujourd'hui si familier quelque chose qui jusqu'à maintenant m'avait échappé, puis je suis ressorti sur la pointe des pieds et me suis dirigé vers le studio où j'avais déposé le sac en toile que Camille m'avait remis à l'enterrement et que je n'avais pas encore osé ouvrir. J'ai allumé les lampes et les lucioles et, une fois assis dans le fauteuil, j'ai pris une grande inspiration et sorti le sac à main maculé de sang.

Un billet de train. Un plan de Londres. Un badge pour un centre de conférences et une lettre de mission à l'en-tête de sa boîte. J'ai porté à mon nez le petit flacon de voyage qui contenait son parfum et disposé délicatement sur le bureau une fine boîte de maquillage, un rouge à lèvres, une crème pour le visage, une plaquette de paracétamol et la paire de lunettes de soleil des années quatre-vingt de la petite brocante de Thines. J'ai inspiré à nouveau avant de prendre dans mes mains son portefeuille. Je l'ai posé devant moi, effleurant son cuir du bout des doigts, hésitant à aller plus loin. Le souffle court, j'ai fini par le déplier et extraire ce qu'il contenait, jusqu'à découvrir, dissimulée dans un rabat intérieur, derrière un amas de cartes de visites et de facturettes, une photo jaunie aux bords écornés sur laquelle j'ai reconnu, derrière ma silhouette en contre-jour, les toits colorés et les montagnes noires de la baie des fumées. Je l'ai contemplée un long moment avant de la reposer devant moi et je me suis promis d'emmener un jour Sascha en Islande, puisque c'est là que tout a commencé.

J'ai replongé la tête dans le sac où ne restaient plus qu'une poignée de courriers et son téléphone. Je me suis levé pour aller chercher un chargeur et j'ai patienté un instant avant de l'allumer. L'écran m'a demandé de saisir son code, alors j'ai tenté quatre fois zéro, puis un deux trois quatre, et quand il m'a indiqué qu'il ne me restait plus qu'un essai j'ai compris que je devais arrêter de faire le con. J'ai longtemps contemplé les dix chiffres sur l'écran en songeant aux contacts que j'avais noués en Ukraine avec une communauté de hackers par ailleurs fans de techno, jusqu'à ce que je me souvienne que j'avais rapporté de son déménagement des cartons contenant sa paperasse. J'ai rapidement mis la main sur son contrat d'abonnement où figurait son code de déverrouillage, et j'ai débloqué son téléphone d'une main tremblante.

L'écran d'accueil apparut et je suis resté un instant interdit, avant d'oser ouvrir sa galerie de photos. J'ai fait défiler des images d'elle et de la petite, j'ai souri en les voyant aussi heureuses et insouciantes, et j'ai réalisé à quel point les traits de Sascha avaient changé depuis sa naissance dix-huit mois plus tôt. J'ai retrouvé des photos de Vincent et, plus loin, celle où on nous voyait côte à côte dans leur salon, le sourire radieux d'Ana, l'air déjà absent de Vincent et moi, livide comme un cadavre, au bord de l'évanouissement, tenant maladroitement Sascha qu'Ana venait de me coller dans les bras, cette image qui avait fait le tour de la planète et qui était sans aucun doute devenue la photo de famille la plus célèbre du petit monde de la musique électronique. En remontant encore plus loin, j'ai trouvé une vidéo où on voyait Ana allongée sur leur canapé, les traits tirés et le teint pâle, Sascha couchée sur elle, la tête contre son sein, quelques heures sans doute après leur retour de la maternité. J'ai écouté sa voix douce et enrouée lui chanter une comptine, cette voix qui m'avait fait immédiatement tomber amoureux d'elle, cette voix que je pensais n'avoir jamais la chance de réentendre, et quand la vidéo s'est arrêtée j'ai éteint le téléphone et je me suis dit que peut-être, maintenant, j'arriverais à vivre en paix avec son souvenir.

ÉPILOGUE

« Nous vous l'annoncions en début de journal : c'est une nouvelle victoire pour les militants du collectif Stop aux gaz de schiste et pour les habitants des territoires concernés par les permis d'exploration. Le Conseil constitutionnel a estimé que la loi interdisant la fracturation hydraulique était bien conforme à la Constitution et que les risques avérés que cette technique fait courir à l'environnement justifiaient pleinement cette interdiction. »

J'ai ouvert un yaourt en me félicitant de cette décision mais en me demandant contre quoi les gens d'ici allaient maintenant pouvoir se révolter. Ça fait déjà plusieurs semaines que je vois Fabrice tourner en rond comme un lion en cage. Je crains qu'une telle nouvelle le plonge dans une dépression plus profonde encore.

Depuis quelque temps, Sascha ne fait à nouveau plus ses nuits. Vers trois ou quatre heures, elle s'est encore réveillée en pleurs et je me suis levé pour aller la rassurer. Je suis resté avec elle jusqu'à ce qu'elle se rendorme et j'ai passé le reste de la nuit à déambuler dans la maison, incapable de retrouver le sommeil.

J'ai fait couler un café en la regardant jouer avec Marion à l'ombre du grand olivier. L'air est encore respirable mais d'ici une heure ou deux il faudra comme tous les jours fermer les volets pour garder la fraîcheur dans la maison. Dehors, la plupart des arbres sont déjà gorgés de petits fruits. Dans quelques semaines, on récoltera les prunes, les mirabelles, les figues et les abricots. Sascha est encore trop jeune pour qu'on lui apprenne à faire des tartes, mais pour ma part il serait peut-être temps que je m'y intéresse.

« *C'est la fin de ce flash info. Tout de suite,* Cultivons notre jardin, *votre rendez-vous botanico-philosophico-musical avec André Moreau consacré aujourd'hui aux pouvoirs des plantes médicinales dans les chansons du Moyen Âge, avant de retrouver, après le flash de onze heures,* Des livres et vous, *avec Marie Delors, Marie qui reçoit il me semble Nicolas Keller pour son nouveau livre, c'est bien ça, Marie ?* »

J'ai éteint la radio et observé les plis et les strates irrégulières des falaises, les terrasses et les jardins suspendus, l'alternance de gris et d'ocre là où les toits et les dévers empêchent la roche d'être délavée par les pluies, les petites cavités perchées où nichent les rapaces et celles, plus grandes, accessibles depuis d'étroites vires, où se réfugiaient sans doute, il y a des dizaines de milliers d'années, les hommes, les femmes et les enfants qui habitaient déjà cette terre aride. Quelques arbres et arbustes parviennent miraculeusement à pousser en pleine paroi, au-dessus du vide, sans eau ou presque sous ce soleil de plomb, dans cette roche qui emmagasine la chaleur comme les briques d'un four. Fabrice m'a expliqué que certains genévriers de Phénicie sont là depuis plus de mille cinq cents ans. Qui sait si nous leur survivrons ?

De loin, on distingue à peine les taches brunes, noires et blanches du troupeau de chèvres dispersées au pied de la falaise dans la partie la plus raide et vertigineuse du talus, là où les terrasses ne forment plus qu'une succession de petites marches escarpées et étroites. Elles aussi doivent profiter de la vue et de la sensation grisante du vide car pour le reste, à part une poignée de buis chétifs et quelques fleurs de garrigue, elles n'ont plus grand-chose à se mettre sous la dent. Tout est déjà si jaune, si sec. De temps à autre, on entend le son de leurs cloches s'extraire du bruit blanc de la rivière et remonter des gorges. L'eau est encore belle, translucide, d'un vert très pur. Chaque matin avant le passage des premières escadrilles de bateaux, et chaque soir une fois que les gorges retrouvent leur calme, les hérons et les aigrettes reprennent possession des lieux et survolent la rivière dans de grands battements d'ailes. Tout à l'heure, quand le soleil s'éclipsera derrière les falaises, nous irons nous baigner.

Les buses, les milans et les faucons commencent eux aussi à se faire plus rares depuis que les premiers touristes sont arrivés. Ce printemps, je les voyais planer au-dessus de la maison et tournoyer dans les courants ascendants qui se forment à la verticale des champs de dolines. J'ai fini par savoir comment les reconnaître, distinguer leurs queues, leurs ailes et les particularités de leurs vols, comme celui des circaètes au ventre clair et à la queue rayée qui se tiennent toujours très haut, presque immobiles, à l'affût des couleuvres dont ils raffolent, les mêmes que je surprends souvent entre les rochers, dans les broussailles au fond du jardin. Il paraît qu'un ou deux couples d'aigles de Bonelli nichent en aval, dans la partie la plus sauvage des gorges. Avec un peu de chance, ils s'aventureront peut-être un jour par ici.

J'ai regardé passer un petit avion de tourisme et, bien plus haut, la traînée discrète d'un avion de ligne. Il trace vers le sud-ouest. Barcelone, Miami peut-être. Je l'ai salué en levant ma tasse dans sa direction avant qu'il ne disparaisse au-dessous de l'horizon, puis j'ai tourné la tête vers Sascha qui riait aux éclats dans l'eau claire de la piscine. J'ai songé qu'elle ignorait encore tout des circonstances dans lesquelles elle était arrivée sur cette terre et que c'était pour le moment sans doute mieux ainsi, puis j'ai pensé à sa mère, en me disant que l'une et l'autre n'auront pas eu la chance de se connaître, alors je me suis assis à la table du salon, face à ce paysage tranquille et apaisé, préservé des horreurs et de la violence du monde, ce pays de garrigue et de volcans en sommeil, et je me suis mis à écrire.

RÉALISATION : NORD COMPO À VILLENEUVE-D'ASCQ
ACHEVÉ D'IMPRIMER SUR ROTO-PAGE
PAR L'IMPRIMERIE FLOCH À MAYENNE
DÉPÔT LÉGAL : JANVIER 2022. N° 148338 (99434)
IMPRIMÉ EN FRANCE